끝 이야기

OWARI MONOGATARI CHU

이 책의 한국어판 저작권은 일본 講談社와의 독점 계약으로 (주)학산문화사에 있습니다.
저작권법에 의해 한국 내에서 보호를 받는 저작물이므로 불법 복제와 스캔 등을 이용한
무단 전재 및 유포 시 법적 제재를 받게 됨을 알려 드립니다.

🔲 는 (주)학산문화사가 일본 🔲 와 제휴하여 발행하는 소설 브랜드입니다.

끝 이야기 終物語 中

니시오 이신
西 尾 維 新

제4화 시노부 메일 7

제4화　시노부 메일

OSHINO SHINOBU

001

오시노 오기만 없었더라면. 고등학교 3학년생으로서의 내 1년
간의 후반전을 총괄해서 이야기하려고 할 때, 정말 그런 생각을
하지 않을 수가 없다. 그렇게 생각하고 싶어서 견딜 수가 없다.
2학기 때 나오에츠 고등학교 1학년으로 전학 왔던 그녀의 행동
에 의해 나의 청춘이 어떻게 뒤집어졌는지, 얼마나 뒤엉켜 버렸
는지 많은 말이 필요 없을 것이다. 그것에 대해서는 이 한마디
로 충분하다―오시노 오기만 없었더라면.

다만 나는 이것이 몹시 자기중심적이며 절대 바람직하지 못한,
꼴사나운 책임회피라는 것을 잘 알고 있다. 알면서도 말하고 있
다. 뭐가 '오시노 오기만 없었더라면'이냐, 라고. 생각한 그 순간
에 자살하고 싶어질 정도로 이론異論의 여지가 없는 우론愚論이
자 폭론暴論임은 누가 말해 줄 것도 없이 자각하고 있다. 애당초
만일 그녀가 없었다고 해도 나의 고등학교 3학년 후반전은 완전
히 똑같다고 할 정도는 아니어도 별반 달라졌으리란 생각도 들
지 않는다. 원래부터 내 스타일에는 무리가 있었던 것이다. 언
젠가 한계가 올 것이 명백했다. 그것은 각 방면의 전문가들로부
터 신물 나게 지적받지 않았던가. 그냥 적당히 얼버무리고, 어
중간하게 결론 내리고, 각오하고 발을 내딛지 않고, 이도 저도
아닌 애매함을 관철해 왔던 우유부단한 나는, 어차피 어딘가에

서 뼈아프고 뼈저린 보복을 당해야만 했던 것이다. 나에게 인과
응보가 찾아오는 것은 필연성이 있는, 초자연적인 것이 아니라
지극히 당연한 완전성이 동반된 일이었던 것이다.

오시노 오기 탓이 아니다.

아라라기 코요미 탓이다.

하지만 그렇다고 해서 내가 없다면, 내가 존재하지 않았다면
이런저런 모든 일들이 좋은 방향으로, 올바른 방향으로 진행되
었을까 하면 그것 역시 전혀 그렇지는 않을 것이다. 애초에 좋
은 방향, 올바른 방향이란 게 뭔데? 뭐야, 그건? 아라라기 코요
미만 없었다면, 이라는 소원을 빌었다면 그것으로 뭔가가 바뀌
었겠는가, 하는 질문을 받는다면 분명 나는 고개를 저을 것이
다. 내가 없었더라도 센조가하라 히타기는 분명 다른 누군가에
게 구원받았을 것이다. 하치쿠지 마요이는 분명 다른 누군가에
게 인도되었을 것이다. 칸바루 스루가도 센고쿠 나데코도 하네
카와 츠바사도, 다른 그 누구도 누군가에게 구원받았을 것이다.
어쩌면 내가 했던 것보다도 훨씬 스마트한 솜씨로. 확실히 나는
그녀들의 운명에 관여했지만, 그것이 나일 필요는 전혀 없었다.
그렇게나 강하고, 그렇게나 씩씩하고, 그렇게나 굳센 그녀들이
다. 그녀들의 인생에, 사실 나 같은 녀석은 필요 없었던 것이다.

어쩌다가 조우했던 사람이 나였을 뿐.

그것은 밤길을 가다가 요괴와 맞닥뜨린 것이나 마찬가지다.
예를 들어서 봄방학 때, 내가 길을 가다가 사지가 갈기갈기 찢
긴 금발금안의 흡혈귀와 조우했던 것이나 마찬가지다. 그렇다면

별것 아니다. 흡혈귀가 되기 전부터, 나는 괴이 같은 존재였다는 이야기다.

그런 의미에서는 내가 그녀들의 운명에 관여했다고 하기보다는 빼도 박도 못 할 내 운명에 그녀들을 휘말리게 해 버렸다는 느낌이 지금 와서는 상당히 강하게 든다.

아라라기 코요미만 없었더라면.

사실 그녀들이야말로 그런 식으로 생각하고 있을지도 모른다. 그렇게 생각하더라도 어쩔 수 없을 정도로, 나는 수많은 운명들이 꼬이게 만들어 왔다고 생각한다.

아니.

꼬아 놓은 것은 운명이 아니라… 이야기일까.

그리고 지금 현재, 나는 그 꼬아 놓은 반동에 얻어맞고 있다는 이야기다. 말하자면 나는 활처럼 휘게 당겨진 플라스틱 자가, **원래 상태**로 돌아가려는 힘에 튕겨져 날아간 지우개라 할 수 있다. 어디까지 날아갈지 짐작도 안 되는 지우개다. 교실 창문 밖으로 날아가고, 낙하하고, 화단의 잡초들 사이로 떨어진 뒤에 누구에게도 발견되지 않고 삭아 가는 지우개다.

그렇기에 오시노 오기는 '자'일 것이다.

올바르고 정확한.

융통성 없는 자일 것이다.

대체 무슨 목적으로 무엇을 하기 위해 그녀가 내 앞에 나타났는지 줄곧 의문이었는데, 분명 그녀는 '자'로서 선을 그으러 온 것이다.

일선을 그으러 온 것이다.

여기부턴 안 된다, 여기까지는 OK. 1밀리미터의 오차도 용납하지 않는 명료한 기준을 보이러 왔다. 하치쿠지 마요이나 센고쿠 나데코는 라인 바깥쪽에 있었고, 하네카와 츠바사나 오이쿠라 소다치는 라인 안쪽에 있었다. 그런 이야기일 뿐이었다.

보더 라인?

아니, 골라인이다.

그렇기에 판정이 애매모호한 선상線上 같은 것이 있을 리 없다. 있다고 하면 그것은 전장戰場이다.

"제 경우에는 전장이라기보다 선상扇狀이라고 해야겠지만요. 이름에 부채 선扇자가 들어 있는 만큼."

그렇게.

이번에는 내가 유일하게 멋진 모습을 보이는 자리라고 할 수 있는 이야기 첫머리에도 뻔뻔스레 끼어드는 오시노 오기가 어떠한 존재인가를 어느 정도 설명한다 하더라도, 내가 끝의 끝의 끝을 위해서 지금부터 시작하려는 이야기는 유감스럽게도 하치쿠지 마요이와 재회를 이룬 키타시라헤비 신사의 경내부터 시작되지는 않는다. 종국終局을 시작하기 전에, 종극終極에 이르기 전에 시작해야만 하는 이야기가 하나 더 남아 있었음을 독자 여러분도 설마 잊지는 않았을 것이다.

자백하자면 나로서는 잊어 주기를 바랐던 부분이며, 그 이상으로 잊고 있기를 원했던 부분이지만…. 그것에 대해서는 덮어 둔 채로, 조용조용 남모르게 없던 일로 한 채로 나의 이야기를 끝마치고 싶은 부분이지만.

"그렇게 엿장수 마음대로는 안 된다고요, 아라라기 선배. 제 앞에서 뭔가를 숨기려 하시다니, 그런 무모한 짓은 하지 마세요. 저는 거짓말과 눈속임의 천적이에요. 미루기와 나중으로 돌리기의 포식자예요. 탁월한 사기꾼, 카이키 데이슈의 전말을 당신도 모를 리가 없잖아요? 그렇게 되고 싶지 않다면 이야기해 주세요. 당신이 고집스럽게, 지금까지 한사코 숨겨 왔던 그때의 이야기를."

그렇게 말하고 오시노 오기는 나에게 밀착해 온다. 정신적으로. 그 눈치로 보기에 그녀는 그때의 일에 대해 이미 다 알고 있는 것처럼 생각되었지만, 그러냐고 물어봤자 모른다고 잡아뗄 것이 뻔하다.

"저는 아무것도 몰라요. 당신이 알고 있는 거예요, 아라라기 선배."

그 말대로.

나는 알고 있다. 아주 잘 알고 있다.

알고 있기에 더욱 숨기고 싶었던 것이지만.

알고 있다면 이야기해야만 한다.

긴 이야기가 될 거야, 라고 나는 말한다.

"상관없어요. 그걸 위해서 제가 상권과 하권 중간에 이렇게 일부러 중권을 끼워 넣… 아니, 준비했으니까요."

그렇게 영문 모를 소리를 하는 오시노 오기였지만, 그 점에 대해 묻지는 않기로 했다. 그런 질문은 곧바로 나에게 영향을 끼칠지도 모른다.

왜냐하면 이제부터 나는 더욱 영문 모를 이야기를 하게 될 테니까. 그건 오시노 오기가 전학 오기 두 달도 더 이전의 해프닝이다.

여름방학이 끝나고, 2학기가 시작된 직후.

흡혈귀와의 페어링이 끊어져서 거의 반년 만에 거의 완전한 '인간'을 체험하고 있던 아라라기 코요미가, 학교에도 가지 않고 집에도 가지 않고, 예전에 전문가 오시노 메메가 지냈던 학원 옛터 폐빌딩의 어느 교실에서 시간을 주체하지 못하겠다는 듯 몸을 숨기고 있는 장면부터, 이야기가 시작되고… 이야기가 끝난다.

그리고 '그 남자'의 인생도.

이어지고 이어지던 '그 남자'의 인생도, 간신히 끝난다.

002

"아라라기 선배, 간만이야!"

만일을 위해 미리 말해 두겠는데, 칸바루 스루가는 아주 예의 바른 후배다. 적어도 이런 나에게, 이 정도밖에 안 되는 나에게 경의를 보이며 상대해 주는 몇 안 되는 연하 중 한 명이다. 유일하다고 해도 될지 모른다. 그 올곧은 성격 때문인지 기본적으로 유복한 집의 자식이기 때문인지, 아주 겸손한 겸양어를 쓰거나 깍듯한 경어로 말을 걸어오지는 않지만, 그래도 늘 일정한 예의를 갖추고 그냥 나이가 많은 것뿐인 나를 상대해 준다.

요컨대 알기 쉽게 말하면 선배를 상대로 편하게 반말 투로 이야기하는 녀석이긴 하지만, 그래도 "간만이야!"라며 상대를 만만하게 보는 인사와 함께 등장할 녀석은 아니다.

그녀에게 오늘이 어디까지나 예외적인 케이스임을 이해해 주었으면 한다. 뭐, 그런 식으로 한껏 들뜨는 기분도 모르는 것은 아니다. 오늘, 조금 더 자세히 말하면 오늘 밤, 8월 23일 밤에 우리에게는 이미 익숙한, 심벌이라고까지는 말할 수 없더라도 랜드마크 같은 장소인 학원 옛터 폐빌딩의 2층 교실에 도착한 칸바루의 기분이 이렇게나 고양되어 있는 것은 아주 자연스러운 상황이었다.

왜냐하면, 어째서인가 하면 이렇게 말하기는 뭐하지만 내가 칸바루를 불러낸다는 시추에이션이 좀처럼 없기 때문이다. '아라라기 선배의 도움이 되는 것만이 삶의 보람인 나', '아라라기 선배의 부품', '아라라기 선배의 일회용 도구'를 자칭하는 칸바루가 기뻐하며 문을 부술 기세로 뛰어 들어오는 것도 이해가 될 만한 상황이었다. 아니, 이해가 되고 뭐고, 애초에 내가 보기에는 칸바루의 그 자칭들 쪽이 도저히 이해되지 않았지만.

연인의 후배를 그렇게까지 잘 따르게 만들 예정은 내 인생의 To Do List에 실려 있지 않았는데 말이야….

다만 말은 이렇게 해도, 이 경우에 그녀가 모습을 보이자마자 기운차게 말한 "간만이야!"라는 일종의 촌티 나는 인사도 시

추에이션에서 볼 때 아주 빗나갔다고 할 수도 없다. 결과적으로
는.

어째서 그렇게 되느냐고 묻는다면 나는 이렇게 답하겠다. 달리기에서 둘째가라면 서러워하는 칸바루 스루가의 무릎이, 딱히 의자에 앉아 있던 것도 아니라 멀쩡히 서 있던, 요컨대 높이로 봐서 약 1.5미터 정도 좌표에 있던 나의 뺨에 접촉했기 때문이다.

접촉했다.

다만 이것은 영어로 번역하면 'touch'가 아니라 'charging'이었다. 축구였다면 단번에 레드카드가 나올 만한, 그녀의 모든 체중과 속도가 실린 진공 날아 무릎차기*다. 칸바루는 농구 선수였으므로 언스포츠맨라이크 파울*로 판정해 즉시 퇴장시켜야 할지도 모르지만…. 하지만 보통, 농구에서 진공 날아 무릎차기를 날리지는 않을 것이다.

어쨌든 요컨대 '간만이야!'가 '한 방이야!'였다면 그렇게 잘 어울리는 인사도 없었을 것이라는 이야기다.

"쿠엑!"

뺨이라는 것도 당연히 표층적인 접촉부위의 문제이며, 그 대미지는 광대뼈, 안쪽 볼살, 구강 내, 두개골, 그리고 나의 잿빛 뇌세포에까지 침투했다. 이미지로서는 내 머리를 통과한 충격파

※진공 날아 무릎차기(眞空飛び膝蹴り) : 1960~1970년대에 활동했던 일본의 킥복싱 선수 사와무라 타다시의 유명한 기술. 강한 제자리 도약으로 뛰어올라 무릎으로 상대의 안면을 노린다.
※언스포츠맨라이크 파울(unsportsmanlike foul) : 농구 경기에서 스포츠맨으로서 적절치 않은 행동을 하였을 때 주어지는 파울.

가 교실 뒤쪽 벽까지도 파괴할 것 같은 느낌이었다.

　사실로서 교실 뒤편의 벽에 금이 가게 만든 것은 진공 날아 무릎차기의 위력에 종잇장처럼 휘날려 간 내 몸뚱이였지만.

　"쿠에엑!"

　등을 벽에 부딪치며 두 번째 비명을 지르는 나. 이왕 지를 거라면 좀 더 스타일리시한 비명을 지르고 싶었다. 차바퀴에 깔린 개구리 같은 비명으론 너무나도 체면이 안 선다.

　"뭐, 후배와 만나자마자 무릎차기를 맞은 시점에서 체면이 서는 것은 전혀 바랄 수 없겠지만….."

　"어이쿠, 과연 일류인 아라라기 선배네. 만나자마자 무릎관절을 꺾으려 하다니, 이거 한 방 먹었는걸."

　타격 후에 공중에서 밸런스를 무너뜨리지 않고 멋지게 착지한 칸바루는, 진심으로 감탄했다는 듯 고개를 끄덕이며 나를 보았다. 존경의 시선으로 보고 있다. 너는 이 납작하게 밟힌 개구리에게서 대체 뭘 보고 있는 거냐고 말하고 싶어진다. 그리고 나는 딱히 무릎관절을 꺾으려는 생각도 없었다. 애초에 무릎이 날아오는 것이 보이지도 않았고.

　"다만 아라라기 선배, 송구스럽지만 내가 무릎에 대해 한마디 하자면 나는 무릎의 관절부를 뜻하는 일본어 '히자코조膝小僧'란 단어를 좋아해. 한자만 보면 '무릎에 어린 소년'이잖아? 미소년 두 명이 자신의 무릎에 살고 있다고 생각하면, 나는 조금이나마 행복해질 수 있어."

　"행복이란 말을 그런 식으로 쓰지 마. 그리고 왜 미소년 한정이냐고."

"미소년이라기보다, 이미지로 보자면 연동*이지. 누구나 무릎에 연동이 살고 있다고 생각하면, 세상이 조금이나마 풍요롭게 보이지 않아?"

"풍요라는 말을 그런 식으로 쓰지 마. 내 무릎에 연동 같은 건 안 산다고."

일어선다.

얻어맞은 뺨을 누르면서…. 젠장, 뇌는 그렇다 쳐도 입안의 살이 정말로 찢어져서 딴죽 걸 때마다 아프다. 딴죽 걸기가 힘들다. 피 맛이 엄청 진하게 나는 것이, 마치 쇠를 먹고 있는 기분이다. 하지만 칸바루의 수다스러움을 생각하면 딴죽을 걸지 않고 가만히 있는 것은 거의 불가능했다.

"그렇다기보다, 가장 먼저 딴죽 걸 부분은 선배인 나를 찬 것에 대해 네가 아직 한마디도 사과를 하지 않았다는 점이야."

"사과한다고? 하하, 무슨 소릴 하는 거야. 충실한 후배, 나 칸바루 스루가는 이제는 아라라기 선배 육체의 일부나 마찬가지 잖아."

칸바루는 가슴 앞에 손을 대며 말했다.

"사람은 자기 무릎이 자기 뺨에 닿았다고 사과하지는 않잖아?"

"청산유수 같은 끔찍한 핑계구나!"

"또 그렇게 화난 척을 한다니깐. 아라라기 선배의 기분은 내

※연동(戀童) : 남색의 상대가 되는 젊은 남자.

가 가장 잘 알고 있어. 그런 식으로 자기 뺨의 대미지를 신경 쓰는 척을 하고 있지만, 사실은 운동선수인 내 무릎이 조금 전의 그 일로 다치지 않았을까 걱정하고 있지?"

"착한 선배이긴 한데, 그 녀석은 내가 아니야!"

정말로 사과를 안 하는구나, 이 녀석….

어떻게 이런 후배가 다 있담.

"높이 평가해 주는 와중에 미안하지만, 칸바루, 내가 순수하게 걱정하는 것은 내 육체뿐이야."

"자신의 육체, 곧 내 육체잖아?"

"점점 네가 본체처럼 되어 가고 있지 않냐?"

"뭐, 솔직히 아라라기 선배는 회복력이 높으니까, 그 정도의 니어미스는 딱히 사과하지 않아도 괜찮을까 하고 생각하기는 해."

"솔직하게 말하면 뭐든 용서받을 거라 생각하지 마!"

무서운 녀석이다.

그런 무서운 녀석과 한밤중의 폐허에서 단둘이 있다는 것은 의외로 상당히 댄저러스한 환경일지도 모른다.

그렇다고 해도 갑작스런 호출에 이렇게 응해 준 것은, 그것도 신바람을 내며 서둘러 달려와 준 것에는 마땅히 감사해야겠지만.

지금부터 하려고 하는.

칸바루에 대한 부탁을 생각하면.

"…그런데 이가 조금 깨졌잖아."

입속에 조약돌 같은 것이 들어 있는 감촉이 느껴져서 뱉어 보니, 그것은 깨진 내 이의 일부였다.

"되다 만 어중간한 상태라고 해도 흡혈귀의 이를 무릎차기로 부러뜨리다니, 넌 대체 어떻게 된 녀석이야."

"그건 아라라기 선배가 평소에 칼슘 섭취를 하지 않았기 때문에 그런 거야."

절대 사과하지 않는 칸바루.

이가 어떻고 하는 것 때문이 아니라, 화를 억제하기 위해 칼슘을 섭취하고 싶어지기 시작했다.

"나는 충치가 하나도 없고, 어지간한 병뚜껑은 이로 열 수 있다고."

"병뚜껑을 이로 열지 마."

"다만 요전의 샴푸는 꽤 강적이었지만 말이야."

"네가 샴푸통의 뚜껑을 이로 여는 시추에이션은 생각도 하고 싶지 않아."

욕실에서 알몸인 녀석이 샴푸통의 뚜껑을 입에 물고 있다니, 원시인 같은 후배잖아.

뭐, 깨진 이는 얼마 안 가 저절로 회복될 테니 별 상관없지만. 흡혈귀의 회복력이라고 해도, 되다가 만 듯한 어중간한 존재이지만….

게다가.

지금의 나는 그 어중간한 회복력조차 박탈된 몸 상태다. 갑자기 그런 이야기를 해서 걱정하게 만드는 건 바람직하지 않고,

이야기도 조금 복잡해지므로 현 시점에서는 아직 칸바루에게 말하지 않는 편이 좋아 보이는데….

나는 다시 한 번 칸바루를 보았다.

길게 기른 머리카락을 양 갈래로 묶어서 어깨에 늘어뜨린 운동복 차림. 한창 조깅 중인 듯한 차림새이지만, 땀 한 방울 흘리지 않고 호흡도 흐트러지지 않았다. 여기까지 뛰어왔을 텐데(그리고 그 여세를 몰아 무릎차기를 날린 것이겠지만), 역시 농구부의 에이스 출신은 전력질주 정도로는 지치지 않는 모양이다(전력질주로 지치지 않는 녀석은 대체 뭘 해야 지치는 걸까).

처음 만났을 무렵부터 머리카락을 길렀기 때문에 겉으로 보기에는 예전의 보이시한 이미지가 조금 사라지긴 했지만, 왼팔에 감긴 붕대가 발하는 이질적인 분위기는 당시와 달라지지 않았다. 공식적으로는 연습 중에 사고로 다친 것으로 되어 있는, 그 붕대 아래에 감춰진 팔의 정체도….

"응? 왜 그래, 아라라기 선배. 갑자기 그렇게 내 몸매를 뚫어지게 쳐다보고."

"몸매를 보고 있는 게 아니야."

"뭐? 몸매를 보지 않고 나의 뭘 보는 거야? 나에게서 볼 만한 곳은 몸매 정도밖에 없잖아."

"영문 모를 비굴함을 발휘하지 마, 나오에츠 고등학교의 스타."

"지금은 이미 은퇴한 몸이야."

"너의 팬클럽 회원에게 밤낮으로 목숨을 위협받고 있는 입장으로서, 그 견해에는 승복하기 어려운걸."

그리고 내 목숨을 위협하는 녀석들 중에는 내 여동생(커다란 쪽)도 포함되어 있다. 가족이 자기 목숨을 노리고 있다니, 참으로 음울해지는 이야기다.

"후훗. 그렇게 빤히 쳐다보지 않아도 걱정할 필요는 없어, 아라라기 선배."

"응? 걱정? 응? 내가 너의 뭘 걱정하고 있다는 거야?"

"또 그렇게 아닌 체한다. 배려심 많은 사람이구나, 아라라기 선배. 하지만 당신은 조금 더 자신의 후배를 신용해도 괜찮아."

그렇게 말하는 칸바루.

"걱정할 거 없어. 브라는 제대로 벗어 두고 왔으니."

"나는 네가 정말로 걱정돼!"

시노부와의 페어링이 일시적으로 해제되어 있음에도 불구하고, 깨져서 끝이 날카로워진 이가 안쪽 볼살을 찢는 바람에 흐른 피를 토하며 날린 비통한 딴죽이었다.

운동복을 입고 온 모습으로 봐서는 밀회로 착각하지는 않은 것 같다고 남몰래 안심하고 있었는데….

"어쨌든 운동복의 천이 두꺼우니까 겉으로 보기에는 알 수 없을지도 모르지만, 이 칸바루 스루가, 아라라기 선배에게 거짓말은 하지 않아. 상반신에 한해서 말하자면 지금의 나는 맨살에 운동복 한 장뿐이야."

"하반신은 어떻게 되어 있는 거야, 불안하다고."

"뭐하다면 지금 바로 지퍼를 내려서 확인해 봐도 상관없어.

이 칸바루 스루가, 감추는 것은 아무것도 없어."

"아까 전부터 자랑스럽다는 듯이 '이 칸바루 스루가'라고 반복하고 있는데. 너는 사리분별을 할 수 있게 되기 전까지는 익명으로 활동하는 편이 좋을 거야."

"사리분별 정도는 하고 있어."

"철이 들었는지 어떤지도 수상해."

"뭐야. 불만인가 보네, 아라라기 선배. 아, 혹시 아라라기 선배, 브라의 호크는 직접 풀고 싶은 파였나."

"그건 파벌을 이룰 정도의 논쟁이 안 된다고."

"뭐야, 그런 거였나. 참으로 얄궂은 일이로군, 브라를 벗음으로써 나는 아라라기 선배의 취향에서 벗어나 버린 건가."

"너는 사람의 길에서 벗어나 버렸다고."

대사만 떼어 놓고 보면 꽤 괜찮은 느낌이다.

사실은 노브라 후배를 야단치고 있을 뿐이지만.

"어? 하지만 이런 시간에 이런 장소로 나를 불러냈다는 건 그런 얘기잖아?"

"그런 얘기? 무슨 얘긴데?"

"드디어 아라라기 선배가 나의 순결을 받아 줄 생각이 들었다는 얘기잖아?"

"잖지 않다고!!"

칼슘 부족 때문인지 문법이 이상해졌다.

이 녀석, 그런 이유로 한껏 흥분해서 내 뺨에 니킥을 날린 거냐.

"칸바루 후배. 너, 오래간만의 등장이라서 너무 신난 거 아니야?"

"그럴지도 몰라. 설마 이렇게 오랫동안 부름을 받지 못할 것이라고는 생각 못 했어. 내가 뭔가 저지른 게 아닐까 하고 불안해질 정도였어."

"뭔가 저지른 게 아닐까 하는 얘기를 하자면, 네 경우에는 아무 짓도 안 했다고 말하기는 어려울 텐데 말이다…."

발언이 엄청 위험하니까 말이야.

어떤 의미에서는 시노부보다 훨씬 위험한 캐릭터다.

"등장할 차례를 기다리는 동안에 농구의 룰이 계속 바뀌어가. 룰은 고사하고 코트가 바뀌어 버린 것*에는 제아무리 나라도 충격을 받았지."

"그 이야기를 하자면 내 경우에는 멍하니 있다가는 센터 시험이 없어져 버릴 것 같은데…."

어이쿠.

메타 발언이 지나쳤나.

잡설은 이만하고.

"어쨌든 네 순결을 받아 줄 생각은 없어."

"우와, 실망이야."

"내가 왜 그런 소릴 들어야 하는 거야. 정말로 내가 왜 그런

※2010년에 농구 룰이 변경되었는데, 농구 코트의 제한구역 디자인 변경 및 3점슛 라인의 확장, 노 차징 에어리어 설정 등이 있다. 칸바루가 주역이던 『꽃 이야기』는 일본에서 2011년 봄에 발간되었는데, 이 룰 변경은 일본 고교여자농구에 2011년 여름부터 적용되었다.

소릴 들어야 하냐고."

"하지만 아라라기 선배. 여자애를, 즉 여자를 밤에, 단신으로, 인적이 없는 장소로, 의미심장한 메시지로 불러냈다는 시점에서 상대가 그런 식으로 받아들이더라도 어쩔 수 없는 거 아니야?"

"으…."

그런 말을 들으면 할 말이 없다.

조목조목 말하면.

내가 보낸 메시지가 의미심장한 것이었는지 어떤지는 제쳐 두고라도, 장래를 약속한 연인이 있는 몸으로서 오해를 부를 만한 행동은 피해야 했는지도 모른다. 내가 한 달에 두 번 꼴로 칸바루의 방이라는 이름의 집적소를 정리하러 가는 것도, 사실은 논의의 대상이 되어 있다.

어쨌든 '약속'이었기에 어쩔 수 없었다고는 해도….

"게다가 아라라기 선배, 조금 전에 나는 신이 난 나머지 깜빡 3층까지 올라갔었는데, 거기에 책상으로 만들어진 침대가 준비되어 있던걸? 아라라기 선배가 준비해 둔 거 아니었어?"

"엉? 그건 정말로 짚이는 게 없는데…. 침대?"

뭐지?

내가 모르는 사이에 이 폐허에서 누군가가 살고 있었나?

"또 시치미 떼네."

"뭐가 '또'야. 나는 시치미 떼는 캐릭터가 아닌데 말이지…."

"기정사실혼이라는 걸로 치고, 그냥 이참에 아라라기 선배는 내 순결을 받아도 괜찮은 거잖아?"

"그러니까 잖지 않다고."

뭐야, 기정사실혼이라니.

그런 이야길 하자면 사실무근이겠지.

"하지만 말이야, 칸바루. 진지하게 말하자면, 나는 너하고는 선후배라는 벽처럼 남녀라는 벽을 초월해서 우정을 맺고 있다고 생각하는데 말이지."

남녀 간의 우정이라는 말을 비웃는 녀석도 있을지 모르지만, 이것이 나의 솔직한 마음이었다.

"흐음. 이 몸에는 과분한, 정말 고마운 말이야. 그리고 아라라기 선배, 나도 그 말에는 중간까지는 완전히 동의해."

"중간까지?"

"내 경우 맺고 있는 것은 열정*이라고 생각하고 있어."

"그러면 네가 하고 있는 말은 내가 하고 있는 것과 전혀 다른 얘기라고!"

"남녀라는 벽을 초월한 곳에 있는 열정. 설령 내가 남자였다고 해도 아라라기 선배는 지금과 마찬가지로 열정을 품고 있지 않았을까 하고. 이것은 운명이 아닐까 하고 생각하지 않았던 날이 하루도 없어."

"1년에 하루라도 좋으니까 좀 냉정해져라."

그렇다면 네가 여자라서 정말 다행이구나.

진심으로 말이야.

※열정(劣情) : 정욕으로만 흐르는 마음.

"그건 그렇고. 오래간만에 아라라기 선배와 신나게 이야기를 해서 그런지 몸이 더워졌어. 아라라기 선배, 윗도리를 벗어도 괜찮을까?"

"응, 주변 적당한 곳에 걸어 둬…가 아니라 벗으면 안 돼! 그 운동복 아래는 알몸이라며!"

"쳇, 들켰나."

"너, 지금 선배 앞에서 혀를 찼냐?"

"안 그랬어. 아까 건 혀로 입술을 핥은 거야."

"그쪽이 더 무서워."

"입맛을 다신 것일지도 모르지."

"너, 날 잡아먹을 생각이냐…? 어쨌든 윗도리는 벗지 마. 그건 그렇고, 너를 불러낸 용건 말인데."

간신히 나는 본론으로 들어간다.

어쩐지 이제 와서 새삼스럽다는 기분도 들지만, 뭣하면 이대로 밤새도록 즐겁게 칸바루와 놀고 싶다는 기분도 들지만, 아무리 그래도 그럴 수는 없다.

"흐음. 뭔가 묻고 싶은 게 있다고 했었지?"

"그래, 맞아."

"나는 그 내용이 나의 순결에 대한 질문일 것이라 확신하고 있었는데, 그건 아무래도 너무 이른 판단이었던 것 같네."

"이르고 늦고의 문제가 아니라, 너는 계속 헛다리만 짚고 있다고. 내가 너에게 그런 질문을 할 기회는 영원히 오지 않아."

참고로 내가 오늘 오전에 칸바루에게 보낸 메시지의 내용은 이렇다.

[오늘 밤 9시 2층 혼자서 교실에 와 줘. 물어 볼 게 있어.] 문장이 좀 이상한 건 애교로 봐 줬으면 한다.

어쨌든 보냈을 때는 상황이 상황이었으니까.

"물어 볼 게 있다는 얘기는… 요컨대 네가 협력해 줬으면 하는 일이 있는데 도와줄 수 있겠느냐는 얘기야."

나는 의식을 시리어스 모드로 바꿔서 말했다.

"솔직히 말하자면 나는 네가 이 일을 거절해 주기를 바라고 있는데…."

"거절할 리가 없지!"

발랄하게 대답하는 칸바루.

그럴 것이라 예상했던, 들어 볼 것도 없는 대답이었다.

"이 칸바루 스루가가 아라라기 선배의 요청에 응하지 않을 리가 없어! 설령 천지가 뒤집어진다고 해도다!"

그러기는커녕 천지를 뒤집을 듯한 무시무시한 기세에 오히려 내가 쩔쩔맸다.

"음…. 뭐, 내 요청인 것은 아니지만 말이야. 나는 어디까지나 중개하는 역할이고, 게다가 협력해 주었으면 하는 내용도 자세히는 모른다고 할까……."

"모른다고?"

"응. 아무것도 몰라."

아마도 의도적으로 알려 주지 않은 것이라고 생각한다. 알았다면 내 단계에서 NG를 내 버릴 수도 있었겠지만, 모르는 상황에서 칸바루의 의지를 제쳐 놓고 내가 멋대로 거부할 수는 없다.

칸바루의 의지에 맡길 수밖에 없다.

그래야만 하는 사정도 있다.

그러니까, 라며 나는 말을 이었다.

"네가 여기서 거절한다면 그것으로 이 이야기는 끝나게 되니까 나로서는 그 편이 좋아. 물론 네가 도와주겠다고 한다면 나는 네 신변에 위험이 미치지 않도록 전력을 다할 생각이야."

"하하하, 나 같은 걸 아라라기 선배가 걱정할 필요는 없어. 그래도 걱정이 되어서 견딜 수 없다면 내 몸뚱이의 극히 일부, 즉 가슴 부근만 생각해 주면 좋겠어."

"좋을 리가 없잖아."

후배의 가슴 부근만 생각하는 선배의 어디가 좋다는 거야. 으음, 이 녀석은 오늘 노브라구나… 라는 식으로? …그러고 보니 노브라라는 말이 농담인지 진담인지 확인하지 못한 채로 본론으로 들어와 버렸다.

십중팔구는 농담이라고 생각하지만, 이 녀석은 진짜로 그런 짓을 할 수 있는 위험한 녀석이니 말이야. 그렇기 때문에 걱정이고, 그렇기 때문에 눈을 못 떼는 것이지만.

가슴에서 눈을 못 떼겠다는 의미가 아니라.

"오히려 그런 식으로 아라라기 선배가 걱정하면 이 칸바루 스루가는 슬퍼진다고. 구체적으로 말하면, 좋아하는 가수의 베스트 앨범에 내가 좋아하는 노래가 수록되지 않았을 때만큼이나 슬퍼져."

"진짜로 구체적이잖아."

"아아, 이 가수에게 그 곡은 베스트가 아니었구나… 하는 생각이 들어."

어깨를 축 늘어뜨리는 칸바루.

그 리액션으로 봐서는 최근에 겪은 실화로구나.

하지만 뒤끝 없는 깔끔한 성격의 칸바루 스루가는 금방 기분을 전환한 것인지, "뭐, 본인도 깨닫지 못하는 매력을 나만 깨달았다고 생각하면 되려나."라고 말하며 고개를 들었다.

긍정적인 녀석이다.

긍정적이라기보다 그냥 분별이 없는 것이지만 말이야.

"그런 이유로 나는 기뻐. 나에 대해 어쩐지 조심스러워하는 아라라기 선배가, 이렇게 나를 의지해 주는 것이. 나는 아라라기 선배에게 엉망이 되었으면 좋겠… 아니, 아라라기 선배에게 억지스런 요구를 들었으면 좋겠어."

"정정해 봤자 어차피 별로 좋은 인상을 주지는 못하는데 말이야…."

하지만 '억지'라는 단어를 사용한 부분을 보면, 어쩌면 칸바루 나름대로 뭔가 눈치를 챘는지도 모른다.

어지간히 심각한 상황이 아닌 이상에야 이런 식으로 칸바루를, 하네카와나 센조가하라를 제쳐 두고 칸바루를 불러내지는 않으리란 것은 칸바루도 알고 있을 테니까.

그렇다.

그 낡은 신사를 방문했을 때처럼.

"만약 아라라기 선배의 질문이 그런 거라면, 내가 만난萬難을 배제하고 이 학원 옛터로 달려온 것이 이미 대답이 되고 있다고 생각하지 않아?"

"응…. 뭐, 그렇지."

"나는 아라라기 선배에게 봉사하고 싶어서 늘 몸이 근질거린 다고. 오늘 밤에는 읽고 싶은 책이 있었는데도 아라라기 선배를 위해서 일부러 여기까지 온 거라니까?"

"……."

갑자기 그냥 공치사를 하는 녀석이 되었다.

정말이지, 예의 바르면서도 실례되는 녀석이구나.

읽고 싶은 책이라니.

선배의 우선순위가 책과 경쟁하고 있잖아.

"아니, 아무리 그렇다고 해도 책은 인류의 지혜를 담고 있다 고. 천하의 아라라기 선배라고 해도 홀로 인류의 역사와 필적하 려는 것은 자부심이 지나친 게 아닐까?"

"아라라기 선배는 그렇게까지 우쭐해 있지는 않지만, 칸바루, 책이라면 오늘 밤이 아니더라도 언제든지 읽을 수 있잖아."

"아라라기 선배 곁에도 오늘 밤이 아니어도 언제든지 달려올 수 있어."

조건은 동일해, 라고 말했다.

그런 무례한 봉사가 어디 있어.

"읽고 싶은 책이라고 해 봤자, 어차피 그거지? 늘 읽는 BL소설 같은 거지?"

"어라라. 이거 참 별일이군. 아라라기 선배가 독심술에서 실수를 하다니. 화제가 독서인데 말이야."

"억지로 재치 있는 소리 하려고 하지 마. 엉? 너, BL소설 말고도 읽는 거야?"

"물론이지. 나는 폭넓게 읽는다고."

그런가? 솔직히 말해서 의외다. 이 녀석의 방을 정리할 때는 말 그대로 BL소설밖에 발굴되지 않는데 말이야…. 하긴 그래도 이 녀석은 센조가하라의 직계 후배니까.

남독파인 센조가하라를 본받아 다양한 책들을 읽고 있더라도 이상하지는 않다.

"농구부는 이제 은퇴했으니까 말이야. 조금이라도 인간으로서의 폭을 넓히려고 나도 밤낮으로 노력하고 있다고, 아라라기 선배."

"이야. 그렇다면 다시 봐야겠는걸, 칸바루 후배."

"이렇게 은퇴 이후로 머리를 기르고 있는 것도, 조금이라도 변태 플레이의 폭을 넓히고자 하는 눈물겨운 노력의 성과라고 생각해 줬으면 해."

"확실히 눈물겹기는 하네."

선배로서 눈물 없이는 볼 수 없다.

그렇지만, 그렇게 되니 갑자기 칸바루가 어떤 책을 읽고 있는 건지 궁금해졌다. 그래서 나는 칸바루가 읽을 책에 대해 자세히 물어보기로 했다.

"그렇다면 칸바루, 오늘 밤에는 대체 뭘 읽을 생각이었어?"

"당연히 야마모토 슈고로 선생님 작품 아니겠어?"

당연한 건지 어떤 건지는 둘째 치고, 확실히 예상 밖이었다. 야마모토 슈고로라면 책을 별로 읽지 않는 나도 알고 있는 작가가 아닌가. 이건 솔직히 칸바루를 얕보고 있었다고 인정하지 않을 수가 없다. 나 정도로는 야마모토 슈고로의 작품이라고 허세를 부리지는 못할 거다.

하지만 분하다거나 한심하다는 기분은 거의 들지 않았고, 그러기는커녕 칸바루가 멀쩡한 책도 읽고 있음을 알게 되어 기쁘다는 생각이 드는 것을 보면 나도 선배로서의 마음가짐이 몸에 배기 시작한 것 같다.

"참고로, 야마모토 슈고로의 뭘 읽고 있는데? 네가 읽는 책이라면 나도 읽어 보고 싶어."

"뭐? 그렇다면 추천하는 BL소설이 많이 있는데."

"우선은 야마모토 슈고로부터."

"그래. 그렇다면."

그리고 칸바루는 지금 읽고 있다는 책의 이름을 알려 주었다.

"『미소녀 선봉장』이라고 하는데."

"거짓말하지 마!"

나는 외쳤다.

"야마모토 슈고로 선생님이 그런 제목의 책을 썼겠냐!"

"아니, 하지만 실제로 나왔으니까 어쩔 수 없잖아…. 뭐, 현재 품절인 데다 증쇄 미정 상태이긴 하지만."

"……."

거짓말이 아닌 것 같다*.

나도 모르게 딴죽을 걸어 버렸지만….

아니, 그러고 보니 야마모토 슈고로가 나오키 상을 사퇴했다던 소설의 제목도 『일본부도기日本婦道記』어쩌고 하는 느낌이었던 것 같은 기분이 드는데…. 그 베리에이션일까?

"『소녀 구락부』에 연재되었던 작품을 모은 단편집이야. 『소녀 구락부』에."

"아니, 외설스런 잡지에 실린 외설스런 소설처럼 이야기하고 있는데, 그런 건 아니지? 그냥 단순한 10대 취향의 소설일 뿐이지? 요즘 말하는 라이트노벨 같은…."

"뭐, 요즘 말하는 라이트노벨은 약간 관능소설에 가까운 부분이 있지만 말이야!"

"관능소설이라고 하지 마."

그 밖에 야마모토 슈고로의 무슨 작품을 읽고 있는지는 모르겠는데, 네 경우에 『미소녀 선봉장』도 제목만 보고 골랐다고밖에 생각되지 않는다고.

그렇다면 착각하고 잘못 사 버린 게 아닐까.

"참고로 완전히 정착된 지금이니까 할 수 있는 얘기인데, 나는 라이트노벨을 라노베라고 줄인 것이 영 거슬려. 헤비메탈을

※미소녀 선봉장(美少女─番乗り) : 1938년, 야마모토 슈고로가 소녀취향의 잡지 『소녀 구락부』 4월호에 게재했던 작품.

헤비메타라고 줄인 말이 메탈 팬들에게 안 좋은 평가를 받는 것처럼 말이야."

"완전히 정착되고 나서 말하지 마. 왜 완전히 정착된 뒤에 그런 소릴 하는 거야."

"논쟁은 하고 싶지 않으니까."

"논쟁은 하고 싶지 않구나…. 하지만 뭐, 헤비메타란 용어가 미움받는 것하고는 확실히 비슷할까…. 그러면 노벨이라고 줄이면 될까? 그러면 소설 전반을 가리키는 말이 될 수도 있겠지만…."

소설 이야기를 하자면, 순문학도 순문학대로 '순문'이란 약칭으로 언급되는 것을 언짢아하는 팬이 있다고 한다. 원래 라이트 노벨이라는 호칭도 싫어하는 사람은 싫어하고 있었지만.

"그 국민적 애니메이션*도 만약에 타이틀이 〈헤비메타!〉였다면 그 정도의 인기는 얻지 못했을지도 모른다는 얘기야."

"사쿠라 고교 경음부는 헤비메타가 아니라고. 그리고 그 선봉장이라는 것도, 말을 타고 적진에 가장 먼저 뛰어든다는 의미잖아?"

"뭐, 아마도 그렇겠지. 하지만 말이라는 동물은 프로이트 선생님의 말씀에 따르면 성적인 모티프이니까."

"프로이트 선생님의 말씀에 따르면 어지간한 것들은 전부 성

※그 국민적 애니메이션 : 카키후라이 원작의 애니메이션 〈K-ON!〉. 고등학교 경음부의 활동을 그렸다.

적인 모티프가 될 텐데 말이다."

앞서 했던 말은 취소다.

기쁘다고 생각했던 마음을 되돌려 줬으면 좋겠다.

"사과해. 그런 불순한 마음으로 읽으려고 했던 것을 야마모토 슈고로에게 사과해."

"아무리 아라라기 선배라고 해도 독서 방식에 대해서 이런저런 지도를 받고 싶지는 않은걸. 작품이란 발표된 시점에서 독자의 것이니까, 그것을 어떤 마음에 어떤 식으로 읽든, 그건 존중받아 마땅한 개인의 자유잖아"

"그럴싸하게 둘러댔겠다…."

"오히려 내가 이렇게 즐겁게, 친근함을 느끼는 시점에서 소개함으로써 아라라기 선배가 그랬던 것처럼 야마모토 슈고로 선생님을 딱딱한 소설을 쓰는 소설가, 본인의 이름을 딴 소설상이 있을 정도인, 어떤 종류의 다가가기 어려운 소설가라고 생각하던 젊은 층이 새로이 집어 들게 될지도 모르잖아.『미소녀 선봉장』을 말이야."

"하는 말은 정말 딱 그 말대로인데 말이지…."

과연『미소녀 선봉장』부터 읽기 시작하는 것이 적절한지 어떤지는 한 권도 읽지 않은 내가 뭐라 말할 수 없는 부분이겠지만… 뭐, 그것도 자유다. 시리즈물을 최종권부터 읽으며 즐기는 방법도 있을 것이다. 추리소설을 해결편부터 읽는 것은 자유도가 조금 너무 높겠지만.

"왕창 팔릴지도 모른다고.『미소녀 선봉장』이 재평가될지도 몰라."

"잘 알려지지 않은 책에는 알려지지 않을 만한 이유가 있는 거 아니야…? 그러니까 품절되고 증쇄도 미정인 거잖아?"

"홋. 하지만 전자서적화가 진행되어서 사실상 절판이 없어지는 앞으로의 시대, 품절 증쇄 미정인 책이야말로 소중히 해야만 해. 나오에츠 고등학교의 비블리아 고서당*이란 나를 두고 하는 말이야."

"나오에츠 고등학교의 비블리아 고서당은 18세 미만 출입 금지 아니야?"

칸바루, 네가 주인공인 책의 띠지 문구는 분명히 '시오리코 씨, 미독未讀! ─비블리아 고서당에서는 소개되지 않습니다─' 가 될 거라고.

"흠. 하지만 아라라기 선배. 그런 식으로 말한다면 베리에이션은 얼마든지 만들 수 있을 것 같은데 말이야. '서점 대상*, 묵살! 서점의 점원조차 추천할 수 없는 책'이라든가?"

"확실히 조금 읽고 싶어지네…."

"'누구 한 사람도 전율시키지 못했던 상냥한 호러소설, 간행!' 이라든가, '인터넷에서 전혀 화제가 되지 않은 괴작!'이라든가, '한 명의 독자도 울리지 못했던 감동의 문제작, 대망의 문고화!' 라든가."

※비블리아 고서당 : 미카미 엔의 소설. 『비블리아 고서당 사건수첩』. 주인공 시노카와 시오리코가 고서점 '비블리아 고서당'을 무대로 수수께끼를 풀어 가는 미스터리 소설 시리즈.
※서점 대상 : 서점 대상의 수상작은 전국 각지의 서점 점원들의 추천을 중시해서 선정된다.

"네거티브한 정보도 말하기 나름이긴 한데, 문제작이라고 하면 뭐든지 대충 허락되는 건 아닐 거 아냐. 한 명의 독자도 울리지 못한 감동의 문제작은 대체 왜 문고화된 거야. 세상이 원하지 않을 거 아냐."

"하지만 아라라기 선배, 출판사도 책을 정기적으로 내지 않으면 서점에서 서가를 확보할 수 없으니…."

"출판사 측의 사정을 설명하지 마."

"그렇다고는 해도 말이지, 칸바루 비블리아 고서당, 줄여서 칸블리아 고서당이 갖춘 작품들의 숫자는 엄청나다고. 아라라기 선배. 장래적으로 법에 저촉될지도 모를 서적들이 잔뜩 있다고."

"역시 18세 미만 입점 금지잖아. 분서관焚書官이 불태워 버릴 거라고. 칸블리아 고서당."

"하지만 어쩌면 있을지도 모른다고. 시오리코 씨와 요미코 씨[*]랑 나의 정담[*]이."

"네 이름만 책하고 관계가 없잖아."

"관계가 없지는 않다고. 한자는 다르지만, 쇄刷자를 '스루'라고 읽으니까 증쇄 스루가刷河라고 치고…."

"관계가 생기긴 했는데 느낌이 영 안 좋은걸…. 심하게 안 좋아."

※시오리코 씨와 요미코 씨 : 라이트노벨 『R.O.D』의 주인공인 중증의 비블리오 마니아. 요미코에는 읽을 독(讀)자가, 『비블리아 고서당 사건수첩』의 주인공 시오리코에는 책갈피 간(栞)자가 들어간다.
※정담(鼎談) : 세 사람이 마주 앉아 이야기하는 것.

한자가 다른 만큼 말이야.

"그런 소릴 할 거라면, 아라라기 선배도 개점하면 되는 거 아냐? 사립 코요미 학원 비블리아 고서당을."

"아니, 나도 나오에츠 고등학교의 학생이라고! 왜 고서당을 열기 위해 전학까지 가야만 하는 거야! 그렇게까지 해서 경합을 피해야만 했냐고!"

어.

그런데 뭐였더라, 사립 코요미 학원이란 거.

어쩐지 들어 본 적이 있는 것 같은데.

"아, 그거다. 『HAPPY☆LESSON』에서 나오는 학교야."

"정답이야. 용케 금세 알아차렸네. 과연 아라라기 선배야."

"아라라기 선배를 시험하지 마. 왜 갑작스레 애니메이션·만화 계통 퀴즈를 풀어야만 하는 거냐고. 학교가 매직 아카데미가 되었잖아. 그리고 칸바루, 『HAPPY☆LESSON』에 대해서는 예전에 한 번 화제로 삼았었다고."

"몇 번을 화제로 삼더라도 별 상관없잖아. 알다시피 나는 어머니가 돌아가셔서 말이야. 학교 선생님이 다섯 명의 어머니가 되어서 집에 밀고 들어온다는 그 이야기는 조금 동경하고 있어."

"칸바루…."

평소에는 아주 씩씩한 후배가 잠깐 보인 쓸쓸한 표정에 한순간 가슴이 찡해졌는데… 아니, 잠깐. 그건 아니지. 어머니의 죽음이라니, 이런 말장난 토크 중에 감동을 엮어 넣는 건 비겁하다고.

"참고로 나는 다섯 명의 어머니 중에서는 시텐노 우즈키 선생님이 제일 좋은데, 아라라기 선배는 어때?"

"이야기를 확장시키려고 하지 마. 시텐노 선생님은 겉으로 보기에 가장 모성이 느껴지지 않는 사람이잖아."

"무엇에서 모성을 느끼든, 그건 내 마음이잖아."

"네 경우는 너무 제멋대로라고."

"응? 뭐야, 왜 그러는데. 혹시 아라라기 선배는 나나코로비 후미츠키 선생님 파야?"

"나나코로비 후미츠키는 어머니 선생님이 아니잖아."

함정 문제 섞지 마.

"어쨌든 이런 식으로 수수한 시민운동 같은 활동을 계속하다 보면, 언젠가 블루레이 박스가 발매될지도 모르잖아? 후후후, 칸바루 비블리아 고서당은 신작 비디오 소프트도 취급하고 있다고."

"말해 두겠는데, 우리에게 그 정도 수준의 영향력은 없다니까?"

어디 보자, 무슨 이야기를 하고 있었더라? 미소년이나 미소녀 이야기는 이제 슬슬 됐다는 기분이 드는데….

아, 그렇지.

칸바루가 예상대로 내 부탁을 거절해 주지 않았다는 이야기였다. 뭐, 어쩔 수 없지.

이렇게 되면 나도 각오할 수밖에 없다.

애초에.

생각해 보면, 나에게 이 일을 말릴 자격은 없다. 자격이라기 보다는 능력이 없다. 만약 내가 칸바루를 이번 일에서 멀리 떼 어 놓는다고 한들, 그 사람은.

'그 사람'은 다른 루트로 칸바루에게 접촉을 꾀할 것이 틀림없 으니까. 그렇다면 내 눈길이 닿는 장소에서 그 접촉이 이루어지 는 편이 그나마 안심이 된다.

눈길이 닿는다고 해서 손이 닿는다고 자신할 수는 없으니, 그 렇다면 과연 내가 할 수 있는 것이 뭐가 있나 하는 이야기가 되 기도 하지만….

"그건 그렇고, 칸바루. 그 부탁 말인데…. 그러면 미안하지만, 지금 바로 같이 가 줄 수 있어?"

"응? 뭐야, 이곳에 볼일이 있었던 거 아니었어?"

"여기는 그냥 너와 내가 만날 장소였어."

"으음…. 그렇다면 그냥 집에서 만났어도 괜찮았을 텐데."

칸바루는 별 생각 없이 한 말이었겠지만, 듣고 보니 정말 그 말대로였다. 어라? 왜 나는 이 학원 옛터를 약속 장소로 지정했 더라?

그건 분명히….

"뭐, 상관없어. 자세한 건 묻지 않도록 하지. 자, 어디라도 가 겠어. 괜찮아, 유서는 이미 써 놓고 왔어."

"무서운 짓 좀 하지 마!"

어떡할 거야, 너희 할아버지나 할머니가 그 유서를 우연히 발견하시기라도 하면!

"애초에 무슨 내용의 유서를 쓰고 온 거야, 미성년자인 네가."

"'이 편지를 읽고 있을 무렵에는, 나는 이미 이 세상에 없겠지'
라는 문장으로 시작해."

"동경할 정도로 멋들어진 내용이기는 하다만…."

정작 살아 돌아왔을 때의 꼴사나움이 정말 이루 말할 데 없지.

"뭐, 벌써부터 그렇게 대비하지 않아도 돼, 칸바루. 이제부터
갈 곳도 누구랑 만나기로 한 장소야. 합류지점이라고 할까….
너랑 한번 봤으면 하는 사람이 있거든."

"어라라, 정말이지 난처한 선배네. 누구에게 어떤 허세를 부
린 거야? 성적이야, 인간관계야? 인기도야?"

"그게 아니야. 한번 붙어 겨뤄 보라는 얘기가 아니라, 소개하
고 싶은 사람이 있다는 얘기야. 너를 소개해 달라는 말을 들어
서…."

"흐음. 뭐, 좋아. 아라라기 선배가 하는 말이라면 틀림없겠
지."

"가능하다면 나에 대한 신뢰도를 절반 정도로 줄여 줬으면 하
는데…. 하지만 걱정할 것 없어."

나는 칸바루에게 일시적 위안의 말을 했다.

정말로 일시적인 위안이지만.

"적어도 남자나 여자가 네게 고백한다든가 하는 소개나 중개
는 아니야."

"그런 소개여도 상관은 없는데? 그냥 거절하면 되니까."

"……."

그런 쪽의 담백함은 센조가하라를 계승하고 있구나, 이 녀석.

누구에게나 나를 대하듯이 하지 않는다는 사실은, 그것 나름 대로 나를 구석으로 몰아붙이는 것이기도 하다.

그런 칸바루에게 '그 사람'을 소개하는 것보다는 차라리 남자 나 여자를 소개하는 편이 내 마음이 편할 정도이니…. 뭐하다면 내 쪽이 위안의 말을 듣고 싶을 정도다.

"'소개하고 싶은 사람은… 나였습니다!' 같은 결말이라면 물론 이야기는 달라지겠지만."

"틈만 나면 나하고 사귀려고 하지 마. 그런 육식녀가 세상에 어디 있냐고."

"아니, 사귀려고는 하지 않아. 육체관계만으로 족해. 육식녀 인 만큼, 일방적으로 포식하고 싶어."

"오싹하다고."

"나는 정신적인 연결 따윈 안 믿어."

"네 인생에 대체 무슨 일이 있었던 거야…. 그렇다기보다 너, 대체 무슨 생각을 하며 살고 있는 거야."

"내가 뭔가를 생각하고 있는 것처럼 보인다면, 병원에 가 보 는 편이 좋겠는걸."

칸바루는 씩 웃으며 그렇게 말했다.

꽤나 멋들어진 대사였지만, 그냥 멋뿐이었다. 뭐랄까, 어울리 는 사람이 하지 않으면 맛이 나지 않는다.

"잡담은 이만하고."

칸바루가 스스로 말했다.

잡담은 이만해야 한다는 자각이 있어서 정말 다행이다.

"오키도키, 아라라기 선배. 다 알았어. 그럼 가자고, 어디인지 알 수 없는 장소에 누구인지 모를 사람과 만나러!"

"역시 굉장하구나, 너는⋯."

너무 든든하다.

이 녀석이라면 내가 압도당하기만 했던 '그 사람'과도 대등하게 맞설 수 있지 않을까 하는 생각이 들 정도로⋯.

"출발이다!"

그렇게.

칸바루가 붕대를 감은 왼팔로 승리 포즈를 취한, 바로 그때였다.

003

쿵.

쿵, 쿵.

쿵, 쿵, 쿵⋯. 그렇게 문을 두드리는 소리가 났다.

우리가 약속 장소로 삼은 교실의 문을 두드리는 소리다. 옆으로 열리는, 일반적인 형태의, 폐허답게 여닫을 때마다 삐걱거리는, 두 짝으로 된 미닫이문이다.

칸바루는 성실하게도 이 교실에 들어올 때에 그 문을 잘 닫아 두었던 것 같다. 이런 부분에서 칸바루가 교육을 잘 받고 자랐음이 엿보이지만, 그러나 뒤집어 생각해 보면 그녀는 그런 식으로 교실 문을 제대로 닫고 나서 내 얼굴에 이가 깨질 정도의 진공 날아 무릎차기를 먹였다는 이야기가 된다. 하지만 그 일에 대해서는 나중에 따지기로… 아니, 혼내 주기로 하고.

쿵.

쿵, 쿵.

쿵, 쿵, 쿵.

문을 두드리는 소리. 난폭하지는 않다. 오히려 예의 바른, 조용하고 규칙적인 노크다. 다만 그 규칙적인 템포에 나는 위화감을 느끼지 않을 수 없었다.

당연한 이야기다. 아무리 훌륭한 옷차림의 신사라고 해도, 만난 장소가 밀림 속이라면 오히려 꺼림칙하게 느껴질 것이다. 한밤중의 폐빌딩 안에서 들려오는 규칙적인 노크.

긴장하기에는 충분했다.

"응? 뭐야, 손님인가? 들어와도 괜찮아!"

…칸바루가 전혀 긴장감 없는 눈치로 그렇게 말했다.

역시 전국대회 경험자는 고등학교 2학년이라고 해도 강철 같은 심장을 가지고 있었다.

"어? 아라라기 선배의 지인이 온 거 아니야? 나 말고 또 다른 사람을 불렀던 거 아니었어?"

"아니, 내가 부른 건 너뿐인데…."

손님?

뭐야, 내가 칸바루하고 즐거운 잡담을 하는 동안에 시간이 예상보다 많이 걸려서 초조해진 '그 사람'이 이쪽으로 데리러 왔다든가 하는 상황인가?

그런 생각도 들었지만, 도무지 그럴 것 같지는 않았다.

아무리 그래도 그렇게까지 칸바루와 오랫동안 이야기를 나누고 있던 것은 아니고—시답잖은 이야기이기는 했어도 긴 이야기는 아니었다—설령 그 정도의 긴 이야기였다고 해도 '그 사람'이 초조해지는 일이 있으리라고는 도저히 생각되지 않았다.

'그 사람'은 나 같은 녀석하고는 생각의 폭이 다르니까. 그렇다면 누구지? 누가 지금, 이 교실에 찾아온 거지?

어리석은 나는, 혹시나 시노부가 아닐까 하고 기대했다. 현재 나와 페어링이 끊겨 있는, 잘려 있는 시노부가 어떠한 수단으로 나를 찾아낸 것이 아닐까 하고.

물론 그런 일은 없었지만, 하지만 이 발상 자체는 **두 가지 의미**에서 맞았다고 할 수는 없어도 틀렸다고도 할 수 없는 것이었음을 나는 나중에 알게 된다.

어찌 됐든.

칸바루에게 입실을 허락받고서 삐걱거리는 문을 열고 교실 안에 들어온 것은—이쪽으로 들어온 것은, 일본식 갑옷이었다.

"……!"

갑옷?

아니, 갑옷이었다. 틀림없는 갑옷이었다.

표현한다면, 갑옷이 정확한 표현이 맞다.

그렇지만 갑옷의 출현은 과연 정상적인 상황일까?

대체 어떤 맥락으로, 어떤 경위로 일본 갑옷을 입은 무사가 이 자리에 등장하는 거지? 조금 전까지 칸바루와 즐겁게 이야기를 나누고 있던 참이잖아. 그런데 어째서?

느닷없이 등장한 갑옷무사를 앞에 두고 나의 사고는 이럴 때의 정상적인 루틴으로서 '시대착오적인 코스프레 같은 건가?'라고 한 걸음 한 걸음 태평스럽게, 마치 거북이걸음처럼 나아가기 시작했지만, 역시나 날쌘 준족으로 유명한 칸바루 스루가의 사고는 토끼처럼 재빨랐다.

아니.

정확하게 말하자면, 아마도 칸바루 스루가는 생각조차 하지 않았을 것이다. 문을 열고서 갑옷무사가 철컥, 하고 교실에 발을 들인 그 순간, 이미 그녀는 움직이기 시작하고 있었다.

붕대에 감싸인 왼팔을 휘두르면서.

갑옷을 향해 뛰어들고 있었다.

"카… 칸바루!"

"아라라기 선배, 엎드려 있어!"

나를 배려하는 듯한 그런 말을 하면서, 칸바루 스루가는 자신의 왼쪽 주먹을 갑옷의 동체, 몸통의 중심부에 때려 넣었다.

엄밀히 말하면 그 왼쪽 주먹은 그녀의 주먹이 아니라.

괴이의 주먹이지만.

그렇기에 갑옷을 맨주먹으로 때리면 보통은 주먹이 부서지겠지만, 이 경우에 부서진 것은 갑옷 쪽이었다. 칸바루의 스트레이트 펀치 일격에 갑옷은 산산조각이 났다.

즉결즉단.

상대가 누구인지도 모르는 상황에 앞뒤 가리지 않고 갑자기 달려든다는 것은 행동으로서 너무나 과격하다는 생각도 들었지만, 그러나 나타난 수상한 자에 대한 반응으로서 칸바루의 그 움직임은 칭찬할 만했다.

뭐, 설령 어떤 상황에서라도 갑옷무사에게 덤벼들 만한 배짱 같은 건 나에게 없지만. 다만 칸바루의 요청(명령?)에 따라 그 자리에 반사적으로 엎드린 나는(저도 모르게 뒤통수에 맞잡은 손을 대고 있었다. 이래서는 군대에게 제압당한 민간인 꼴이다), 그 직후 그녀의 판단력 이상으로 놀라운 것을 목격하게 되었다.

산산이 흩어진 갑옷.

당연히 그것으로 인해 갑옷을 입고 있던 인물의 모습이 보일 것이라고 생각했다. 그것이 누구더라도, 그 정체가 밝혀질 것이라고 생각했다.

하지만, 그렇게 되지 않았다.

갑옷 속은 텅 비어 있었다.

"……."

제아무리 칸바루도 이 상황에는 말을 잃었다. 말을 잃고, 내가 있는 곳으로 백 스텝으로 돌아왔다. 백 스텝이라고 할까, 백 러시? 엄청나게 빨랐다. 실제로 칸바루의 피지컬에서 특필해야 할 부분은 괴이가 깃든 왼쪽 주먹의 파괴력 같은 게 아니라 그녀가 자신의 의지로, 굳센 의지로 단련한 하체 쪽이다.

"어이, 이봐, 아라라기 선배. 이런 상황에서 내 허리 라인에 주목하지는 말아 주겠어? 조금은 분위기 파악을 해 줘."

"너야말로 남의 마음을 읽지 말라고. 분명히 하체라고 말했잖아. 허리에 특화되지 않았다고."

이야기를 나누면서 나도 엎드린 상태에서 일어난다. 물론 산산이 흩어진 갑옷에서 눈을 떼지 않고.

번듯한 갑옷 한 벌.

칸바루의 일격을 맞고 이리저리 흩어졌지만, 가만히 보면 각각의 부위에 상처가 나거나 부서지거나 한 것은 아니다. 쌓여 있던 나무 블록이 무너진 것 같은 상황이다. 칸바루의 일격이 아무리 강력하다고 해도 갑옷이 너무나 쉽게 산산조각 났다고 생각했는데, 안이 텅 비어 있다면 그럴 만도 하다.

"아니, 아라라기 선배. 비어 있었다기보다는 그냥 껍데기 같다는 느낌이었어. 손맛이 없다시피 해. 헛쳤나 싶었을 정도야. 뭐야, 저건? 아라라기 선배의 친구야?"

"나한테 갑옷 친구는 없어."

"그러면 어떤 친구가 있는데?"

"……."

곧바로 대답할 수 없는 질문이었다.

생각해 보면, 내 친구 중에 칸바루가 모르는 녀석은 거의 없었다.

어쨌든 나는 속이 비어 있는데도 움직이는 갑옷 같은 건 모른다. 친구로서도 모르고 말이야.

괴이로서도.

모른다.

"그렇다는 얘기는 적어도 이 갑옷무사가 이번에 아라라기 선배가 나에게 소개하고 싶다던 사람은 아니라는 소리네."

"응…. 아니, 너는 그럴 가능성을 고려하면서도 일격을 날린 거야…?"

정말로 저것이 누군가의 코스프레 차림이었고 누군가의 장난이었으면 어쩔 생각이었을까.

"어쩔 생각이고 뭐고, 그때는 제대로 사과할 생각이었다고. 아라라기 선배의 신변을 보호하기 위해서는 아까는 그것이 최선의 방법이었어."

"……."

무서운 후배다….

전혀 위축되지 않고 대담하고 말이야.

하지만 확실히 이 후배의 판단력 및 전투력은 믿음직스러웠다. '그 사람'이 대체 칸바루에게 무엇을 요구하는지는 확실치 않지만, 이 녀석이 시노부와의 페어링이 끊어져 있는 나 같은 녀석보다 훨씬 유용한 젊은이인 것은 틀림없어 보였다.

어쨌든 이것이 뭔가의 괴이였다고 해도, 무시무시한 요괴였다고 해도 일이 시작되기 전에 칸바루가 정리해 주었다는 이야기다. 정리했다기보다는 어지럽혔다는 모양새이지만.

역시 정리를 못 하는 여자다.

내가 '그 사람'에게 부탁받은 것과 관계가 있는지 여부는 알 수 없지만…. 일단 이 일은 보고해 두는 편이 좋으려나?

"응?"

그렇게 칸바루가 거기서 고개를 갸웃거렸다.

"어라…. 어라라?"

"응? 왜 그래, 칸바루."

"아니, 모든 부품이 갖추어진 갑옷이라고 생각하고 있었는데, 가만히 보니까 부족하네."

"부족하다고?"

"응. 그 왜, 우리 집에도 갑옷은 대여섯 벌 있는데, 그것들과 비교하면 저 갑옷무사는 중요한 부품이 없어."

"……."

갑옷이 대여섯 벌이라니…. 어떻게 된 집안이냐.

하긴 칸바루의 집은 번듯한 일본식 저택이니 말이야…. 대여섯 벌은 좀 많다 싶지만, 칸바루가 일본식 갑옷 한 벌이 어떻게 구성되어 있는지 알고 있어도 이상하지는 않을 것이다.

"하지만 내가 보기엔 부족한 부분은 없는 것 같은데…. 으음, 아, 맞다, 칸바루. 갑옷에 조예가 있다면, 저걸 다시 한 번 재조립해 볼 수 있겠어?"

"어? 내가 말이야?"

칸바루가 자기 얼굴을 가리키며 멀뚱한 표정을 지었다.

그렇게나 나에게 충성을 맹세하는 듯한 말을 하고는 있지만, 기본적으로 칸바루는 누군가의 명령을 받고 움직이는 상황에는 익숙하지 않았다. 그런 의미에서는 정말이지 유용한 젊은이가 아닌 '스타'님이셨다.

"하지만 나는 갑옷 조립하는 방법을 모르니까."

"그러면 내가 지시를 내릴 테니 아라라기 선배가 조립하는 건 어떨까?"

"너는 선배를 부리는 것에 주저가 없구나…. 뭐, 상관없지만. 그저 시키는 대로 엎드려 있기만 하는 남자가 아닌 부분을 보여 주지. 엎드리는 것뿐이 아니라 드러누울 수도 있다는 것을!"

"존경하는 선배가 맨바닥에 드러누워 있는 모습은 보고 싶지 않은데…. 하지만 왜 다시 조립할 필요가 있어?"

"아니, 조립해 놓으면 혹시 또 움직이기 시작할지도 모르잖아."

칸바루와 무사히 합류한 이상, 얼른 다음 합류 장소로 가야만 했다. 그러나 이대로라면 '무사히'라고 말하기 어렵다. 솔직히 이 이상의 트러블을 겪는 것은 사양하고 싶으니 이 갑옷은 못 본 체 내버리고 간다는 방법도 없는 것은 아니었다. 하지만 그런 식으로 못 본 체하고 버려 두었던 트러블의 씨앗이 그 뒤에 어떤 식으로 자라나는가를, 나는 얼마 전에 체험했던 참이다.

지식도 지혜도 없었지만, 그래도 할 수 있는 일은 해 둬야 한다. 칸바루가 구조를 알고 있다면 조립에 그리 많은 시간은 걸리지 않을 것이다.

"아니, 시간은 좀 걸릴걸…. 갑옷이 얼마나 무거운지 모르는 거야? 프라모델을 조립하는 것하고는 전혀 다르다고."

"그래…? 뭐, 나는 애초에 프라모델을 조립한 적이 없지만 말이야."

"어? 그래? 다양한 취미를 가진 아라라기 선배로서는 별일이네."

"어떻게든 띄워 주려고 나를 취미가 많은 사람으로 포장하지마. 아니, 만들어 본 적이 없는 건 아니지만, 완성시킨 적이 없어."

"응, 이해해. 나도 프라모델은 자주 사지만 상자에서 꺼낸 적이 없거든."

"아무리 그래도 그런 것하고 동일시하지 마."

그렇게.

이런 대화를 하고 있는 시간이야말로 낭비였다. 낭비이긴 했지만, 결과적으로 나는 산산이 흩어진 갑옷을 (후배의 지시에 따라) 다시 조립한다는 노동에 몰두하지 않을 수 있었다. 물론 그것은 칸바루가 알아서 해 줬다는 의미가 아니다. 스타님께서는 일하지 않는다.

움직인 것이다.

건드리지도 않았는데…. 아니, 다가가지도 않았는데 산산이 흩어져 있던 갑옷이 제각기, 제멋대로 움직이기 시작했던 것이다.

비디오를 되감기하듯.

제멋대로 움직여서, **제멋대로 조립되어 간다.**

텅 비어 있던 갑옷이, 마치 그 자체가 하나의 생명체인 것처럼. 덜그럭덜그럭하며, 잘그락잘그락하며 조성되어 간다.

소생하는 것처럼, 조성되어 간다.

투구가, 몸통 갑옷이, 히타타레*가, 토시가, 정강이 보호대가, 얼굴 보호대가, 어깨 장갑이, 버선이, 짚신이, 가죽덧신이 조립되며… 원래대로의 갑옷무사가 **완성된다**.

전기도 들어오지 않는 폐빌딩 안에서, 달빛과 별빛만이 비쳐드는 실내에서, 조금 전에 등장과 거의 동시에 해체된 갑옷무사를 똑똑히 봤다고는 말하기 어려웠지만… 다시 한 번.

다시 보니, 그것은 아주 화려한 갑옷이었다.

새빨간 갑옷.

'아카조나에*'라고 하던가, 이런 갑옷을?

아니, 하지만 그 갑옷의 색은 붉다는 정도를 넘어서 마치 핏빛같았다. 믿기지 않는 것을 보고 있으니 그 현상에 아연실색하는 것은 당연했지만, 그러나 그와 동시에 나는 한 가지 새로운 것을 발견했다.

새로운 발견이라고 할까, 칸바루가 했던 말을 이해한 것이다. 이 갑옷무사에게 부족한 것, 부족한 부품이 어떤 것인지, 이렇게 그 전신상을 봄으로써 확실히 알게 되었다.

이 갑옷에 **부족한 것**.

물론 안에 아무것도 들어 있지 않다는 점은 여기서는 제쳐 두

※히타타레(直垂) : 예복의 일종. 옛날에는 평민복이었으나 이후 무가의 예복으로 사용되었다.
※아카조나에(赤備え) : 일본 전국시대 군단 편성의 일종으로 모든 방어구를 붉게 칠했다.

기로 하고, 온전한 한 벌의 갑옷으로서 부족한 부분, 그것은….

"……■ ■ ■ ■."

어?

말했어?

텅 빈―껍질뿐이며―든 것 없는 갑옷이?

아니, 아무리 그래도 설마. 바람이 텅 비어 있는 갑옷 속을 지나가다 난 소리겠지. 목소리치고는 너무 흐릿…했….

"물러나 있어, 아라라기 선배!"

었고… 라고 진행되던 나의 뇌내 시냅스의 연결보다도 빠르게, 또다시 칸바루가 움직였다. 민첩. 조금 전과 마찬가지로 왼팔의 위치를 잡고, 갑옷 가까이로 주저 없이 딛고 들어가서 그 중심을 후려쳤다.

입은 사람도 없는데 움직이고, 그러기는커녕 자동적으로 조립되기까지 하는 갑옷에는 놀라움을 금할 수 없었지만, 그러나 이 기묘한 상황에 대한 칸바루의 반응속도에도 전율하지 않을 수 없다. 그것이 칸바루가 시키는 대로 고분고분히 뒤로 '물러나 있는' 나의 감상이었다.

이런 선배를 왜 그녀가 신봉하는지는 몹시 의문이지만(해명하자면 갑옷에 겁먹고 물러난 것이 아니라, 몸이 멋대로 칸바루의 지시에 따랐던 것이다. 이쪽이 더 한심한가?), 어쨌든 칸바루는 닥쳐온 위기에 맞서 액셀러레이터를 밟는 것에 주저하지 않는 성격이었다.

그러나.

이번에는 갑옷이 부서지지 않았다.

산산이 흩어지지 않았다. 충격을 완전히 죽이지는 못했는지 뒤쪽으로 비틀거리기는 했지만 그 자리에서 버텨 냈다.

아니.

버텨 낸 것뿐만이 아니다. 갑옷무사는 **단숨에** 원래 자세로 돌아와서, 텅 비어 있을 왼팔로 칸바루를 붙잡으려고 했다.

느릿느릿한 동작으로.

위쪽에서 칸바루의 머리를 붙잡으려고 했다. 칸바루는 여자치고 결코 키가 작은 편은 아니지만, 갑옷무사의 키는 척 봐도 칸바루보다 50센티미터 이상은 커 보였다. 그런 신장 차에 위축되지 않고 맞서고 있는 칸바루는, 물론 반격처럼 뻗어 오는 그 왼팔에도 위축되지 않았다.

종이 한 장 차이로 그것을 피하며, 피해 지나가며 카운터를 날리듯 다시 한 방을, 이번에는 몸통이 아니라 턱 쪽으로 날렸다. 어퍼컷이 아니라 아래쪽에서 위쪽을 향해 날리는 스트레이트다.

물론 텅 비어 있는 갑옷무사의 급소를 노리는 것에 의미가 있는지는 알 수 없다. 그러나 칸바루 스루가가 보이는, 나 같은 녀석보다 훨씬 싸움에 익숙한 몸놀림은 내가 '으아, 앞으로는 절대 칸바루를 화나게 만들지 말자. 선배로서 절대 복종하자.'라고 맹세하게 만들기에 충분했다.

어째서 스포츠맨이 싸움에 익숙한가 하는 의문을 느끼지 않을 수 없었지만, 뭐, 어느 정도의 완력을 갖추지 못하면 체육 계열의 톱클래스에 오를 수 없는지도 모른다.

그러고 보니 예전에 나는 바로 이 교실에서 괴이에 홀려 있던 칸바루와 배틀을 벌인 적이 있었는데, 그때의 움직임도 상당히 능숙한 느낌이었다.

파이어 시스터즈의 실전담당 급이라고까지는 말할 수 없겠지만, 이런 상황에서 몸이 척척 움직인다는 것만으로도 아직 충격을 완전히 떨쳐 내지 못한 나를 그저 감탄하게 만들었다.

그렇지만 감탄하고 있을 상황이 아니었다.

당연하지만.

갑옷의 움직임은 둔중했고 칸바루의 움직임은 그것과 비교도 되지 않을 정도로 준민했으므로, 나는 설령 한 방에 갑옷을 산산조각 내지 못하더라도 두 방 세 방을 계속 날리다 보면 다시 부서지지 않을까 하는 생각을 하고 있었다.

갑옷에 **부족한 장비**가 있다는 점도 그런 생각을 조장하고 있었지만… 그렇게 되지는 않았다.

붙잡으려고 하는 팔을 피하면서 턱을 후려쳐도 투구가 조금 흔들릴 뿐이었던 갑옷무사에게 세 번째 공격을 날리려고 하던 칸바루가, 거기서 갑자기 무릎을 꿇었다.

털썩, 하고.

주저앉았다.

"어?! 칸바루?!"

"오… 오지 마!"

목소리로 봐서는 칸바루 스스로도 그것에 당황한 듯했지만, 그래도 그녀는 나를 향해 그렇게 외쳤다.

그렇게 외쳐서 나를 그 자리에 멈추게 만드는 것과 동시에, 그 무릎 앉아 자세에서 마치 크라우칭 스타트를 하는 것처럼 갑옷 무사의 하반신을 향해 몸을 날렸다.

보디어택이 아닌, 태클이다.

때려도 쓰러지지 않는 갑옷을 강제로 쓰러뜨리기로 한 모양이었다. 아까처럼 산산이 흩어놓을 수는 없더라도, 바닥에 넘어뜨리면 갑옷은 그 자체의 무게로 인해 서로 분리될 것이다. 칸바루는 그 점을 노린 듯했지만, 칸바루의 각력이 실린 양다리 태클 역시 불발로 끝났다.

"……!"

이번에는 미동도 하지 않았다.

비틀거리기는 고사하고 흔들리지도 않았다.

다리를 앞뒤로 벌리지도 않고, 마치 뿌리라도 박혀 있는 것처럼 직립부동 상태로 갑옷무사는 그 태클을 완전히 버텨 냈다.

어…? 아니, 이 녀석, 어쩐지….

점점 튼튼해지고 있지 않아?

처음에는 일격에 박살 나고, 다음에는 비틀거리는 정도고, 그 다음에는 흔들리는 정도에 마지막에는 미동도 하지 않는다? 싸우는 동안 칸바루가 날리는 공격에 익숙해지고 있다는 이론으로 정리하기에는 너무나도 신속한 성장이다. 둔중한 저 움직임에는 도저히 어울리지 않는다.

그러나 엄연한 사실로서, 등장한 지 고작 10여분 만에 이 갑옷무사는 명백히 '강해져' 있었다.

나의 이 분석은 일면적으로는 옳았지만, 어디까지나 상황의 일면에 지나지 않았다. 그리고 나는 이때만큼은 다른 일면 쪽에 주목했어야 했다.

"아⋯."

칸바루가.

칸바루 스루가가 양다리 태클 자세를 한 채로, 질질 기어 갑옷 무사의 다리에 달라붙으려고 하면서.

"아라라기 선배⋯."

달라붙으려고 하면서, 말했다.

아니.

갑옷무사에게 달라붙으려는 그 손도 힘없이 떨어졌다. **뭔가를 당하지도 않았는데** 칸바루가, 칸바루 쪽이 바닥에 쓰러졌다.

"⋯도망쳐."

그 명령만은 들을 수 없었다.

004

점점 튼튼해지는 갑옷무사. 그와 대조적으로 칸바루가 점점 약해지고 있는 것을 나는 눈치채지 못했다.

맨 처음에 몸통에 일격을 날리고.

다시 턱에 일격을 가했을 때, 칸바루는 무릎을 꿇었다. 그 시점에서 어째서 칸바루가 주저앉았는지 이상하게 생각했는데, 태클로 달라붙은 직후에 그녀가 쓰러진 것을 보고 나는 이해했다.

이제 와서야 간신히 깨달았다. 그러나 그것은 좀 더 빨리 깨달았어야 했다. 아니, 그렇다기보다 깨닫지 못했던 것이 이상하다. 왜냐하면 나는 그 현상을 수도 없이 목격하고, 수도 없이 체험했었으니까.

에너지 드레인.

곁에 다가가는 것만으로, 건드리는 것만으로 대상의 체력·정력·정신력을 흡수해 버리는, **우리들**에게는 친숙한 괴이 현상 중 하나.

요컨대 양면이었던 것이다.

갑옷무사가 점점 튼튼해진 것과 칸바루가 서서히 약해진 것은, 칸바루의 신속한 움직임과 판단력이 역효과를 부른 모습이었다.

에너지 드레인이라는 괴이 현상을 알아차리기 전에, 칸바루는 갑옷무사에게 너무 많이 접근했고 갑옷무사에게 너무 많이 접촉해 버렸다. 이것이 만일 나였더라면 첫 한 방에 쓰러졌겠지만.

아니, 어찌한들 피할 방법은 없었다. 아무리 머리를 굴리더라도 에너지 드레인과 갑옷무사는 연결되지 않는다. 분명 나나 칸바루 중 어느 한쪽이 쓰러질 때까지 절대적 확신은 갖지 못했을 것이다.

왜지?

어째서 저렇게 고풍스런, 시대착오적인 갑옷무사가 **마치 흡혈귀 같은 에너지 드레인을 사용하는 거지**?

지금, 여기서 무슨 일이 일어나고 있는 거지?

뭐지, 저 녀석은?

그러나 그런 생각을 하고 있을 여유는 없었다. 갑옷무사의 에너지 드레인을 깨달았다고 해서 내가 취해야 할 행동이 달라질리 없다. 저 갑옷무사의 발밑으로 달려가서, 쓰러져 있는 칸바루를 회수해 온다. 그것뿐이다.

저 갑옷의 에너지 드레인이 어떤 종류인지, 발동조건은 무엇인지는 확실치 않지만, 그런 세세한 것들에 신경 쓸 겨를은 없었다.

왼손에 괴이가 깃들어 있는 칸바루와는 달리, 시노부와의 페어링이 끊겨 있는 지금의 나는 흡혈귀 비슷한 존재조차 아니다. 강력한 에너지 드레인을 당하면 한순간에 꼴사납게 픽 쓰러져 버릴지도 모르지만.

모든 기운을 전부 빨려 버릴지도 모르지만, 마지막 힘을 짜낸 목소리로 나에게 도망치라고 재촉한 칸바루 스루가를 위해서 그 한순간을 사용하자.

저 갑옷무사가 어째서 이곳에 왔는지도, 어째서 이곳에 나타났는지도, 정체에 대해서도 아직 아는 게 없지만, 칸바루가 이곳에 온 것은 내가 불렀기 때문이란 이유 말고는 없다.

순수하게 휘말려 든 것이다.

여기서 만약 칸바루에게 무슨 일이라도 생긴다면 나는 평생 센조가하라를 볼 낯이 없다. 나는 갑옷무사를 향해 달려갔다.

뭔가 생각이 있던 것은 아니지만, 굳이 말하자면 갑옷무사의 발치를 상쾌하게 스쳐 지나가면서 쓰러져 있는 칸바루를 잽싸게 회수한다는 것이 내가 머릿속에 그리는 3초 후의 내 이미지였다. 그러나 대개의 경우, 내 모습이 내 이미지대로 실현되는 경우 따윈 없다.

여러분이 아시는 대로다.

하지만 결코 내 행동이 헛수고였던 것도 아니다. 칸바루를 내려다보고 있던 갑옷무사가 내 움직임에 반응했기 때문이다. 물론 내려다보고 뭐고, 갑옷무사의 가면 속에 눈알 따윈 있지도 않았지만… 나를 노려본 듯한 느낌이 들었다.

그리고 저쪽도 움직였다. 칸바루의 에너지를 빨아들였다고 생각되는 갑옷이 취한 행동은, 기묘하게도 조금 전에 칸바루가 취한 행동을 따라하는 듯한, 태클이었다.

한 번 상상해 보기 바란다. 자신의 두 배는 될 것 같은 덩치의 갑옷무사가 정면에서 태클을 걸어오는 것이다. 동작으로는 양다리 태클을 거는 움직임이었지만, 어쨌든 피아간에는 상응하는 신장의 차이가 존재한다.

숄더 태클처럼, 그것은 내 복부에 작렬했다. 내장이 전부 파열된 것이 아닌가 싶을 정도의 충격이 퍼졌다. 실제로 그렇게 되었어도 이상하지 않았을 것이다. 흡혈귀로서의 회복력을 갖지 않은 내가 여기서 즉사했다고 해도 이야기의 결말로서 아무런 위화감도 없었을 것이다.

하지만 다행이었던 것은, 오히려 지금의 내가 어중간한 파워를 지니고 있지 않았다는 점일지도 모른다. 기와 열 장을 인정

사정없이 깨 버릴 수 있는 주먹이라도, 공중에 하늘거리는 얇은 비단천은 의외로 꿰뚫지 못하는 법이다. 나는 털끝만큼도 버티지 못하고 뒤로 날아가 버렸으니까.

나는 의자나 책상을 이리저리 쓰러뜨리면서 바닥을 데굴데굴 굴러 온몸에 멍이 들고 타박상을 입기는 했지만, 예전에 그랬던 것처럼 상반신과 하반신이 끊어지지는 않았다.

정말 이번에는 내가 산산조각 나 있어도 이상하지 않았다. 젠장, 나도 모르게 흡혈귀의 불사성에 익숙해져 버렸던 걸까? 온몸 구석구석까지 퍼지는 둔통과 이쪽저쪽에 난 찰과상의 출혈에, 새삼스럽게 인간임을 느낀다.

정말 염치도 없다. 봄방학에 흡혈귀로 변했을 때에는 그렇게나 인간으로 돌아가기를 절실히 바랐던 주제에, 지금은 그 힘을 원하고 있다.

칸바루를 지키기 위해서. 그렇게 생각했지만 제대로 일어설 수도 없어서, 나는 기어서라도 칸바루에게 다가가려고 했다. 하지만 결론부터 말하자면, 그럴 필요는 없었다. 나의 쓸데없는 발버둥 따윈 정말로 쓸데없는 행동일 뿐이었다.

왜냐하면, 어째서인지 갑옷무사는 바닥에 쓰러진 칸바루 곁을 떠나서 내 쪽으로 걸어오고 있었기 때문이다. 한 걸음씩.

하지만 그 걸음은 조금 전까지와 그리 다르지 않은 페이스였음에도 불구하고 조금 전까지의 둔중한 느낌이 없었다. 상당한 중량이 있는 갑옷임에도 불구하고, 오히려 경쾌하게 느껴지는 발놀림이었다.

충돌했을 때에 내 에너지도 흡수한 건가? 아니, 현재 인간인 내 에너지 따위야 요깃거리도 되지 않을 텐데…. 어찌 이럴 수가. 아마추어 나름대로 단기간에 수많은 괴이를 상대해 왔다고 생각하고 있었지만, 싸우면 싸울수록 강화되어 가는 괴이를 만난 것은 이번이 처음이었다.

싸우면 싸울수록 강해진다니.

내 천적 같은 녀석이잖아.

"■ ■ ■ ■ …."

다시 갑옷이 뭔가 중얼거린 듯한 느낌이 든다. 하지만 그 말을 해독하지도 못하고 쩔쩔매고 있는 동안, 그 갑옷은 한 걸음 반 정도 거리까지 다가와 있었다.

이대로 짓밟히는가 싶었다.

개미를 밟아 으깨는 것과 별반 다르지 않은 노력으로 달성할 수 있는 일이었을 것이다. 그러나 갑옷무사는 그렇게 하지 않고, 오히려 일어서려고 발버둥 치는 나를 거들듯 가볍게 몸을 숙이고 내 멱살을 콱 움켜쥐더니 테이블보라도 치우는 것처럼 내 몸을 휙 들어 올렸다.

들어 올리고, 시선을 맞춘다.

갑옷무사에게 눈 같은 건 없었지만….

"뭐…."

나는 말한다. 더듬거리면서.

교실 바닥을 구를 때에 온몸에 입은 타박상, 그리고 복부에 직접적으로 입은 대미지는 치명상은 아니어도 상당히 컸는지 나는 발버둥 칠 기운도 없었다. 멱살을 움켜쥔 갑옷의 토시를 붙잡을 힘조차 남아 있지 않았다.

"뭐… 뭐냐고, 넌. 무슨 생각이야. 우리한테 무슨 원한이 있는 거야. 왜 이런 짓을 하는 거야."

필요 이상으로 수다스러워진 것은, 지금의 내가 할 수 있는 일이 말하는 것 정도밖에 없었기 때문이다. 그리고 설령 공기가 갑옷 내부를 흐르며 피리처럼 소리를 내고 있는 것뿐이라고 해도, 갑옷무사가 말을 하는 것처럼 보인 것은 확실하다.

만약 정말로 말을 할 수 있다면.

커뮤니케이션이 성립한다면, 교섭의 여지가 있을 것이다.

예전에 이 건물에서 살았던 오시노 메메처럼 괴이와 대화할 수 있으리라고는 생각하지 않지만…. 그 녀석이라면 분명 이렇게 말하겠지. 갑자기 치고받고 하다니 기운이 넘치는구나, 뭔가 좋은 일이라도 있었어? 라고.

애초에 선수를 친 건 이쪽이다.

칸바루가 나를 지키기 위해 움직여 준 마음에 의심은 없지만, 그래도 보기에 따라서는 노크를 하고 예의 바르게 들어온 갑옷무사에게 갑자기 덤벼든 것은 이쪽이다.

갑옷무사 쪽에서 우리에게 한 공격이라고 하면 내가 맞은 숄더 태클 정도고, 지금도 사실은 나를 일으켜 준 것이라는 견해도 불가능은….

"으억!"

…불가능했다.

갑옷무사는 멱살에서 손을 확 놓더니, 중력에 의해 낙하한 나를 다시 그 손으로 붙잡았다. 내가 낙하한 높이만큼, 붙잡은 위치는 멱살에서 목으로 바뀌었다.

한 손으로.

목을 조른다.

힘을 적절히 조절하고 있다는 것이 느껴졌지만, 그러나 봐주는 것은 없었다. 내 호흡을 막으려 하는 것이 아니라, 내 목뼈를 부러뜨리려는 의도로 쥐고 있는 것이 아닐까 하는 생각이 들었다.

"큭…커…컥."

아니, 그게 아니다.

힘은 적절히 조절되고 있다.

갑옷무사가 내 목을 움켜쥔 것은 내 수다를 멈추게 하기 위해서다. 지금의 내가 유일하게 할 수 있는 일인 수다를, 너저분한 나의 질문을, 말을 거는 것을, 갑옷무사는 목을 조름으로써 봉인했다. 그것은 아주 뚜렷한 커뮤니케이션의 거절이었다.

다만 그것뿐만이 아닌 소모를 느꼈다.

에너지 드레인.

붙잡힌 목으로부터, 상실되어 간다.

빼앗겨 간다.

시야가 뿌옇게 되어 간다. 의식이 흐려져 간다.

"……."

그런데.

갑옷무사의 어깨 너머로, 쓰러져 있던 칸바루가 일어서려 하는 모습이 보였다. 일어나서, 휘청거리면서도 칸바루는 의지가 깃든 눈으로 나에게 아이콘택트를 보내 온다. 과연 팀플레이에서 명성을 떨친 칸바루 스루가구나… 라고 말하고 싶은 참이지만, 그런 아이콘택트를 보내고 있을 상황이냐.

이쪽으로 오지 마!

움직일 수 있으면 얼른 도망쳐!

그렇게 말하고 싶었지만, 목을 졸리고 있어서 말을 할 수가 없다. 스포츠를 전혀 하지 않았던 터라 제대로 될지 어떨지는 알 수 없었지만, 어쩔 수 없이 나도 그녀에게 아이콘택트를 보냈다.

'도망쳐.'

'도망 안 칠 거야.'

곧바로 돌아오는 아이콘택트.

눈과 눈으로 대화할 수 있는 수준으로 칸바루와 서로 통하고 있었다는 것은 상당한 충격이었지만, 내놓은 사인을 거부당하면 서로 통해 봤자 의미가 없다. 다만 도망치란 말을 먼저 무시했던 것은 내 쪽이었으므로 이 문제로 그리 강하게 말할 수는 없지만….

'내가 뒤쪽으로 살금살금 다가가 양쪽 오금을 무릎으로 쿡 밀어서 비틀거리게 만들 테니, 그 틈에 아라라기 선배는 도망쳐.'

…왜 아이콘택트로도 바보 같은 소릴 하는 거냐.

오금을 무릎으로 밀고 뭐고, 애초에 갑옷 안에는 무릎이 없잖아…. 그것이 내 마지막 사고가 될 뻔한, 멍청하면서도 결정적인 그 찰나.

교실의 바닥이 불을 뿜었다.

묻혀 있던 대인용 지뢰가 터졌나 하는 생각이 들 정도의 불기둥이었다. 불기둥은 나를 붙잡고 있는 갑옷무사의 토시를, 팔뚝을 불태웠다.

완전히 태워 버리지 못한 것이 신기할 정도의, 무시무시한 화력이었다. 비슷한 느낌의 예를 들자면, 중화요리점의 가스버너를 가장 세게 틀어 놓은 듯한 불기둥이었다.

마음만 먹으면 내 목을, 목젖을 순식간에 으깼을 갑옷무사의 손이 그 불길에 의해 반사적으로 떨어진다. 자유로워진 나는 바닥에 세차게 엉덩방아를 찧었다.

그러나 그 해방감에 들뜰 짬은 없었다. 느닷없이 바닥에서 분출된 불기둥은 갑옷무사의 팔꿈치를 노리고 분출한 것이 아닐까 하고 내 입맛에 맞는 해석도 해 보았지만, 그런 것은 아니었다. 우연히 **최초의** 불기둥이 갑옷무사의 토시를 불태운 것뿐이었다.

차례차례.

봇물이 터지듯이.

연쇄되는 것처럼 불길이 아래층에서, 바닥의 모든 지점에서 분수처럼 분출하기 시작했던 것이다. 바닥을 꿰뚫고 나타난 그 불기둥은, 기세가 줄지도 않고 그대로 천장까지 꿰뚫었다. 이 기세라면 분명 3층과 4층 천장도 꿰뚫고 옥상까지 올라갔을 것이다.

화염이기는 했지만, 이것은 물리적인 파괴력을 동반한 당목이 바닥 아래서 차례차례 솟구쳐 올라오는 것과 비슷하기도 했다. 말하자면 공격적인 두더지잡기다.

엉덩방아를 찧은 나는, 계속해서 분출하는 불기둥을 피하기 위해 바닥을 긴다기보다 스스로 바닥을 구르며 칸바루 쪽으로 이동했다. 지금은 얇은 비단 같은 나 따위가 칸바루와 합류한다고 해서 뭐가 어떻게 되는 것도 아니었고, 여기서 갑옷무사가 나를 쫓아온다면 오히려 칸바루를 위험에 빠뜨리게 될지도 몰랐지만.

칸바루는 칸바루대로 스텝을 밟으며 불기둥을 피하고 있었다. 무슨 일이 일어나고 있는지 파악하고 있는 게 아닌데도 발휘되는 그 순발력, 역시 이런 때에 몸이 저절로 움직이는 부분을 보면 과연 일류 운동선수다.

무슨 일이 일어나고 있는가.

당연하지만, 나는 이 솟구쳐 오르는 수많은 불꽃의 창을 갑옷무사가 일으킨 새로운 괴이 현상이라고 생각했다. 하지만 애초에 이 불기둥 덕분에 녀석의 구속에서 해방되었음을 떠올리면 그렇지는 않은지도 모른다.

지금도 불기둥으로 형성된 감옥이, 내가 간발의 차이로 빠져나온 화염의 울타리가 갑옷무사와 우리를 갈라놓고 있었다. 이렇게 되면 이 화염이 마치 우리를 보호하는 벽 같았지만, 역시 그렇게 내 편의대로 생각하기는 어렵다. 화염의 감옥 이쪽 편도 충분히 화염에 휩싸여 있다.

그렇다면 뭐지?

이 불기둥은.

"…하네카와 선배."

그렇게.

어째서인지 칸바루가 거기서 가만히 중얼거렸다. 하네카와?
어째서 여기서 뜬금없이 하네카와의 이름이 튀어나오는 걸까.

불이나 화염에 하네카와를 연상케 하는 요소 같은 건 없을 텐
데. 오히려 여기서 나올 만한 것은 내 두 여동생인 아라라기 카
렌과 아라라기 츠키히, 파이어 시스터즈 쪽이 아닐까?

하지만 그런 질문을 할 여유 따윈 없었다. 이러고 있는 와중에
도 화염이 이쪽저쪽에서 뿜어져 나오고 있다.

발 디딜 곳이 없을 정도로 솟구쳐 오른다. 화염의 창이 아래
에서 위로 한바탕 솟아오르고 나면 그것으로 끝인 것도 아니다.
당연하지만 뚫린 구멍에서 불길이 옮겨 붙어 간다.

폐허란 기본적으로 불타기 쉬운 물건들이 잔뜩 있다. 이미 우
리가 있는 교실은 수습이 안 될 정도로 새빨갛게 물들어 있었
다.

조금 전까지의 어두컴컴함은 사라졌지만, 그런 화염 속에서도
그 갑옷의 붉은 빛깔은 몹시 눈에 띄었다.

제때 소화활동을 할 수 있는 수준의 화재가 아니다.

이렇게 되면 한시라도 빨리 피신해야 한다. 이런 때를 위해서
초등학교 시절부터 매년 훈련을 받아 오지 않았는가.

제아무리 나라도 여기서 긴급피난 3원칙의 '오·카·시ぉかし'를

'어리고ぉさない, 귀여운ゕゎぃぃ, 소녀しょうじょ'의 약칭이라 장난치고 있을 수는 없다. 매뉴얼대로 '밀지 않는다ぉさない, 뛰지 않는다ゕけない, 말하지 않는다しゃべらない'이다.

그러나.

밀 수도 밀릴 수도 없는 이 불길 속.

그렇다고 뛸 수도 없는, 화염의 울타리를 사이에 두고 서로 노려보던 중에… **말했다.**

"이쯤이 물러나야 할 때인가!"

그렇게.

이번에야말로 또렷하게.

갑옷무사는 알아들을 수 있는 목소리로 말했다.

"아무래도 터무니없는 방해가 끼어든 것 같구먼. 호랑이 꼬리라도 밟은 겐가? **지금의 소생**으로서는 이것에 도저히 대처할 수가 없어! 아무래도 시기가 나빴던 것 같군. **내 주인님**도 없는 것 같으니, 여기서는 다시 시작이다! 네 녀석도 다른 곳에 들르지 말고 곧바로 **집**으로 돌아가는 게 좋을 것이야!"

갑자기 유창한 어조가 되었다.

유창하고, 쾌활하고, 상쾌함이 느껴지기까지 했다.

아까 전까지의 분명치 않은, 악기 같은 소리가 거짓말이었던 것처럼…. 경악과 함께, 나는 그 목소리에 반응하려고 했다.

지금의 소생?

시기? 내 주인님?

대체 무슨 소리를 하는 거지?

계속해서 질문을 날리려고 했지만, 목이 아파서 불가능했다.

…아니, 그게 아니다.

목의 아픔이 어떻고 하는 이야기가 아니다.

저 갑옷무사는, 내 목을 강하게 움켜쥠으로써 **내 목소리**를 흡수한 것이다.

에너지 드레인.

칸바루 스루가의 태클을 재현한 것처럼.

지금은 내 목소리를… 재현했다.

그렇다면 저 유창한 어조에도 고개가 끄덕여진다. 갑옷차림이라는, 고풍스럽기는 고사하고 시대착오적인 모습에 뒤지지 않는 예스러운 말씨도.

그렇지만.

갑옷무사가 어떤 어조로 말하든 그것은 그의 자유라 할 수 있었지만, 다음에 이어진 대사는 아무리 그래도 그냥 넘기기 어려웠다.

그렇게까지 옛 일본 분위기를 풍겨 놓고서 하고 많은 말들 중에서 영어 단어를 입 밖에 내다니, 시대고증이 엉망이라고밖에 말할 수 없다.

"**키스샷**과 합류하면 전해 두어라! 조금 더 회복하면 소생의 소중한 요도 '코코로와타리'를 돌려받으러 가겠다고! **역시 칼이 없으면 갑옷무사의 모양새가 안 나지 않나!** 어쨌든 빌려 준 뒤로 400년이다. 연체료는 각오해 두는 게 좋을 거라고 말이다! 하하하하!"

하하하하, 하고.

그 목소리는 웃고 있었지만, 갑옷의 가면 아래턱은 조금도 변하지 않고 분노의 형태를 이루고 있었다.

"하 "하! "하하! "하하하! "하하하하! "하하하하하! "하하하하하하! "하하하하하하! "하하하하하하하하하하하하하하하하하하하하하하하하하하하하하하하하하…!"

005

흘려들을 수 없는 마지막 대사와 요란히 울려 퍼지는 웃음소리와 함께 갑옷무사는 마치 화재로 발생한 검은 연기와 뒤섞이듯이 자기가 선언한 대로 그 자리에서 사라졌지만, 장이 전환되었지만 나와 칸바루를 덮친 위기가 완전히 떠나갔다고 말하기는 어려웠다.

어쨌든 거의 인간인 나와 칸바루는 저 갑옷무사처럼, 안개처럼 화재의 소용돌이 속에서 벗어나는 것은 불가능하니까.

지금 우리가 있는 교실은 헤엄칠 수 있을 정도의 불바다여서, 문이나 창문 같은 모든 출구로 가는 루트가 막혀 있었다. 우리가 이렇게 오도 가도 못 하고 서성이기는커녕 바싹 웅크리고 불길을 피할 공간이 남아 있다는 것이야말로 금세기 최고의 기적처럼 느껴졌다.

뭐, 이대로 있다가는 정말로 서성이든 웅크리든, 저세상으로 가게 되겠지만.

"아라라기 선배, 뭐였던 거야? 저 갑옷무사는. 갑옷이 패도하고 있지 않은 것은 이상하다고 생각하고 있었는데…. 하지만 요도 '코코로와타리'라니, 그건 분명히…. 게다가 키스샷이라니…."

"지금은… 나중으로… 그건."

나는 띄엄띄엄 말했다.

붙들렸던 목 부분이 완전히 회복되지 않아서 아무리 노력해도 쉰 목소리가 되어 버리긴 했지만, 게다가 불길이 피어오르는, 습도가 거의 제로에 가까운 공간 속이라 제대로 말을 할 수 없다는 점도 있었지만, 그렇지 않더라도 그 일에 대한 이야기는 나중으로 돌리고 싶었다.

솔직히 지금은 생각하고 싶지 않은 일이었다.

그것만으로도 내 뇌의 용량을 넘어서고 있었다. 어쨌든 지금 최우선으로 생각해야 하는 것은, 칸바루를 이 불타는 빌딩에서 무사히 대피시킬 방법이었다.

맹렬하게 불타오르는 학원 옛터.

만일 지금의 나에게 어느 정도의 흡혈귀성이 남아 있었다면, 어쩌면 칸바루를 감싸 안고서 용감하게 불길을 뚫고 탈출을 시도할 장면인지도 모른다. 하지만 아무리 생각이 모자란 나라도 그 정도의 계산은 된다. 나는 교실의 문까지도 도달할 수 없을 것이다. 다리 쪽에 화상을 입는 것을 꺼리지 않는다면 이 교실의 창문까지는 어쩌면 가능하겠다는 생각도 들지만, 그러나 다리가 벌겋게 익어 버린 상태로 2층 창문에서 뛰어내린다는 것은 아무리 생각해도 리스크가 너무 높다.

그래도 리스크는커녕 치사율이 높은 이 교실에 계속 머물러 있는 것보다는 훨씬 나을지도 모르지만…. 화재로 사망자가 생기는 경우, 대부분의 사인死因은 질식이라고 들었다.

그러나 이번에는 그 '대부분'의 예외가 되는 케이스일지도 모른다. 지금도 전혀 수그러들지 않고 쉴 새 없이, 이쪽저쪽에서 화염의 창이 계속 솟구쳐 오르고 있는 것이다. 도저히 수습될 것 같지 않다. 다만 건물 전체가 불에 휩싸였기 때문에 그것이 눈에 띄지 않을 뿐이지.

안에 있으면 알 수 없지만.

아마도 밖에서 보면 이 학원 옛터의 폐빌딩 자체가 한 자루의, 화염의 창처럼 되어 있을 것이다. 하늘을 꿰뚫는 한 자루의 창.

어쩌면 아래층에서 솟구쳐 오른 불기둥이 뚫어 놓은 바닥의 구멍이 탈출구가 된다는 드라마틱한 전개도 있을지 모르겠다고 기대했지만, 현실은 그렇게 만만하지 않았다. 확실히 화염의 창은 사람 한 명이 통과할 수 있을 만한 사이즈의 구멍을 뚫어 놓긴 했지만, 그곳으로 엿보인 아래층은 보지 않는 게 나았다는 생각이 들 정도의 불지옥이었다.

철근 콘크리트가 부글부글 끓어오르고 있다.

그 이야기를 하자면 천장에 뚫린 구멍은 잘하면 우리의 탈출구가 되어 줄지도 몰랐지만, 그러나 육체가 통상 모드인 나로는 천장에 손이 닿을 리가 없었다. 디딤대로 의자를 쌓아 올리려고 해도 그 의자는 이미 시뻘겋게 불타올라서 완전히 고문 기구처럼 변한 상황이다.

"아니, 잠깐···. 칸바루. 너라면··· 도움닫기 없이도, 원 투 스텝 정도···로 어떻게든 천장까지··· 손이 닿지 않을까? 기어 올라갈 수 있지 않아? 그리고··· 3층에서 엘리베이터 샤프트를 통해서 1층으로···."

"아무리 그래도 그건 후배를 너무 과대평가한 거야, 아라라기 선배. 내 각력은 그 정도까지는 아니야."

갈라진 목소리로 늘어놓은 내 제안을 칸바루는 곧바로 기각했다. 정말 터무니없는 이야기라고 말하고 싶은 듯했다.

"아무리 나라도 연상의 남자 한 명을 안고 천장까지 뛰어오를 정도의 점프력은 없다고."

"···그렇구나."

하긴.

혼자만 여기서 도망치라고 말해 봤자 도망칠 녀석이 아니지. 충성심은 엄청 높은 것치고 내 명령을 전혀 듣지 않는 이 후배의, 칸바루의 목숨만을 구할 방법은 없다고 생각해야 할 것 같다.

사람은 혼자 알아서 살아날 뿐이라는 오시노 메메의 말에 정면으로 반하는 삶을 보내는 여고생이다···. 그녀의 출신을 생각하면 충분히 있을 수 있는 사상일지도 모르지만, 그러나 생각해 보면 3층의 상황이 1층이나 2층보다 나을 것이라는 예측도 사실은 희망적 관측일 뿐이니···.

팔방색[*]이라는 말이 있는데, 팔방이 불길로 막혀 있는 상황이라면 과연 어떻게 표현해야 할까?

"아라라기 선배."

"왜 그래, 칸바루."

"내 처음, 받아 주지 않겠어?"

"아직 포기하지 마!"

게다가 포기하는 방식이 무섭다고!

그만둬, 이 상황에서 고백이라니.

여자임을 어필하지 마.

"처녀로 죽고 싶지 않아."

"커밍아웃하지 마. 그런 소리만 하니까 네가 주인공인 이야기가 취소된 거라고."

깔끔히 체념하는 태도의 수준이 나 같은 것보다 한두 단계는 위라서 도무지 따라갈 수가 없다. 이대로라면 강제 동반자살에 끌려 들어가게 될지도 모른다.

야, 불이 난 건물 안에 있을 때 정도는 진지해지라고.

여기서 진지해지지 못하면 너는 평생 진지해질 수 없을 거라고…. 뭐, 이대로라면 그 평생이 끝나 버릴 것 같지만.

"훗. 뭐, 괜찮아. 이것도 그리 나쁜 최후는 아니지. 아라라기 선배와 함께 죽을 수 있다면 바라던 바야."

※팔방색(八方塞) : 모든 사람에게 신용을 잃어서 어쩔 도리가 없는 처지. 또는 음양도에서 어느 방향에서 일해도 불길한 결과를 가져오는 경우.

"아니, 미안해, 칸바루. 나는 너를 그 정도로까지는 생각하지 않아."

"어? 그 말엔 좀 상처 입었어."

상처 입힌다고 해도 그것은 확실히 말해 둬야만 하는 본심이다. 그러기는커녕, 연인인 센조가하라와도 동반자살 따위 안 한다. 5월의 골든위크, 하네카와를 위해서 죽고 싶다는 생각도 했던 나였지만, 그것도 그 녀석과 함께 죽고 싶었던 것은 아니다.

내가 함께 죽고 싶다고 생각하는 상대는 단 한 사람.

단 한 마리의, 금발의 괴이뿐이다.

그녀는 지금 이곳에 없다.

그렇기에 더더욱, 우리는 이 불꽃에 휩싸인 건물에서 살아서 탈출해야만 한다.

"어쩔 수 없지…. 각오할 수밖에 없나."

"응? 내 처음을 받겠다는 각오 말이야?"

"그런 엉뚱한 각오는 할 수 없어. 여기서 이대로 불타 죽기보다는 모 아니면 도, 창문으로 뛰어내릴 수밖에 없잖아."

"그렇지…. 나도 그 수밖에 없을 거라고 생각하고 있었어."

잘도 거짓말을.

네가 생각하던 건 전혀 다른 일이겠지.

"혹시나 뛰어내린 곳에 운 좋게 자동차가 주차되어 있어서, 그 지붕 위에 착지할 수 있을지도 모르고 말이야."

"그런 행운을 경험한 적은 이제껏 없었지만…."

그건 굳이 말한다면 츠키히 같은 녀석의 캐릭터지. 불길 속에서의 탈출 같은 건, 정말 그 녀석다운 일이다. 불사조인 만큼.

하지만 나도 그 녀석의 오빠다. 일생에 한 번 정도는 그런 행운과 만나도 괜찮지 않을까.

애초에 이 불길 속에서 창문까지 도달할 수 있을지도 수상하지만, 이렇게 망설이고 있는 시간 쪽이 훨씬 아깝다.

하물며 칸바루와의 잡담이라니, 완전히 논외다.

우리는 그 자리에 일어서서, 어느 쪽이 먼저랄 것도 없이 마치 2인 3각이라도 하는 것처럼 어깨동무를 했다. 불길과 열기에 눈앞이 제대로 보이지 않는다. 창문까지 달려가다가 서로 떨어지지 않으려는 배려이기도 했고, 바닥 이쪽저쪽에 뚫려 있는 구멍에 발이 걸렸을 때의 대책이기도 했다. 어느 쪽인가가 아래층으로 떨어질 뻔하면 다른 한쪽이 바로 끌어올려 줄 수 있도록.

"좋아, 1, 1, 2, 3, 5, 8, 13의 리듬으로 가는 거야."

"왜 피보나치수열의 리듬으로 가는 거야."

"내 페이스에 맞춰 줘."

"말이 되는 소릴 해. 느린 쪽에 맞추라고."

"실수하지 마, 아라라기 선배. 오른발부터라고."

"아니, 2인 3각이라고 해도 발목을 묶은 건 아니니까 어느 쪽부터 내딛더라도 상관없는 거 아니야…?"

"내 쪽에서 봐서 오른쪽이야."

"같은 방향을 향하고 있잖아."

"그래도 나는 왼손잡이라서 가끔씩 왼쪽과 오른쪽을 헷갈리거든."

"너의 감각적인 뉘앙스에 어떻게 맞추라는 거야."

그렇게 이 와중에도 우리는 마치 할리우드 영화의 한 장면처럼 농담을 주고받았지만, 그러나 이제부터의 탈출극을 생각하면 의외로 그것도 잘 어울렸는지 모른다.

어쨌든 우리는 최초의 한 걸음을 내딛었다.

커다란 화상을 각오한 결사의 행동.

사전에 그렇게나 말해 두고서도 칸바루는 왼발부터 내딛고, 반대로 나는 오른발부터 내딛었지만, 그러나.

그러나 내딛을 수 있었던 것은 그 한 걸음뿐이었다.

우리가 탈출구로 간주했던 그 창문이, 원래부터 창틀도 유리도 없는, 그저 네모난, 직사각형 구멍이라고 해야 할 구멍이 한순간에 모든 방향으로 확장되었다.

그 창문이.

벽 전체로 넓어졌다.

백 드래프트 현상. 화재가 일어난 건물 내부에, 문을 열거나 창문이 깨지거나 해서 외부로부터 단숨에 대량의 산소가 흘러들었을 때, 당연한 화학반응으로서 화염의 규모가 폭증하는 것을 가리키는 말이다.

그것이 바로 그 순간 일어났다.

이제까지 아래층에서 수직으로 솟구쳐 오르던 화염의 창을 나는 '지뢰 같다'라고 형용했는데, 그것에 빗대어 말하자면 백 드래프트는 플라스틱 폭탄이었다.

그런 폭발이 이제부터 단숨에 달려가려고 하던 지점에서, 즉

바로 정면에서 일어났던 것이다. 우리가 그 폭풍에 입은 대미지는 정말 보통이 아니었다.

그렇구나.

'밀지 않는다, 뛰지 않는다, 말하지 않는다'의 두 번째 항목도 역시, 그리 근거 없는 것은 아니었던 것 같다. 정말이지, 정면충돌도 이만한 게 없다.

하지만 발생한 화염에 의한 폭풍에 대미지를 입은 것은 나와 칸바루만이 아니었다. **불길 자체**도 그 폭풍에 의해 꺼져 있었다.

순간.

물론 일시적이기는 했지만, 백 드래프트 현상에 의해서 교실 내의 불길이 또 다른 불의 힘에 눌려 진화되었던 것이다.

"다이너마이트 소화라고 하지, 이런 것을."

그리고.

그런 말과 함께 부서진 벽 너머에서 나타난 것은 폭력 음양사의 인형 식신, 100년간 사용된 인간 시체의 츠쿠모가미―오노노키 요츠기였다.

했던 말을 또 하게 되는데, 여기는 2층.

좌표로서는 말 그대로 허공이다.

하지만 그녀에게 그런 것은 상관없었다.

내가 알고 있는 인외人外의 존재 중에서도 굴지의 악력을 지닌 오노노키는, 평평한 건물 외벽을 한 손으로 붙잡아 스스로의 체중을 지탱하면서, 무표정하고 무감정하게 나에게 말을 걸었다.

"이런 곳에서 죽을 수 있다고 생각하지 마. 귀신 오빠를 죽이는 건 바로 나야."

"……."

이번에는 또 무슨 캐릭터냐.

006

물론 오노노키에게 살해당할 정도로 미움받을 짓을 한 기억은 없다. 그녀는 아주 정상적인 수순으로 나와 칸바루를 불타오르는 빌딩 안에서 구조해 주었다. 백 드래프트 현상과 다이너마이트 소화의 충격에서 칸바루가 완전히 의식을 잃어버려서, 내가 칸바루를 업고서 오노노키에게 달라붙는 형태가 되었다. 뭐, 백 드래프트 현상이나 다이너마이트 소화 이전에 칸바루는 에너지 드레인으로 인해 이미 한계를 맞은 상태였다고 할 수 있을 것이다. 장난을 치며 여유를 부리는 듯하면서도 사실은 한계의 한계까지 긴장하고 있던 것이 아닐까 하고 생각하면, 선배로서 그녀를 업어 주는 정도야 아무 일도 아니었다.

왜 진짜 노브라냐고!

…라며 격앙할 뻔하기도 했지만.

그 화재의 규모로 생각하면, 우리는 정말 기적적으로 화상 하나 입지 않고 현장에서 탈출하는 데 성공한 것이었다. 하지만 그 행운에도 도저히 가슴을 쓸어내릴 수는 없었지만.

그래도 어쨌든 다행스럽게도 이 화재가 주변으로 옮겨붙는 일은 없었다. 원래부터 이 폐허는 고립되어 있던 건물이라 인접한 건조물이 없었던 게 다행이었다고 해야 할까.

그리고 소방차가 달려올 것도 없이, 나에게는 봄방학 이래로 좋은 일도 나쁜 일도 있었던 추억 많은 학원 옛터의 폐빌딩은 완전히 불타 무너져 버렸다. 촛불처럼 사라져 버렸다고 말해도 될지 모른다.

원형도 유지하지 못한 타다 남은 찌꺼기 같은 것만이 현장에 남았고, 나는 바닥에 눕힌 칸바루 옆에 쭈그려 앉은 채로 그것을 멍하니 올려다보고 있었다.

상실감.

아니, 이곳에서 상실감을 느낄 정도로 나는 결코 이 추억 많은 폐빌딩에 애착을 가지고 있던 것은 아니다. 하지만 당연하다는 듯 그곳에 있던 것이 아무런 전조도 없이 사라진 것에는 커다란 충격을 감출 수 없었다.

뭐라고 해야 할까, 그렇지.

건물 그 자체라기보다는 예전에 이곳을 잠자리로 삼고 있던 전문가, 오시노 메메와의 접점이 이것으로 완전히 사라져 버린 듯한 기분이 들었다.

그 녀석이 돌아올 장소가 없어져 버린 것 같은…. 얼토당토않은 소리다, 애초에 그 떠돌이에게 돌아올 장소 따윈 있을 리 없는데. 이 마을에도 그냥 지나다가 들렀던 것뿐이고, 떠돌았던 것뿐이고, 이 폐빌딩도 그 녀석에게는 잠시 동안 비바람을 막아

주는 장소에 지나지 않았으니까.

하지만.

그렇다고 해서 고작 수 분 만에 사라져 버려도 괜찮은 장소는 아니었을 것이다.

불타 사라져 버려도 괜찮은 것은.

아니었을 것이다.

"감상에 젖어 있는 와중에 미안한데, 귀신 오빠. 대체 무슨 일이 있었던 거야?"

그렇게.

오노노키가 내 뒤편에서 무표정하고 무감정하게 말했다. 내가 지금 품고 있는 복잡한 감정의 기미 따윈 전혀 자기 알 바 아니라고 말하고 싶은 듯한, 결론을 재촉하는 말이었다.

"그 달팽이 여자애에 대한 일로 깊은 생각에 잠기게 되는 것은 어쩔 수 없다고 생각하지만, 그렇다고 주변의 적당한 여자를 끌어들여서 동반자살을 시도하지는 말아 줬으면 하는데 말이야."

"오해도 이만저만이 아니구나."

주변의 적당한 여자라고 하지 마.

칸바루는 귀여운 후배라고.

"이 녀석이 칸바루 스루가야."

"아아, 그렇구나. 이 애가⋯."

가엔 씨의 조카인가.

그렇게, 오노노키는 그다지 흥미 없다는 듯 말했다. 아마도 정말 흥미가 없는 거겠지.

"옛 성씨는 가엔 스루가. 가엔 씨의 언니가 호적에 올린 뒤에는 칸바루 스루가….."

"…오노노키야말로 어째서 여기 있는 거야? 너는 분명, 내가 위기에 처했을 때마다 달려와서, 항상 나를 구해 주는 역할인 아이는 아니었을 텐데."

"아무래도 요즘 들어서 그 역할을 혼자 담당하게 된 것 같아서 교체를 바라던 참이야. 부음성副音聲에도 자주 불려 가고 있고 말이지."

"그건 내 탓은 아니네."

"귀신 오빠 탓이 아니더라도 책임은 져 줬으면 해. 귀신 오빠는 책임을 지기 위해서 있는 거잖아?"

"책임자는 책임을 지기 위해 있다는 얘기를 하듯이 말하지 마. 나를 이 세상 모든 것의 책임자로 만들지 마."

"뭐, 어쩌다 보니 이렇게 된 거야. 귀신 오빠를 구할 생각 같은 건 없었어."

받아들이기에 따라서는 차가운 대사를, 오노노키는 말했다. 하지만 그녀에게는 차가운 것도 따뜻한 것도 없다.

오노노키 요츠기에게는 의지가 없다.

그저 사실을 서술하고 있을 뿐이다.

"나는 내 일을 하고 있던 것뿐이야. 그 업무를 보던 곳에서 귀신 오빠가 모르는 여자를 끌어들여 동반자살을 하려 하고 있기에, 이얏호! 이건 방해할 수밖에 없잖아! 하고 생각했던 것뿐이야."

"아주 뚜렷한 의지가 있었잖아."

그러니까 동반자살이 아니라니까.

게다가 방해할 수밖에 없다는 건 또 뭐야.

"무리한 동반자살이든 로리한 동반자살이든, 귀신 오빠가 뭔가를 하려 하고 있으면 일단 방해할 수밖에 없다는 생각이 드는 거야, 나는."

"나를 얼마나 싫어하는 거야."

"싫어하지는 않아. 안 싫어해. 완구玩具할 뿐이야."

"완구하다는 건 무슨 뜻의 동사야. 신조어 만들지 마."

그리고 그냥 넘어가 버렸는데, 로리한 동반자살은 뭐냐고.

설마 하치쿠지에 대해 말하고 있는 건 아니겠지….

"오히려 귀신 오빠는 좋아하지. 어라, 지금, 가슴이 두근두근했어?"

"잠깐 못 본 사이에 상당히 짜증 나는 캐릭터가 되었구나…."

고작 한나절 동안에 무슨 일이 있었던 거냐….

이유야 어찌 됐든 오노노키가 구해 준 것이 이것으로 몇 번째인지 알 수 없을 정도이므로 어떻게든 해서 감사를 표명하고 싶은 참이지만, 그러나 이쪽에도 기분이란 것이 있으므로 그런 태도를 취하고 있어서는 말을 꺼내기 어렵다. 그래도 이번에는 나뿐만 아니라 칸바루도 구해 주었다. 감사 인사를 하지 않고 넘어갈 수는 없을 것이다.

"어쨌든 고마워, 오노노키. 너에게는 여러 가지로 빚만 지고 있는데, 언젠가 이 은혜는 반드시 갚을게."

"뭐야, 그렇게 기특한 소릴 하면 내가 또 키스해 줄 거란 생각
이라도 하고 있는 거야?"

오노노키의 반응은 그런 느낌이었다. 고맙다는 말을 한 보람
이 없다고 할까, 그러고 보니 그런 일도 있었지….

"기대에 부응하지 못해서 미안하지만, 그건 심술부리는 거라
서 기대받고 있을 때에는 해 줄 수 없어."

"그러면 미안하지 않겠지만."

역시 심술을 부린 것이었나….

문득 생각났는데, 그러고 보니 그 일은 전혀 해결을 보지 못했
다.

"그래서 말인데, 귀신 오빠. 그러니까 은혜를 갚는다면 옛날
얘기처럼 큰 부자가 되게 해 주었으면 하는 바람이지만, 이번에
는 내 질문에 대답하는 걸로 넘어가 줄게. 대체 무슨 일이 있었
던 거야?"

"뭐가…."

"나라도 괜찮다면 이야기를 들어 줄게."

"인생 상담을 해 주는 것처럼 말하지 마."

무슨 말을 하더라도 국어책 읽기 같은 어조이므로, 어쩐지 딴
죽을 걸든 리액션을 취하든 나 혼자 정색을 하고 있는 것 같아
서 서글퍼지는 실정이다.

다만 그 서글픔은 나를 강제로 냉정하게 만들어 주기도 했다.
맹렬한 화염에 직면해서 격하게 고동치던 가슴도 진정되기 시작

했다.

　원래대로라면 '너라면 괜찮지 않아'라고 말하고 싶은 참이지만, 일하던 중인데도 이렇게 내가 겪은 트러블에 대해 들어 주려고 하고 있으니, 여기서는 오노노키의 후의를 받아들여서… 응?

　아니, 그게 아닌데?

　말했잖아, 오노노키에게 나를 구하려는 의도는 원래 없었고 업무 중에 일하던 곳에서 화재를 발견해서, 우리가 화재에 휩쓸린 모습을 발견해서 흥미를 갖고 움직여 주었을 뿐이라고.

　그러니까 지금 나에게서 '대체 무슨 일이 있었어?'라는 질문의 대답을 듣는 것은 단순한 그녀의 업무 수순 중 하나이며, 딱히 후의는 아닌 것이다. 하물며 호의 같은 것이 있을 리 없다.

　"후우…. 큰일 날 뻔했네. 하마터면 오노노키가 나를 좋아하고 있는 게 아닐까 하고 오해할 뻔했어. '이 녀석, 나를 좋아하는 거 아냐?'라고 생각해 버릴 참이었어."

　"그러니까 좋아한다고 말했잖아. 사람의 호의에서 도망치지 말라고, 겁쟁이 치킨 자식아."

　"……."

　좋아하는 것치고는 입이 험했다.

　어디까지가 진심인지 도무지 감이 안 잡힌다.

　"도저히 호의에 응해 줄 수 없다면 행위만이라도 상관없어. 뭐, 나는 시체니까 정말로 실행한다면 텔레비전으로는 방영할 수 없는 사태가 벌어지겠지만. 괜찮겠지, 이미 애니메이션도 거의 끝났으니까."

"이 한나절 사이에 너는 어디의 누구하고 어떤 대화를 나누고 서 그런 캐릭터가 되어 버린 거야…."

캐릭터가 되어 버렸다기보다, 자포자기한 듯한 캐릭터 조형이 잖아. 청소년의 마음을 마구잡이로 헤집어 놓다니.

뭔가에 응해 줄 수 없다고 해도 하다못해 질문에는 대답해 주 자며, 나는 무슨 일이 있었는지를 설명했다. 다만 영문을 알 수 없다는 점에 대해서는, 내가 조금 전에 경험한 일련의 사건도 전혀 뒤지지 않는다.

진지하게 이야기했다가는 머리가 이상해졌다고 여겨질 만한 내용들뿐이다. 폐건물 안에서 칸바루를 만나고 있었는데 풀 아 머, 전신갑옷 차림의 갑옷무사가 나타나서는 나하고 칸바루를 상대로 마구 날뛰었고, 갑자기 아래층에서 불기둥이 계속해서 솟구쳐 올라와서 우리는 화염의 감옥에 갇혀 버렸다…. 갑옷무 사는 유유히 떠나갔다….

전문가의 식신이자 그녀 스스로도 괴이 현상인 오노노키가 상 대이기에 스스럼없이 말할 수 있는 내용이었다.

"흐음. 영문을 모르겠네. 머리가 이상해진 거 아니야, 귀신 오 빠?"

"야…."

"안심해, 농담이니까. 웃어도 되는 부분인데? …다만 영문을 모르겠다는 말은 완전히 농담인 것도 아니야. 흐음, 갑옷무사?"

오노노키가 다짐을 받듯이 확인해 왔다.

"산산이 흩어져도 자동적으로 조립되는, 에너지 드레인 스킬을 가진 갑옷무사?"

"…응."

그런 식으로 개요를 짜서 특징을 열거해 보니, 직접 목격하고 일격을 맞기도 했던 나조차도 그 존재를 의심하고 싶어질 만큼 수상쩍은 요소가 한둘이 아니었다. 하지만 이 경우에 수상쩍다는 점은 존재를 부정할 재료가 되지 않는다.

수상쩍기에 그것은 괴이이니까.

…다만 나는 오노노키에게 전부를 말하지는 않았다. 딱히 생명의 은인에게 뭔가를 감추려 하고 있는 것은 아니다. 오히려 여기서는 그녀에게 모든 것을 알려야 할 장면이라고 이해하고 있다.

나 같은 녀석보다 그쪽 방면에 관한 지식이 훨씬 풍부할 이 식신에게 전면적으로 의지해야 할 국면이다. 괜한 자존심이나 허세 따위, 가지고 있어 봤자 방해가 될 뿐이다.

하지만 알릴 수 없었다. 내 마음속에서 아직 정리가 다 되지 않은 사안을, 오노노키에게 떠넘기는 것이 너무나도 망설여졌다. 킵해 두고 싶었다. 정리가 되지 않았다고 해도, '영문을 알 수 없다'는 점 때문에 고하지 않은 것은 아니다. 그것에 대해서는 '이해해 버리기에' 고할 수 없었다.

갑옷무사가 남기고 간 대사.

정말 뜬금없는 영어 단어. 키스샷.

나조차도 더 이상 부르지 않는 그 이름을, 불렀다.

그리고 요도 '코코로와타리'….

"……."

오노노키가 말없이 나를 내려다본다.

결코 키가 크다고는 할 수 없는, 오히려 작은 동녀 디자인의 그녀이지만, 역시나 쭈그리고 있는 나보다는 시선이 높다. 어째서일까, 무표정에 무감동한 그녀가 말없이 내려다보는 시선을 받는 것이 정신적으로 상당히 부담스러웠다.

나쁜 짓은 아무것도 안 했는데 사과의 말이 튀어나올 것만 같다.

"구세주를 상대로 비밀을 갖는다는 것은 나쁜 짓이 아닐까?"

"아니…, 그건…."

무감정한 주제에 왜 내 감정 변화를 민감하게 캐치하는 거냐.

하지만 구세주라니.

역시 말해 둬야 할까 하는 망설임이 생겨났지만, 그러나 도저히 입 밖에 낼 수 없었다. 어쩌면 나는 오히려 그 말을 하는 것이 오노노키에게 거짓말을 하는 것 같아서 싫었는지도 모른다.

그도 그럴 것이, **그럴 리가 없다.**

그 갑옷무사의 정체가 내가 생각하는, 내가 알고 있는 존재였다고 해도… 그래도 그럴 리가 없다.

'그 남자'가 지금 이 세상에 있을 리가 없다.

그런 생각, 그런 추리는 잘못된 것이다. 그렇다면 섣불리 말할 수 없다. 분명 내 착각이다.

만약 이 이야기를 하려면 적어도 시노부에게 확인을 마친 뒤에 해야 한다. 나는 얼버무리듯이 화제를 바꿨다.

아니, 이 경우에는 바꿨다기보다 진행했다고 말하는 편이 좋을지도 모른다.

"오노노키, 혹시 짚이는 건 없어? 그 갑옷무사는, 네가 지금 맡고 있는 일하고 뭔가 관계가 있는 거야?"

새삼스러운 질문이다. 없을 리가 없다. 그렇기에 궁지에 몰렸던 우리가 오노노키에게 구조될 수 있었으니까.

하지만 들은 느낌으로는, 그런 위험한 괴이 현상을 오노노키가 홀로 쫓고 있다고는 솔직히 생각하기 어려웠는데….

"그렇지."

끄덕이는 오노노키.

무표정.

"응, 맞아…. 확실히 그건 맞는 얘기야. 내 직무의 범위 안에 있기는 한데, 하지만 이야기를 들어 보니 그건 내가 필드워크의 대상으로 삼는 현상과는 거의 다른 것이라고 해도 되겠어."

"응?"

"그러니까 말했잖아? 영문을 모르겠다는 건 거짓말이 아니라고. 어쩐지 내가 찾고 있을 때보다도 몇 단계는 흉포해진 것 같아. 며칠 사이에 무슨 일이 있었던 걸까?"

애초에 내가 뒤쫓고 있던 단계에서는 갑옷무사조차 아니었는데…. 그렇게 중얼거리며 이번에는 오노노키가 고개를 갸웃거린다. 무표정이므로 역시 그다지 이상하게 여기는 듯 보이지는 않는다.

뭐, 그렇게 말하는 오노노키 자신부터 고작 한나절 만에 캐릭터가 상당히 뒤틀려 있기도 하니, 그녀가 쫓는 괴이 현상에 변화가 있어도 이상하지는 않겠지만…. 하지만 그렇다 해도 마찬가지다.

아니, 그렇지 않다.

그 갑옷무사는 어디까지나 특별하다. 그냥 예외가 아니라 특예외特例外다. 우리와 배틀을 벌였던 그 몇 분 사이에도 그만큼이나 강해졌다. 처음에는 그저 둔중한 물체에 지나지 않았던 갑옷이, 마지막에는 요란한 웃음을 남기며 떠나갔다.

에너지 드레인….

그렇다면, 그 괴이 현상을 오노노키가 이상하게 여길 정도로 강화해 버린 것은 다름 아닌 나와 칸바루라는 이야기가 되는데….

그렇다면 책임을 느끼지 않을 수 없다. 그 일에 관해서는 확실히 내가 책임자가 될 것이다. 하지만….

"…저기, 오노노키."

"왜 그래, 귀신 오빠?"

어느샌가 완전히 정착되어 버린 그 '귀신 오빠'라는 호칭을 듣고, 나는 말했다.

"빠져도 괜찮을까? 이번 일에서."

"……."

"아, 그게 아니라 말이야. 나는 괜찮아. 나는 상관없는데…. 칸바루를 말이지."

나는 드러누워 있는 칸바루를 가리키며 말했다.

과연 일류 운동선수는 쉴 때는 확실하게 쉬는지, 어쩐지 기분 좋게 새근새근 자고 있는 그녀(행복해 보이는 표정으로 자고 있다)를 배려하는 말을 하는 것에는 어쩐지 강한 위화감도 들지만.

"칸바루는 이제 돌아가게 해도 괜찮잖아?"

"…무슨 소리야, 그건?"

오노노키는 잠시 침묵한 뒤에 그렇게 물었다.

국어책을 읽는 듯한 딱딱한 어조가 마치 화난 것처럼도 들리지만, 그러나 그녀에게 화를 낸다는 감정은 없다. 그저 이해할 수 없어서 묻고 있을 뿐이다.

"그건 요컨대 귀신 오빠, 가엔 씨와의 약속을 파기하겠다는 거야?"

"파기…."

"당신은 그 애를 가엔 씨에게 소개한다는 약속을 하고서 가엔 씨의 지혜를 빌린 거잖아? 그것이 하치쿠지 마요이를 구하기 위해서는 반드시 필요한 일이었고, 사실상 당신에게는 선택지가 없었다고 해도, 그래도 약속은 약속이야. 뱃심 한 번 두둑하네, 귀신 오빠. 반해 버릴 것 같아, 가엔 씨와의 약속을 깨려고 하다니."

"약속을 깰 생각은… 없어."

물론 결과적으로 그렇게 되기야 하겠지만, 그래도 솔직히 말해 이 시점에서 이미 약속은 지킨 것이나 비슷한 거 아닐까? 그런 생각이 든다.

"좋은 배 근육이야."

"나의 배 근육에 대해 언급하지 마."

"만져 보고 싶네~."

"근육에 무시무시한 흥미를 보이지 마."

"나는 시체니까 말이야. 살에 흥미를 보이는 것은 본능 같은 거라고. 이유는?"

"음?"

"가엔 씨와의 약속을 깨려는 이유 말이야."

"…칸바루를 소개하는 것 자체는 지금이라도 기꺼이 할 수 있어. 하지만 약속은 그것뿐만이 아니었잖아? 그 사람은 칸바루에게 그쪽 일을 거들게 할 생각이었어."

내가 가엔 씨, 전문가들의 관리자이자 오시노 메메나 카이키 데이슈, 카게누이 요즈루의 선배기도 한 가엔 이즈코와 나눈 약속의 전모는 그런 것이었다.

뭐든지 알고 있다고 호언하는 그녀에게 지혜와 지식을 빌리는 대신, 나는 칸바루를 동반하고서 경위야 어찌 되었든 내가 방해해 버린 오노노키의 일을 돕는다고 하는….

가엔 씨는 말했다.

칸바루의 '왼손', '왼팔'이 필요하다고.

결코, 생이별한 조카와 재회하고 싶으니 칸바루를 소개해 주기를 바란다고 나에게 부탁했던 것이 아니다.

물론 가엔 씨에게 지혜와 지식을 빌린 사람은 나이며, 칸바루는 관계가 없으니까 어디까지나 칸바루가 동의했을 경우라는 전제조건에서 한 약속이었지만… 애초에 그것이 실수였다.

내 부탁을 칸바루가 거절할 리가 없다는 것은 너무나도 당연한 일이 아닌가. 그 결과, 칸바루를 생각지도 못한 위험에 노출시키고 말았다.

완전히 말려들게 하고 말았다.

선배로서, 내가 거절해야 했던 것이다.

"응, 그 부분은 귀신 오빠가 가엔 씨에게 속아 넘어간 듯한 부분이 있지. 누구라도 할 수 있는 간단한 일이라고 말했으니까 말이야."

"그렇게 단기 아르바이트 선전처럼 말하지는 않았는데…."

"너라도 할 수 있는 간단한 업무입니다."

"시끄러워."

"하지만 뭐, 가엔 씨를 편들어 줄 의리는 없지만, 그 사람도 그 시점에서는 빌딩 한 동이 싹 타 버리는 전개는 예상하지 않았을 거야."

편들어 줄 의리는 없는 거냐….

그러면 이 아이는 대체 무슨 이유로 가엔 씨의 수족으로써 움직이고 있는 걸까…. 하지만, '뭐든지 알고 있어'란 말을 입에 달고 사는 가엔 이즈코다.

정말로 예상하지 못했는지 어떤지는 확실치 않을 것이다. 아니, 이건 아무리 그래도 피해망상이 심하다고 봐야 하나?

"특히 이 일의 초기단계부터 관여하고 있던 내 입장에서 말하자면, 이 화재는 완전한 이레귤러라는 기분이 들어. 이야기를 들어 보면, 귀신 오빠는 이 화재로 인해 위기를 모면한 것 같고 말이야."

"……."

확실히, 그건 그렇다.

물론 최종적으로 타 죽을 지경에 처하긴 했지만, 만약 갑옷무사에게 목을 붙들려 있던 그때에 바닥에서 불기둥이 뿜어져 나오지 않았더라면 나는 그대로 목 졸려 죽지 않았을까?

빼앗겼던 것은.

목소리만으로 끝나지 않지 않았을까.

호랑이 꼬리…라고 말했던가?

"뭐, 이런 소린 해명도 안 되겠지. 사실로서, 귀신 오빠의 후배는 그렇게 해서 죽고 말았으니까."

"안 죽었다고."

"아니, 지금 상태가 급변해서 죽은 것 같은데?"

"뭐?!"

황급히 칸바루의 호흡과 맥박을 확인했다.

눈꺼풀을 벌려서 동공까지 체크한다.

…멀쩡히 살아 있었다.

"거짓말이지롱. 와~아, 걸렸다, 걸렸다!"

"너 그러다 죽는다."

동녀이자 생명의 은인의 머리를 양옆으로 움켜쥐었다.

보기에 따라 강제로 키스하려는 모습 같기도 했지만, 심정적으로는 이대로 냅다 박치기를 하고 싶었다.

"뭐, 이렇게 나하고 귀신 오빠가 잡담을 하고 있을 때는 대개 근처에서 누군가가 죽잖아."

"그런 재수 없는 법칙은 없다고. 한없이 그것에 가깝긴 하지만."

"귀신 오빠의 심정은 이해해. 하지만 그건 포기하는 편이 좋을 거야. 추천할 수 없어."

갑자기 본론으로 돌아가는 오노노키.

나에게 머리를 잡힌 상태라는 것 따윈 개의치 않는다.

"이건 친구로서의 충고야."

"너하고 친구가 되었다는 기억은 없는데…."

"나는 이미 한참 전부터 귀신 오빠를 친구라고 생각하고 있는데 말이야?"

"……."

그건 시간과 상황과 상대에 따라서는 아주 기쁠 대사이지만, 이 상황에서는 조금 미묘하네….

아니, 이 상황에서조차 그 대사를 기쁘다고 느끼는 나의 좁은 교우관계는 조금 심각성을 띠고 있다는 느낌을 부정할 수 없다고 해도.

"가엔 씨에게는 물론 감사하고 있고, 가능한 한 답례는 하고 싶다고 생각해. 하지만 오노노키, 네 말대로 이미 전제조건이 변해 버렸잖아. 안전한 일이 아니게 됐어. 아까 같은 상황은, 칸바루가 아니었다면 대여섯 번은 죽었을 거라고."

"그리고 지금 또 한 번 죽은 거구나."

"그 농담은 안 웃기니까 계속 밀어붙이지 마."

"그래도 시체인 내가 하는 농담이라고 생각하면."

"더 웃을 수 없다고."

"이미 돌이킬 수 없는 상태라고."

오노노키는 말했다.

천천히.

하긴 그녀에게 맥락을 요구하는 게 더 이상하다. 그렇지 않다면 그런 식으로 히어로처럼, 맥락 없이 구하러 와 주지는 않을 것이다.

"어떻게 하기에는 이미 늦었어. 아니, 가엔 씨와의 약속을 깨든 말든 그건 귀신 오빠 마음이지. 그걸로 일생을 망칠 자유가, 귀신 오빠에게는 있어."

"뭐…? 가엔 씨와의 약속을 깨는 것이 곧 일생을 망치게 되는 행동이야…?"

솔직히 그 정도의 각오를 하고 했던 발언은 아니었다. 나는 칸바루를 무사히 집에 돌려보내고 싶었던 것뿐인데.

"내, 내가 칸바루의 몫까지 일할 생각인데, 그래도 안 되는 거야?"

"자기 자신을 너무 과대평가하는 거 아니야? 과대평가가 너무 심해서 화가 날 정도야. 귀신 오빠가 가엔 씨의 조카를 대신할 수 있을 거라고 생각하기라도 하는 거야?"

"혈통에 그 정도로까지 밀리는 건가…."

"설령 대신할 수 있다고 해도, 당신의 목적은 이루어지지 않아."

"나의 목적?"

"뜻하지 않게 말려들게 만든 후배를 지키고 싶은 거잖아? 이해해, 나도 그랬어."

"겉멋뿐인 대사 하지 마."

너한테 후배 같은 건 없잖아.

시리어스와 개그의 경계선을 같은 괄호 안에 그어 넣지 말라고.

"확실히 귀신 오빠의 이야기를 듣기론, 내가 가엔 씨에게 설명을 들었을 때보다 상황이 악화되어 있는 것 같아. 하지만 그렇다고 이제 와서 그 애를 집에 돌려보낸다 한들 그 애를 지킬 수 있는 것은 아니라는 생각은 왜 못 하는 거야?"

"어…? 무슨 뜻이야?"

"괴이란 존재는 본 것만으로 해를 입어. 만나는 것만으로 저주를 받아. 그런데도 불구하고 그 애는 그 갑옷무사를 건드려 버렸잖아?"

"……."

…건드리기는 고사하고, 후려쳤다.

불발로 끝났다고는 해도, 겁도 없이 양다리 태클을 날렸다. 모든 괴이를 신격화하는 사고방식에 기초한다면, 그 행위는 천벌을 받아 마땅하다는 이야기로 정리될 수준이 아니다.

그렇구나.

이미 칸바루 스루가는, **관련되어 버린 것이다.**

가엔 씨와의 약속이 아니라, 말하자면 그것은 세계와의 약속 같은 것이다. 깨고 싶어도 깨뜨릴 수 없는, 파기가 불가능한 계약서였다.

"귀신 오빠, 무릎 꿇어. 정좌해."

"응?"

"정좌. 어서."

"······?"

"얼른. 빨리빨리."

뭐지?

동녀에게 정좌를 요청받는다는 흔치 않은 시추에이션이라도 아닌 한에야 그런 뜬금없는 말에 따를 이유는 없었지만, 이것은 그야말로 그런 시추에이션이었으므로 나는 안고 있던 오노노키의 머리통에서 손을 떼고 그녀가 시키는 대로 정좌했다.

양손은 넓적다리 위에 가지런히 모은다.

"잠깐 기다려. 금방 끝나니까."

그렇게 말하고서 오노노키는 한쪽 다리를 들고, 신고 있던 부츠와 타이츠를 벗기 시작했다. 왜 이 타이밍에, 왜 이 장소에서 신고 있던 것들을 벗는지 불명이었지만, 그 이유만은 곧 알 수 있었다.

오노노키는 부츠에서 빼낸 발로, 발바닥으로 내 얼굴을 밟기 시작했던 것이다.

수직 각도로.

내 뺨을 꾹꾹 밟는다.

"…저기, 오노노키."

"돌이킬 수 있다는 생각 같은 건 하지도 말라고."

난폭한 어조…는 아니다.

여전히 국어책을 읽는 듯한 딱딱한 말투다.

"하치쿠지 마요이 때도 그렇고, 귀신 오빠에게는 각오가 부족해. 저기 말이야, 당신. 인생은 언제라도 다시 시작할 수 있다든가 하는 생각을 하고 있는 거 아니야?"

"……."

"무엇을 시작하더라도 늦은 것은 없다는 생각 같은 걸 하고 있는 거 아니야? 실패해도, 실수해도 수습할 수 있다고 생각하고 있는 거 아니야? 일을 저질러도 되돌릴 수 있다고 생각하고 있는 거 아니야?"

"……."

꽈악꽈악.

스커트 끝을 기품 있게 집고서 적당한 각도로 무릎을 들어, 정좌한 나의 얼굴에 발꿈치를 눌러 대는 오노노키.

칸바루의 무릎차기를 맞았던 부위를 지금은 오노노키에게 밟히고 있는데, 내 뺨은 여자 발의 휴게소 같은 곳인가?

뭘까, 얼굴을 맨발로 밟힌다는 것은 뒤통수를 밟히는 것과는 전혀 다른 맛이 있네…. 반사적으로 감아 버릴 것 같은 눈을 뜨고 있으면, 오노노키의 엄지와 검지 발가락 사이로 스커트 안쪽이 보일락 말락 한다.

그러는 내내 오노노키는 계속 외다리로 서 있는 상태다. 전사인 그녀는 몸의 축을 유지하는 힘 또한 보통이 아니었다.

"인생은 마지막에는 플러스마이너스 제로가 된다는 말이 있던가? 핫. 그야 죽으면 당연히 제로가 되겠지."

변함없는 국어책 읽기.

하지만 그런 무뚝뚝한 어조라고 해서 아무런 생각도 없이, 아무런 고려도 없이 발언하고 있는 것은 아닌 듯 보인다. 아무래도 나의 발언이 그녀의 마음속에 있는 예민한 곳을 건드려 버린 것 같다.

물론 인형에게 마음이 있을 경우의 이야기지만.

"저기, 무슨 이야기를 하고 있었더라?"

"글쎄…."

"여름에 부츠를 신고 다니느라 땀내 나는 내 발에 귀신 오빠가 흥분하고 있다는 얘기였던가?"

"땀내 난다는 구체적인 묘사는 하지 마. 꿈이 사라지니까."

"괜찮아. 괜찮아. 시체니까 땀은 안 나."

"그렇구나…."

"그렇게 실망할 건 없잖아, 그러지 말라고. 그런 얼굴을 하면 가슴 아프잖아. 그건 그렇고, 귀신 오빠의 이후 행동 지침은 말이지…."

"잠깐! 내가 진짜로 실망한 표정을 지은 것처럼 말해 놓고 다음 화제로 물 흐르듯 넘어가려고 하지 마!"

"시간은 흐르잖아."

"시간도 화제도 그렇게 갑자기 흘러가지 않는다고!"

"제대로 따라와 달라고, 내 페이스에. 얼빠진 녀석한테 맞출 수는 없단 말이야."

기분이 풀렸는지, 그렇게 말하고서 오노노키는 내 얼굴에서 발을 떼었다. 그 동안 내내 무저항을 관철하고 있던 나는, 자신의 상당한 포용력을 세상에 널리 알린 것이 아닐까 생각한다.

사실, 그 타이밍에 오노노키가 발을 이용해서 '언리미티드 룰 북'을 발동시켰더라면 내 머리가 완전히 날아가 버렸으리란 점을 생각하면 더욱 그렇다.

"널리 알린 건 포용력이 아니라 업보라고 생각하지만 말이야. 그러니까 귀신 오빠, 그 애를 정말로 걱정한다면 여기서 집에 돌려보낸다는 무책임한 짓은 하지 말고, 오히려 가엔 씨가 있는 곳에 데리고 가서 보호해 달라고 해야 해."

"…가엔 씨한테."

"그래. 괜히 약속을 파기해서 가엔 씨에게 찍히지 말고, 데리고 가서 가엔 씨에게 지켜 달라고 해."

오노노키는 문득 떠오른 듯한 말장난을 했지만 그 어색한 느낌, 갖다 붙인 느낌과는 반대로 내용은 많은 것을 시사하고 있었다.

분명히.

무책임하다고 하자면, 여기서 칸바루를 집에 돌려보내는 쪽이 훨씬 무책임한지도 모른다. 내 사정, 요컨대 순수한 내 문제에 말려들게 해 놓고, 생각하던 것과 조금 다르다고 해서 셔터를 내리고 집으로 쫓아 보내는 것은 결코 올바른 행동이라고 할 수 없을 것이다.

칸바루는 조우했다.

나 때문에 말려들었다고는 해도, 그 갑옷무사와 조우하고, 어떤 의미에서 나보다도 깊이 그 현상에 관계해 버렸다.

그렇다면 오노노키의 말대로 칸바루를 집에 돌려보내서 혼자 있게 만드는 편이 훨씬 위험할지도 모른다. 책임을 논하자면, 칸바루와 끝까지 함께 행동하는 것이야말로 책임을 다하는 행동이 아닐까.

그렇다면 아직 자세한 내용도 모르는 가엔 씨의 부탁을 내팽개치고, 나도 칸바루와 함께 집에 돌아가는 것이 가장 좋은 선택 같다는 생각도 든다. 하지만 수험생인 나는 가엔 씨와의 약속을 깨뜨리고 평생을 망칠 자유는 결코 원하지 않았다.

그 문제를 제쳐 두더라도, 약속은 지키고 싶다.

마땅히 지켜야 한다.

…아니, 솔직해지자.

그 위험한 갑옷무사가 칸바루와 엮이는 상황은 당연히 피하고 싶었지만, 내가 엮이는 것은 결코 피하고 싶지 않다고.

오히려.

관여하지 않을 수 없다고.

그 녀석은 나에게 메시지를 남겼다.

'내 주인님'에게 보내는 메시지를.

그렇다면 최소한 그것을 전할 때까지, 나는 이 역할을 내팽개칠 수 없다. 그 갑옷무사의 정체가 내 예상대로라면, 그럴 리 없다고 생각하지만 아주 약간이라도 그럴 가능성이 있다고 한다면.

그것을 버릴 수는 없다.

그것을 알 때까지, 나는 집에 돌아갈 수 없다.

"……."

"결론은 나온 것 같네."

이거야 원, 친구란 건 정말 잔손이 많이 가네. 그렇게 말하면서 오노노키는 다시 타이츠와 부츠를 신었다. 뭐, 설령 땀이 차지 않았다고 해도 여름에 부츠란 것은 보기만 해도 덥지만, 개인의 생활습관에는 참견하지 않겠다.

오노노키의 경우, 개인이라기보다는 고인이지만.

…생전에는 대체 어떤 아이였을까?

전에 들은 이야기로는 성격이나 기질은 괴이로서 태어난 이후에 습득한 것이라고 했는데….

하지만 설령 식신이고 츠쿠모가미라고 해도 이렇게까지 자율적으로 구동하는 시스템이라면 어째서 주인인 음양사, 카게누이 요즈루 씨는 또 하나의 옵션으로서 오노노키가 표정을 지을 수 있게 하지 않았는지가 신기하기도 하다.

나로서는 그냥 단순히 오노노키의 웃는 얼굴을 보고 싶은 것뿐이지만….

"나는 이제부터 귀신 오빠가 목격했다는 그 괴이, 갑옷무사를 쫓기로 하겠어. 사라진 방식을 생각하면 발견할 수 있으리란 생각은 안 들지만, 헛걸음의 길을 묵묵히 밟는 것이 내 일이지."

"……."

"귀신 오빠의 얼굴과 헛걸음의 길을 밟는 것이 내 일이지."

"고쳐 말하지 마. 일이라며 내 얼굴을 밟지 마."

"그러니까 오빠는 그 조카를 공주님처럼 가슴 앞으로 안아 들고 가엔 씨와 합류하면 돼. 그리고 사정을 설명하는 거지."

"그렇게 말하면 마치 칸바루가 내 조카 같은데 말이야."

그리고 칸바루처럼 '공주님 안기'가 어울리지 않는 녀석도 좀처럼 없지…. 조금 전처럼 등에 업게 하라고.

"그건 그렇고 〈이웃집 토토로〉에 나오는 메이 말인데…."

"그래, 조카란 뜻의 한자 '姪'은 일본어로 '메이'라고 발음하지. 하지만 그 애는 여동생이야."

"농담이 다 끝나기도 전에 딴죽을 마무리하지 말았으면 해. 뭐, 성심성의껏 정성을 다해 설명하면 가엔 씨도 당신들에게 위험한 일을 억지로 거들게 하려고 하지는 않지 않을까? 나 개인적으로는, 그 갑옷무사의 정보를 가지고 가는 것만으로도 귀신 오빠 쪽은 가엔 씨가 기대하던 역할을 다한 것이 아닐까 싶어."

"……."

"어쨌든 나도 귀신 오빠 쪽도, 슬슬 이곳을 떠나는 편이 좋겠어. 화재의 잔해 앞에서 마냥 감상에 젖어 있는 것도 좋지만, 슬슬 소방차나 경찰차가 달려올 때가 됐어. 쓸데없는 의심을 받고 싶지 않다면 철수해야 할 때야."

물러날 타이밍을 재는 감각도 전문가의 필수 능력이라고. 그런 말과 함께 오노노키는 부츠 신기를 마쳤다. 일부러 부츠를 신는 데에 시간을 들여서 아슬아슬할 때까지 나와 이야기할 시간을 만들어 준 듯하다.

내내 일관된 무표정.

…어떻게 웃는 얼굴을 볼 방법이 없을까 하고, 나는 다시 오노노키의 얼굴에 두 손을 뻗었다. 이번에는 분노가 담긴 손길이 아니었고, 물론 조금 전에 뺨을 짓밟힌 것의 앙갚음을 하려는 것도 아니었다.

그저 얼굴의 표정근을 억지로 움직이다 보면 아무리 무표정한 오노노키라고 해도 웃는 얼굴 비슷한 것을 만들 수 있지 않을까 하고 생각했던 것이다.

나와 칸바루의 목숨을 구해 준 데다 나약해졌을 때에 귀중한 충고까지 해 준 친구에게, 최소한의 보은을 할 생각이었다.

"에으에, 이잉어아."

"……."

기분 나빴다.

007

다이너마이트 소화로 기억이 났는데, 그 폭약을 발명한 알프레드 노벨의 유언에 기초해서 설립된 노벨상은 물리학상, 화학상, 생리의학상, 문학상, 평화상, 경제학상의 여섯 부문으로 이루어졌다고 하는데, 어찌된 영문인지 수학상이 없다. 다른 부문들을 봐서는 마땅히 있어야 한다고 생각하지만, 듣기론 노벨의 옛 연적이 수학자였기 때문에 노벨 수학상은 설립되지 않았다는 이야기도 있다. 진위가 확실치 않은 도시전설이지만, 세계적으로 가치를 인정받는 노벨상조차도 그런 연애 문제가 얽혀 있다는 것은 뭔가 생각하게 만드는 점이 있다. 10대 수준의 연애밖에 경험하지 못한 나 같은 녀석이 해도 될 말은 아니겠지만, 그런 마음은 그런 식으로, 사후까지 영향을 미치게 되는 것일까? 사람을 좋아한다는 마음은 몇 년이 지나도 사라져 없어지지는 않는 법일까? 추억이 되거나, 잊히거나, 미화되거나, 웃음거리가 되지 않고 언제까지나, 그 언제까지라도 사람들의 마음에, 세계의 역사에 계속 남는 것일까?

생각해 보면 위인의 일화에는 어떻게든 남녀관계가 얽히는 듯하고, 영웅호색이라는 말도 있으니, 그런 것들을 다 잘라 내고 할 수 있는 이야기 따윈 사실 하나도 없는지도 모른다.

그건 그렇고, 한동안 내가 마음껏 뺨을 주무르게 놔두고 있던 오노노키는, 드디어 진지한 얼굴(무표정)로 "아아오에오오(작작 좀 해, 초보)."라고 말하고는 화가 폭발한 동작으로 나를 귀찮다는 듯이 뿌리치고 종종걸음으로 떠나갔다. 업무로 돌아갔다.

갑옷무사를 쫓아간 것이겠지.

내 정보로 어디로 향했는가, 어디로 갔는가를 추측할 수 있을리 없다고 생각했지만, 전문가이기에 알 수 있는 판단재료가 있었는지도 모른다.

'작작 좀 해, 초보'라는 말의 의미는 확실치 않지만(뺨을 다루는 것이 서툴렀다든가, 괴이에 대한 초보자라든가), 어쨌든 그녀의 충고에는 따라야 했다. 학원 옛터의 폐빌딩, 그 발화원인이 나에게 있는 것이 아니라 해도, 관계자로서 참고인 조사를 받는 상황이 벌어지면 오늘 밤은 움직일 수 없게 되고 집에도 연락이 가게 될 것이다.

부모님에게 들키는 것도, 여동생들에게 들키는 것도 피해야 한다.

내가 불살라지고 만다. 화형에 처해지게 된다.

그런 이기적 사정도 있지만, 물론 오노노키의 충고를 확대 해석한다면 만일 내가 서(소방서? 경찰서?)에 끌려갔을 경우에는 그곳에 폐를 끼치게 될 가능성도 있다. 말할 것도 없는 일이지만, 수수께끼의 갑옷무사와 조우한 것은 칸바루뿐만이 아니라나 역시 마찬가지이다.

뚜렷한 계획이 있는 것은 아니었지만, 나는 칸바루를 업고서 일단 오노노키가 떠나간 방향과 반대 방향으로 이동하기로 했다. 오노노키가 갑옷무사를 뒤쫓아 간 것이라면, 그 반대 방향으로 나아가면 다시 녀석과 마주치는 일이 없을 것이라는, 그런 얄팍한 예측에 기초한 진행이다.

흡혈귀로서의 파워가 완전히 사라진 지금의 나는, 연하의 여자애라고는 해도 근육질의 운동선수인 칸바루를 업고 이동하는데 하이페이스로 움직일 수는 없다. 그렇기 때문에 되도록, 설령 아주 약간이라도 안전한 루트를 따라 이동하고 싶었다. 가엔 씨와의 합류지점까지.

　여기서 원래의 예정을 말하자면, 나는 학원 옛터에서 칸바루와 합류하고 사정을 설명한 뒤에 둘이 함께 그 합류지점까지 이동할 생각이었으므로 우여곡절이라기보다는 구절양장*이란 느낌이긴 하지만, 이것으로 간신히 플랜이 원래 코스로 돌아갔다는 이야기가 된다. 하지만 역시 비슷한 나이의 사람 한 명을 등에 업는 것은 여동생이나 유녀를 업는 것과는 또 달랐다.

　괜한 긴장을 하게 된다.

　너무 오랫동안 깨어나지 않는다면 불안했겠지만, 한동안 걸어서 학원 옛터가 완전히 보이지 않게 되었을 즈음에 나의 후배 칸바루 스루가는 의식을 되찾은 듯했다.

　"으~~응….."

　"어, 깨어났어?"

　"으~~응. 무리야, 아라라기 선배…. 그런 플레이는….."

　"정신 차려! 그 잠꼬대는 뭐야! 너의 꿈속에 나오는 나는 얼마나 과격한 개성을 가지고 있는 거냐고!"

　네가 당황하다니, 대체 무슨 플레이냐.

　나의 딴죽에 칸바루는 "핫!" 하고 고개를 들고 주위를 두리번거렸다. 상황이 곧바로 파악되지 않는 모양이었다.

　하긴 백 드래프트가 발생했을 때에 실신했다면, 어떻게 머리

※구절양장(九折羊腸) : 아홉 번 구부러진 양의 창자란 뜻으로, 몹시 구불구불해서 험한 길을 의미하는 사자성어.

를 굴리더라도 나에게 업혀서 마을 안을 이동하는 이 상황, 도피하는 상황과 그때의 일이 연결되지 않을 것이다. 아니, 사람은 기절하기 직전의 기억을 상실한다고 하니, 어쩌면 칸바루의 감각으로서는 아직 갑옷무사와 교전 중일지도 모른다. 그렇다면 그녀와 밀착해 있는 이 상황은 조금 위험한데…. 리어 네이키드 초크에 목이 졸릴지도 모른다.

Rear 'Naked' Choke.

이 얼마나 칸바루에게 어울리는 기술명인가.

"아…, 아라라기 선배! 무사했구나!"

그런 나의 걱정을 제쳐 두고, 칸바루는(점잖지 못한 잠꼬대를 빼면) 정신을 차리자마자 나의 안전을 염려하는 말을 했다. … 후배의 귀감 같은 녀석이다.

"그… 그 녀석은!? 그 녀석은 어떻게 됐어?! 그, 이마에 '愛'라고 적힌 투구를 쓰고 있던 녀석!"

"아니, 우리는 나오에 카네츠구*와 싸우고 있던 게 아니야."

역시 기억이 혼탁해진 모양이다.

하지만 그 정도라면 곧 회복될 것이다. 나는 일단 발을 멈추고, 의식을 되찾은 칸바루를 등에서 내려놓으려고 했다.

내려오지 않았다.

오히려 달라붙어 왔다.

※나오에 카네츠구(直江兼續) : 전국시대 우에스기 가문의 충신. 투구에 한자 '愛'자 모양의 장식물을 달고 있었는데, 이는 사랑이란 뜻이 아니라 당시 무장들이 군신(軍神)으로 모셨던 아타고곤겐(愛宕權現), 또는 애염명왕(愛染明王)을 상징하는 것이라 전해진다.

나는 이미 칸바루의 다리에서 손을 떼었지만, 칸바루는 다리로 내 몸통을 얽더니 정말로 리어 네이키드 초크를 하듯이 찰싹 달라붙어서 내 등에서 내려오려 하지 않았다. 내가 유칼립투스 나무라면 칸바루는 코알라였다.

"무슨 생각이지?"

"상황은 잘 모르겠지만, 이 기회를 놓치면 안 된다고 내 본능이 고하고 있어."

"굉장하구나, 네 본능…."

뭘 고하고 있는 거냐.

고자질이 심하잖아.

"아직은 못 걸을 것 같아. 이대로 잠시 더 업혀 있기로 했어."

이미 결정이 끝난 통고를 받았다.

네 본능은 나에게도 고하는 거냐.

아직 못 걸을 것 같다고 우는 소리를 하는 녀석의 다리가 내 몸뚱이를 꽉 붙들고 놓아 주려고 하지 않는데 말이지…. 칸바루의 각력이라면 그대로 내 몸뚱이를 둘로 쪼개 버릴지도 모른다.

게다가 팔은 한쪽이 괴이다.

고집 부리지 마, 내려, 네 발로 걸어… 라고 말할 수도 없어서, "어쩔 수 없네. 잠깐만 업혀 있는 거야. 다음에도 어리광을 받아 줄 거라 생각하지 마."라고 나는 선배 티를 내 보는 것이었다. 내가 듣기에도 목소리가 영 어색하다는 것을 알 수 있었지만…. 이 선배 티는 상당히 무리했음이 티 나는 연기였다.

"우와아, 아라라기 선배의 뒤통수가 엄청 가까워…. 살다 보면 이렇게 좋은 일이 있구나."

"내 뒤통수를 보고 흥분하지 말아 줄래?"

"머리의 가마가 멋져."

"내가 파악하지 못한 내 몸의 부위에 기분이 고양되지 말아 줄래?"

"아라라기 선배도 나도, 처음에 만났을 때부터 생각하면, 서로 머리가 많이 자랐지."

"음? 뭐, 그렇게 되네."

업고서 밤길을 걷느라 서로 완전히 터놓은 듯한 분위기가 되어 있는데, 생각해 보면 칸바루와 교류를 시작한 것은 고작 몇 달 전이다. 그때 칸바루는 아직 쇼트커트였고, 목덜미를 가리는 내 머리카락도 지금처럼 길지는 않았다.

"머리카락하고 머리카락을 뒤얽히게 해 보고 싶네. 서로 머리카락을 좀 더 기르고 나면, 아라라기 선배의 머리카락과 내 머리카락을 뒤얽히게 해 보고 싶어. 잡지끼리 달라붙는 것처럼 되지 않을까?"

"그건 종이에 종이를 얽히게 했을 때의 물리현상이잖아. 과학쪽 실험이잖아."

어쩐지 변태성이 너무 높아서, 네 말의 어디가 엉큼한지 이해가 잘 안 되기 시작했다고.

머리카락끼리 뒤얽히면 그냥 아플 뿐이잖아.

"그런가? 하지만 뭐, 아픔이라는 것은 중요한 팩터니까."

"칸바루, 아픔을 원한다면 나도 이대로 뒤로 쓰러지는 것 정도는 할 수 있는데?"

"아니, 아라라기 선배. 지금은 참아 줬으면 해. 육체적으로는 둘째 치고, 정신적으로 피폐해진 것은 확실해. 어쩐지, 몸 상태가 안 좋아."

"몸 상태가…?"

너, 몸 상태가 안 좋은 것이 그 분위기냐? 라고 나는 전율을 금할 수 없었다. 하지만 어딘가가 좋지 않다는 이야기는 흘려들을 수 없다. 자세히 물어보았더니,

"어쩐지 키타시라헤비 신사가 떠올라…."

라고 칸바루는 대답했다.

키타시라헤비 신사. 우리 마을의 작은 산 정상에 있는 쇠락한 신사다. 신사라기보다는 유적이라고 말하는 것이 정확할지도 모르는 황폐한 건물로, 나와 칸바루는 6월쯤에 같이 그 신사를 방문했었다.

그렇다.

그때, 칸바루는 몸 상태가 좋지 않았다. 신사의 공기에 중독된 것처럼 힘을 잃고 있었다. 그때와 마찬가지라고…?

어라?

그때는 어떤 시추에이션에서, 어떤 이유로 칸바루의 몸 상태가 안 좋아졌더라…. 내 쪽이야말로 기억이 혼탁해졌는지, 곧바로 떠올릴 수 없었다.

그것보다 지금은 한 걸음이라도 학원 옛터로부터 멀리 떨어져서 1분이라도 빨리 가엔 씨와 합류하고 싶은 마음이 강했다. 그

마음은 초조함에 가까운 것이므로 원래는 억눌러야 하는 충동이었지만.

"옛날 생각이 나네…. 그 신사의 나무 아래서 아라라기 선배하고 첫 키스를 했던가."

"역시 기억이 혼탁해진 건 네 쪽인 것 같구나."

"어라? 두 번째였던가? 세 번째였던가?"

"첫 번째가 확실히 있었다는 것처럼 말하지 마. 그리고 너와 함께 키타시라헤비 신사에 갔을 때는 부근의 나무들에 토막 난 뱀들이 못 박혀 있었다고."

기억이 나기 시작했다.

그렇다. 나는 전문가인 오시노 메메에게 부탁받은 업무로, 당시에 괴이 이전의 괴이 현상, '좋지 않은 것'들이 모이는 신사의 경내를 정화하기 위해 키타시라헤비 신사를 방문했었다.

그때 칸바루는 그 '좋지 않은 것'들의 영향을 받아 몸 상태가 안 좋아졌던 것이다. 시노부의 가호를 받고 있던 나는 큰 문제 없이, 오시노에게 부탁받은 업무를 끝마쳤다.

…그때는 오시노의 의뢰로 움직이고 있었고, 이번에는 오시노의 선배인 가엔 이즈코 씨의 의뢰로 움직이고 있다. 상황 자체는 비슷한 듯하면서도 다르다. 정말이지, 나와 칸바루의 페어는 그런 숙명 아래에 있는지도 모른다.

다만 그렇게 되면 그때처럼 몸 상태가 좋지 않다는 칸바루의 말은 역시 그냥 넘기기 어렵다. 설마 나에게 계속 업혀 있기 위해서 그런 거짓말을 할 녀석도 아닐 것이다.

"그래, 맞아. 내가 센고쿠하고 처음 만난 게 그때였어. 그렇지, 뱀들이 잔뜩 못 박혀 있던 그 나무 아래에서 첫 키스를 했던 상대는, 센고쿠였어."

"그 정도 수준까지 가면 네 기억에 일어나고 있는 건 혼탁이 아니라 개변改變인데 말이다."

"확실히 나는 일부에서 기억의 컨덕터라고 불리고 있어."

"뭐냐고, 기억의 컨덕터는. 자유롭게 기억을 지휘할 수 있다는 거야?"

오로지 나에게 계속 업힐 목적으로 칸바루가 거짓말을 하고 있을 가능성이 급속히 높아지기 시작했다.

"하지만 이런 발언을 해 두면, 애니메이션화 될 때에 이미지 그림으로 나하고 센고쿠의 키스신이 삽입되거나 할 거 아냐."

"되지 않는다고, 파이널 시즌은. 파이널 시즌이라고 할까, 너의 이야기는. 네가 등장하는 이야기는. …참고삼아 묻고 싶은데 말이야, 칸바루. 나는 좀처럼 알 수 없는 감각인데, 누군가가 업어 준다는 건 기쁜 일이야?"

"아니, 그게… 나에게도 농구부의 에이스란 입장이 있으니까 말이야. 이렇게 당당하게 선배에게 어리광 부릴 수 있는 건 역시 기쁘지. 중학생 때에 센조가하라 선배가 업어 준 것 이후로 처음이야."

"……."

칸바루가 중학교 시절 센조가하라의 고생을 회상했다.

중학교 시절의 발할라 콤비에게 대체 어떤 번외편이 있었던 걸까…. 어쨌든 늠름하게 행동하는 것치고는 의외로 어리광 부리기에 능숙한 칸바루였다.

그에 반해 나는 어리광 부리기에 상당히 서툴렀다.

"흠, 기억의 컨덕터로서 거의 다 기억나기 시작했는데 말이야, 아라라기 선배. 지금은 나에게 소개하고 싶다는 누군가가 있는 곳으로 향하던 중이라고 말한 참인가?"

"아… 맞아, 그랬지. 칸바루, 그 일에 대해 너에게 사과할 게 있어."

그랬었다.

칸바루가 너무 바보라서 사과하는 걸 잊고 있었다.

갑옷무사에 대한 것도 그렇고, 화재에 대한 것도 그렇다. 나의 생각 없는 호출이 칸바루를, 농담이 아니라 진짜 사지死地로 불러 버린 것은 틀림없는 사실이니까.

"홋, 사죄 따윈 필요 없어. 오히려 사과하지 말았으면 좋겠어. 아라라기 선배가 고개를 숙이게 만들다니, 칸바루 스루가의 불명예야."

"그렇다면 아라라기 선배가 업게 만드는 쪽이 훨씬 칸바루 스루가의 불명예 아닌가…. 불타서 잿더미가 되는 거 아닌가. 아니, 진지한 얘기를 하자면, 이제 그만 집에 돌아가고 싶다고 생각하고 있을지도 모르겠는데… 미안해, 여기서 너를 돌려보내는 편이 위험할지도 몰라. 하다못해 사정을 파악할 때까지는 나하고 행동을 함께해 줘."

"아니, 뭐. 침상을 함께해 달라는 얘기라면 싫지만은 않지만."

"함께해 주길 바라는 건 '행동'이라고."

"침상을 함께한다는 것이라면, 어떤 종류의 행동을 함께한다고 말할 수 없는 것도 아니잖아."

"엄청 말할 수 없다고. 너는 20년 정도 전의 라이트노벨에 흔히 나오던 발정 히로인이냐?"

"발정 히로인…. 가슴 설레는 신조어네."

"가슴 설레지 마."

"다만, 진짜 발정 히로인이 흔히 있는 것은 순문학 쪽이지만 말이야."

"풍자하지 말라고."

생각한다.

풍자를 들었을 즈음에, 생각한다.

적어도 이 시점에서 내가 가지고 있는 정보 정도는 제시해 둬야 할까 하고. 오노노키에게 그랬던 것처럼, 이야기할 수 있는 것은 다 이야기해 둬야 할까 하고.

그러나 지금은 한시라도 빨리 가엔 씨와 합류하고 싶다…는 마음도 있었지만, 그 이전에 나도 현재 상황을 전혀 파악하지 못하고 있어서 칸바루에게 확신을 가지고 설명할 수 있는 것은 거의 없다고 해도 무방할 정도였다.

아무것도 모르는 것이나 마찬가지다.

이렇게 될 줄 알았더라면, 내 쪽에서 미리 가엔 씨에게 업무 내용을 구체적으로 들어 둘 걸 그랬다. 상황이 그것을 허락하지 않았다고는 해도, 어쩐지 눈가리개를 하고 미로 안을 걷는 듯한 기분이었다.

"이 일의 벌충은 반드시 할게. 오늘 밤만 어떻게든 참아 줘."

"오늘 밤만이라는 섭섭한 소리는 하지 마. 나는 매일 밤마다 아라라기 선배의 호출을 기다리고 있어."

"그렇다면 되도록 밤이 아닌 시간에 기다리고 있어 줬으면 하는데…."

"나는 언제라도 아라라기 선배로부터의 부탁에, 이렇게 대답할 뿐이야."

그리고 일단 목소리를 작게 줄이는 칸바루.

"자, 드세요♪"

"시끄러! 그리고 귀여워!"

뭘 부탁한 거냐고, 나는!

부탁이라는 말이 나와서 말인데, 부탁이니까 이 자리에 내버려 두고 가고 싶어지는 말만 골라서 하지 마. 나는 너를 산에다 버리려고 이렇게 업은 채 걷고 있는 게 아니라고.

"다만 지금 어디로 향하고 있는지 정도는 물어봐 둘까, 아라라기 선배. 화재로부터의 피난치고는 조금 멀리 가고 있지 않아? 소방서에 신고하지 않아도 괜찮은가?"

신고의 대상이 될지도 모르는 여자애치고는 상당히 착실한 의견이다.

"그 화재는 이미 진화됐고, 피해자도 없으니까 괜찮아…. 지금은 전에 말했던 합류지점으로 가고 있어. 어디 보자, 너는 알고 있던가?"

지금쯤 학원 옛터 부근에서는 한바탕 소동이 벌어졌을지도 모른다. 아니, 민가에서 멀리 떨어져 있는 그 건물은 순식간에 불타 버렸으니, 의외로 아무도 알아차리지 못해서 신고가 들어가지 않았을지도 모르지만….

"'浪白공원'이라는 곳인데."

"로하쿠?"

"나미시로, 라고 읽을지도 몰라."

정확히 어떻게 읽는지, 아직도 나는 알지 못했다. 어쨌든 이 마을에 있는 조금 큰 공원이다. 내가 하치쿠지 마요이와 처음 만났던 장소이며, 그리고 생각해 보면 센조가하라 히타기에게 고백을 받았던 장소이기도 하다.

그런 의미에서는 업무로 사람을 만날 장소로 선택하고 싶은 공원은 아니지만…. 다만 가엔 씨가 그곳을 지정했으니 어쩔 수 없다.

그러고 보니 '뭐든 알고 있는' 가엔 씨라면 그 공원의 정식 이름을 알고 있을까?

"로하쿠 공원… 나미시로 공원…. 으~음. 그 공원에 농구 코트는 있어?"

"아니, 없었을 거야."

"그렇다면 모르겠네."

"어떻게 된 기준이야…. 아, 하지만 어쩌면 잊고 있는 것뿐일지도 모를걸? 그도 그럴 것이, 그 공원 근처는 센조가하라의 중학교 시절 활동 영역이었을 테니까."

활동 영역이라는 표현은 좀 그렇다고 생각하지만, 그러나 이건 본인이 사용했던 말이므로 어쩔 수 없다. 어쨌든, 그렇다면 발할라 콤비 시절에 센조가하라와 칸바루가 그 공원에서 놀았던 적이 있을지도 모른다.

여자 중학생이 공원에서 놀지 어떨지는, 그쪽 방면에 어두운 내가 확실히 어떻다고 말할 수는 없지만. 뭐, 적어도 내 여동생인 아라라기 카렌은 자주 놀고 있다. 그네를 타고 신발을 멀리 날리면서 놀고 있다.

…문득 여동생의 장래가 걱정되었다.

"으~음, 그렇다면 직접 보면 기억날지도 모르겠네. 센조가하라 선배의 옛날 집이란 말이지…. 후후."

칸바루가 내 등에서 살짝 웃었다.

보기에 따라서는 지금보다 센조가하라와 절친했던 시절을 떠올리고 가슴이 훈훈해졌는지도 모른다. 나는 센조가하라의 옛날 집을 모르므로 그 부분에 대해 물어보고 싶어졌다.

"역시 집에 초대받기도 했어?"

"응. 불려 갔었어. 아담하고 멋진 대저택이었어."

"……."

실례되는 후배네, 진짜.

하긴, 칸바루가 살고 있는 일본식 주택은 웬만한 저택의 규모를 넘어서고 있으니까. 유소년기에 어떻게 자랐는가 하는 점이 이렇게나 인간성에 큰 영향을 미칠 줄이야.

"아니, 아라라기 선배. 난 유소년기에는 꽤나 가난한 생활을 보냈다고. 어쨌든 부모님이 야반도주를 했었으니까. 리얼한 빈곤생활이었어."

"그런 얘기를 쾌활하게 해도 할 말이 없는데…."

업다운의 변화가 격한 인생이구나.

그것 역시 칸바루 스루가의 퍼스널리티를 형성하는 근간이라고도 생각하지만…. 부모의 야반도주.

칸바루 가의 외아들이 가엔 가의 장녀와 인정받지 못한 결혼을 했다…로 시작하는 이야기였던가. 그 가엔 가의 장녀가 가엔 씨의 언니….

그리고 칸바루의 부모님이 둘 다 교통사고로 세상을 떠났기 때문에, 홀로 남겨진 딸은 칸바루 가에 맡겨졌다.

"뭘 하든 괜찮아, 아라라기 선배. 지금은 그 공원으로 향하고 있는 거지? 그곳에 내가 만났으면 하는 사람이 있는 거지?"

"뭐, 그런 얘기야."

만났으면 하는가 하는 질문을 받는다면, 솔직히 이제는 상당히 만나게 하고 싶지 않다는 심정이지만—칸바루 가와 가엔 가의 단절 관계를 생각하면 더욱더—우리가 놓여 있는 상황을 생각하면.

…가엔 씨와도 그렇지만, 개인적으로 나는 시노부와 얼른 합류하고 싶었다. 그 녀석과는 최근에 줄곧 함께 있었기 때문에 이런 식으로 따로따로 떨어져 버리면 역시 불안하다. 조금 전의 학원 옛터에서도 시노부가 있었더라면…. 아니, 그 장소에서 시노부는 없는 편이 나았지만…. 뭐, 어쨌든 시노부와의 페어링을

회복하기 위해서도 나는 가엔 씨와 합류할 수밖에 없다.

"하지만 그렇다면 말이야, 아라라기 선배."

칸바루는 말했다.

"방향, 완전히 반대 아닌가?"

008

반대.

그 말을 듣고서 나는 발을 멈췄다. 칸바루는 '浪白공원'의 이름이 무엇인지는 몰랐지만, 앞서 말한 대로 그 부근의 지리감각이 없는 것은 아니다. 애초에 센조가하라와 같은 중학교를 다녔던 칸바루의 집은 지도상으로는 그 부근에서 그리 멀지도 않을 것이다.

그러니까 지금 우리가 나아가고 있는 방향이 올바른지 어떤지 판단할 수 있었던 것이다. 만약 학원 옛터, 지금은 불탄 잔해에서 칸바루와 헤어졌더라면 나는 훨씬 늦게까지, 자칫하다간 날이 밝을 때까지 깨닫지 못했을 것이다.

자신이 지금, 길을 헤매고 있다는 것을.

"어… 어라? 하지만…."

나는 당황했다.

확실히, 최초 단계의 나는 어쨌든 화재 현장에서 벗어나는 것에 전념하느라 浪白공원을 목표로 하지 않았다. 충분히 멀어졌다고 생각되었을 때에 약속 장소로 궤도를 수정할 생각이었다.

그러니까 다소 길을 헤매는 것은 어쩔 수 없는 일이라고 말할 수 없는 것도 아니다. 그렇지만 이미 궤도를 수정한 뒤로 상당한 시간이 지났다.

활동 영역이라는 표현을 따라 말하자면, 浪白공원 주변은 내 활동 영역이 아니라서 그렇게 자주 들르는 장소도 아니지만, 여러 가지로 추억이 많은 장소다. 추억뿐만 아니라 인연도 있는 장소다.

그곳을 찾아가는데 길을 잃는다는 상황이, 아라라기 코요미에게 있어도 되는 걸까?

"평소에 자전거만 타고 다녀 버릇해서, 오래간만에 걷다 보니까 생각대로 되지 않는 거 아니야? 솔직히 나를 지금 어디로 데려가는 건가 했다고."

"그랬구나…."

"아니. 잠깐, 아라라기 선배. 그쪽에는 데이트 명소가 없다고, 라고 생각하고 있었어."

"데이트 명소에 너를 데리고 갈 이유는 없어."

뭐, 평소에 자전거만 타고 다니기 때문이라고 말한다면 대답할 말이 없다. 두 대 가지고 있던 그 자전거 중 한 대는 올 5월에 칸바루에게 파괴당했고, 다른 한 대도 바로 얼마 전에 잃어버렸다. 그러므로 앞으로 한동안 도보 생활을 해야 하는 나로서는 이런 일이 있어서는 안 되는데.

"오던 길을 조금 돌아가서 루트를 수정할까…. 미안해, 칸바루. 이런 때에 시간을 낭비하게 해서."

"뭘, 별문제 아니야. 전부 맡기도록 하지. 아라라기 선배가 편한 대로 해."

"……."

칸바루가 관대한 마음을 보여 주는 것은 기뻤지만, 윗사람으로 대우해 주는 듯하면서도 아랫사람으로 취급하는 듯한 이 느낌은 정말 어떻게 안 되는 걸까? 이 녀석, 학교 선생님에게는 어떤 식으로 말하고 있을까?

누군가가 자신을 위해 뭔가를 해 주는 것이 당연한 일이라 생각하는 자의 거만한 거동이다. 지금은 업혀 있는 상태니 '업동'이라고 해야 할까.

어쨌든 위임받은 선배로서, 후배를 위해 분발해서 오명을 씻고 명예 만회를 꾀하며 방향을 돌려 루트를 변경한다.

내 휴대전화에는 맵 기능이나 내비게이션 기능은 탑재되어 있지 않아서(탑재되어 있을 수도 있지만, 어차피 쓸 줄 모른다), 도로 표지판이나 지도 간판을 그때그때 봐 가면서 행군했다. 이렇게 하면 더 이상 길을 헤매는 일은 없을 것이다. 확인을 게을리해서 아까운 시간을 낭비하고 말았지만, 이것으로 만회할 수 있겠지… 라고 생각하고 있었는데.

그러나.

"…어라?"

오노노키의 말이 떠올랐다. 신랄한 말이 떠올랐다.

되돌릴 수 있다고 생각하는 거 아니야?

일을 저질러도.

한 시간 뒤. 물론 칸바루와 이런저런 바보 같은 잡담을 나누면서 보낸 한 시간 뒤였지만, 그 대화를 전부 커트할 수밖에 없는 결과를, 나는 맞이하고 있었다.

우리는 완전히, 어디인지 알 수 없는 장소에 있었다. 물론 정글이라든가 황야 같은 곳에 길을 잃고 들어온 것은 아니다. 그곳이 우리가 사는 동네 안이라는 것은 틀림없었지만, 그러나 기묘할 정도로.

신기할 정도로, 우리는 미아가 되어 있었다.

"아라라기 선배는 혹시 방향치야? 그게 아니라면 1분이라도 나와 오래 있고 싶어서 일부러 멀리 돌아가고 있는 거야?"

"그렇게 민폐 되는 어프로치를 왜 하겠냐…."

체력이 버티지 못한다.

역시나 사람 한 명을 업고 계속 걸어 다니는 것에 한계가 찾아왔다. 이러저러하다가 벌써 자정을 넘기고 있다.

날짜가 바뀌어 버렸다.

8월 24일.

여름방학이 끝난 지 4일째인데, 나는 대체 언제부터 학교에 갈 수 있을까? 학교에 가면 센조가하라나 하네카와에게 무단결석에 대해 야단맞게 될 거라고 생각하면 갈 수 있게 되어도 주저하게 될 것 같지만….

다만 그렇다고 해서 지금, 있는 그대로의 현상을 보고할 수도 없다. 이미 칸바루를 말려들게 해 버렸는데, 센조가하라나 하네카와까지 말려들게 할 수는 없지 않은가.

칸바루와 이야기를 나누고 있으면 즐거워져서 깜빡 잊게 되는데, 현재 상황은 엄청난 비상사태니까…. 그런데, 미아?

이런 비상사태에, 나는 태평스럽게 길을 잃고 있는 건가?

너무나도 어울리지 않는, 어떤 종류의 목가적인 자신의 실수에 짜증이 나기까지 했지만, 그런 나를 냉정하게 만들어 준 사람은 다름 아닌 칸바루 스루가였다.

"그러고 보니 아라라기 선배, 예전에도 길을 잃은 적이 있었다는 둥 어떻다는 둥, 있을 것 같지만 없다는 둥 하지 않았어? 그 왜, 하치쿠지하고…."

"으음…. 아."

있을 것 같지만 없다고 말한 적은 없지만, 그 이야기를 들으니 감이 왔다. 칸바루에게 듣기 전에 저절로 떠올렸어야 했다.

그렇다, 그랬다.

이 현상은 나에게 두 번째가 되는 현상이었다.

석 달 전.

5월의 어머니날, 나는 하치쿠지 마요이, 센조가하라 히타기와 함께 **길을 잃었다.**

마요이우시迷い牛.

그런 이름의 괴이였다.

"사람이 길을 잃게 만드는 괴이…. 어라? 하지만 왜 지금 이 타이밍에 마요이우시가…."

아니, 잠깐.

안이하게 답에 뛰어들지 마라. 확실히 이런 식으로 극히 좋지 않은 시기를 노린 것처럼 길을 잃어버린 것에 자기도 모르게 합리적인 설명을 붙이고 싶어지는 것은 이해하지만, 내가 동요한 나머지 잠시 분별력을 잃어버린 것뿐일 가능성이 훨씬 높을 것이다.

마요이우시가 아직도 있을 리 없지 않은가.

그날, 오시노 메메가 해결해 주었다.

이 마을에서 11년간 사람을 계속 길을 잃게 만들어 왔던 그 괴이는, 더 이상 아무도 길을 잃게 만들지 않는다. 바로 내가 그것을 누구보다도 잘 알고 있다.

내가 누구보다도 통감하고 있다.

그러니까 분명 아닐 것이다. 칸바루의 지적은 엉뚱한 회상에 지나지 않을 것이다.

…그렇지만 아무리 억누르려 해도 계속 떠오른다.

그 화염 속에서, 요란한 웃음소리와 함께 떠나간 갑옷무사가 남긴 메시지를.

'네 녀석도 다른 곳에 들르지 말고 곧바로 **집**으로 돌아가는 게 좋을 것이야!'

그렇게 말했다.

아니, 엄밀히 말하면 그 갑옷이 나에게 전한 '메시지'는 그 뒤로 이어졌다. 그러니까 말하자면 그 전 단계의 말은 서두로서 흘려듣긴 했는데, 생각해 보면 이상하지 않나?

어째서 그 상황에서 그 갑옷무사가 내 귀갓길에 대해 주의를 환기하는 말을 한 것일까. 그 화재가 갑옷무사에 의한 것이 아닌 이레귤러라고 해도, 그 직전까지 내 목을 조르고 있던 자가 할 대사는 아니다.

교장선생님도 아니고, '집에 돌아갈 때까지가 싸움' 같은 지론이 있는 것도 아닐 테고. 만약 그 발언에, 흘려들었던 그 발언에 감춰진 의미가 있었다고 한다면.

반대되는 의미가 있다고 한다면.

"……."

어?

아니, 하지만…. 그렇다면 그 갑옷무사, 행동이 어째 좀스럽지 않나?

이렇게 표현하기는 뭣하지만 조금 전까지의 다이내믹한, 완강한 현상으로서의 이미지와 상반된다. 산산조각으로 부서졌어도 부활하고, 이쪽의 공격을 전부 받아 내고, 흡수하고, 내 목소리를 빼앗고… 안개가 되어 사라졌다.

드높은 웃음소리와 함께 떠나갔다.

그런 녀석이 이런 식으로, 해코지라기보다는 그냥 심술부리는 듯한 행동을 할까? 만약 그 갑옷무사가 내가 생각하는 그 상대라고 한다면 더욱 그렇다.

무인武人의 이미지와 전혀 일치되지 않는다.

게다가 설령 이 '미아' 상태가 녀석의 소행이라고 해도 그 목적을 알 수 없다. 나와 칸바루가 길을 잃게 만들어서, 미아로 만들어서 어쩌려는 것일까. 아니면 나 같은 녀석은 헤아릴 수 없는, 깊은 생각이 있어서 하는 행동일까? 그 갑옷에게 생각이란 것이 있을 경우의 이야기지만….

"…칸바루, 일단 다리 좀 내려 봐."

"무 다리를?"

"네 다리를 말이야."

굳이 말하자면 무 다리가 아니라 사슴 같은 다리지, 라며 나는 계속 업고 있던 칸바루를 등에서 내려놓았다. 이번에는 칸바루도 달라붙으며 저항하려 하지 않았다.

상황의 심각함을 이해했다기보다도 다음을 약속하는 듯한 '일단'이라는 말이 마음에 들었는지도 모르지만. 어쨌든 두 다리로 지면에 선 칸바루는 맨손체조를 하거나 그 자리에서 점프를 하거나 하며 자신의 컨디션을 점검했다. 업혀 있는 것도 결코 편하기만 한 것은 아닌 듯하다. 어리광을 잘 부리는 것도 쉬운 일은 아닌 모양이다.

그러는 사이에 나는 휴대전화를 꺼냈다.

지도 앱 기능도 없고 내비게이션 기능도 없는 휴대전화를 여기서 꺼낸 이유는, 나약하게 표현하자면 조금 빠른 기브 업이다.

조금 빠른 기브 업.

그러나 나약하다는 말을 듣건 의지가 부족하다는 말을 듣건, 이렇게 되면 가엔 씨한테 전화를 거는 수밖에 없어 보였다.

헤어질 때에 전화번호를 알아 두었다.

5월에 달팽이에 의해 길을 헤맸을 때도, 도움을 원했지만 그때는 상대가 통신기기를 가지고 있지 않은 오시노였기 때문에 상당히 번거로운 수고를 들이게 되었다. 하지만 이번의 상대는 휴대전화를 다섯 대나 가지고 다니는 가엔 씨이므로 연락 자체는 간단하다.

다만, 한 번 도움을 받은 것의 답례 때문에 이런 성가신 상황에 내몰려 있다. 용이하더라도 안이하게 그 사람에게 도움을 요청하고 싶지 않아서 지금까지 연락하지 않았던 것인데, 이렇게 되면 빨리빨리 대응하고 싶다.

오노노키의 말을 빌리면, 이렇게 해도 이미 충분히 늦은 아라라기 코요미겠지만….

"뭐야, 아라라기 선배. 아항, 센조가하라 선배에게 잘 자라는 메시지를 보내는 거구나. 러브러브한 것을 보니 역시 평범한 사이가 아닌걸?"

"네 사고방식이 너무 평범한 거라고…. 저기 말이야, 칸바루."

말을 걸다가, 그만둔다.

사소한 일이지만 그 갑옷무사는 '곧바로 **집**으로 돌아가는 게 좋을 것이야!'라고 말할 때에 '네 녀석들'이 아니라 '네 녀석'이라고 말했다. 그렇다면 길을 헤매는 이 상황이 그 녀석의 소행일 경우, 그 대상은 나에게 한정되어 있는지도 모르는 것이다.

요컨대 여기서 칸바루와 내가 개별행동을 취하면, 칸바루만이라면 갇혀 버린 듯한 이 기묘한 미아 상태에서 탈출할 수 있을지도 모른다…. 그렇게 생각하고 권유해 볼까 했지만, 그러나 아무리 생각해 봐도 이 후배가 그런 제안에 응할 리가 없었다.

불길이 일렁이는 건물 속에서도 나를 내버려 두고 탈출하지 않았던, 경이로운 충성심을 가진 후배다. 길을 잃고 헤매는 정도로 개별행동을 취해 줄 것이란 생각은 들지 않았다.

으~음.

이렇게 말하면 뭐하지만, 너무 높은 충성심은 중독증상하고 별로 다를 게 없어 보이네…. 칸바루와의 관계에 대해 센조가하라에게 불평을 들은 적이 있는데, 왜 그랬는지 그 이유를 안 것 같은 기분이 들었다.

이 경우에 성가신 부분은, 나나 센조가하라보다 칸바루 스루가의 인간력 스테이터스가 대체로 높다는 점이었다.

"응? 왜 그래? 아라라기 선배."

"아니, 아무것도 아니야…. 잠깐 전화를 걸려고 하니까 조용히 해 줄 수 있어?"

"좋아. 알았어. 아무리 무리한 요구라도 따르도록 하지."

"이것에 관해서는 그렇게까지 무리한 요구는 하지 않았을 텐데…."

하지만 눈을 뜨고 있을 때에는 기본적으로 수다스러운 칸바루에게 '조용히 있어'라는 말은 가혹한 요구인지도 모른다.

나는,

"후우…."

그렇게 나사를 다시 조이듯 호흡을 정돈하며 용기를 북돋우고, 휴대전화의 전화번호부에서 가엔 이즈코의 이름을 선택했다.

그리고.

호출음이 한 번 끝나기도 전에.

[야아, 코요밍. 기다리고 있었어. 이제나저제나 하고 있었지. 슬슬 전화가 올 때라고 생각했어.]

그렇게.

받자마자 저쪽에서 먼저 말을 걸어왔다.

한밤중이라고는 생각되지 않는, 한없이 밝은 목소리.

시리어스한 분위기를 전혀 띠지 않는 그 목소리는, 확실히 칸바루의 이모라 할 만했다.

009

가엔 이즈코.

뭐든지 알고 있는 누님.

오시노 메메나 카게누이 요즈루, 카이키 데이슈의 선배인, 괴이 관련자들의 관리자적 존재. 그 존재 자체는 여기저기서 자연스럽게 전해 듣고 있었지만, 내가 그녀와 만난 것은 바로 얼마 전의 일이다.

오시노의 선배라고는 전혀 생각되지 않는, 나이가 전혀 짐작되지 않는 패션의 누님으로, 묘하게 프렌들리하다고 할까, 친근해 보이는 부분도 역시나 커뮤니케이션 능력이 뛰어난 칸바루와 혈연이라고 말하지 못할 것도 없다.

하지만 한편으로 칸바루 스루가의 인간친화적인 퍼스널리티와는 크게 선을 달리하는 분위기를 지닌 누님이기도 했다. 오해를 두려워하지 않고 말하자면, 별로 친하게 지내고 싶은 타입도 아니고, 너무 깊이 들어가고 싶은 타입도 아니었다. 그런 의미에서는 정말 오시노나 카게누이 씨, 카이키의 선배라 할 수 있을까….

지금, 새로운 괴이 현상 속에 놓여 있는 입장으로서는 휴대전화로 외부와 연락을 취할 수 있다는 요행을 기뻐해야 할지도 모르겠지만, 전파방해 때문에 마을 안에 있는데도 통화권 이탈 표시가 뜬다든가 하는 결과로 끝나는 편이 나았을지도 모른다는 생각을 하게 될 정도였다.

가엔 씨와의 합류는, 浪白공원으로 장소를 잡아 두긴 했지만 명확한 합류시각은 정하지 않았다. 칸바루와의 이야기(잡담)에 얼마나 시간이 걸릴지 알 수 없었기 때문이다.

그래서 언제 내가 浪白공원에 나타날지 가엔 씨는 알 수 없었을 테고, 하물며 전화를 언제 걸어올지 예상할 수 있을 리도 없다. 그러나 가엔 씨는 내게서 걸려 온 전화에 전혀 동요한 느낌이 없었다.

자신이 말하는 대로.

기다리고 있었다는 듯이.

[아니, 아니. 그렇게 초능력자처럼 얘기하지는 마, 코요밍. 나는 그렇게 대단한 녀석이 아니야. 요츠기에게 일의 경과에 대한 보고를 대강 들었거든. 그래서 전화가 오겠거니 하고 있었을 뿐이야.]

"……"

[여러 가지로 고생이 많았다며? 그래도 무사한 것 같으니 다행이야, 코요밍.]

"무사…하다고는 조금 말하기 어렵지만요."

불평하고 싶어지려는 충동을 어떻게든 억누른다. 여기서 가엔 씨에게 마구 화를 내 봤자 아무 소용도 없다는 것은 알고 있다.

오노노키의 말대로 그런 사태는 가엔 씨에게도 예상 밖의 일이었을 테고…. 이제부터 어드바이스를 구하려고 하는 입장이니, 언행이 거칠어져서 좋을 것은 없다.

예의로 볼 때도 그렇지만, 단순한 손익을 따져 보더라도.

[무사한 거야.]

그렇게 말하는 가엔 씨.

단정적인 어조는 여전했다.

[살아 있는 것만으로도 사람은 무사하다고 말해야 해. 다행이네, 죽지 않아서. 아니, 진심으로 하는 말이야. 여기서 네가 죽으면 아무리 나라도 메메를 볼 웃는 낯은 없었겠지.]

"……"

어쩐지 가볍구나, 이 사람은.

발언 하나하나가.

볼 웃는 낯이라니…. 접대용 미소 같은 건가? 뭐, 그 가벼움에 위안을 얻는 부분도 있기는 하지만….

[그래서? 지금은 어떻게 되어 가고 있어? 이 가엔 누나한테도 알려 줘.]

"그게 말이죠….."

[게일까? 달팽이일까? 원숭이일까? 뱀일까? 고양이일까?]

"네…?"

선수를 치듯이 던진 가엔 씨의 말에 나는 당황하지 않을 수 없었다. 상담하기 위해서 전화를 했는데, 뒤에서 칼에 찔린 듯한 기분이 들었다.

달팽이. 마요이우시.

"다… 당신은 뭘 알고 있나요?"

[나는 뭐든지 알고 있어.]

아시다시피 말이야.

그렇게 말하는 가엔 씨.

나는 입을 다문다. 입을 다물지 않으면 불평의 말이 아닌 의심의 말을 억제할 수 없을 것 같았다.

오노노키가 말했던 '현재 상황은 가엔 씨에게도 예상 밖의 전개'라는 말이 의심스럽게 생각되기 시작했으니까. 오노노키가 어떤 보고를 했다고 해도 우리가 지금 미아가 되었다는 것을, 마요이우시에게 미혹된 것처럼 미아가 되었다는 것을 멀리 떨어진 공원에 있을 가엔 씨가 알 수 있을 리 없지 않은가.

그러나 그런 나의 침묵에서도 뭔가를 읽어 낸 것일까.

[아하하.]

그렇게 가엔 씨는 웃었다.

[농담이야, 농담. 왜 그렇게 진지하게 듣는 거야, 코요밍. 이런 건 그냥 자신을 대단하게 보이게 하기 위한 트릭이야. 다섯

개씩이나 말하면 그중 하나는 맞을 거 아니겠어? 어른의 비겁한 수법이라고.]

"……."

[그래서 좀 어때? 누나는 전혀 모르겠으니까 알려 줘. 개인적으로는 달팽이라고 예상하지만 말이야.]

맞혔잖아.

다섯 개를 말하면 하나는 맞을 것이라는 설명에는 어느 정도의 설득력이 있었지만, 덧붙인 한마디로 그것을 스스로 망쳐 버렸다. 이 사람은 자신이 받고 있는 의심을 해소하고 싶은 걸까, 더 깊어지게 만들고 싶은 걸까.

단순히 생각하면, 그냥 나를 놀리면서 가지고 놀고 있는 것뿐이겠지만. 하지만 그 장난에 휘둘리는 쪽으로서는 기분 좋을 리가 없다.

[별것 아니야. 도움을 요청하는 전화를 걸 수 있을 만한 여유가 있는 것은 달팽이일 거라고 생각했을 뿐이야. 유추한 거야. 그래서 좀 어때?]

"그 말씀대로예요…. 네. 지금 칸바루하고 둘이서, 약속 장소인 공원으로 가던 중이었는데, 벌써 이래저래 한 시간 이상….."

[하하하.]

다시 웃는 가엔 씨.

이쪽의 심각한 분위기가 전혀 전해지지 않는 느낌은 요전과 똑같다.

[대체 어떤 녀석일까 하고 다양한 상상을 하고 있었는데…. 예

상하던 것 중에서는 가장 보잘것없네.]

"……?"

진의를 알 수 없는 가엔 씨의 발언에 나는 다음 말이 이어지지 않았다. 그러나 그녀 안에서는 아무래도 현안 사항이 하나 정리 되었는지, 안 그래도 밝은 그 목소리가 한층 더 밝아지더니,

[코요밍.]

이라고 나를 불렀다.

[그건 내 입장에서 말하자면 길보吉報야. 아마 너에게도 그렇 겠지. 정말 경사스러워. 촛불을 꽂은 케이크라도 준비해 주고 싶을 정도야.]

"케이크…?"

[농담이야, 신경 쓰지 마. 그러니까 어쨌든 얼른 합류해 줬으 면 해. 자세한 이야기는 얼굴을 마주하고 듣고 싶어졌어. 요츠 기에게 보고를 받았을 때는 솔직히 좀 위험할지도 모르겠다고 생각했지만, 코요밍의 정보로 광명이 비쳤어.]

"아, 아뇨. 그러니까 그 '합류'를 할 수 없다는 얘기를 하고 있 는 거예요. 지금 저는… 이대로는 아무리 시간이 지나도 계속 길을 헤맬 것 같으니, 가엔 씨 쪽에서 어드바이스를 해 주셨으 면 하고…."

[내가 어드바이스를 할 것도 없어. **그건 단순한 심술이야.** 그 정도의 곤경은 스스로 극복하지 못하면 곤란해.]

차가운 어조도 엄격한 어조도 아니었지만, 그것은 명백한 거 절이었다. 밝은 목소리로 명백한 거절.

곤란하다고 해도, 실제로 곤란한 건 이쪽인데 말이야. 애초에 우리를 이런 상황에 끌어들인 사람은 가엔 씨일 텐데.

[아니, 아니. 그렇기 때문에 말하는 거야, 코요밍. 나에게 어드바이스를 구하는 것이 어떤 일인지, 너는 이미 알고 있을 거 아냐? 나에게 도움을 받아 버렸기 때문에 너는 지금 그런 곤경 속에 있어. 끝나지 않는 돕고 돕기를 언제까지나 나하고 계속하고 싶어 할 정도로, 코요밍은 기특하지도 않을 거야. 나와의 적당한 거리를 파악해 줘. 다행히 길을 잃는 것은 이번이 처음도 아닐 테니, 코요밍, 여기서는 메메의 지론을 따라 혼자 알아서 살아나 줘.]

아니지… 라면서 가엔 씨는 거기서 잠시 공백을 두었다.

그리고 변죽을 울리듯이 말했다.

[혼자는 아닌가. 네 옆에는 지금 믿음직스런 후배가 있었지. 그렇다면 그 애에게 부탁하면 될 거야.]

"부… 부탁하다니요?"

칸바루에게?

이미 이 지경까지 말려들게 한 칸바루에게?

갑옷무사에 대한 일뿐만 아니라 여름방학 마지막 날부터 이어지는 일련의 사건부터 고려해 봐도 전혀 관련 없는, 여기서 나와 함께 길을 헤매게 될 이유 따윈 아무것도 가지고 있지 않은, 완전히 휘말려 든 제삼자인 칸바루에게 여기서 더 부탁하라는 말인가?

"다… 당신은 칸바루를 뭐라고 생각하는 건가요. 칸바루는….”

[칸바루 스루가는 내 언니의 딸이야.]

가엔 씨는 명랑하게 대답했다.

[묵혀 두기에는 아까운 재능이지.]

010

모처럼 연결된 전화는 일방적으로 끊어졌다. 다시 걸까도 생각했지만, 다시 걸어 본들 별 의미는 없을 것이다. 무시당하리라고는 생각하지 않지만, 같은 대답만이 돌아올 것이다. 뭔가 광명이 비쳤다는 이번 일에 대한 자세한 내용도, 가엔 씨는 분명 이야기해 주지 않을 것이다.

뭐, 그것에 대해서는 나도 가능하면 얼굴을 마주하고 이야기하고 싶은 참이었지만…. 나는 휴대전화를 닫고 칸바루 쪽을 보았다.

칸바루의 맨손체조, 혹은 웜 업은 잠시 안 보는 사이에 요가를 하는 듯한 포즈로 변화해 있었다. 인간의 몸은 저런 각도까지 굽어질 수 있는 건가, 하고 숨을 삼키게 되었다.

“음? 통화는 끝난 거야? 아라라기 선배.”

칸바루는 통화에 대한 매너로서 나와 가엔 씨의 대화는 듣지 않은 모양이었다. 매너 때문에 그랬는지 아니면 별 흥미가 없었던 것인지는 확실치 않지만.

이 녀석, 흥미 없는 일에는 정말로 흥미를 보이지 않으니까.

"그리고 그 표정. 아라라기 선배의 노예에게 뭔가 볼일이 있는 것처럼 보인다고."

"나에게 노예는 없어…."

"그렇다면 내 의견은 필요 없는 건가. 정말 든든한걸."

"아니, 필요…."

어드바이스를 해 주지 않았던 가엔 씨.

하지만 그래도 최대한 호의적으로 그 발언을 해석하면, 이 곤경(이라고 할 정도는 아닐지도 모르겠지만, 수수께끼의 미아 상태)에서 탈출할 열쇠는 칸바루가 쥐고 있다는 이야기가 된다. 나에게는 무리여도 칸바루라면 이 다람쥐 쳇바퀴 도는 듯한 상황에서 벗어날 수 있다고, 가엔 씨가 알려 준 것이라는 이야기가…. 뭐, 확실히.

했던 말을 또 하게 되는데, 가엔 씨는 딱히 생이별한 조카를 만나고 싶으니까 소개해 달라고 나에게 거래를 제안한 것이 아니다. 그녀의 업무를 달성하는 데에 칸바루의 '팔'이 필요했기 때문에, 우리를 도와주는 조건으로 칸바루를 이 일에 끼어들게 한 것이다.

그 '팔'이라는 말을 나는 액면 그대로 그 '왼팔', '짐승의 팔'이라고 받아들이고 있었다. 하지만 그것이 만약 재능을 뜻하는 것이었다면, 괴이 현상에 대한 대처에 칸바루를 의지한다는 사고방식에는 결코 근거가 없는 것은 아니다.

조금 전에도 칸바루는 갑옷무사라는 괴이 현상에 대해 과감하게 맞서고 있었다. 그것을 무모함으로 받아들일 것인가, 기량으로 받아들일 것인가.

어느 쪽이라 해도 이미 이 상황에서 선배로서의 체면을 유지하려고 하는 것은 의미가 없다. 후배도 아니고 노예도 아닌 파트너로서, 칸바루와 협력해서 앞으로 나아가야만 하는 상황이다.

"…필요해. 칸바루, 뭔가 의견이 있다면 내놓았으면 해."

"호오. 하지만 내놓는 게 의견뿐이어도 괜찮은 거야?"

칸바루는 히죽 웃었다.

"바라신다면 가슴도 내놓을 수 있다고."

"안 바라신다고. 히죽 웃으면서 무슨 소릴 하는 거야. 한밤중이라고 심야 모드가 되지 말라고."

"아니, 아라라기 선배가 부르는 메시지가 온 시점에서, 이거 오늘 밤은 늦어질 것 같다고 예측하고 학교에서 한숨 푹 자고 왔어."

"그러면 심야 모드가 아니라 새벽 모드구나…."

그건 그것대로 힘들겠네…. 어쨌든 하던 이야기로 돌아가서.

나는 칸바루에게 이 상황에서 탈출하려면 어떡해야 좋을지, 뭔가 아이디어는 없는지 물었다.

"미아가 되었을 때에는 그 자리에서 움직이지 않는 것이 원칙이라고들 하지."

그렇게 말하며 요가 포즈를 풀더니, 내 뒤로 돌아 들어오는 칸바루. 연출로서 명탐정처럼 뚜벅뚜벅 원을 그리듯 걸으며 이야기할 생각인가 했는데, 내 뒤에서 발을 멈춘 칸바루는, 그대로 내 등에 뛰어오르려고 했다.

피했다.

"어? 왜 피하는 거야."

"너야말로 당연하다는 듯이 등에 업히려고 하지 마."

"전화 통화가 끝난 것 같아서 말이야."

"뛰어오르려고 할 수 있는 녀석이 왜 업히려고 하는 거야. 가령 다시 업는다고 해도, 하다못해 행동 방침이 결정된 뒤에 해 줘. 내 등은 너의 지정석이 아니라고."

"그랬지. 자유석이었지."

받아들이기에 따라서는 상당히 위험한 소리를 하며 칸바루는 내 등에 업히는 것을 포기했다. 그리고 "하지만 목적지가 있는 경우에는 그렇다고만은 할 수 없어."라며 이야기를 계속했다.

"착각하면 안 되니까 만일을 위해 묻겠는데 말이야, 아라라기 선배. 이 상황은 아라라기 선배가 예전에 경험했던 미아 상태하고 비슷한 것이라고 생각하면 되는 거지? 단순히 아라라기 선배가 길을 잃은 것이 아니라, 어떠한 괴이 현상이지?"

"응…. 그렇다고 생각해."

아직 확증은 없지만 가엔 씨의 반응으로 봐도 그렇게 결론 내려도 괜찮을 것 같다.

"그렇다고 해도 내가 예전에 경험했던 것하고 완전히 같지는 않겠지만…. 세부적으로 다르다고 할지…."

"으음…. 참고로 5월에 겪었을 때 아라라기 선배는 어떤 식으로 대처했어?"

"어디 보자…."

난 수험생이지만 기억력에는 영 자신이 없다. 갑자기 질문해서 금방 떠오르지는 않았지만, 그래도 그 일은 기억이 났다. 하지만 기억이 났다고 해도 이번에는 그 방법을 채용할 수 없다.

채용할 수 없는 이유는 많이 있지만, 가장 큰 이유는 '최소한 센조가하라 급으로 휴대전화(지도 앱)를 능숙히 사용해야만 하기 때문'이다. 나도 칸바루도 디지털 기기를 다루는 데 몹시 서툴다. 칸바루가 지금 가지고 있는 휴대전화는 내 것과 달리 스마트폰이었지만(새로운 물건을 좋아한다), 사용에 숙달되지 않았다면 나랑 다를 것이 없다.

그래도 뭔가 참고가 되지 않을까 하는 생각에, 나는 그때 취했던 마요이우시에 대한 대처법을 칸바루에게 설명했다.

칸바루는 찌푸린 얼굴로 설명을 다 듣더니,

"으음…."

하고 고개를 옆으로 돌렸다.

뭔가 떠올린 건가? 아니, 역시나 이 단계에서 거기까지 기대하는 것은 무리한 요구인가. 가엔 씨가 바람을 불어넣긴 했지만, 어디까지나 칸바루는 농구 선수이지 괴이의 전문가가 아니다.

설령 어머니나 친척이 어떻다고 해도….

'왼팔'이 어떻다고 해도.

역시 여기서는 괴이 현상에 대해 경험 많은 내가 주도권을 가지고 생각해야 할까 하고 뭔가 말을 하려고 했을 때.

"저기 말이야, 아라라기 선배. 이런 얘기 알아?"

그렇게 칸바루가 입을 열었다.

고개를 옆으로 돌린 채로.

"순경 아저씨가 타는 자전거가 있잖아? 그 자전거에 대한 건데."

"음…. 아니, 아마도 모를 거야. 순경 아저씨의 자전거에 대한 뒷이야기 같은 건."

"그 자전거, 자물쇠가 안 달려 있어."

"어? 그래? 앞바퀴에도 뒷바퀴에도?"

"그래, 앞바퀴에도 뒷바퀴에도. 유사시에 바로 움직일 수 있도록 잠가 두지 않는 거야. 순경 아저씨의 자전거를 훔치려고 하는 녀석이 없기에, 자물쇠를 채울 필요가 없기 때문에 가능한 일이지만."

"허어…."

몰랐다.

하지만 듣고 보니 과연 그렇다는 생각이 든다.

꽤 그럴싸한 이야기다. 하지만 그렇게 납득한 다음 순간.

"뭐, 거짓말이지만."

그렇게 칸바루가 말을 이었다.

"거짓말이냐! 정말로 그럴싸하게 꾸며낸 얘기였냐!"

"당연히 거짓말이지. 순경 아저씨의 자전거를 도둑맞고 악용당하면 큰일이잖아. 무엇보다 안전하게 지켜야 할 자전거잖아."

"……."

왜 속은 내 쪽이 야단맞는 듯한 분위기냐…. 하지만 정말 잘 지어낸 거짓말이네. 이것이 자전거가 아니라 순찰차나 경찰 오토바이였다면 역시나 거짓말이란 것을 눈치챌 테니까.

"그래서 왜 지금 그런 얘길 하는 거야? 설마 파출소에 가서 길을 물어보자는 얘기는 아니겠지?"

"아니, 문득 전혀 상관없는 얘기가 떠올라 버려서, 일단 말을 해 두면 안 잊어버리겠지 싶어서 말이야."

"나를 비망록처럼 사용하지 마!"

그리고 지금은 전혀 상관없는 일을 떠올리지 마.

그냥 미아가 되었을 뿐이지만, 긴급사태라니까!

"미안, 미안해."

죄책감 제로의 웃는 얼굴로 가볍게 사과해 왔다.

"미봉책이 생각나서, 심심해서 말이지."

"심심했다고 해도… 뭐? 미봉책이 생각나?"

"응."

칸바루는 그렇게 말하며 끄덕였다.

칸바루는 움직였다. 전봇대였다.

가까이에 있던, 동네 안이라면 어디에나 있는 전봇대에, 그녀는 손을 뻗었던 것이다. 아니, 뻗은 것은 손뿐이 아니다. 사지였다.

그야말로 원숭이처럼 사지를 구사해서, 칸바루는 전봇대를 술술 오르기 시작했던 것이다.

"아니, 아라라기 선배. 이건 그냥 전봇대가 아니라 전신주라니까?"

"어느 쪽이든 상관없어!"

"위에 걸린 줄에 전기가 통하고 있다면 감전될지도 모르니까, 아무래도 좋지는 않아."

그렇게 말하면서(요컨대 여유 있게) 칸바루는 전봇대…가 아니라 전신주 꼭대기까지 오름봉처럼 끝까지 올라갔다. 그러는가 싶더니, 칸바루는 주위를 둘러보고 바로 내려왔다.

눈 깜짝할 사이에 벌어진 일이었다.

끝나고 보니, 그 행동의 목적은 명명백백했다. 전신주 꼭대기라는 높은 위치에서, 이 부근의 길이 어떻게 나 있는지 눈으로 확인한 것이다. 혹시나 전신주 꼭대기까지 올라가면 목적지인 浪白공원도 확인할 수 있을지 모른다. 다만 그렇다고 해도 다 큰 고교생이 전신주에 오른다는 것은 신고가 들어갈 수준의 기행이다. 감전되지는 않겠지만, 위험한 행동임에는 변함없을 것이다.

높은 곳에 올라가서 주위 풍경을 둘러보는 모습이 멋진 것은, 어디까지나 애니메이션 속의 세계관이다.

"좋아, 알았어. 이쪽이야."

착지한 칸바루는 확인하고 온 듯한 방향을 가리켰다.

"공원이 어디에 있는지는 모르지만, 그것이 센조가하라 선배의 옛날 집이 있던 부근이라면 후각으로 대부분의 방향은 알 수 있어. 가자."

"시각이 아니라 후각이냐…. 가, 간다니, 어딜?"

전신주에 오른다는 발상은 없었지만, 목적지로 가는 방향을 확인한다는 의미에서는 나도 도로 표지판이나 주택지도로 같은 행동을 하고 있다. 그래도 길을 잃은 것이다.

　지도나 내비게이션이 아무리 정확하다고 해도, 근본적으로 우리의 방향감각이 잘못되어 있어서는 역시 목적지에 도착할 수 없다… 라고.

　내가 새삼스레 말할 것도 없는 사실을 칸바루에게 고하려고 생각했을 때, 칸바루는 벌써 다음 행동으로 넘어가 있었다. 이번에는 기어오를 필요는 없었다.

　가볍게 도움닫기를 해서 점프하는 것만으로, 그녀는 전신주 뒤편에 있는 블록 벽에 뛰어올라 있었다. 뛰어오르고, 몸을 돌려 이쪽으로 손을 뻗는다.

　"자, 아라라기 선배."

　"니… 닌자라도 되냐, 너는?"

　몸이 너무 날래다.

　아니, 칸바루가 날랜 것은 이미 잘 알고 있던 일이다. 문제는 왜 여기서 칸바루가 담벼락 위로 뛰어올랐는가 하는 점이다.

　그리고 나에게 손을 뻗고 있는가 하는 점이다.

　마치 그것은 나도 올라오라고 말하는 것 같은데….

　"어? 하지만 아라라기 선배. 그 마요이우시라는 괴이는 사람이 길을 잃게 만드는 괴이잖아?"

　당연하다는 듯한 얼굴을 하고서 칸바루는 아주 빤한, 간단한 해답을 고하는 것처럼 말했다.

"그렇다면 길을 걷지 않으면 되는 거잖아."

011

길을 걷기에 길을 잃는 법.

그렇기에 길 아닌 길을 걸으면 된다…. 이런 고풍스런 분위기로 이야기하면 꽤나 그럴싸하게 들리는 칸바루의 해결안은, 그녀가 말한 것처럼 간단하지는 않았다.

하긴 심술궂은 퀴즈의 해답 같은 그런 방법으로 이 곤경이 클리어된다면 오히려 불안해질 것이다. 나는 오히려 간단하지 않았다는 점에 안심했을 정도다. 결론부터 말하면, 나와 칸바루는 그 뒤에 가엔 씨와의 합류지점인 浪白공원에 도달하는 데 성공했다.

다만 예상 이상으로 시간을 잡아먹었을 뿐…. 아니, 솔직히 내가 칸바루의 발목을 잡고 있었다고 해야 할까. 나에게는 담장 위를 걸을 만한 밸런스 감각이 없었다. 내가 사랑하는 여동생인 아라라기 카렌은 바닥이 어떤 지형이더라도 물구나무를 서서 걸을 수 있다는 특기를 가지고 있지만 공교롭게도…라기보다는 다행스럽게도 나는 그렇지 않다. 하물며 지금은 흡혈귀의 스킬을 잃고 있는 통상 모드다. 담벼락을 기어오르는 것뿐만이 아니라, 그 뒤에도 칸바루의 손을 잡고 가는 듯한 형태로, 평균대 위를 걷는 듯한 발걸음으로 벌벌 떨면서 비틀비틀 이동하게 되었다.

연하의 여자 손을 잡고 이끌리며 걷다니.

선배로서 위엄 따윈 티끌만큼도 남아 있지 않다.

그런 문제는 제쳐 두더라도, 민가의 담장이란 마냥 이어지고 있지 않다. 벽이 浪白공원까지 일직선으로 이어져 있을 리도 없다.

오노노키의 주인인 폭력 음양사, 카게누이 요즈루 씨는 결코 지면을 걷지 않는다는 기괴한 지론을 가지고 담장 위뿐만 아니라 우체통 위나 울타리 위, 말 그대로 전봇대 위 등등, 이쪽저쪽을 폴짝폴짝 이동하고 있는데, 나와 칸바루도 이때 그것과 비슷한 행동을 하게 된 것이다. 아니, 내가 몇 번이나 지면에 떨어졌으므로 비슷하다고 말하면 카게누이 씨가 비웃을지도 모른다.

힘들여 해결했다고 해야 할지 힘으로 해결했다고 해야 할지. 예전에 오시노가 제안하고 센조가하라가 실행했던 해결책의 스마트한 느낌과도 거리가 멀었지만, 어쨌든 미궁의 탈출방법으로서 '길을 걷지 않는다'라는 수단은 유효했다. 뭐랄까, 종이에 그려진 미로를 클리어하는데, 사다리타기 게임처럼 선 위를 따라가서 골에 들어가는 듯한 비겁한 방법이지만, 그러나 부끄럽게도 5월에도 이번에도 그런 방법을 떠올리지 못했던 나로서는 그저 칸바루에게 감탄할 수밖에 없었다. 신사 경내의 참배로 가운데를 걷지 않는 것과 비슷한 행동이라고 이해하면… 뭐, 그 나름대로 실효성이 있어 보이는 방안이기도 했다.

다만 이것은 한밤중이라서 가능했던 일이고, 거동수상자의 행동 그 자체인 이런 클리어 방법은 5월에는 절대 실행할 수 없었겠지만…. 하치쿠지는 몰라도 센조가하라가 담장 위를 걷는다니, 아무리 상상력을 구사해 봐도 떠올릴 수 없었다.

자세한 해설을 하자면, 담장 위가 '길'이 아닌 것처럼 '도랑'이나 '공터' 같은 곳도 '길'이 아닌 듯했고, 또한 '도로'라고 해도 그냥 가로지르는 것이라면 카운트되지 않는 모양이었다. 그러한, 이후로는 도움이 되지 않을 것 같은 학습을 하면서 우리는 오전 3시경, 드디어 浪白공원에 도달했다.

가엔 씨가 시사했던 활약을 칸바루가 보인 것인지 어떤지는 솔직히 판별할 수 없지만—카게누이 씨 클래스라고까지는 못해도 칸바루 정도의 피지컬이 없으면 애초에 실행 불가능한 방안이다. 나는 몇 번인가 넘어졌고 말이야—그래도 우리는 만나기로 약속한 상대의 손을 빌리지 않고 목적지에 도착했던 것이다.

다만.

손 놓고 기뻐할 수는 없지만.

아니, 딱히 내가 담장 위에서 떨어졌을 때에 팔을 다쳐서 손 놓고 기뻐할 수 없다는 이야기가 아니라(찰과상 정도였다), 그 이유는 다른 곳에 두 가지 있었다.

한 가지는, 칸바루 덕분에 그 영문 모를 미아 상태에서 탈출하기는 했지만 결국 우리가 길을 잃은 이유는 확실히 판명되지 않았기 때문이다. 그 자리를 어떻게든 넘겼을 뿐이다. 그 갑옷무사의 짓이었다고 해도, 어째서 그런 짓을 했는지 전혀 알 수 없다. 아니, 그 이야기를 하자면 갑옷무사의 정체 자체가, 목적 자체가 현시점에서는 명확하지 않지만…. 어쨌든 우리가 한 일은 날아온 공을 피한 것뿐이지, 받아 내고 분석한 것은 아니다. 개별문제로서는 풀었지만, 다체문제로서는 거의 손을 대지 못한 것이나 마찬가지다. 그러니까 손 놓고 기뻐할 수는 없다.

다만 그것으로 말하자면 손 놓고 기뻐할 수 없는 두 번째 이유 쪽이 훨씬 중요했고, 그 두 번째만 없으면 첫 번째는, 아마추어인 주제에 분석까지 하고 싶었다는 듯한 그런 탐욕스런 이야기는 하지 않을 수 있을 것이다.

요컨대 프로에게 그 부분에 대한 설명을 요구할 수 있었다면.

"……."

없었던 것이다.

약속 장소인 浪白공원에는 정작 중요한 프로, 가엔 이즈코가.

"어라…?"

여기에 올 때까지 예상 밖으로 시간이 많이 걸려서 가엔 씨는 그냥 돌아가 버린 건가? 귀가하신 건가? 하지만 돌아간다니, 그 사람, 어디로 돌아간 거지? 뭐, 도회적인 분위기인 그 사람이니까, 무엇보다 여성이니까 오시노와 달리 노숙을 할 리는 없을 텐데…. 이 부근에 호텔 같은 건 없는데? 이웃 마을?

그 사람의 프렌들리한 모습으로 미루어 보면, 그 근처 민가에서 하룻밤 묵을 가능성도 꽤 높아 보이지만….

"아니, 이봐, 이건 아니지…. 이런 상황에서 퇴로를 막아 버리다니…."

칸바루 쪽으로 고개를 돌리자, 그녀는 눈을 반짝반짝 빛내고 있었다. 큰일이다, 칸바루의 머릿속에서 '아라라기 선배가 나를 속여서 인적 없는 한밤중의 공원으로 끌고 왔다'라는 설이 현실 감을 띠기 시작하고 있다.

나의 명예를 위해서도, 뭐가 어찌 됐든 가엔 씨가 이 공원 안에 있어 줘야 하는데…. 하지만 척 봐도 이 부근은 완전한 무인지경이다.

아니, 냉정해져라.

여기 도착할 때까지 시간이 좀 걸리긴 했지만, 아무리 그래도 조금 전에 전화한 뒤로 고작 세 시간이다—그걸 못 기다리고 애 태우다가 귀가하지는 않을 것이다. 가엔 씨가 그렇게 성미 급한 사람이라고는 생각되지 않는다—밤길에 해는 저물지 않는다는 속담처럼 느긋하게 기다려 달라고까지는 말하지 않겠지만, 굳이 구분하자면… 이라기보다는 확실히 그 사람은 숙시주의*인 사람 일 것이다.

분명히 어딘가에 숨어서 우리를 깜짝 놀라게 만들려고 하는 것이 틀림없다. 그런 장난기 있어 보이는 누님이었다(면 좋을 텐데).

"하지만 아라라기 선배. 보통 사람은 밤중에 세 시간씩이나 기다리게 만들면 돌아가 버릴 거라고."

"그렇게 말하면 그럴지도 모르지만, 딱히 놀러 가기 위해 만

※숙시주의(熟柿主義) : 감나무 아래서 감이 익어 떨어지기를 기다리듯. 열심히 노력하지 않고 좋은 결과를 기다리는 것을 뜻하는 말.

나기로 약속한 것도 아니니….."

놀러 가기 위해서라고 한다면 어지간히 늦은 밤놀이겠지만. 낚시꾼에게는 거의 아침이라고 해도 될 시간대다.

"흐음…. 대체 어떤 사람과 만나기로 한 걸까, 아라라기 선배는. 아, 말하지 않아도 돼, 말하지 않아도 돼, 말하지 않아도 돼. 지금 내 충성심이 시험받고 있어."

"너의 충성심은 지금은 시험할 것까지도 없다고…. 오히려 어떻해야 네가 나를 조금이라도 의심하게 만들 수 있을지 모르겠어."

한 발짝 잘못 내딛으면 스토커라고, 라고 말하려다가, 그러고 보니 처음 등장했을 때에 이 후배가 내 스토커였다는 설정을 기억해 냈다.

정말이지, 여러 가지로 종이 한 장 차이구나, 이 녀석은….

어쨌든 가엔 씨가 자기 입으로 설명해 주었으면 했지만, 자리에 없다면 역시나 만나기로 약속한 상대가 칸바루의 이모라는 사실을 고하는 편이 좋겠다는 기분이 슬슬 들기 시작했다. 그건 그렇다 쳐도, 가엔 씨에게 칸바루를 보호해 달라고 할 수 없다면 처음에 생각했던 대로 칸바루를 집에 돌려보내야 한다는 흐름이 되는데.

누가 오시노의 선배 아니랄까 봐 정말 만만찮은 사람이네… 라고 어이없어하다가, 거기서 나는 다른 가능성에 생각이 미쳤다.

그렇다.

괴이 현상에 말려든다는 권리를 나만이 독점할 수 있는 것은 아닐 것이다. 내가 길을 헤맸던 것처럼, 나를 기다리고 있던 가엔 씨도 어떠한 괴이 현상의 습격을 받아서 이 자리에 없다는 케이스도 생각할 수 있지 않을까?

말려들었다, 라는 표현은 피해망상 기운이 있을까. 어쨌든 조력자로서 불려 온 나나 칸바루와는 달리, 가엔 씨는 이번에 본연의 업무로, 본업으로 전문가로서 이 마을을 찾아온 것이다. 그런 의미에서는 우리보다도 가엔 씨 쪽이 괴이와 조우할 확률이 높을 것이다.

그리고 전문가라고 해서 괴이로부터 아무런 피해도 입지 않는, 어떤 사태라도 태연히 해결할 수 있는 것도 아닐 터이다. 그 오시노조차도 블랙 하네카와를 상대했을 때는 몹시 애를 먹지 않았던가.

물론 전문가들의 관리자 격인 가엔 씨와 오시노를 같은 선에 두고 이야기할 수는 없겠지만…. 우리가 담장 위에서 평균대 놀이를 하고 있는 동안, 가엔 씨가 이 공원에서 그 갑옷무사의 습격을 받고, 어찌할 수 없는 상황에 몰려서 지금 어딘가에서 내 도움을 기다리고 있을지도 모른다.

…'내 도움을 기다리고 있을지도 모른다'는 지점에 와서는 완전히 현실성을 잃어버린 상상이 되어 버렸는데, 그렇지 않더라도 별로 걱정하는 보람이 없는 사람이기는 했다. 가엔 씨에게 무슨 일이 있었을지도 모른다니, 운석이 떨어져서 머리를 정통으로 때리지 않을까 하는, 극히 낮은 가능성의 걱정을 하고 있는 기분이다.

그렇다고 해도 그 가능성에 이르러 버리면, 척 봐서 그 모습이 보이지 않는다고 바로 귀가할 수도 없게 되지.

"칸바루, 부탁이 있어."

"드세요♪"

"아니야. 소용없을지도 모르지만, 둘로 갈라져서 공원 안을 빈틈없이 살펴보고 싶어."

"뭐야, 만나기로 한 상대가 우릴 깜짝 놀라게 하려고 어딘가에 숨어 있다는 설은 진심이었나?"

"아니야."

"그러면 숨바꼭질 설인가?"

"새로운 설을 제창하지 마. 시설 뒤편이나 수풀 속 같은 곳에 누군가가 쓰러져 있을지도 모르니, 그런 부분을 살펴봐 달라는 얘기야. 무슨 일이 있으면 소리쳐."

"비명을 지르면 되는 건가?"

"비명은 지르지 마. 내가 경찰에 붙들려 가니까."

"그러면 명령을 붙들겠습니다."

즉흥적으로 떠올린 것치고는 재치 있는 말장난을 하고서 칸바루는 달려갔다. 아까는 몸 상태가 별로라고 했었는데, 그건 아무래도 완전히 회복된 듯하다. 물론 후배만 움직이게 할 수도 없다, 나는 칸바루가 뛰어간 곳과는 반대 방향으로….

"아라라기 선배! 있어!"

"……."

선배가 일하지 않게 만들 생각이냐.

조금 전부터 전혀 활약하는 모습이 없다고, 나는.

게다가 아무래도 칸바루는 내가 한 걸음을 내딛기도 전에 이 공원의 약 4분의 3바퀴를 돌았는지, 그런 목소리가 들려온 것은 나의 정면에서였다.

답답한 기분과 함께 내가 그쪽을 바라보자, 그곳에는 그네가 있었다. 그네 옆에 칸바루가 서 있다.

응?

아니, 소리 높여 나를 부르긴 했는데, 그 부근에는 가엔 씨의 모습은 고사하고 누가 있는 것처럼 보이지는 않는데….

"아니, 저기, 아라라기 선배. 여기, 잘 봐 봐."

그렇게 말하며 칸바루는 가리켰다. …땅바닥을.

보다 정확히 말하자면, 칸바루가 가리킨 곳은 그네 바로 아래였다. 대체 어찌된 영문인지, 그런 위치에 드러누워 자고 있는 인물이 있었다.

그네 바로 아래에서 등걸잠이라니.

세계에서 가장 위험한 그네 놀이를 하고 있다고 여겨지는 그 인물을 칸바루가 가리키기 전까지 알아차리지 못했던 것은, 그 형체가 지금 찾고 있던 인물보다 작았기 때문이다. 가엔 씨의 절반… 아니, 그 이하 사이즈였기 때문이다.

그 인물의 형체로 보기에는 '작다'기보다는 '조그맣다'라고 말하는 편이 보다 사실에 가까울지도 모른다. 하지만 그런 크고 작고의 문제는 전혀 핑계가 되지 않는다.

곧바로 알아차리지 못한 것은 나로서는 부끄러워해 마땅한 일이었다. **금발금안의 그 유녀**. 누구보다도 빨리, 누구보다도 먼저 내가 찾아야만 했는데.

"시… 시노부!"

"새근새근."

쿨쿨 자고 있다.

이리하여 나는, 가엔 씨와의 합류 예정 지점이었던 浪白공원에서 현재 액시던트에 의해 페어링이 끊어져 있는 나의 일심동체 파트너인 전 흡혈귀, 오시노 시노부와 열망하던 재회를 이룬 것이었다.

012

"오오…, 너였구나. 많이 늦었구먼. 내가 밤잠도 못 자고 기다리게 만들다니, 어지간히 귀하신 몸이 되었나 보구나."

"엄청 잘 자고 있었잖아. 야행성이란 설정은 어디 간 거야."

"지금은 밤낮이 바뀌었다."

"흡혈귀가 밤낮이 바뀌면 그냥 건강한 느낌이잖아."

"음냐음냐."

시노부는 눈을 비비면서 몸을 일으킨다. 일으키려고 하다가, 머리 위의 그네에 꽁 하고 이마를 부딪쳤다. "으억."하는 말과 함께 다시 뒤로 벌러덩 쓰러졌다.

귀엽잖아….

칸바루는 유녀의 그런 행동을 따스하게 지켜보고 있지만(그러고 보니 이야기하는 시노부와 칸바루가 대면한 것은 이것이 처음일 것이다), 그러나 나로서는 당연히 그러고 있을 수만은 없다.

물론 서로 생사를 알 수 없는 모습으로 헤어졌으므로, 일단은 감동의 재회이기는 한데, 아무래도 타이밍이 좋지 않았다. 빠른 공을 기다리고 있는데 느린 커브가 날아든 것 같은 기분이다.

그냥 흘려보내게 될 것 같다.

뭐가 어찌 되었든, 우선 어째서 시노부가 이곳에 있는가를 물어봐야만 한다. 물론 시노부에게도 나에게 그 뒤에 무슨 일이 있었는지를 설명해야 하지만…. 나는 그네를 옆으로 치우고 시노부가 일어나는 것을 거들어 주었다.

"야, 시노부. 왜 네가 여기 있는 거야?"

"안다, 알아…. 당황하지 마라, 내 주인님아. 제대로 설명하마…. …쿨쿨."

"설명할 생각이 제로잖아, 잠잘 생각밖에 없는 거 아니야? …응?"

거기서 깨달았다. 손을 잡고, 가까이에서 보고 나서야 간신히 깨달았다. 시노부의 비칠 듯한 하얀 피부 이쪽저쪽에 할퀸 상처 같은 것이 있음을.

할퀸 상처?

상처?

설마 그 자세로, 드러누운 자세를 하고 그네로 논 결과일까(그렇다면 진짜로 설교감이다) 하고 생각했는데, 그네로 논다고 할 퀸 상처가 생기지는 않을 것이다.

그렇다면 이건 대체⋯. 마치 이 공원에 이를 때까지 뭔가 전투라도 치르고 온 것 같은 흔적이 아닌가. 그러면 시노부가 밤중인데도 자고 있었던 것은 어쩌면 배틀의 피로를 회복하기 위해서⋯?

"카캇."

그렇게 시노부는 웃고, 그리고 칸바루 쪽을 향했다.

온몸이 할퀸 상처투성이인 것치고는 건방진 미소다.

생각해 보면 나도 타박상이나 생채기투성이이므로 페어링이 끊어져 있어도, 어떤 의미에서 일심동체라는 느낌은 계속 들고 있는지도 모른다.

"원숭이라⋯. 흥, 애먹이는구먼."

"⋯⋯?"

미소와 함께 중얼거린 그 말에 나는 고개를 갸웃거린다. 칸바루의 왼손에 관한 문제가 있었을 때, 당시에는 내 그림자가 아니라 오시노와 함께 학원 옛터를 주거지로 삼고 있던 시노부의 힘을 빌리기는 했다. 그러나 시노부 자신이 직접 칸바루 때문에 '애를 먹은' 일은 없었을 텐데⋯.

"훗. 확실히 이 아기고양이는 정말 잔손이 많이 가지."

칸바루가 수수께끼의 망상에 기반한 대답을 했다. 일이 귀찮아지니까, 미안하지만 한동안 입을 다물고 있어 줬으면 좋겠다.

아기고양이라 불려서 시노부가 화를 내기라도 하면 어쩔 생각일까, 이 유녀가 흡혈귀라는 것은 알고 있겠지?

하지만 시노부는,

"고양이라….."

라며 그다지 화도 내지 않고 한층 깊은 미소를 짓는 것이었다.

다만 애초에 나 이외의 '인간'에 대해서는 거의 흥미가 없는 시노부다. 본질적으로 그 부분은 학원 옛터의 교실 구석에서 무릎을 끌어안고 말없이 웅크리고 있던 때와 아무것도 달라진 것이 없다.

조금 전의 대화도, 칸바루와 대화를 한 듯 보이지만 사실은 그냥 혼잣말이다. 시노부는 시야에서 간단히 칸바루를 치우고 다시 내 쪽을 보았다.

반쯤은 자업자득이었지만, 무시당한 모양새의 칸바루는 움찔! 움찔! 하며 몸을 떨고 있었다. 변태는 잠시 내버려 두자.

"아니, 너 말이다. 원숭이란 이 계집애를 말하는 게 아니다. 레인코트에 장화 차림이었지만, 이 녀석하고는 다른 인물이다."

"다른 인물?"

"다른 괴이라고 말해야 할까. 어쨌든 조금 전까지 어딘가에서 내가 싸우고 있었던 괴이다. 고양이와 함께 말이다."

"어? 무… 무슨 얘기야?"

내가 괴이 현상 때문에 길을 잃었을 때, 시노부는 시노부대로 어떠한 괴이 현상과 조우하고 있었다는 말인가? 그야 조금 전에도 괴이에 습격당할 권리를 나만이 가지고 있는 건 아니라고 생각했던 참이지만…. 게다가 고양이?

고양이란 뭐지?

대체 지금, 이 마을에서 무슨 일이 일어나고 있는 거지?

"아···. 그러면 온몸에 나 있는 그 할퀸 상처는··· 그 원숭이란 것에 당한 거야?"

여기서 말하는 '원숭이'는 칸바루의 왼손과 관계없다고 했는데, 할퀸다고 한다면 역시 원숭이가 되는 걸까.

하지만 엄밀히 말하면 내 미아 상태가 5월에 조우했던 달팽이 때와는 달랐던 것처럼, 마치 **예전 일을 재탕**하는 것처럼 비슷하면서도 다른 괴이들과 조우하는 이 상황은 대체 어떻게 된 일이지?

"비슷하면서도 다르다기보다, 그냥 조악한 복제품이지. 뭐, 세세히 이야기한다면 내가 입은 할퀸 상처 중 절반은 고양이에게 휘말려서 입은 것이다만."

"고양이에게 휘말려···? 아까부터 무슨 소릴 하는지 잘 모르겠어, 시노부. 그 고양이라는 것도, 어딘가에서 네가 싸우고 있었다는 상대야?"

"아니, 아니다···. 고양이와 한편이었던 건 내 쪽이다. 여러 가지로 꿈의 경연이었지. 뭐, 이 정도 상처는 별것 아니다. 큰 문제없어. 네 쪽은 괜찮았느냐?"

"아···. 응. 너하고 헤어지고 나서··· 어디 보자, 그 '어둠'에 관한 거 말인데···."

칸바루 앞에서는 그 부분을 아직 얼버무려 두고 싶다. 그래서 나는 적당한 말을 고르려고 했는데, 이것은 쓸데없는 배려였던 것 같다.

시노부는,

"아니."

라고 말했다.

"그 부분은 이미 가볍게 들었다. 나도 여러 가지로 400년 이상 착각하고 있었던 모양이야. 서툴기 짝이 없구먼."

"……."

400년.

…그 시간차에 내 기억은 완전히 다른 것을 떠올린다. 그 갑옷 무사에게 부탁받았던, 시노부에 대한 메시지다.

400년 이상 빌려 준 요도….

하지만 지금 눈여겨봐야 할 것은 '가볍게 들었다'라는 부분이었다. 들었다니, 누구에게 들었다는 거지? 가엔 씨에게?

아니, 가엔 씨와 시노부에게는 현재 접점이 없다. 내가 가엔 씨와 만난 것은 시노부와의 페어링이 끊어진 뒤였다.

가엔 씨에게서는 시노부와의 페어링을 다시 연결해 준다는 약속도 받고 있었지만…. 그렇지, 어째서 가엔 씨가 아니라 시노부가 이 浪白공원에 있었는지, 그 이유도 듣고 싶다.

"흥. 말할 것도 없지 않느냐."

그렇게 말하며 시노부는 아래쪽의 시점에서, 내려다보는 듯한 시선으로 나를 올려다보았다. 내려다보듯이 올려다보았다. 극히 기학적嗜虐的인 미소를 짓고 있다.

"너를 밟았던 동녀에게서 들었다."

"나를 밟았던 동녀? 응? 응? 응? 무슨 소린지 통 모르겠는데…. 나를 맨발로 밟은 적이 있는 건 시노부, 너뿐이라니까?"

"나는 맨발이라고는 하지 않았다."

"앗! 이런! 물어볼 땐 입을 다물고 수다 떨다 말 흘린다는 건 이런 걸 두고 하는 말인가!"

"더 떨어질 수 없는 곳까지 흘러 떨어졌다는 느낌이다만…."

시노부는 어이없다는 듯 고개를 저었다.

"그렇다기보다, 얼굴에 사랑스런 발자국이 또렷하게 남아 있다."

"뭣이!"

나는 확인하듯이 칸바루 쪽을 보았다.

칸바루는 "아, 응."이라고 어색한 듯 끄덕였다.

"내가 의식을 잃은 사이에 무슨 일이 있었나 하는 의문을, 계속 남몰래 마음에 담아 두고 있었어."

"말하라고! 알아차리고 있었다면! 넌 그런 선배에게 업혀서 기뻐하고 있었냐!"

"아무리 존경하는 아라라기 선배라고 해도 프라이빗한 성적 취향까지 참견할 수는 없고…."

"왜 그런 부분에만 소극적인 거야! 팔을 걷어붙이고 힘 좀 내라고! 너의 메인 스테이지잖아! 웰컴이라고! 성큼성큼 흙발로 팍팍 밀고 들어오라고!"

"하지만 사실은 맨발이 좋지?"

"아니라니까!"

거짓말이지…? 나는 계속 얼굴에 발자국이 나 있는 상태로 동네 안을 배회하고 있었던 건가…. 진지한 분위기가 티끌만큼도 없잖아.

얼마나 세게 밟은 거냐고, 오노노키.

"뭐, 어떤 종류의 활자이기에 가능한 스탬프구먼."

"활자라고 하지 마."

"흠…. 뭐, 원래대로라면 그런 마킹이야 피부를 벗겨 주고 싶을 정도로 화가 난다만, 허나 그 인형 계집애에게는 뜻밖에도 도움을 받아 버렸으니…. 이때만큼은 넓은 마음으로 참아 줄까."

시노부가 흘려들을 수 없는 위험하기 짝이 없는 발언을 했지만, 그것보다 더 흘려들을 수 없는 것은 '도움을 받아 버렸다'라는 말 쪽이었다.

오노노키에게 도움을 받았다? 이야기를 들은 것뿐만 아니라?

"이봐…. 정말로 무슨 일이 있었던 거야, 시노부."

"그러니까 그것에 대해 진짜로 듣고 싶은 것은 내 쪽인데 말이다…. 대체 무슨 일이 있으면, 잠깐 행동을 따로 하고 있던 사이에 동녀의 발자국이 얼굴에 찍혀 있는 게냐."

"어이쿠, 슬슬 내 방에 돌아가서 진공관 앰프로 종이재킷 CD를 들어야겠어."

"잘 알지도 못하면서 폼 잡는 소리 하지 마라, 뭐가 진공관 앰프에 종이재킷이냐. 너의 머릿속이 진공이고 얄팍함이 종이 같겠지. 나는 발자국의 이유를 묻고 있는 게다."

"그건 솔직히 나도 잘 모르겠어."

얼버무리는 말에 예상했던 것보다 매서운 추궁을 받아도, 발자국에 대한 것뿐만 아니라 지금 일어나고 있는 대부분의 일들을 나는 잘 모르겠다. 그러니까 하다못해 시노부에게 무슨 일이 있었는지는 알고 싶었다.

"뭐, 말할 정도의 일도 아니다. 나와 고양이가 원숭이의 습격을 받았을 때, 고전하고 있을 때에 돌연히 나타난 그 인형 계집애가 기특하게도 가세해 주었다는 것뿐이야. 뭣이었더라, 그 계집애의 필살기, '언리미티트 룰 북'인지 뭔지로 원숭이의 우반신을 날려 버렸지."

"……."

대활약했구나, 오노노키.

그야말로 동분서주.

요컨대 학원 옛터, 화재의 잔해에서 나에게 이야기를 들은 뒤, 갑옷무사를 뒤쫓았던 오노노키는, 우연인지 필연인지, 괴이 현상과 조우하고 있던 시노부와 해후했다는 이야기다.

시노부와 오노노키도 그렇게 생각하면 정말 이상한 인연이 있네. 처음에 만났을 때에는 진심으로 배틀을 벌였던 사이인데.

그때는 시노부의 압도적인 승리였지만, 그러나 그것은 상당히 아슬아슬한 정도까지 강화되어 있던 시노부였다. 지금의 시노부는 나와의 페어링도 끊어져 있으니, 전투에서는 평범한 유녀와 그리 다르지 않다. 조악한 복제품이라 잘라 말했던 '원숭이'에게도 고전했다고 스스로 인정한 것도, 고집스럽고 허세 넘치는 시노부로서는 좀처럼 없는 일이지만….

"그래서, 도움을 받은 뒤에 오노노키에게 그 이후의 이야기를 들었다는 건가. 그렇다면…."

거기서 '어둠'에 대한 이야기를 들었다고 치고, 그렇다면 그 뒤의 갑옷무사에 대한 이야기도 들은 걸까? 아니…, 그런 것은 아닌 듯하다. 그 이야기를 들었다면 '무슨 일이 있었지?'라고 거듭 물어보지는 않을 것이다.

오노노키에게는 기본적으로 사이가 좋지 않은 시노부를 상대로 거기까지 설명할 의리도 없을 테니, 내가 향하던 가엔 씨와의 합류 예정 지점, 즉 浪白공원의 장소를 알려 주고서 다시 갑옷무사를 쫓아서, 그를 찾아서 재빨리 떠나갔다는 이야기일까.

정말이지, 그 일벌레 같은 녀석.

오노노키의 행동력에 감탄하는 한편으로, 시노부에게 아직 그 갑옷무사에 대해 전하지 않은 것에 대해 어떤 기분을 느껴야 좋을지 알 수 없는 나 자신도 발견했다.

이미 오노노키가 전해 주었다면 차라리 편했을 것이란 생각이 드는 한편, 설령 그 메시지가 없었더라도 그 말을 전하는 것은 내 역할이라는 어쩐지 정체불명의 자부심 같은 것도 있었다.

"뭐, 서로 무사해서 다행이구먼. 아니, 무사無事라고 할 수는 없나."

"……."

뭐, 살아 있는 것만으로도 무사한 것…이라는 말은 역시 가엔 씨의 주장일 뿐이겠지.

"나와 너의 페어링을 알로하 애송이의 스승이라는 녀석이 회복시켜 준다고 하던데? 그러니까 합류하는 게 좋을 거라고 인형 계집애가 말했는데…. 도착해 보니 너도 없고 그 스승인가 하는 녀석도 없지 않겠나. 그래서."

"응? '그래서' 그네 아래에서 잤다는 거야? 어떻게 된 발상이야, 어떻게 된 발상의 전환이냐고. 뜻밖의 배틀로 지쳤다고 해도, 잠자기엔 좀 더 나은 다른 장소가 있었을 거 아냐. 어째서 모처럼 오노노키가 구해 주었는데도 불구하고, 싸움이 끝났는데도 불구하고 일부러 위험한 짓을…."

"너 말이다."

그렇게.

갑자기 시노부가 나를 제지했다. 기학적인 미소가 사라지고, 갑자기 진지함을 띠었다.

"그 얘기는 나중에 하자. 유감스럽게도 아직 끝까지 싸웠던 것은 아닌 모양이다. 아직 싸움은 끝나지 않은 것 같아."

"응?"

"우리의 싸움은 이제부터인 것 같구먼."

그쪽을 보니.

시노부가 턱으로 가리킨 쪽을 보니, 공원 광장 한복판에 '그것'이 있었다.

칸바루도 이미 그것을 응시하고 있었다.

날카롭게.

과연 시노부가 말한 대로다. 레인코트를 입고 장화를 신은 원

숭이. 본 적이 있는 것도 같고 없는 것도 같은, 덩치 큰 원숭이
다.

다만 왼쪽 절반뿐이었다.

오노노키의, 예외 쪽이 많은 규칙―'언리미티드 룰 북'에 의
해 날아가 버렸다던 우반신은, 그 우반신 쪽은 거대한 갑각류.

'게'로 채워져 있었다.

013

좌반신이 원숭이고 우반신이 게.

일본에서는 원숭이와 게의 싸움이란 뜻의 '원해합전猿蟹合戰'이
라는 말이 있는데, 이건 '원해합체'라고 해야 하지 않을까.

말 그대로, 글자 그대로의 괴물이었다. 연결부위가 대체 어떻
게 되어 있는지 전혀 알 수 없었다.

실물을 눈앞에 두고서도 허상이라고밖에 생각되지 않는다.

목도하는 그것을, 받아들일 수가 없다.

그저 전해져 올 뿐이다.

그 원숭이 게가 발하는, 우리에 대한 적의와 해의害意 같은 것
이. 날카롭게 연마된 공격충동 같은 것이.

전파될 뿐.

하지만 이 경우에 우리라는 것은 나와 시노부 두 사람으로 한
정되어 있다는 기분이 든다. 칸바루 스루가라는 여자 고등학생

은 그 대상 안에 들어가 있지 않은 것으로 생각된다.

안중에 들어가 있지 않다는 표현도 무시되고 있다는 표현도 가능하겠지만, 금발금안의 유녀라면 몰라도 척 보기에도 위험해 보이는 그런 괴물에게 무시당해서 기뻐할 정도로 내 후배도 변태성을 띠고 있지는 않다.

물론.

'나는 신경 안 쓰는 것 같으니 러키♪'라고 생각할 만한 녀석도 아니다. 오히려 그 부분에서 격앙할 타입이다. 나나 시노부보다 먼저 그 왼팔을 휘두르며 임전태세에 들어가 있던 것이 그 증거다.

이때를 돌이켜 보면 浪白공원에까지 나타난, 시노부를 쫓아온 것으로 보이는 괴이 현상보다도 칸바루의 신속한 전투태세 전환이 훨씬 무섭게 느껴졌는지도 모른다.

요즘 애들처럼 싸움을 꺼리는 느낌이 전혀 없다.

아니, 갑옷무사에게도 용감하게 맞섰던 칸바루 스루가에게, 여기서 크리처 같은 괴물이 앞에 나타났다고 겁먹고 비명을 지르며 도망친다는 전형적인 리액션을 기대한 것은 아니지만…. 이 녀석은 위기적인 상황에 겁먹거나 벌벌 떨지는 않는 걸까?

물론 겁도 나고 몸이 떨리기도 할 것이다. 아무리 전국구 스타 선수라고 해도 아직 고등학생이고, 하물며 괴이의 전문가인 것도 아니다.

하지만 이 후배는 그 긴장을 극복할 각오를 가지고 살고 있다. 살아왔다.

초등학생 무렵.

원숭이에게 소원을 빌고 그 보답을 받았던 그날부터.

"나는 오른쪽에서 갈게. 아라라기 선배는 왼쪽에서."

"아, 으응…."

게다가 지시도 적절했다.

어쩐지 이렇게 되면 내가 후배 같다. 일단 전력으로 취급해 준 것을 기쁘게 생각해야 하나?

"간다!"

"아, 네!"

나도 모르게 "네."라고 대답해 버렸다. …는 것은 둘째 치고, 그렇지만 갑옷무사 때와 마찬가지로 선수를 치려고 했던 칸바루의 시도는, 이번에는 완전히 꺾이게 된다.

복선은 있었다.

화재현장에서 탈출하려 할 때, 자기는 왼손잡이라서 좌우를 헷갈리는 적이 있다고 칸바루는 말했었다. 그리고 실제로, 처음에 내딛는 오른발과 왼발을 헷갈리고 있었다.

그때는 발이었으니까 큰 문제는 없었지만, 이번에는 방향이다. 그녀의 호령과 함께 동시에 움직인 나와 칸바루는, 그 첫 걸음째에 충돌했다. 왼쪽에서 가려고 했던 나와, 마찬가지로 왼쪽으로 가려고 했던 칸바루가 교통사고를 일으켰다.

첫 걸음부터 톱 스피드를 내는 그 각력 때문에, 멋지게 말하면 잭나이프 현상을 일으키는 칸바루. 뒤엉키듯이 나도 바닥을 굴렀다. 칸바루는 뛰어난 운동신경으로 앞구르기를 해서 곧바로 일어났지만, 나는 꼴사납게 바닥에 온몸을 부딪쳤다. 어쩔 수 없이 오른손으로 지면을 내리치며 유도의 낙법을 취한 척했지만, 실제로는 조약돌을 내리치게 된 손만 아플 뿐이었다.

낙법을 취한 척을 하다니.

누구에게 허세를 부린 거야, 나는.

이것에 대해서는 좌우를 착각한 칸바루에게 모든 잘못이 있지만, 종합적으로는 함께 싸우는 것에 익숙하지 못한 일반인인 우리의 실상이 그대로 드러난 느낌이다. 뭐, 태그매치라는 건 상당히 높은 기술을 요한다고 하니까 말이야.

농구코트에서는 주장으로서의 능력을 발휘하는 칸바루 스루가도 그 예외는 아니었다는 이야기일까…. 새삼 시노부와 함께 능숙하게 싸울 수 있었던 것은 페어링이 있었기에 가능했음을 깨닫게 된다.

그래서 그 시노부는 지금 어떠한가 하면, 돌아보았더니 어째서인지 그네에 앉아 있었다. 위기적 상황을 깨닫자마자 곧바로 임전태세에 들어간 칸바루도 보통이 아니지만, 어째서 자신을 쫓아온 괴이가 나타나자마자 놀이기구를 타기 시작하는 거지? 보통이 아니기는 고사하고 비정상적이잖아.

설마 유녀인 척해서 달아날 생각일까. 말해 두겠는데 원숭이게 정도는 아니어도, 한밤중의 공원에서 금발금안의 유녀가 끼익끼익 그네를 타고 있는 것만으로도 충분히 호러니까?

그렇게 내가 시노부의 그네 놀이에 정신이 팔려 있는 동안, 칸바루는 다시 움직이기 시작하고 있었다. 내가 일어서는 것을 기다리지 않았다. 버림받은 기분이 들었지만, 실제로 따지고 보면 칸바루는 단신으로 크리처에게 맞선 것이다. 그렇다면 사실상 쓰러져 있던 나를 감싼 것이나 마찬가지다.

물론 우리가 넘어지고 뒹굴고 하고 있는 사이에 원숭이와 게가 합체한 듯한 괴이도 그 자리에 멍하니 서 있던 것은 아니었다. 표적이 되어 주지는 않았다.

저쪽은 저쪽대로 이쪽을 향해 움직인다. 하지만 어쨌든 몸의 절반이 게걸음을 하고 있어서 그렇게 속도는 나지 않는다. 다만 자기도 모르게 눈을 돌리게 되는 그 기괴한 몸놀림은, 속도가 느리다는 것을 잊게 만들 정도로 멘탈을 완전히 뒤흔들어 놓는 움직임이었다.

그렇기는 했지만, 칸바루 스루가의 강철 같은 멘탈 앞에서 그 움직임은 잔물결도 일으키지 못한 듯했다. 나였다면 다가가는 것도 망설였을 괴이에게, 칸바루는 아무런 거리낌도 없이 파고들었다. 그리고 곧바로 붕대를 감은 왼손 주먹을 날린다. 한번은 갑옷무사도 산산조각 냈던 주먹이다.

체육 계열이라고는 해도 칸바루는 카렌처럼 가라테를 배운 것도 아니어서 주먹을 날릴 때에 기합 같은 발성은 내지 않았지만, 멀리서 봐도 알 수 있는 진심을 담은 일격이었다.

하지만.

그 주먹은 막혔다.

원숭이 게의 우반신인 게 부분에, 게의 집게에.

"……윽!"

가위바위보였다면 이것은 주먹이 가위에게 진 것 같은 모양새였지만, 생각해 보면 외골격인 게를 때려 봤자 별 효과가 없으리란 것은 예상해야 했는지도 모른다.

그런 부분에서, 칸바루는 생각이 모자랐다. 단신으로 공격할 것이라면 어디까지나 원숭이 쪽을 노려야 했던 것이다.

하지만 그렇다고 해도 게의 집게발의 움직임은 걸음에 비해 이상할 정도로 민첩했다. 마치 **무게 따윈 없는 것처럼**, 방패가 되어 칸바루의 주먹을 막았다.

그리고 칸바루가 노려야 했던 왼쪽 절반이, 원숭이 부분이 반격해 왔다.

원숭이의 손이 칸바루를 할퀴려 든다.

시노부를 상처투성이로 만들었던 발톱. 몸통을 비틀며 그 발톱을 아슬아슬하게, 종이 한 장 차이로 피하는 칸바루.

종이 한 장… 아니, 옷감 한 장.

운동복이 찢어진다.

위험하다, 지금의 칸바루는 노브라다!

나는 아픈 몸을 누르며 일어선다. 온몸이 삐걱거린다. 아까전에 뒤엉켜 쓰러졌을 때의 아픔만이 아니다. 미아 상태에서 벗어날 때에 입었던 타박상이나 갑옷무사에게 당했던 숄더 태클의 대미지도 아직 회복되지 않았다.

최근 들어 얼마나 흡혈귀의 불사신성에 의존해서 싸워 왔는가를 여기서도 새삼 뼈저리게 느끼게 된다. 하지만 그런 반성은 나중이다.

지금은 남은 힘이 없더라도, 불사신성이 없더라도 칸바루에게 가세해야만 한다!

"기다려라, 내 주인님아."

그렇게, 그때 뒤쪽의 그네에서 목소리가 들렸다.

어째서인지 관객 모드의 시노부였다.

뭐가 '기다려라'냐. 저 원숭이 게는 최소한 왼쪽 절반은 너를 쫓아온 녀석일 텐데 어째서 넌 청중이 되어 있는 거야. 그렇게 단숨에 딴죽을 걸려고 하는 나에게.

"써라."

그렇게 말하며 시노부는 이쪽으로 던졌다.

뭘 던졌는지 알지도 못한 채로 나는 반사적으로 받아 들려고 하다가, 곧바로 그것이 무엇인가를 인식하고,

"어?! 으어어어엇!"

하고 아슬아슬하게 피했다. 물론 칸바루처럼 스마트하게 피한 것이 아니다. 공교롭게도 막 일어났던 나는 다시 땅바닥을 기게 되었다. 칸바루가 원숭이 게의 발톱을 옷감 한 장으로 피했다면, 나는 그것을 가죽 한 장으로 피했다는 느낌이었다.

그것.

즉 커다란 일본도, 오오다치大太刀*를.

땅바닥에 박힌, 칼집 없는 도검을.

※오오다치 : 날이 긴 커다란 일본도를 가리키는 말로, 일반적으로 날 길이 3척(90센티) 이상일 경우를 가리킨다.

"무, 무슨 짓이야, 너! 정말로 내 가죽을 벗길 셈이냐?!"

"뜻만 놓고 보면 박피剝皮와 다를 것도 없구먼."

칼을 내던진 직후의 포즈로 그네에 앉아 있던 시노부는 위축되지 않고 말했다.

그러고는,

"써라."

라고 다시 말했다.

그리고 나는 깨닫는다. 그 칼의 정체를.

오시노 시노부가 평소에 그 작은 몸 안에 납도하고 있는 요도 '코코로와타리'.

괴물 퇴치용 아이템.

별명 '괴이살해자'다.

"……."

"주저하지 않아도 된다, '저것'은 괴이이면서도 괴이가 아니야. 괴이 이전의 '좋지 않은 것'이다. 베어 버린들 천벌이 내리지는 않을 게야."

확실히…. 그렇게 들을 것도 없이.

주저하고 있을 상황은 아니었다. 나는 공원의 땅바닥에 똑바로 박혀 있는 오오다치의 자루를 쥐고, 그것을 성검 엑스칼리버처럼 뽑아 든다.

물론 그렇게 좋은 칼은 아니다.

근본을 따지자면 이 칼은 완전한 오리지널이 아니고, 어떤 인물이 자신의 혈육으로 골신을 깎아 만들었다고 하는….

―역시 칼이 없으면―

―갑옷무사의 모양새가 안 나지 않나―

―어쨌든 빌려 준 뒤로 400년이다―

"오오오오오오오오오옷!"

나는 모든 망설임을 떨쳐 내듯이 큰 소리를 질러 자신을 독려하면서 그 칼을 들고 뛰기 시작했다. 이것도 물론 스스로 이미지하는 정도로 빠르게 달리고 있지는 않을 것이다.

어쨌든 무겁다.

그리고 길고 다루기 힘들다.

시노부가 싸움에 나서기를 포기하고 그네 놀이를 하는 것도 납득이 간다. 이렇게 긴 물건을 유녀의 체격으로 다룰 수 있을 리 없다.

"……."

아니, 역시 납득이 갈 리가 없잖아!

너도 좀 일하라고. 오노노키를 조금은 본받으라고.

칸바루와는 다른 의미에서 다른 사람을 부리는 데에 익숙한 시노부 곁에서, 원숭이 게의 곁에 도달할 때까지 요한 시간은 10초 정도. 그 동안, 당연하지만 칸바루는 계속 싸우고 있다.

이미 운동복 이쪽저쪽이 너덜너덜했다.

일부러 옷감 한 장 차이로 피하고 있는 것이 아닐까 생각되는 절묘한 손상이었지만, 천하의 변태도 그런 능숙한 행동은 불가능할 것이다. 등을 향하고 있어서, 긴 일본도를 들고 달려오는 나를 알아차린 눈치는 없다.

이 요도는 괴이를 베기 위한 칼이지 인간을 베는 칼이 아니므로, 설령 이대로 칸바루째로 원숭이 게를 베어 버리더라도 칸바루에게는 상처 하나 나지 않을 것이다. 하지만 머리로 알고 있는가와 그것을 실행할 수 있는가는 다른 문제다.

예를 들자면, 초콜릿은 개에게 독극물이니까 자신도 먹을 수 없다고 말하는 애견가 같은 것일지도 모르지만.

언젠가의 고양이 때와는 사정이 다르다. 어라, 그러고 보니 조금 전에 시노부가 하던 이야기, '고양이'에 대한 설명이 어쩐지 왠지 모르게 불충분했다는 기분이 드는데?

"칸바루, 피해!"

나는 소리치면서 칼을 머리 위로 들어 올린다. 완전히 아마추어의 솜씨지만, 일본도는 의외로 아마추어가 사용해도 잘 베이도록 만들어져 있다. 무게 자체로 베기 때문이다.

싸움에 열중하고 있던 칸바루에게 나의 말이 과연 전해질지 불안했지만, 그러나 그것은 쓸데없는 걱정이었다. 농구에는 건네줄 상대를 보지 않고 던지는 '노 룩 패스'라는 게 있다고 하는데, 여기서 칸바루는 뒤에서 칼을 들고 다가오는 나를 돌아보지도 않고 피한다는 신기를 선보였다.

아니, 돌아보지 않았으니 내가 칼을 들고 있다는 것까지는 알수 없었겠지만, 설령 그것을 봤다고 해도 거의 다름없는 움직임을 보이지 않았을까 하고 생각하게 만들 정도로, 요도 '코코로와타리'의 궤도를 간파한 회피였다.

그리고 내가 휘두른 도신은.

원숭이 게의 중심선을 타고, 몸의 축을 베었다.

그곳에 절취선이라도 있었던 것처럼, 아무런 저항도 없이 원숭이 게를 두 쪽으로 갈랐다. 좌우로.

좌반신의 원숭이와.

우반신의 게로.

문자 그대로의 일도양단이었다. 이제까지 몇 번인가 이 칼을 휘두른 적이 있었는데, 이번 것은 그중에서도 손꼽힐 정도로 깔끔하게 끝냈다고 할 수 있을 것이다. 양단을 넘어, 결단이라고 해도 좋을 정도로.

두부라도 벤 것처럼 칼에 걸리는 것이 없어서 남는 힘을 주체 못 하고 세 번째로 공원의 흙바닥 위에 넘어져 버린 시점에서 전혀 깔끔하지 못했지만, 단 한 번의 전투 중에 세 번이나 넘어져 놓고도 어떻게 아직 살아 있는지 내가 보기에도 신기했다.

칼은 또다시 땅바닥에 깊이 박혔다. 마치 지구를 베려고 했던 것처럼. 너무 강하게 쥐는 바람에 근육이 경직되었는지, 내 두 손은 칼자루에서 떨어지지 않았다. 그 상태로 엉덩방아를 찧고 있는 자세는 어쩐지 여름 해변에서의 수박 깨기에 실패하고 난 포즈 같았다.

"하…. 하아…하아…."

그야 뭐, 이런 치트 아이템을 부여받고서 전투에 참가했으니 어떤 종류의 허무한 결말도 당연하다고 할 수 있다. 하지만 소심한 나로서는 역시 가슴을 쓸어내리지 않을 수 없었다.

하룻밤에 이렇게 연속해서 괴이 현상을 만나는 것은 좀처럼 없는 일이니…. 어쩌면 그건 아직 끝나지 않았는지도 모른다.

끝나지 않았는지도.

"아라라기 선배, 위험해!"

…그리고 정말 끝난 것이 아니었다.

두 쪽이 났지만, 아직 원숭이 게는 끝난 것이 아니었다. 아니, 원숭이 게는 끝나 있었다. 하지만 **그 꼬리**가 아직 끝나지 않았던 것이다.

이제까지 보이지 않았던, 그 꼬리.

뱀.

두 개의 머리를 가진 뱀이, 두 쪽이 날 것도 없이 원래부터 두 갈래로 나뉘어 있던 뱀이 나와 칸바루에게 각각 이빨을 드러냈던 것이다.

누에라는 요괴는 머리가 원숭이고 꼬리가 뱀이라고 하는데, 이 괴이는 원숭이와 게가 합체한 것도 모자라서 뱀까지 붙어 있던 건가?

뱀.

자기리나와蛇切繩.

내 여동생인 아라라기 츠키히의 친구, 센고쿠 나데코를 덮쳤던 독사. 흡혈귀의 회복력조차 무효화시킬지도 모를 독을 가진, 저주받은 쿠치나와くちなわ….

자신에게도 뱀의 독니가 향해 오고 있는 상황에서도 나에게 주의를 환기한 칸바루는, 이때만큼은 회피행동을 취할 수 없었다.

말할 것도 없이, 나도 마찬가지였다.

내 경우에는 늘 그렇듯이, 라고 해야 할까.

그리고 의지하던 요도 '코코로와타리'는 그 도신이 거의 땅속에 파묻혀 있어서 조금 전처럼 곧바로 뽑는 것은 불가능했다.

감정 없는 뱀의 눈이 우리를 포착하고.

그리고 그 두 개의 이빨이.

몸에 박….

"카캇. 뭐, 잘 했다."

…히지 않고 끝났다.

이번에야말로 원숭이 게… 아니, 원숭이 게 뱀의 존재는 끝났다.

어느샌가 오시노 시노부가 내 그림자 위에 서서 내 목덜미를 노린 뱀, 칸바루의 왼팔을 노린 뱀, 그 각각의 뱀 대가리를 마치 낙엽이라도 잡는 것처럼 움켜쥐고, 그대로 인정사정없이 쥐어 으스러뜨렸던 것이다.

그리고 말했다.

"62점."

014

62점.

수험생으로서는 마음이 상당히 아파 오는 박한 점수였지만,

현실적으로는 공원 광장에서 두세 번 넘어졌을 뿐이라고 해도 좋을 나에 대한 평가로서는 지극히 타당한 점수일 것이다. 요컨대 시노부가 그네에 타고 청중으로 있었던 것은, 현재의 내가 혼자서 어디까지 할 수 있는지를 보고 싶었기 때문인 듯했다.

보고 싶었다고 할까, 확인해 보고 싶었다고 할까.

예전에는 며칠 동안 무릎을 꿇고 엎드려 빌어야 빌려 줄까 말까 했던 요도를, 간단히 빌려 줄 만했다.

"실력 테스트를 하기에는 딱 좋았지?"

그것이 그녀의 주장이었다.

그런 콘셉트를 살릴 상황이 아니잖아, 너야말로 오노노키의 도움을 받았잖아, 라고 마구 쏘아붙이고 싶은 참이었지만, 그것도 시노부의 입장에서는 시각의 문제인 듯하다.

아마추어이며 지식도 없는 내가 보기에 원숭이와 게의 합체 키메라는 겉보기에 무섭고 소름 끼치는 존재였지만, 시노부가 보기에는 기존의 괴이 현상을 대충 모아 놓은 오합지졸이었다.

원숭이 하나를 상대로 고전하며 할퀸 상처가 잔뜩 났던 시노부였지만, 오노노키가 날려 버린 반신을 다른 괴이 현상으로 보충한 '좋지 않은 것' 따위야 두려워할 것도 못된다.

고장 난 조악한 복제품에 또 다른 조악한 물건을 갖다 붙여 어떻게든 움직이게 만든 잡탕 같은 존재.

"실제로 스펙도 저하되어 있는 것 같았다. 원숭이 하나인 상태로 나에게 덤벼들었을 때에는 저 녀석, '비'를 조종하고 있었으니까 말이야. 그것은 성가신 스킬이었지."

'비'?

그러고 보니 '게' 부분은 중력의 속박에서 해방되어 있는 것 같은 움직임을 보이고 있었다. '무게'.

그것은 어쩐지 생각에 잠기게 만드는 스펙이다. 요컨대 내가 보기에 '알고 있지만, 알고 있는 것과 조금 다르다'는 감각.

달팽이에 대한 것도 그랬지만, 어쨌든 그 '비'를 사용하는 스펙조차도 반신만 남은 '원숭이'는 상실하고 있었다.

오노노키의 '언리미티드 룰 북'을 맞고 약체화되어 있었다.

말하자면 시노부는 자신을 쫓아온 귀찮은 현상의 뒤처리를 우리에게 맡긴 것이었다. 아니, 뒤처리는 오히려 **이제부터**였다.

그리고 그것이야말로 시노부의 담당이다.

둘로 나뉜 원숭이와 게, 그리고 머리가 짓이겨진 뱀을 시노부가 우적우적 먹기 시작했기 때문이다. 이것은 흡혈귀이자 괴이의 왕인 시노부에게는 마땅한 영양섭취이긴 했지만, 좀처럼 눈 뜨고 볼 수 없는 모습이었다.

천하의 변태인 칸바루 스루가도 시노부의 그런 모습에서는 눈을 돌리고 있었다. 예를 들자면 새끼고양이가 쥐를 괴롭히며 잡아먹는 모습을 보았을 때 같은 기분일까?

뭐, 흡혈귀의 식사를 빤히 쳐다보는 것은 매너 위반이라는 이야기도 있다. 나는 칸바루의 관심을 다른 곳에 돌리기 위해,

"괜찮아? 다친 데는 없어?"

라고 물었다.

척 보기에 원숭이의 발톱은 전부 스친 것 같았지만, 그래도 운

동복이 입은 피해는 감출 방법이 없다. 노출이 많아져도 이상하게 야한 느낌이 들지 않는 부분을 보면 과연 건강미 넘치는 스포츠 소녀다.

그렇다고는 해도 후배가 계속 그런 모습으로 있게 할 수도 없으므로 나는 겉옷을 벗어서 빌려 주었다. 이것도 원래는 시노부가 만들어 준 것이지만.

"응, 다친 데는 없어. 후훗. 따뜻하네. 아라라기 선배의 냄새가 나."

"저기, 러브 코미디 같은 소리 하지 말아 주실래요?"

"구체적으로 말하면, 아라라기 선배의 땀이 밴 냄새가 나."

"구체적으로도 말하지 마."

시노부가 만들어 준 이래로 며칠이나 옷을 갈아입지 못했으니 말이야…. 그 부분은 참아 달라고 할 수밖에 없다.

"하지만, 괜찮아? 내가 이것을 입어 버리면 아라라기 선배가 상반신을 홀랑 벗고 있게 되잖아."

"상반신을 홀랑 벗고 있지 않다고. 활자라고 해서 제멋대로 둘러대지 마."

티셔츠를 입고 있다고.

뭐, 그렇긴 한데, 여름이어도 밤이 되니 이 차림새는 조금 춥네.

"흠. 그러면 잠깐 기다려 줘."

그렇게 칸바루가 겉옷의 앞을 잠그더니 꾸물꾸물하고 몸을 움직이기 시작했다. 소매 안으로 도로 팔을 집어넣는 것이, 뭔가 마술 준비라도 하는 느낌이다.

그러더니 겉옷의 트여 있는 가슴 쪽으로 속에 입고 있던 운동복을 스윽 하고 끄집어냈다. 안에 입은 운동복을 솜씨 좋게 벗은 듯하다.

"체육 계열 여자에게는 필수 스킬이지."

그렇게 말하면서 칸바루는 그 벗은 운동복을 나에게 "이걸 입어."라며 건넸다. 과연, 이것으로 서로의 옷을 바꿔 입는 형태가 되는 것이다.

"아라라기 선배는 노브라가 아니니까 찢겨질 대로 찢긴 운동복을 입어도 문제는 없겠지."

"내가 노브라가 아니라는 표현에 다소 문제가 있구나."

찢겨질 대로 찢긴 운동복이라는 표현에도 아마 논쟁의 여지는 있겠지만, 그쪽은 문법 쪽 문제이므로 시시콜콜하게 따지지는 않겠다.

여성용 운동복을 입은 적은 없었지만… 뭐, 먼저 이쪽의 옷을 거의 강제로 입게 해 버렸으니 말이야…. 이 호의를 소홀히 할 수는 없다.

솔직히 조금 낯간지러운 느낌도 있지만, 스포츠맨인 칸바루는 유니폼 교환 같은 것에 의외로 익숙한 아이인지도 모른다.

간접 키스나 간접적인 젓가락 접촉을 부끄러워하는 풋풋함을 후배에게 보이고 싶지 않은 속 좁은 선배로서는, 아무런 부담도 느끼지 않는 척을 하며 여성용 운동복을 입은 것이었다.

"오오, 록스타 같은데, 아라라기 선배."

"록스타는 운동복 같은 건 안 입잖아."

"에~. 하지만 비싸다고, 그 운동복."

칸바루가 그렇게 말한다면 정말로 비싼 물건이겠지.

그 고가의 운동복을 찢겨질 대로 찢기게, 요컨대 너덜너덜해지게 만든 것을 새삼 반성한다.

"정말로 미안해, 칸바루. 이런 일에 말려들게 해서. 애초에 농구 선수는 싸움 같은 건 금지되어 있을 텐데."

"끈질기네, 아라라기 선배. 그렇게 몇 번이나 사과하면, 정말로 미안하게 생각하는지 어떤지 의심스러워진다고."

대범한 듯하면서도 의외로 진지한 이야기를 하는 칸바루.

"배려는 필요 없어. 나는 농구 선수이기 이전에 아라라기 선배 친위대의 대장이니까 말이야."

"잠깐 기다려. 너, 언제 그런 수수께끼의 부대를 결성한 거야. 내가 아는 한, 너 말고는 없을 거라고, 나를 친위해 줄 녀석은."

센조가하라 쪽도 이젠 아니고 말이야.

굳이 말하자면 최근의 오노노키다.

"아니, 괜찮아. 나의 팬클럽 회원은 자동적으로 아라라기 코요미 친위대에 들어가게 되어 있어."

"무서운 시스템이구나. 그렇다면 그건 너의 친위대잖아. 너의 친위대의 대장을 네가 맡고 있는 거냐고."

오늘 밤의 네 사나이다운 모습을 보고 있자니, 내가 너의 팬클럽에 들어가고 싶어질 정도인데 말이지. 내 여동생인 아라라기 카렌이 참가하고 있다는 그 조직…. 하지만 비공식 아니었던가?

"뭐, 확실히 폭력은 위험하겠지만, 싸움을 하는 것도 아니니까."

그렇게 말하며 칸바루는 시노부 쪽으로 시선을 주었다. 마침 그녀가 식사를 마친 타이밍이었다. 시노부의 체격보다 서너 배는 되었을 원숭이 게 뱀은, 깨끗하게 사라져 있었다.

"생식으로 배탈이 나지 않으면 좋겠는데."

엉뚱한 걱정을 하는 칸바루.

"아, 생식이라고 해도 생리식염수를 말하는 건 아니야."

"그 주석이야말로 엉뚱한 걱정이야. 야, 시노부."

"음."

돌아본 시노부의 몸에서는 그 할퀸 상처들이 사라져 있었다. 괴이를 먹은 것에 의한 에너지 드레인으로 회복된 듯하다. '먹어서 낫게 한다'라는 것은, 어쨌든 건강해 보이는 시스템이다. 에너지 드레인이라….

마지막으로 시노부는 디저트라는 듯이 지면에 박혀 있던 요도 '코코로와타리'를 커다란 순무처럼 잡아 뽑아서는, 그것을 자신의 몸속에 납도했다.

명백히 자신의 키보다도 커다란 일본도를 술술 삼켜 간다. 이것도 마술처럼 보이지만, 절대 유녀의 필수 스킬은 아닐 것이다.

아니.

본래 그것은 흡혈귀의 필수 스킬도 아니다. 애초에 요도 '코코로와타리'는 철혈이자 열혈이자 냉혈의 흡혈귀의 무기가 아니라.

괴물 퇴치 전문가가 휘두르던 무기였으니까.

원래 오시노 시노부는 그 오오다치에 베이는 측의 존재였으니까.

"기다리게 했구먼. 배가 빵빵하다."

"뭐, 많이 먹기는 했겠지."

"그건 그렇고. 그러면 내 주인님아, 하던 이야기를 마저 하자."

"하던 이야기라니…. 저기, 무슨 얘기를 하고 있었더라?"

"어째서 우리 시노부가 그네 아래에서 자고 있었는가 하는 이야기 아니었어?"

옆에서 칸바루가 알려 주었다.

그러고 보니 그랬던가.

"참고로 그네는 한자로 '추천鞦韆'이라고 써."

"그건 알려 주지 않아도 괜찮아."

"참고로 그네의 일본어 발음을 영문으로 표기하면 'BRANKO'. 하지만 이걸 애너그램으로 바꾸면 BRAKON, 즉 브라콘이 되지. 그래서 나는 남매가 그네를 타고 노는 것을 보면 가슴이 두근두근해."

"더욱더 알려 주지 않아도 괜찮아."

"어? 저 애들, 혹시…?"

"혹시 아니야."

"두근두근 울렁울렁!"

"너의 발언에 가슴이 두근두근한다고. 끈적이는 욕망으로 얼룩져 미끈미끈한 느낌이야."

"뭐, 울렁울렁한다는 것도 사실은 흥분해서 가슴이 벌렁벌렁한다는 얘기지."

"살의가 울컥울컥 솟는구나."

카렌이 아직 그네를 타고 노는 것에 대해 안 좋은 의혹이 싹트는 이야기는 하지 말았으면 좋겠다.

시노부는 나와 칸바루의 대화가 끝나기를 기다리고 있다.

인간인 칸바루를 대화 상대로 삼지 않는다는 태도는 아까까지와 달라진 게 없지만, 재치 있는 대화가 끝날 때까지 기다리는 정도의 배려는 해 주는 듯하다.

다만 그런(시노부에게는 어떨지 몰라도 나에게는) 위험한 배틀을 경험한 뒤라서 그런지, 어째서 시노부가 그네 아래서 자고 있었는가 하는 문제는 솔직히 어떻게 되든 상관없어진 느낌이기도 한데…. 하지만 한 번 물어본 이상, '그건 이제 됐어'라고 말하기는 어렵다.

"그러니까 페어링이다. 나와 너와의 페어링을 회복시켜야 한다는 이야기였잖아? 그러지 않으면 저렇게 괴이가 되다 만 것들을 상대하는 데도 애를 먹게 돼."

"응…? 하지만 그게 어떻게 그네 아래로 이어지는 거야? 페어링의 회복은… 저기, 전문가에게 부탁해야…."

"너 말이다, 이런 것은 배우기보다 스스로 익히는 게 빠르다. 너 스스로 저 위치에 드러누워 보면 되겠지."

"······응?"

"그러면 보이는 게 있을 게다. 자, 가자."

시노부는 그렇게 말하더니 척척 그네 쪽으로 향했다. 지금의 시노부는 내 그림자에 속박되어 있지 않으므로 이동도 자유롭다.

하지만 그런 식으로 앞서가도, 아니, 안 할 건데? 안 할 건데요? 그네 아래에 드러눕기 놀이라니, 해 봤자 초등학교 2학년까지잖아?

미안하지만 나는 벌써 열여덟 살이라고.

그렇게 생각하면서 시노부의 뒤를 따라갔더니, 시노부는 또다시 그네 위에 올라탔다. '또다시'라고 말하긴 했는데, 조금 전에 괴이와의 싸움에서 청중인 척하고 있을 때와 다른 점은 그때는 앉아서 탔지만 이번에는 서서 탔다는 점이었다.

서서 타기.

별로 상관없는 일일지도 모르지만, 참고삼아 이야기하면 현재의 시노부는 원피스 차림이다.

스커트다.

그 상태에서 그네를 서서 타고 있다. 끼익끼익 하고 상당한 높이까지.

"아라라기 선배, 여기서는 내가."

"아니, 소중한 후배에게 그런 일은 시킬 수 없어. 이 미션은 너에게는 아직 일러. 나에게 맡겨."

그네 아래 포지션 쟁탈전이 벌어졌다.

조금 전까지 아무도 입찰하지 않았던 땅의 경쟁률이 급상승

했다. 물론 둘이 쟁탈전을 벌이는 것이므로 배율은 기껏해야 두 배라고 생각할지도 모르겠는데, 원래는 0이었음을 생각하면 이렇게 무시무시한 일은 또 없을 것이다.

무엇을 곱해도 0이 된다고 이야기되는 그 0을, 1은 고사하고 2로 만들다니. 과연 중세를 살아남은 흡혈귀의 연금술은 그 심오함의 끝을 알 수 없었다.

"아니, 아니, 아라라기 선배. 무리한 호출에 응한 탓에 영문 모를 싸움에 말려든 나에게 미안하다는 마음이 있다면, 여기서는 나에게 양보해야 하지 않겠어?"

"왜 여기 와서 갑자기 주장이 강해지는 거야. 무사무욕의 자세는 어쨌어."

"better를 요구하겠어. 재미 좀 보고 싶어."

"욕망의 화신이잖아. 아니, 하지만 내 쪽이 한 살 위니까, 칸바루 학생, 여기서는 장유유서長幼有序를 중시해야 하지 않을까?"

"장유유서보다는 장유*유녀獎誘幼女를 중시하고 싶어."

"장유유녀는 또 뭐야. 이상한 사자성어 만들지 마. 알았어, 여기서는 가위바위보로 결정하자."

"가위바위보. 그건 때려도 되는 가위바위보인가?"

"때려도 되는 가위바위보가 어디 있어."

"드래곤볼 초기에 손오공이 사용했던 가위바위권."

※장유(獎誘) : 장려하고 가르치며 타이름.

"옛날 생각이 나긴 하는데."

한 번 정도 초사이어인 상태로 사용하는 걸 보고 싶었지, 그 기술.

"알았어. 그러면 가위바위보로."

"응. 원망하기 없기야."

"그건 어렵겠네."

"원망하는 거냐."

"가위바위…."

보.

칸바루가 가위고 내가 주먹이었다. 칸바루의 가위는 당연히 게의 집게발과는 달라서 나의 승리다. 원망받기 전에 나는 그네 아래를 향해서 날렵하게, 딜레이드 스틸로 3루로 달려가는 2루 주자처럼 슬라이딩하듯이 파고들었다.

…우와, 엄청 무서워!

괴이보다 무서워! 뭐야, 이거!

무시무시한 속도로 타고 있는 것도 아닐 텐데, 눈 앞 몇 센티미터에서 딱딱한 물체가 진자처럼 앞뒤로 움직이고 있다는 것이 이렇게나 박력 있는 법인가!

진자의 속도는 무게에 상관없이 길이로 결정된다고 하는데, 그네는 매단 사슬을 쥐어서 그것을 어느 정도 컨트롤할 수 있다. 시노부는 일부러 완급을 조절하고 있는지 내 시야를 계속 방해했다.

가로세로의 차이는 있지만, 어쩐지 참수의 낫이 진자처럼 흔

들리는 처형기구를 연상시킨다. 이런 건 유녀고 뭐고 아무것도
안 보이잖아!

시노부는 대체 나를 이런 땅바닥에 눕혀 놓고 뭘 시키고 싶었
던 거지, 뭘 떠올리게 하고 싶었던 거지. 이제 와서 새삼스런 이
야기지만, 아마도 시노부가 말하고 싶었던 관용구는 '배우기보
다 스스로 익혀라'가 아니라 '백 번 듣는 것이 한 번 보는 것만
못하다'라고 생각하는데… 응?

그리고.

나는 거기서 깨달았다. 코앞에서 딱딱한 물체가 휙휙 오가는
공포와 싸우면서도 동체시력을 최대로 발휘한 나는, 문득 그 점
을 깨달았다. 이때의 나에게는 평범한 인간의 시력밖에 없었음
을 생각하면 정말 용케 깨달았다고 할 수 있을 것이다. 실력은
62점이어도 시력은 2.0을 받을 수 있을 것이다.

그네 바닥 뒤편.

그곳에 한 장의 스티커 사진이 붙어 있었다. 이곳에서 만나기
로 약속했던 전문가, 가엔 이즈코 씨가 귀여운 포즈로 찍혀 있
다. 젊구나…. 그리고 그 스티커에는 직접 쓴 글씨로 이렇게 적
혀 있었다.

'변경→키타시라헤비 신사'.

015

키타시라헤비 신사. 이미 몇 번인가 언급한, 우리 마을의 작은 산 위에 있는 무너져 가는 신사다. 몹시 낡아 무너진 본당이나 썩어 버린 토리이가 아직 방치된 채로 철거되지 않고 있는 것은, 역설적으로 아직 어딘가의 관리하에 있음을 뜻한다고 생각한다. 하지만 내가 보기에 참배객이 있을 거라곤 생각되지 않는, 완전히 잊힌 장소다.

나도 오시노의 심부름 때문에 가지 않았더라면 지금까지 몰랐을 것이다. 그런 장소를 지정한 것을 보면 과연 '뭐든지 알고 있는 누님'이다.

사실대로 말하면 바로 얼마 전, 여름방학 마지막 날에 나와 시노부는 그 신사를 방문했으므로 금세 다시 들르게 되었다는 이야기다.

밤의 산, 밤의 신사.

담력 테스트를 하는 것 같다고 할까, 별로 적극적으로 향하고 싶은 장소는 아니지만, 여기까지 오면 이제 그만둘 수도 없다. 뭐, 분명 이동하는 동안에 날이 밝을 것이다.

그런 마음으로 나 아라라기 코요미와 유녀 오시노 시노부, 그리고 변태 칸바루 스루가는 浪白공원에서 다음 스테이지를 향해 이동했다.

칸바루가 또 업어 달라고 요구하면 어떡하나 하고 생각했는데, 그 부분은 시노부를 의식했는지, 아니면 몸 상태가 완전히 회복되었는지, 의외로 까맣게 잊어버렸는지 그런 말은 해 오지 않았다. 시노부는 시노부대로 평소처럼 목말을 요구하지도 그림자 속에 숨어들지도 않았다.

그림자 속에 숨어들지 않았던 것은 아직 페어링이 회복되지 않았기 때문이겠지만, 목말을 요구하지 않은 것은 딱히 칸바루를 신경 썼기 때문은 아닐 것이다. 동행하는 내내 칸바루를 거의 상대하고 있지 않은 시노부가 그 부분에서만 칸바루의 눈을 신경 쓸 리 없다.

그런 것이 아니라, 아마도 浪白공원을 나올 때에 내가 했던 말이 마음속에 남아 있는 것이라 여겨진다. 아니, 그녀 자신은 그것을 부정하겠지만, 나는 그렇게 생각한다.

내가 한 이야기. 즉 전언이다.

솔직히 직전까지 말할지 말지 계속 고민하고 있었다. 그러나 이미 일이 나와 시노부의 관계성에만 머무르지 않는 현재 상황을 생각하면, 말하지 않을 수 없었다.

그 갑옷무사의 계획대로 되는 것 같아서 언짢기는 하지만, 학원 옛터가 불타고, 미아가 되고, 원숭이와 게와 뱀에게 습격당한 상황이다. 녀석의 존재를, 그 메시지를 시노부에게 계속 감출 수는 없을 것이다.

"'조금 더 회복하면 소생의 소중한 요도 '코코로와타리'를 돌려받으러 가겠다'…. '빌려 준 뒤로 400년이다. 연체료는 각오해 두는 게 좋을 거다'."

시노부는 그 말을 듣고 생각에 잠긴 얼굴로 그렇게 되뇌었다.

"그렇게 말했다는 게냐? 그 갑옷무사가."

"응…. 그리고 그 뒤에 큰 소리로 웃으며 떠나갔어."

"어떤 식으로?"

"어?"

"그러니까 어떤 식으로 웃었다는 거냐. 재현해 보거라."

"……."

재현해 보거라, 라고 했겠다.

상당히 무리한 요구를 하네….

"하 "하! "하하! "하하하! "하하하하! "하하하하하! "하하하하하! "하하하하하하! "하하하하하하하하하하하하하하하하하하하하하하하하하하하하하하하하하하……하는 느낌이었어."

"흐음."

내가 보기에도 참으로 완성도 높은 재현이었다고 생각했는데, 시노부 쪽은 웃지도 않는다. 오히려 찌푸린 얼굴이다. 가만히 입을 다물고 생각에 잠겨 있다. 말을 했으면 책임을 지라는 기분이 들었다.

나는 침묵을 견디지 못하고 입을 열었다.

"시노부. 혹시 몰라서 하는 말인데…."

그렇게 맨 먼저 떠오른 가능성, 그렇지만 있을 수 없는 가능성을 언급하려고 했는데, 시노부는 그것을 제지하며,

"신경 쓰지 마라."

라고 말했다.

"그건 있을 수 없다. 단순한 헛소리다."

"허… 헛소리라니. 하지만."

"그 남자는 400년 전에 죽었다. 내가 이 두 눈으로 똑똑히 보

앉어. 설령 천지가 뒤집어진다 한들, 밤과 낮이 바뀐다 한들 그것만큼은 틀림없는 일이야. 바보 같은 얘기라 논할 가치도 없다."

"아니, 하지만 시노부…."

"천치 같다고 해도 좋을 정도야."

"아니, 그건 확실히 최근 들어 잘 보이지 않게 된 표현이지만…. 왜 그렇게 표현해도 좋을 정도인지 잘 모르겠는데."

"가령 그 무사가 '그것'을 **가장하고 있다**면, 어떠한 꿍꿍이가 있어서 하는 행동일 게다."

"……"

"나나 너를 동요시키려는 속셈일지도 모른다. 그러니 신경 쓰지 마라. 하는 수 없다. 어떠한 노림수가 있다 한들, 나는 그 요도를."

괴이살해자를, 이라고.

시노부는 말했다. 시노부는 웃었다.

간신히 웃었다.

"누구에게도 넘길 생각은 없다. 만약 그 녀석이 저 원숭이 패거리의 흑막이라 한다면, 이번에는 내가 직접 베어 버리겠다. …그 이상 할 말은 없겠지?"

…그것으로 이야기는 끝났다.

나로서는 그 일에 대해 조금 더 깊은 곳까지 파고들고 싶었지만, 시노부가 그것을 은근히 거절했다.

구체적으로는 자신의 갈비뼈에 대한 이야기를 늘어놓음으로

써 나의 주의를 흐트러뜨렸다. 정신이 들고 보니 전혀 다른 구수응의*를 하는 지경에 이르러서, 이제 와서 일부러 갑옷무사에 대한 논의로 돌아갈 수 없었다.

다만 나에게 '신경 쓰지 마라'라고 말하는 정도로 시노부가 그것을 신경 쓰지 않는다고는 도저히 생각되지 않았다. 목말을 요구하지 않았기 때문만이 아니라, 왠지 모르게.

결코 말수가 적어진 것도 태도가 이상해진 것도 아니지만, 봄방학부터 지금까지 최근 반년 정도 계속 시노부와 일심동체로 있던 나이기에 특별한 근거도 없이 그렇게 생각한다.

…하지만 그런 이야기를 하자면.

어쩌면 그 갑옷무사도 그렇게 생각할 권리는 있는 것이 아닐까? 특별한 근거도 없이 그렇게 생각할 권리가. 그것도, 어쩌면 나 같은 녀석보다 훨씬 강한 권리가….

다행히 浪白공원에서 이동하는 동안, 게다가 키타시라헤비 신사를 향해 산을 오르는 동안 새로운 괴이 현상이 우리를 덮치는 일은 없었다.

달팽이. 원숭이. 게. 뱀.

그런 순서였으니 벌이나 불사조가 우리 앞길을 떡하니 막아설 수도 있지 않을까 하고 대비했던 만큼 조금 김이 새는 느낌도 있었지만, 그런 장애는 없었다는 이야기다.

그렇다면 점점 더 법칙을 알 수 없게 된다. 대체 무슨 일이 일

※구수응의(鳩首凝議) : 머리를 맞대고 의논하는 모양을 뜻하는 말.

어나고 있는 걸까, 가엔 씨는 우리에게 무엇을 시키려 하고 있는 걸까.

근본을 따져 보면.

오노노키가 혼자 맡고 있었을 일의 전모란 어떤 것이었을까. 시간이 지남에 따라, 전개가 확장됨에 따라, 등장인물이 늘어남에 따라 수수께끼는 마구 증식하고, 모든 것이 불명확해져 가기만 했다.

하지만 그것에 대해서는 더 이상 생각하지 않아도 된다.

정상에 도착하면 이번에야말로, 정말 이번에야말로 가엔 씨와 합류해서 설명을 들을 수 있을 테니까. 그리고 며칠 만에 시노부와의 페어링도 회복시켜 줄 테니까.

수수께끼가 풀릴 때가, 아침이, 드디어 오는 것이다.

…라는 느낌으로 속편한 생각을 하고 있는데, 또 가엔 씨가 그곳에 없다는 속이 불편해지는 상황과 맞닥뜨리는 것이 오늘 밤의 나일지도 모르지만… 키타시라헤비 신사의 황폐한 경내에, 있었다.

가엔 이즈코.

업계의 권위자.

전문가들의 관리자이자 오시노 메메나 카이키 데이슈, 카게누이 요즈루의 선배이자 칸바루 스루가의 이모이자 뭐든지 알고 있는 누님.

가엔 이즈코는, 그곳에 있었다.

예전에 어느 마을에서 만났을 때하고는 복장이 달라져 있지만, 헐렁한 XXL 사이즈의 상하의나 깊이 눌러쓴 모자는 한눈에 그녀임을 알 수 있는 특징적인 패션이었다.

무너져 가는 신사의 새전함 앞 계단 부근에 걸터앉아 스마트폰으로 뭔가 작업을 하면서 가엔 씨는 우리 세 사람을 맞이했다. 아니, 그것은 사이즈로 봐서 스마트폰이 아니라 태블릿일까. 그녀는 우리를 알아차리고 명랑한 웃는 얼굴로 한 손을 들면서,

"여어, 코요밍. 기다리고 있었어."

라고 말했다.

"이렇게 밤늦게…가 아니라 이렇게 일찍, 이라고 말하는 편이 좋을 만한 새벽녘이려나? 어서 와, 간신히 합류해서 기뻐. 잠깐만 기다려, 지금 딱 좋게 끝낼 수 있겠어."

다가가서 보니, 가엔 씨가 태블릿으로 하고 있던 작업은 업무 관계의 뭔가가 아니라 소셜 게임이었다.

…사람이 위기에 처했을 때 게임하며 놀지마!

하지만 그 멋들어진 플레이 스타일에, 손가락을 놀리는 속도에 깜빡 정신이 팔려 버려서 그런 불평은 전혀 입 밖에 내놓을 수 없었다.

"훗. 자, 끝."

뭐가 어떻게 되어서 어떻게 끝났는지도 알 수 없는 채로, 가엔 씨는 앱을 종료했다. 그 태블릿을 옆에 놓는가 싶더니, 갑자기 그녀는 바지에서 다른 휴대전화를 꺼냈다.

그리고 이번에는 메시지를 보내기 시작했다.

"요츠기에게 업무연락…. 무사히 코요밍하고 합류했다고 말이야. 그래서 어린이용 휴대전화를 가지고 다니게 한 거야. 하하하, 그 인형, 어울리지도 않게 너의 신상을 신경 쓰고 있는 것 같아서 말이지. '같았다'라기보다, 그 얼굴을 보면 뚜렷하지만 말이야."

"얼굴?"

무슨 이야기지? 라고 의아하게 생각했지만, 이내 깨달았다. 깜빡 잊고 있었는데, 내 얼굴에는 지금 오노노키의 발자국이 스탬프처럼 찍혀 있었다.

어쩌면 가엔 씨는 이 발자국을 보고 나와 오노노키가 즐겁게 놀았다고 착각한 걸까…. 사실은 내가 오노노키에게 희롱당하며 설교를 들은 것뿐이지만.

"'코요밍은 잘 있어'…. 송신~. 자아, 오래 기다리셨습니다. 안녕하세요, 오시노 시노부 씨, 칸바루 스루가 씨."

메시지를 보낸 휴대전화를 집어넣으면서, 가엔 씨는 간신히 몸을 이쪽으로 돌리며 두 손을 무릎에 얹고 깊이 고개를 숙였다.

이제 와서 새삼스럽게, 그렇게 예의 바르게, 공손한 인사를 해 봤자…. 나는 그렇게 기가 막혔지만 그 직후에 가엔 씨는 기가 막히는 것으로 끝나지 않는 터무니없는 말을 했다.

"나는 **오시노 이즈코**라고 해. 너희들이 잘 아는, 오시노 메메의 여동생이야."

016

너무나도 당당하게 발한 그 헛소리에 나는 말을 잃었다. 아니, 나도 결코 정직한 사람이라고 할 정도로 성실함을 갖춘 사람은 아니지만, 인간이란 이렇게나 대담한 거짓말을 할 수 있는 법일까, 하고 말을 잃었다.

어?

아니, 확실히 그러고 보니 그 부분에 대해서는 넌지시 입막음을 당하고 있었지만, 혹시 내가 칸바루를 불러낼 때에 가엔 씨의 정체를 고했을지도 모른다는 가능성을 우려하지는 않는 건가?

그럴 생각이 없어도 나 같은 녀석은 깜빡 가엔 씨의 성씨를 발설해 버릴 가능성도 있을 텐데…. 아아, 그렇지. 정보로서 이미 알고 있는 사실인데, 이 사람은 그 불길한 사기꾼, 카이키 데이슈의 선배다.

이 마을에서 상상을 불허할 정도의 대규모 신용사기를 벌였던 그 거짓말쟁이, 예전에 센조가하라 히타기조차 속였던 남자의 상관이다. 그 삶에 성실함을 요구하는 쪽이 애초에 잘못되어 있다.

다만 강제로 나를 거짓말의 공범자로 만드는 이 수법은 보기에 따라서는 카이키보다 질이 나쁘다고 할 수 있었다. 어떻게 이럴 수가. 이렇게 되면 말을 맞출 수밖에 없다.

여기서 '아니, 그건 아니죠. 당신의 성씨는 가엔이잖아요'라고 말할 수 있는 정신력은 나에게 없었다.

물론 가엔 씨는 그것도 다 간파하고서 하는 말이겠지만…. 상쾌한 웃는 얼굴로 나를 보고 있지만, 그것은 넌지시 '알고 있지?'라고 말해 오는 것 같았다.

"호오…. 그 알로하 애송이에게 여동생이 있었을 줄이야. 듣고 보니 비슷하구먼."

"……."

…시노부도 속아 넘어가고 있었다.

뭐, 듣고 보니 비슷하고 뭐고, 원래부터 다른 종족인 시노부는 인간 개개인을 거의 구별하지 못한다. 암수 구별은 제대로 할 수 있는지 수상할 정도다.

이름도 얼굴도, 전혀 기억하지 않는다. 기억할 생각이 없다.

"핫핫핫. 자주 들어. 응, 너희들에게는 바보 같은 오빠가 폐를 끼친 것 같아서 미안하게 생각하고 있어."

전혀 위축되지 않는 가엔 씨.

진상을 아는 내가 보기에, 이 사람은 진짜로 머리가 이상하다고 생각되는 레벨로 자연스러운 어조였다. 그녀 스스로가 진짜로 자신을 오시노의 여동생이라고 생각하고 있다고밖에.

…하지만 생각해 보면 가엔 씨는 오시노의 선배니까, 백보 양보해서 거짓말을 한다고 해도 누나라고 해야 하지 않을까?

왜 여동생이냐고.

왜 거기서 쓸데없이 어려 보이려 하는 거야.

"나는 칸바루 스루가."

어쨌든 진위는 제쳐 두고.

가엔 씨의 자기소개를 듣고, 칸바루는 대답했다.

"직업은 아라라기 선배의 에로 노예다."

"너 정말로 누구에게나 이야기하는 거냐, 그 프로필을!"

뜻밖의 행운이라고 해야 할까, 잘 아는 사이이기 때문에 가능했다고 해야 할까, 이쪽 발언에는 딴죽을 걸 수 있었다. 뭐, 문제의 중대함을 따지면 이쪽이 위라고도 할 수 있다.

"핫핫핫, 그래? 에로 노예? 젊을 때는 자유분방해서 좋겠네."

이해를 보이는 가엔 씨.

당신의 조카가 큰일 났다고 말해 주고 싶었지만, 이모라고 밝히지 않은 이상에야 그런 측면을 보일 수는 없는지도 모른다.

비슷하면서도 비슷하지 않다는 이야기를 하자면, 혈연 3촌 안에 있는 칸바루와 가엔 씨의 풍모는 전혀 닮지 않았다. 뭐, 단순히 내가 칸바루와 너무 사이가 좋아서 또렷하게 구별하는 것인지도 모르지만, 적어도 부위별로 따져 봤을 때 칸바루와 가엔 씨는 다 다른 것처럼 생각된다. 나는 칸바루의 어머니의 풍모를 모르지만, 칸바루는 그냥 아버지를 많이 닮은 것일까?

아니, 잠깐. 호의적으로 생각하자.

어떻게든 해서 호의적으로 생각하자.

나나 시노부, 거기에 다름 아닌 칸바루의 현재 상황을 이제부터 이 사람이 전부 설명해 줘야 한다. 그 인물이 그저 허언만 늘어놓는 허풍쟁이여서는 몹시 곤란하다.

분명 뭔가, 이유가 있는 것이다(있었으면 좋겠다).

신분을 감춰야만 하는 이유. 평범하게 생각하면, 칸바루의 어머니인 가엔 토오에는 여러 가지 사정이 있어서 칸바루 가에서 절연을 당했으니 칸바루 앞에서는 가엔이란 성씨를 댈 수 없다든가….

그렇지, 가엔 씨는 생이별한 조카를 만나고 싶었던 게 아니라, 어디까지나 칸바루의 '팔'이 업무에 필요했기 때문에 불러낸 것뿐이고…. 오시노와 혈연관계임을 주장하면 괴이에 관한 권위자로서의 설득력은, 적어도 우리를 상대로는 증가할 테니까.

그렇다면 역시 여기서 내가 가엔 씨의 거짓말을 폭로해서는 안 된다. 여기서는 그냥 지켜볼 수밖에 없나.

하지만 그렇다면 나만이라도 가엔 씨에게, 이 명랑한 누님에게 경계심을 가지고 있어야 할 것이다. 어디에서 거짓말을 할지 모르니까, 이 사람은.

상쾌하게 보이면서도 정말 엉망진창이다.

세상물정 모르는 고교생에게는 자극이 너무 강하다.

"그러면 바로 본론으로 들어갈까, 여러분? 비즈니스 이야기야."

가엔 이즈코―오시노 이즈코는 두 팔을 벌리며 이야기를 시작했다. 그 동작은 마음속을 다 털어놓겠다는 어필일지도 모르지만, 나로서는 오히려 마음을 다잡게 된다.

"우선은 여기까지 너희들이 체험해 온 모험담을 들려줘. 상세하게 너희들의 이야기를 들려줘. 이 누나는 누군가의 인생을 듣는 것을 아주 좋아해."

"…저기요. 그러면 이미 오노노키에게 보고받았을 내용하고 상당히 겹치게 될지도 모르는데요."

"상관없어. 같은 이야기라도 시점이 다르면 그건 다른 이야기가 될 테니까. 게다가 그것을 제쳐 두더라도 요츠기의 이야기에서는 감정의 숨결이 전혀 느껴지지 않거든. 사실만 열거해 봤자, 그것은 이야기가 되지 않아."

이야기, 라는 표현에 구애되는 것 같았다. 그 부분은 그 여동생을 자칭하는 만큼, 선배와 후배로서 오시노와 통하는 구석이 있는지도 모른다.

도시전설.

가담항설.

도청도설.

다만 내가 오늘 밤에 경험한 일들이 그렇게 불릴 가치가 있는지 어떤지는 확실치 않지만. 어쨌든 이미 시국은 수습이 되지 않는 진퇴양난 상태다. 여기까지 와서 얼버무리려 해 봤자 의미가 없다. 나는 오늘 밤에 겪은 일들을 있는 그대로 이야기했다.

물론 등 뒤에 칸바루가 자리한 장소에서 하는 발언이므로 감춰야 할 부분은 감춰야 했지만, 가능한 한 있는 그대로.

학원 옛터의 교실에 나타난 갑옷무사.

불타 버린 폐허. 맡게 된 전언.

어디에도 도달할 수 없는 미아.

원숭이와 게와 뱀이 섞인 괴이 키메라.

전문가이더라도 오시노의 선배(인식으로서는 여동생)이더라도, 가엔 씨 역시 인간임에는 마찬가지이기 때문인지 시노부는 칸바루를 대할 때와 마찬가지로 가엔 씨를 상대하지 않았다. 시노부는 스스로 그녀와 이야기하려고 하지 않았으므로, 시노부가 비를 조종하는 원숭이와 싸웠던 일에 대해서도 전해 들은 이야기 내에서 내가 설명하게 되었다.

내가 들은 시노부의 이야기로는 그 배틀의 자세한 부분까지는 알 수 없었지만⋯ 뭐, 그 일에 직접적으로 관여한 오노노키의 보고가 들어갔다면 그 일에 대해서는 간단히 언급하는 선에서 넘어가도 괜찮을 것이다.

나 이외의 인간과 직접 이야기를 하지 않는 시노부의 행동거지는 마치 왕족 같기도 했지만, 가엔 씨는 그것 때문에 기분 상한 눈치도 없었다.

30분 정도에 걸친 내 이야기를 가엔 씨는 즐겁게 듣고 있었다. 그리고 다 들었다.

"과연 이야기하는 데에 익숙하구나, 코요밍. 재미있었어. 마치 강담사講談師 같았어. 강담하는 미남이란 얘기지."

가엔 씨는 생글거리며 끄덕였다.

나도 단순한 인격이라 그런 식으로 칭찬을 받으면 기분이 좋아지지만, 그러나 뒤집어서 생각하면 딱히 칭찬받고 싶어서 이야기한 것도, 기뻐하기를 바라서 이야기한 것도 아니다. 모험담을 마치고, 짝짝 박수를 받으며 연단에서 내려올 수도 없다.

이야기를 하고 있으려니 1학기, 뭔가에 얽혀 괴이담과 조우할 때마다 자전거를 타고 그 학원 옛터로 달려가서 전문가·오시노 메메에게 상담하던 시절이 떠올라 조금 감상적인 기분이 들고 말았다. 하지만 애초에 나는 가엔 씨에게 오늘 밤의 체험을 상담하고 싶어서 여기에 온 것이 아니다.

아니, 시노부와의 페어링 회복과 칸바루의 보호를 놓고 교섭을 벌이기는 해야 한다. 하지만 근본을 따져 보면 우리는 가엔 씨의 일을 거들기 위해서 여기에 있는 것이다.

부탁을 받아서 여기에 있는 것이다.

그럼에도 불구하고 트러블에 휘말리질 않나, 약속 장소가 급거 변경되어서 쩔쩔매게 되질 않나, 취급이 정말 형편없다. 그 책임은 져 줬으면 좋겠다.

"핫핫핫. 쩨쩨한 소리 하지 마, 코요밍. 친구가 된 보람이 없는 애구나. 그러다간 친구를 잃을 거라고."

"잃을 정도의 친구가 없어요."

멋진 대사란 듯이 말했지만, 어쩐지 아주 서글픈 대사가 되어 버렸다. 이야기하는 동안에 드디어 하늘이 밝아오기 시작했다.

이 눈치로 보면 나는 오늘도 학교에는 갈 수 없을 것 같다. 나는 어떨지 몰라도 칸바루가 학교를 빼먹게 만드는 것은 선배로서는 수치스런 일이다.

한편 시노부는 졸린 듯했다.

야행성 설정은 완전히 없어져 버린 듯하다. 그네 아래에서 한숨 자기는 했지만, 식사를 해서 배가 가득 차니까 또 잠이 오는지도 모른다.

하지만.

그 시노부의 잠을 깨우는 말을, 가엔 씨가 했다.

"결론부터 이야기하지."

그렇게.

시원스럽게, 중요성이 느껴지지 않는 말투로.

"그 갑옷무사는 400년 전 시노부의 전신, 전설의 흡혈귀, 귀중종貴重種, 철혈이자 열혈이자 냉혈의 흡혈귀, 괴이살해자인 괴이의 왕, 키스샷 아세로라오리온 하트언더블레이드가 피를 빨아서 만든 첫 번째 권속이야. 즉 봄방학에 시노부에게 피를 빨려서 두 번째 권속이 된 아라라기 군, 너의 선배에 해당하지. 초대 괴이살해자라는 의미에서는 시노부의 선배에도 해당될까."

"……."

"……."

"……."

물론.

물론 거드름을 피우면서 과장스런 분위기 연출과 함께 이야기되었다고 해도, 결론이 그렇다면 우리는 전혀 놀라지 않았을 것이다. 그 일에 관해서는 외부자이며 사정을 잘 모를 칸바루조차, 아마도 이미 예상하고 있던 해답이다.

역시.

라고밖에 말할 수 없다.

어차피 그럴 거라고 생각하고 있었다, 라고밖에…. 하지만 동시에 나는 그 결론에 대해서 부정적인 기분을, 끓어오르는 충동을 억누를 수 없었다.

역시라고밖에, 어차피라고밖에 말할 수 없지만…. 아니, 절대 아니야. 그럴 리가 없어, 라고 어떻게든 말하고 싶었다.

나는 그런 설명을 듣고 싶었던 게 아니다.

문외한이라도 할 수 있는 그런 해설을 듣고 싶어서 한밤중에 산을 올라온 것이 아니다. 전문가이기에 할 수 있는, 눈이 번쩍 뜨일 만한 날카로운 시점을 요구하고 있었던 거다.

아니.

그러니까 눈이 번쩍 뜨일 만한 이야기를… 해 주기는 했지만.

"…이봐라, 너."

처음에 리액션을 취한 것은 시노부였다. 그러나 그것도 역시, 가엔 씨에게 직접 말을 한 것이 아니라 나를 향한 발언이었다.

"이 녀석, 어처구니없을 정도로 아마추어다. 정말로 이 녀석이 그 알로하 애송이의 여동생이냐?"

그건 거짓말이다.

사실은 그렇지 않다.

하지만 사실 시노부도 가엔 씨가 그렇게 말하리란 것은 알고 있었을 것이다. 그렇게 들었을 때의 대사를 준비하고 있었을 것이다.

그런데도 직접 가엔 씨에게 반론하지 않는 것은, 인간을 상대로 하지 않는 고귀한 흡혈귀로서의 행동거지라기보다 반론당해 논파되는 것을 염려하고 있는 것이 아닐까.

"말해 주거라, 말해 주라고, 내 주인님아. 딱 부러지게 말해

주거라, 사디스틱하게. 이 새파란 애송이의 착각을 바로잡아 주
도록 해라."

"으…응."

사디스틱하게, 라는 것은 무리한 요구이지만, 그러나 시노부
가 말하지 않는다면 내가 말할 수밖에 없다. 설마 칸바루에게
부탁할 수도 없을 것이다. 나는 다시 가엔 씨를 향했다.

"하, 하지만 가….'

가엔 씨, 라고 말하려던 나에게.

"이즈코라고 불러."

그렇게 기선을 제압하듯이 말하는 가엔 씨.

그냥 이름으로 부르라는 건가…. 뭐, 어쩔 수 없지.

"이즈코 씨."

"이즈코라고 해도 좋다고 말했는데."

반말을 할 수는 없잖아.

오시노하고는 다르다고.

"이즈코 씨. 하지만 시노부의 첫 권속은 이미 죽었을 거예요.
400년 전에 죽었을 거예요. 다름 아닌 시노부가 그걸 목격했어
요."

"응, 응."

"흡혈귀로 변한 상태에서, 태양 아래에 몸을 던진 **투신자살**
을."

괴이 퇴치의 전문가이면서 흡혈귀가 되어 버린 불우함을 한탄
하고, 권속이면서도 자신의 주인과 대립하고, 흡혈귀에게 천적

인 태양빛을 온몸에 뒤집어쓰고.

불타오르고.

재로 변해 버렸다. 그러니까.

"그러니까 이젠 없어요. 있을 리가 없어요. 그 갑옷무사가, 시
노부의 첫 번째 권속이라는 일은, 있을 수 없어요."

"어째서?"

"어…. 아니, 그러니까요."

"어째서? 어째서 있을 수 없는데?"

"……."

그런 식으로 소박한 질문을 들으면 대답이 궁해진다. '1 더하
기 1은 어째서 2야?'라는 질문을 들은 것처럼 어떻게 답해야 좋
을지 모르겠다.

허둥지둥하면서 "하지만 그야 죽었으니까…."라고, '그런 건
결정되어 있는 거니까, 룰이니까'라는 식으로, 전혀 해답이 되
지 않는 대답을 하는 나. 그런 내 뒤에서.

마찬가지로 소박하게.

칸바루가 말했다.

"아라라기 선배…. 하지만 그 이야기를 하자면, **죽지 않기 때
문에** 흡혈귀를 불사신이라고 하는 거 아니야?"

"뭐?"

죽지 않으니까. 죽지 않기 때문에.

불사신?

아니, 아니, 그건 아니지…. 그런 게 아니잖아. 그도 그럴 것

이 태양빛은 흡혈귀에게 절대적인 약점이고… 마늘이라든가, 십자가라든가, 은 탄환 같은 것과 마찬가지니까….

불타오르고… 재가 되어서….

…응?

하지만 특성으로 말한다면, 그렇다.

그날, 아이스크림을 먹으면서 오노노키와 이야기하지 않았던가. 흡혈귀의 불사신성은 유령이나 츠쿠모가미와는 선을 달리한다.

죽지 않는 것이 아니라.

죽음이 없기 때문에, 불사신.

요컨대, 되살아나기 때문에 불사신인 것이 아니라.

무슨 일이 있더라도 계속 살아 있으니까… 불사신.

흡혈귀.

"아…. 설마…."

"그렇지, 칸바루 스루가 씨. '원숭이의 손'을 **움직이게 했을 만한** 가락은 있네, 참으로 대단해."

가엔 씨는 말했다.

요컨대, 라고 운을 떼고서.

"그 투신자살로부터 400년 걸려서, 몸이 불타서 재가 되어 무로 돌아갔던 그 흡혈귀는 멋지게 되살아났다는 이야기야."

재가 되어도, 뼈가 되어도 부활한다니.

과연 전설의 흡혈귀, 키스샷 아세로라오리온 하트언더블레이드가 고른 첫 권속이라 할 수 있겠지, 라고.

거침없이 말했다.

017

"자, 그러면 여러분.

"결론부터 먼저 이야기했는데, 순서를 따라 태블릿의 선명한 화면으로 그림을 보여 주면서 연표대로 해설할까 해. 물론 태양은 흡혈귀의 약점이야.

"초등학생도 알고 있어. 철혈이자 열혈이자 냉혈의 흡혈귀, 키스샷 아세로라오리온 하트언더블레이드도 그것은 예외가 아니야.

"하물며 그 권속은 말할 것도 없지.

"하지만 과장이 아니라 전 세계에 이름을 떨친 괴이의 왕은, 예외는 아니어도 규격 밖의 존재야. 약점이 약점으로서 기능하지 않아.

"실제로 코요밍도 봄방학 때에는 햇빛을 뒤집어쓰고 불타올랐었잖아? 하지만 그 뒤에 멀쩡히 회복했지?

"알고 있어.

"그것과 같은 일이 초대 권속의 몸에도 일어났어.

"그랬던 거지. 다만 그 권속의 경우에는 코요밍 같은 실수가 아니라 고의로, 죽으려고 생각해서 태양 아래에 몸을 던졌으니까 자살미수가 아니라 자살 미스라고 말해야 할지도 몰라.

"…물론 부활에는 조금 시간을 요한 것 같지만.

"대충 400년 정도.

"보다 정확하게 말하면 자살 미스로부터 400년이 걸려도, 현대에 이르러서도 초대 권속인 그 남자는 아직 완전한 부활을 이루지는 못했어.

"갑옷무사와 직접 대치했던 코요밍이라면 알고 있지 않아? 그 갑옷무사가 서서히 강해져 간다고 느꼈지? 하지만 정확히 말하면 그 남자는 강해진 게 아니야.

"회복하고 있어.

"완쾌를 향하고 있어.

"**완전체**로 돌아가려 하고 있어. 너나 칸바루 스루가 씨를 상대로 에너지 드레인을 실행한 것은, 그래, '먹어서 낫게 한다'라는 거야. 시노부가 괴이가 되다 만 존재에게 입은 찰과상을, 그것들을 먹음으로써 리커버리한 것처럼 말이지.

"기특한 2대째라고 해야 할까. 코요밍, 너는 초대 권속의 신속한 회복에 도움을 주고 말았던 거야. 아니, 아니지.

"이건 오늘 밤의 일만을 두고 하는 이야기가 아니야. 너라고 하는 개성이, 최근 들어 했던 행동 전부를 가리키며 하는 말이야.

"무슨 소릴 하는지 못 알아듣겠어? 괜찮아, 곧 알아듣게 될 거야.

"반대로 말하면, 나로서는 애초에 이렇게 되기 전에 처리해 두고 싶었어.

"요츠기 한 명으로 어떻게든 끝낼 생각이었어.

"여러 가지로 계산 착오가 있었거든. 뭐든지 알고 있다고 해서, 뭐든지 생각대로 되는 것은 아니야.

"특히 코요밍.

"너처럼 이론으로 움직이지 않는, 행동을 예측할 수 없는 무궤도한 젊은이를 앞에 두게 되면 더욱 그렇지. 그래서 나는 계산 착오를 범한 책임을 지고 직접 전선에 나왔고, 너에게 협력을 요청했던 거야.

"너는 어쩌면 성격 고약한 누나가 너를 성가신 일에 끌어들였다고 생각하고 있을지도 모르겠지만, 누나는 너에게 찬스를 주고 있는 거야.

"자신이 저지른 일에 대해 책임을 질 절호의 찬스를. …이렇게 말해도 금방은 납득할 수 없겠지.

"평생 납득할 수 없을지도 모르지만.

"하지만 코요밍, 너는 한 번도 생각해 본 적 없니? 어째서 네가 최근 반년 동안, 매달처럼 성가신 괴이 현상과 조우하고 있는지.

"이상하게 생각하지 않았어?

"어째서 전설의 흡혈귀.

"키스샷 아세로라오리온 하트언더블레이드가 봄방학에, 세상의 다른 곳도 아닌 네가 사는 이 동네를 방문했는가.

"단순한 우연이야?

"게에 얽힌 여자아이가, 달팽이에 얽힌 여자아이가, 원숭이에 얽힌 여자아이가, 뱀에 얽힌 여자아이가, 이 마을에 있었던 것이.

"나도 애를 먹는 후배인 카게누이가 노렸던.

"불사조의 괴이가 이 마을에서 살고 있던 것도 단순한 우연이라고 생각한 거니?

"고양이…만은 조금 사정이 특수할지도 모르겠지만.

"그렇기 때문에 갑옷무사는 깜빡 '호랑이 꼬리를 밟아' 버린 거겠지. 아니, 그런 의미에서 보면 너는 우연에게 사랑받고 있었어.

"호랑이라. 후훗.

"한 번 온몸이 불덩이가 되었던 초대 권속에게는 화염火炎도 화염火焰도 트라우마였을 테니까. 그야 당연히 일단 철수를 선택하겠지.

"만약 하네카와 츠바사하고 살아서 재회할 수 있다면, 제대로 감사 인사를 해 둬. 응? 이것도 무슨 소릴 하는지 모르겠어? 그렇다면 아직 신경 쓰지 않아도 돼. 네 친구는 의도하지 않더라도 너를 지켜 버리는, 딱한 여자애라는 얘기일 뿐이야.

"자신에게 일어난 일은 다른 누구에게 일어나도 이상하지 않다는 것이 아무래도 코요밍의 사고방식인 모양인데, 기적을 부정하는 그 사고방식에는 상당한 겸손의 마음을 느끼지만, 한 가지 커다란 결점이 있어.

"너를 특별하다고 생각해 주는 누군가를 '너는 잘못되어 있다'라고 단죄해 버린다는 커다란 결점이. 애매한 소리만 해서 미안해.

"너처럼 기운 넘치는 젊은이를 앞에 두면 누나는 자기도 모르게 인생에 대해 설교를 하고 싶어지거든. 메메 오빠라면 '기운이 넘치는구나. 뭔가 좋은 일이라도 있었어?'란 말로 끝내 버리겠지만, 유감스럽게도 나는 그 미숙한 남자만큼 너그럽지는 않아.

"그러고 보니 연표대로 해설한다고 약속했었지? 그러면 약속을 지킬까. 결국 약속을 지키는 것이 결과를 내기 위한 가장 가까운 지름길이야.

"우선은 400년 전. 현재의 오시노 시노부, 키스샷 아세로라오리온 하트언더블레이드가, 그때까지 일절 권속을 만들지 않았던 흡혈귀가, 처음으로 권속을 만들었어.

"사람의 피를 빨았어.

"어째서 그 상황에 이르렀는가 하는 이야기는, 그 이전의 이야기는 건너뛰어도 되겠지? 다른 장소에서 이야기되었던 내용이고, 그건 옛날이야기야.

"너에게도, 그 남자에게도.

"괴이 퇴치 전문가에서 퇴치되는 측이 되어 버린 초대 권속은 그 상황을 견딜 수가 없었어. 자신이 괴물이 되었다는 현실과 마주할 수 없었어. 그래서 스스로 죽음을 선택했어.

"태양 아래에 몸을 던졌어.

"재가 되고, 바람에 흩어져 사라졌어. 그랬다고 생각했지.

"하트언더블레이드에게, 온 힘을 다한 원망과 괴이를 죽이는 요도 '코코로와타리'의 레플리카를 남기고…. 그리고 모두 오래 오래 행복하게 잘 살았습니다, 짝짝짝.

"…그렇게 되지 못한 것은 앞서 말한 대로야.

"그 남자는 재가 되어도, 무無가 되어도 죽지 않았어. 소실은 되었지만 소멸은 하지 않았어. 죽어도 완전히 죽을 수 없었어.

"그 남자는.

"계속 살았어.

"무가 되어, 허무가 되어, 계속 살았어.

"400년에 걸쳐, 정신이 아득해질 정도로, 지긋지긋할 정도의 세월을 보내며, 조금씩 조금씩, 육체를 회복시켰어.

"회복할 때마다 햇빛에 불타면서, 구성할 때마다 부서지면서, 그래도 굴하지 않고, 그래도 꺾이지 않고… 회복했어.

"나는 불사신이 된 경험이 없어서 실감을 가지고 말할 수 없지만, 상상하건대 지옥 같은 400년이었을 거야. 삼도천 자갈밭에 돌탑을 쌓는 상황* 같은 거지.

"악귀에게 괴롭힘당하는 흡혈귀. 웃기지도 않은 얘기야.

"작은 돌을 끈기 있게 쌓아 올리고.

"쌓아 올리고 쌓아 올려도 악귀의 쇠몽둥이 한 번에 전부 헛수고로 돌아가지. 햇살이 한 번 비치면 헛수고가 돼.

"구름들 사이로 햇살이 비치면, 아주 가느다랗게 성립된 결합 부위도 그것 한 방에 처음부터 다시 시작해야 하니까. 정신이

※삼도천 자갈밭에 돌탑을 쌓는 상황 : 불교에서 죽은 자가 가게 되는 삼도천 강변에서는 부모보다 먼저 죽은 어린아이가 부모의 공양을 위해 작은 돌을 쌓아 탑을 만드는데, 다 쌓아 갈 즈음이 되면 저승의 악귀들이 나타나서 탑을 부숴 버린다고 한다.

아득해질 정도의 시간 동안, 그런 의미 없는 회복의 트라이 앤 에러가 이어졌어.

"다만 재로 변한 초대 권속에게 또렷한 의식 같은 것이 있을 리 없으니, 그런 회복은 흡혈귀로서의 생체반응이라고 할까, 단순한 반사동작에 지나지 않았겠지만….

"이렇게 되면 의미가 있고 없고를 떠나서, 그냥 불쌍하지.

"언제까지나 클리어할 수 없는, 슬픈 무한 컨티뉴.

"섣불리 전설의 흡혈귀의 불사신성을 물려받은 탓에 죽는 것조차 할 수 없으니까 말이야.

"진정한 의미에서의 불로불사지. 만약 요즈루가 그 자리에 있었더라면 멋지게 극락왕생시켜 보였겠지만, 어쨌든 400년 전의 이야기니까.

"어쨌든.

"그러한, 혼자서 고리를 닫은 윤회전생 같은 일을 마냥 반복하면서, 영원히 반복할지도 몰랐던 그 남자는.

"초대 괴이살해자는… 그러나.

"그래도 보통 집념이 아니었어. 전설의 흡혈귀가 처음으로 권속으로 고를 만한 가락은 있었어. 없었을 의지로.

"거의 없었을 의지로 그 남자는.

"재가 된 채로, 바람을 타고.

"뿔뿔이 흩어지면서도 한데 모여서.

"한 알갱이 한 알갱이 끈기 있게.

"근성으로, **이 마을에 돌아왔어**.

"그것이 지금으로부터 15년 전 일이야."

018

"도… 돌아왔다고요? 이 마을에?"

가엔 씨의 청산유수 같은 이야기를 막아서는 안 된다며 이제까지 입을 다물고 있었지만, 그 말에 나는 끝내 참지 못하고 반사적으로 끼어들고 말았다.

이 마을에 돌아왔다? 라고?

이 나라로, 를 잘못 말한 것이 아니라?

"그래, 15년 전이라는, 연표에 적힌 이 숫자는 대략적인 것이라 아주 정확하지는 않지만, 정말 의미 깊은 일이지. 당시 대학생이었던 내가 반혼법을 사용해서 100년간 사용되었던 인간의 시체에서 오노노키 요츠기라는 불사신의 식신 괴이를 만들려고 생각했던 것이 딱 15년 전이었거든. 그리고."

거기서 가엔 씨는 나를, 그야말로 의미심장하게 바라보았다.

"불사조가 다음 기생목에 머무른 것도, 그야말로 딱 그 무렵이야. 그러니까 그 남자가, 초대 권속을 구성하는 재가 이 마을에 집합한 것은 그 무렵이 아닐까 하고 이 누나는 생각하고 있어."

"……."

15년 전.

내가 반응해 버린 것은 결코 그 숫자 쪽이 아니었지만, 그러나 15년 전이라고 하면 또 한 가지, 저절로 연상하게 되는 것도 있었다.

하네카와 츠바사가 하네카와 츠바사라는 이름을 갖게 된 것은 그 녀석이 세 살쯤 되던 무렵, 즉 15년 전이 아니었던가? 아니, 아무리 그래도 그건 관계없을까. 너무 깊이 생각했나?

츠쿠모가미. 불사조. 고양이…. 아니, 그런 이야기를 하기 시작하면 꼭 15년 전에만 초점을 맞출 필요는 없다. 그런 이야기라면 15년 전부터 지금 이때까지, 순간이 아니라 기간으로 생각하면 된다.

11년 전부터 길을 잃었던―달팽이.

7년 전에 소원을 이루었던―원숭이.

3년 전에 무게를 빼앗았던―게.

단 두 달 전의, 뱀에 관한 일까지 범위에 들어간다.

"설마…. 이 마을에서 이야기되던 수많은 괴이담이 전부, 그 재들이 바람을 타고 흘러들어 온 탓이라는 건가요?"

"그럴 리가 없잖아. 요즈루 쪽 애들이 이 마을에서 요츠기를 만든 것은 아니었으니 말이야."

골똘히 생각하고서 물어본 나의 질문을 간단히 부정하는 가엔 씨. 다만 그 가벼운 부정은 완전 부정의 그것이라고 생각하기 어렵다.

나중에 얼마든지 뒤집을 수 있도록, 함축을 담은 듯 느껴지기도 한다.

"간접적인 원인일 뿐이야. 변죽 울리는 부호라고 해야 할까. 괴이에는 그것에 상응하는 이유가 있다…. 어디까지나 그 이유 중 하나에 지나지 않아. 기본적으로 너희들이 조우한 괴이는 너희들 때문이야. 책임 회피는 용납되지 않아. 다만."

가엔 씨는 시노부를 흘끗 본다. 이상하게도 그 시선은 어쩐지 따스한 기운이 있는 듯한 기분이 들었다.

"봄방학, 키스샷 아세로라오리온 하트언더블레이드가 이 마을을 찾아온 것은, 틀림없이 그 재 때문이었겠지만."

"…바보 같은 소릴 하는군."

끝내.

시노부가, 직접 가엔 씨를 향했다.

나에게 맡겨 둘 수 없게 된 걸까, 가만히 있을 수 없게 된 것일까. 거의 살의라고 말해도 좋은 눈빛으로 가엔 씨에게 조준을 맞춘다.

"그래 놓고 그 알로하 애송이의 여동생이냐."

그러니까 그건 사실이 아니지만.

"내가 그때, 이 나라를 방문한 것은 후지산이 보고 싶었기 때문이다."

"하하하. 영봉靈峰 후지인가. 확실히 후지의 수해樹海는 자살의 명소지. 하지만 이 산은 후지산이 아니야. 여기는 시즈오카 현도 야마가타 현도 아니야. 길을 잃은 거야? 세 명의 흡혈귀 헌터에게 쫓겨서? 아니지, 너는 길을 잃은 것이 아니라 인도되었던 거야. 이 마을로."

"인도되었다고…."

"뭐, 알기 쉽게 예를 들자면, 오늘 밤에 학원 옛터에서 칸바루 스루가 씨와 만날 약속을 했던 상황에 갑옷무사가 불쑥 찾아온 것하고 같은 거야. 예의범절을 따라 교실 문을 노크한 시점에서 는 아직 초대 권속에게는 의식도 무의식도 없었을 텐데."

"……."

입을 다물게 된 모습의 시노부는 날카로운 송곳니로 이를 간 다. 그런 식으로 분노를 감추려고도 하지 않는 것은, 가엔 씨의 말에 전혀 짚이는 것이 없지는 않기 때문일 것이다.

내가 느끼는 것은 분노가 아니라 기분 나쁨이지만.

뭐라고 해야 할까. 내가 이제까지 휘둘려 온 모든 일들이 단 한 남자에게로 수렴되어 가는 듯한 가엔 씨의 이야기가, 기분 나쁘다.

아니.

단순히 불쾌한 것일까.

하지만 생각해 보면 불쾌하게 생각할 만한 일은 아닐지도 모 른다. 오히려 '나만이 어째서 이런 꼴이'라는, 늘 가지고 있던 의문의 해답 중 하나가 밝혀졌다고 한다면, 그것은 구분하자면 기뻐해야 할 일이다.

그런데 뭐냐고, 이 기분은.

내가 지금 시노부와 행동을 함께하고 있는 것이 초대 권속이 준비해 둔 상황이었다고 해도, 그것을 불쾌하게 생각할 이유 따 윈 없지 않을까. 그런 것으로 주눅이 들 이유가 어디에 있나.

마치 이래서는… 질투하고 있는 것 같지 않은가.

그러지 말라는 말을 들었는데.

"있을 수 없는 일이야."

잠시 침묵한 뒤에 시노부는 말했다.

망설임 없는, 기치 선명한, 힘 있는 어조였다.

"있을 수 없어. 그런 일은 있을 수 없다. 그 녀석은 죽었다. 그 남자는 죽었다. 죽은 게야. 내 설득에도 귀를 기울이지 않고 스스로 목숨을 던진 엄청난 멍청이다. 네놈이 하는 말은, 단순한 억지에 불과해. 내 방향치를 우습게 보지 마라."

"너의 방향치는 우습게 봐야 할 거라고 생각하지만 말이야. 하하하, 상당히 주장이 강하네, 시노부. 그러면 마치 초대 권속이 살아 있으면 곤란한 것 같은데?"

가엔 씨는 시노부의 압력에도 겁먹거나 위축되지 않고 대응한다. 아무리 전문가라고는 해도 시노부의 전신—키스샷 아세로라오리온 하트언더블레이드는 결코 쉽게 맞설 수 있는 상대는 아닐 텐데 위축되는 기색이 전혀 없다. 위축되기는커녕 경계심조차 가지고 있지 않은 듯 보이기까지 한다.

도발적인 말을 계속해서 늘어놓는다.

"네가 사랑하는 노예가 살아 있다고 한다면, 지금 말 그대로 딱 부활을 이루었다면 오히려 성대히 축하해야 할 텐데. 뭐하다면 내가 파티를 열어 줄 수도 있는데 말이야?"

"…너무 깊이 들어오려 하지 마라, 전문가."

시노부는 분노에 몸을 떠는 수준으로 도발에 넘어가 있었다.

나도 가엔 씨의 말투에는 속이 편치 않았지만, 시노부가 거기까지 흔들리고 있는 모습을 보니 오히려 냉정해지기도 했다.

"나의 예민한 부분까지 발을 들이려 하지 마라. 네가 400년 전 일의 뭘 안다는 게냐."

"나는 뭐든지 알고 있어. 내가 모르는 건 없어."

그렇게 단언하고서.

"약속 장소를 공원에서 신사로 옮긴 것에도 번듯한 이유가 있어."

가엔 씨는 지금 하는 이야기와는 전혀 관계없다고 생각되는 이야기를 했다. 하지만 그러고 보니 그렇다. 어째서 가엔 씨는 약속 장소를 바꾼 것일까?

"…어쩐지 조금 전부터 나만 바깥으로 밀려나 있는 것 같은데."

그렇게.

냉정하다고 말하자면 가장 냉정하게, 어쩌면 그냥 멍하니 지금까지 가엔 씨의 이야기를 듣고 있었을 칸바루가 손을 들고서 물었다.

"질문을 한 가지 해도 될까, 이즈코 씨."

"좋아, 칸바루 스루가 씨."

"그게 말이지."

칸바루가 또다시 여기서 바보 같은 발언으로 분위기를 흐트러뜨리지 않을까 하고 선배로서 걱정스러웠지만, 여기서 그녀가 웃는 얼굴의 가엔 씨에게 던진 질문은 정상적인 것이었고, 게다가 의외로 적확했다.

"그 녀석은 400년간, 회복할 때마다 햇빛 때문에 다시 재가 된다는 사이클을 반복하고 있었잖아? 요컨대 사실상 15년 전에 이 마을에 흘러들어 온 시점에서도 거의 재가 된 상태였다는 거지? 그렇다면 대체 무슨 일을 계기로 그 사이클이 끝나고, 저렇게 갑옷무사가 되어서 아라라기 선배 앞에 나타난 거야?"

…긴장 같은 건 안 하는 걸까, 이 녀석.

처음 만나는 사람인데도 유창하다고 할지, 너무 사교적이다.

아니면 무의식중에 혈연을 느끼고 있는지도 모른다… 라는 희망을 전혀 갖지 않았던 것은, 가엔 씨의 조카에 대한 태도가 나나 시노부를 대할 때와 전혀 다르지 않기 때문이다.

"어째서라고 생각해? 칸바루 스루가 씨. 사이클이 끝났던, 초대 권속인 그 남자가 무의미한 윤회에서 해방된, 그 이유가 짐작이 가나?"

"짐작은 안 가지만…. 그 이유가 약속 장소를 바꾼 것하고 뭔가 관계가 있다는 얘기야?"

그건 이야기의 연결로서 이상하다고 나는 생각했지만, 가엔 씨는,

"예리하네?"

라며 살짝 입술을 핥았다.

"정말로 묵혀 두기 아까운 재능이야. 뭐, 그 부분은 그 괴짜의 의지를 존중해 두겠지만."

"그 괴짜?"

멀뚱한 표정의 칸바루에게, 가엔 씨는 "안심해."라고 말했다.

"너는 바깥으로 밀려나 있지 않아. 그러기는커녕, 의외로 너야말로 이번 일의 중심에 있는지도 몰라. 나 자신이 선배라고 불리는 일이 많은 신분이라 그렇게 생각하는지도 모르지만, 부디 칸바루 스루가 씨, 너는 이쪽의 선배를 지원해 주었으면 해."

내 후배들은 변변치 못한 녀석이 많거든. 그 말만큼은 농담이 아니라 진지하게 한탄하는 투로 말하며 가엔 씨는 어깨를 축 늘어뜨려 보였다.

"응? 그야 물론 아라라기 선배의 하반신을 지원하는 것은 내일이라고 생각하고 있지만…."

"가능하면 상반신도 지원해 줘."

나에게 그런 말을 듣고 칸바루는 의외라는 얼굴을 한다…. 아니, 무슨 말을 하는지 의미를 모를 리 없잖아.

"15년 전."

이야기를 전환해서.

가엔 씨는 다시 연표를 열었다.

"초대 권속인 그 남자는 이 마을에 돌아왔어. 표류를 끝내고, 고향인 이 마을에 도착했어. 영겁처럼 생각된 지옥 순례는, 골을 맞이했어."

고향?

갑작스러운 그런 단어를 발하고서도, 가엔 씨는 그곳에는 중점을 두지 않고 이야기를 속행한다.

"그리고 흘러든 한 알 한 알의 재가 모인 곳이 **마을의 쓰레기**

들이 바람에 날려 모이는 지점…. 당시부터 이 작은 산의 정상에 세워져 있던 이곳, 키타시라헤비 신사야."

019

"보다시피 이 신사는 몹시 황폐해져 있어. 아무도 관리하지 않는 것처럼 아주 엉망진창이지. 하지만 물론 아주 오래전부터 이랬던 것은 아니야. 뭐, 신사의 출신이나 성립에 대한 이야기를 나누는 모임이 아니니까 그것에 대해서는 후일, 또 기회가 있으면 하기로 하자.

"있으면 좋겠지만.

"어쨌든 15년 전의 시점에서 이 신사는 아직 제대로 정비되어 있었어. 아주 조촐한 규모의 신사였다고 해. 이 경우에 '조촐한 규모'라는 말은 깎아내리는 것이 아니라 칭찬하는 말이야. 조촐해야만 해. 왜냐하면 여기는 온갖 것들이 바람에 쓸려 모여드는 장소이니까.

"괴이가 흘러 흘러 모여드는 곳.

"나오기 쉬운 장소. 모이기 쉬운 장소.

"괴이 이전의 '좋지 않은 것'들이 집결하는 장소.

"그리고 괴이가… 종결되는 장소.

"이런 것은 지리적 조건이 크게 작용하거든. 속칭 '귀신 붙은 커브길'이라든가 '자살 스폿'이라든가 하는 말이 있는데, 정리하자면 '그런 일이 일어나기 쉬운 장소'라는 얘기지. 그런 포인트들, 요소들을 파악해 두면 사고를 미연에 방지할 수 있어. 회피할 수 있어. 메메 오빠의 업무는 발생한 괴이담의 수집이지만, 나의 업무는 원래 이쪽이거든. 요컨대 일이 발생하기 전에 정리한다는 예방. 반대로 각지에 점재하는 그 스폿들, 요소들을 유념하고 억눌러 두지 못하면 사고는 막을 수 없어.

"응? 아냐, 아니야. 유녀들을 억누른다느니 하는 소린 안 했어. 뭐야, 유녀를 억누른다니. 그거 자체가 말도 안 되는 액시던트라고. 거기서 선배와 후배가 호흡을 맞추지는 마. 그 콤비네이션은 다른 기회에 발휘해 줘. 칸바루 스루가 씨, 선배를 지원해 달라는 얘긴 그런 의미가 아니야.

"뭐, 전문적인 이야기를 해 봤자 복잡해질 뿐이니까 과감하게 축약하자면, 여기는 그런 장소였기 때문에 예전에 나 같은 것하고는 비교도 되지 않을 정도로 이름 높은 음양사가 신사를 세우고 신을 모셔서 억제하려고 했었어.

"그건 대부분 잘 진행되었지.

"방범기능은 제대로 작동되고 있었어. 이곳에 모여드는 괴이의 재료가 될 만한 '좋지 않은 것'들은 적당히 흩어져 있었어.

"좋은 신이 있었던 거지.

"하지만 무슨 일에나 한도가 있기 마련이야. 어디 보자, 코요밍, 너는 지금 수험생인 모양인데, 그렇다면 부적 같은 걸 가지고 있니?

"부적.

"부적에는 소비기한이 있다는 거, 알아? 주머니 안에 들어 있는 부적이 찢어졌을 때가 기한이 끝난 거야. 영험한 아이템도 무한한 기능을 가진 것은 아니라는 얘기야. 이 신사도, 모시던 신도.

"15년 전에 리미트를 맞이했어.

"하지만 그 일로 신사의 관리자, 하물며 신을 나무라는 것은 가혹한 처사야. 역시나 예상 밖의 일이었거든.

"**전설의 흡혈귀의 첫 번째 권속이**, 그 재가 사방팔방에서 모여들다니, 한도를 넘어선 일이지.

"한계야.

"고향에 금의환향한 것도 아니니까 말이지. 그 결과, 15년 전에 이 키타시라헤비 신사는 한 번 붕괴했어.

"오컬트적으로도, 물리적으로도.

"재가 된 상태로 신사 하나를 망하게 만들다니. 시노부, 너의 권속은 정말 대단해. 원래 전문가였기 때문이란 점도 있겠지만.

"응? 왜 그래, 코요밍. 뭔가에 납득한 듯한 얼굴을 하고. 아아, 바로 얼마 전에 타임 슬립한 과거 세계에서, 11년 전의 키타시라헤비 신사가 지금 이상으로 황폐해져 있던 것이 자연스럽게 설명되었다는 느낌인가?

"그래, 맞아. 그건 초대 권속의 짓이야.

"요소를 억누르고 있었을 신사는, 흡혈귀의 권속을 억제할 수 없었어.

"참고삼아 말해 두자면, 그 뒤에 이 신사는 한 번이 아니라 두

세 번에 걸쳐서 리뉴얼하려고 했던 모양이야. …신이 없는 텅 빈 신사 따위, 보수해 봤자 건설적인 의미가 없지.

"리뉴얼하려고 할 때마다 무너지고, 부서지고, 황폐해졌어.

"성가신 부분은 말이지, 시노부…라기보다 키스샷 아세로라오리온 하트언더블레이드와 그 첫 번째 권속에게는 존재하는 것만으로도 괴이를 불러들이는, 벌레잡이 등 같은 강력한 힘이 있었다는 점이야.

"그야말로 11년 전.

"너희가 이 신사에 찾아왔을 때에는, 황폐해진 이 경내에 '좋지 않은 것'들이 가득 차 있었잖아? 어째서 그 정도의 농도가 모여 있었는지 신기해 했을 거라 생각하는데, 별것 아니야. 그건 초대 권속이, 그 남자의 재가 된 가루가 불러들인 괴이의 재료였던 거야.

"재료이자… 식료였지.

"여기까지 설명하면 전문지식을 갖지 않은 코요밍도 대강은 예상되지 않아? 어째서 여기에 모인 초대 권속의 재가 윤회의 사이클에서 벗어났는가.

"그래.

"이 신사가 '모이기 쉬운 장소'이고 초대 권속이 '모으기 쉬운 괴이'였다고 한다면, 즉 **액시던트가 일어날 조건이 갖춰져 버렸다는 얘기야.**

"액시던트가… 겹쳐졌어.

"초대 권속인 그 남자는, 이 신사의 경내에서.

"신이 없는 신사의 경내에서 계속해서, 체력을 회복하기 위한 식사를 계속하고 있었어.

　"물론 아주 미미한 식사였어. 안개라고 할 정도는 아니어도, 플랑크톤을 먹고 있는 상황 같은 거지. 권속인 그 남자는, 게다가 재가 된 상태에서는 시노부가 모은 것처럼 '좋지 않은 것'을 대량으로 모을 수는 없어. 이 마을에서 요괴 대전쟁이 일어날지도 모를 규모의 식재 수집은 무리지. 이 마을 안에서 괴이 현상이 아주 조금, 일어나기 쉬워지는 정도야.

　"5퍼센트의 확률이 6퍼센트, 기껏해야 7퍼센트가 되는 정도의 차이지.

　"뭐, 전문가가 보면 이것은 커다란 차이지만, 5퍼센트의 벽을 넘어 버리면 조금 괴롭지만 그 얘긴 지금은 제쳐 두기로 하고. 어쨌든 그 권속이 처한 환경은 바뀌었어.

　"미미한 것이라고는 해도 식사를 할 수 있게 되었으니까. 재와 무를 반복하는 생활은, 이것으로 끝이 났어.

　"시작된 것은 그때로부터 15년에 걸친… 비극적인 그 남자의, 부활극이었어.

　"부활극.

　"어쩌면 그것은, 복수극이었는지도 모르지."

020

복수극.

그 강경한 단어에 나는 숨을 삼키지 않을 수 없었다. 하지만 가엔 씨의 이야기에는 납득이 가는 점이 몇 가지나 있었다. 적어도 무조건 부정하기는 어려웠다.

그렇다면 조금 전에 가엔 씨가 봄방학 때에 키스샷 아세로라오리온 하트언더블레이드가 이 마을을 찾아온 이유는 길을 잃었기 때문이 아니라, 세 명의 전문가에게 쫓겼기 때문도 아니라, 괴이를 모으는 초대 권속에게 인도되었기 때문이라고 말했던 것은 그런 의미였나?

괴이를 부르는 그 남자가, 흡혈귀를 불렀다.

자신의 주인을 초대했다.

자살을 바라는 흡혈귀를, 자신이 근거지로 삼은 마을로 불렀다. 아니, 지금까지의 이야기로는 그 갑옷무사가 확실한 의지를 가진 것은 불타 버린 학원 옛터 안에서였으니, 그 녀석이 명확한 의지를 가지고 시노부를 불렀다는 이야기는 되지 않겠지만….

하지만 그렇게 가정하면, 그것은 한 가지 시사하는 바가 있다.

단순한 재로서 이 마을에 흘러들어 온 존재가, 15년의 시간을 거쳐, 아침이슬을 마시며 연명하는 생활을 15년간이나 계속한 끝에.

드디어 전설의 흡혈귀를 **부를 수 있을** 정도로까지 회복했다는 이야기가 된다. 물론 주인과 권속이라는 주종관계가 있기에 가능했던 '호출'이라고 해도….

이 마을에서 괴이 현상이 일어날 확률이 15년 전부터 수 퍼센트 올랐다고 했는데, 올해 들어서부터 매달처럼, 체크하기에 따라서는 매일처럼 내가 괴이와 조우하게 된 것도 그 일과 무관계하지는 않은 건가…?

그렇게 생각하면 진정할 수가 없다. 정말로 진정할 수가 없다.

하지만 그런 마음의 한편에서는, 여기서.

이렇게 다 무너져 가는 신사에서, 신도 참배객도 없어 보이는 신사에서 초대 권속이 15년 동안 계속 살고 있었다고 생각하면…. 아니, 그 이야기를 하기 시작하면 400년이다.

4세기.

상상을 불허하는 기간이다. 너무 길어서 뭐가 뭔지 알 수 없어질 정도의 기간. 그것은 계속 산다는 표현으로는 도저히 따라잡을 수 없다.

계속 죽고 있었던 것하고 다를 바 없다.

그런 것은 고문이 아닌가.

흡혈귀 상태에서 태양 아래에, 단 5초 동안 나갔던 것만으로도 그렇게나 장절한 아픔을 맛보았다. 그것을 400년? 400년이라니, 5초의 몇 배지?

"그렇게 두리번거리지 않아도 괜찮아, 코요밍. 이미 초대 권속은 이 신사를 떠났어. 여기에는 없어."

가엔 씨가 그렇게 말하면서 휴대전화를 꺼냈다.

조금 전에 오노노키에게 연락을 취했던 것과는 다른 휴대전화다. 또 어딘가에 메시지를 보내는 건가 하고 생각했는데, 아무래도 시각을 확인하기 위해서인 듯했다. 정신이 들고 보니 어느새 아침이었다.

"흠…. 좋은 타이밍이네. 대충 설명은 끝냈다고 생각하는데, 코요밍, 시노부, 칸바루 스루가 씨. 그 밖에 뭔가 이해가 안 되는 거 있어?"

"아, 아뇨, 지금도 전혀 이해가 안 되는 것 투성이인데요."

마무리하려고 하는 가엔 씨에게, 나는 당황하며 매달렸다.

"에? 나머지는 대충 추측할 수 있잖아?"

"애, 애초에 우리는 이 뒤에 어떡하면 되는 건가요? 애초에 뭘 시키고 싶어서 당신은 우리에게 일을 거들게 하려고…."

"그러니까 책임을 지게 하려는 거야. 질 수 있게 해 주는 거야. 책임을, 떠맡을 수 있게 해 주는 거야. 코요밍, 그리고 시노부에게는."

여기서 가엔 씨는 칸바루를 언급하지 않았다. 칸바루도 묻지 않았다.

"…처음에는 오노노키 혼자서 처리할 수 있는 업무가 될 예정이라고 말씀하셨죠. 지금은 계산 밖의 상황이라고…. 그렇다면 처음에는 어떤 계획이었는지 알려 주실 수 있을까요?"

"좋아. 하지만 이미 어떻게 생각하더라도 실행 불가능한 계획이니까 말해 봤자 소용없어. …메메 오빠가 어째서 이 마을에 왔는지, 기억해?"

"…시노부가 왔기 때문이었죠? 카이키도 확실히, 같은 이유였어요. 그리고 카게누이 씨는 카이키에게 전해 들었다고…."

"그래. 한 성깔, 두 성깔 하는 전문가들이 각각 비슷비슷한 이유로 이 마을을 찾아온 거야. 그 결과, 그 조사결과 보고가 나에게 도달했어."

이래 봬도 높은 사람이거든.

그렇게 가엔 씨는 말했다.

"그 결과, 각자에게서 올라온 정보를 자세히 조사한 결과, 이 마을에 15년 전부터 일어나고 있는 기묘한 연쇄를, **바람의 방향**을 나는 알게 되었어. 내가 알게 되었어. 이 뭐든지 알고 있는 누나가, 조금 전까지 설명했던 400년에 걸친 초대 권속의 이야기를 알게 되었어."

"……."

"그런 이유로 나는 요츠기를 다시 이 마을에 보냈어. 단 몇 퍼센트 상승했던 괴이의 발생률을 낮추기 위해서. 업무내용은 **재를 청소하는 것**. 간단히 말하면 신사의 청소일까."

불사신의 괴이를 전문으로 하는 2인조 중 한 명, 오노노키 요츠기. 여름방학 마지막 날, 길거리에서 나와 조우했을 때의 그녀는 아직 자신의 임무를 몰랐던 것 같았지만, 그 뒤에 그런 신데렐라 같은 임무를 부여받았던 건가.

흡혈귀는 불사신의 괴이의 대표선수 같은 구석이 있으니, 그 권속의 뒤처리란 일은 확실히 오노노키가 할 만한 업무다.

확실히, 이 정도는 질문하지 않고 눈치챌 수도 있었을 것이다. 그렇지만 결국 그 일은 실패했다는 이야기지?

그 오노노키가 임무에 실패하는 건가?

단 하룻밤 만에 나하고 시노부, 그 양쪽의 목숨을 구해 주었던 유능한 오노노키가?

"뭐, 하지만 오노노키는 그래 봬도 맹한 구석이 있으니…. 실패하는 경우도 있을까…."

"남의 일처럼 이야기하지 마, 코요밍. 요츠기의 실패는 너희들 때문이니까."

"우, 우리들 때문이라고요?"

그건 누구까지 포함되는 '우리들'이지?

그렇게 생각했지만 가엔 씨의 시선을 받아 보니 명확했다. 그녀는 나와 시노부, 두 사람만을 보고 있었다.

"혹시 몰라서 물어보는 건데요. 이곳에 흘러들어 쌓여 있던, 오시노의 부적으로 봉인해서 그 후로는 흩어지기를 기다릴 뿐이었던 '좋지 않은 것'들을 저와 시노부가 에너지로 써 버린 것하고 뭔가 관계가 있나요?"

근거도 없이 그렇게 말해 본다.

솔직히 우리가 무슨 일을 저질러 버렸는지는 전혀 상상도 가지 않지만, 오노노키와 만났던 여름방학 마지막 날, 나와 시노부가 한 일이라면 그것 정도밖에 없다.

호러라기보다는 SF 같은 시간이동을 하기 위해, 이 신사에 남아 있던 괴이 이전의 '좋지 않은 것'을 사용했다.

그것이 뭔가 좋지 않은 결과를 가져온 건가? 아니, 그 경솔한 행위 자체는 이미 충분하고도 남을 정도로 좋지 않은 결과를 가져왔을 뿐이지만…. 그 이상의 뭔가를?

"오히려 이 신사에 쌓여 있던, 초대 권속의 재를 부활시킬지도 모를 에너지를 가로채 써 버렸으니까 초대 권속의 부활을 늦췄으면 늦췄지, 가속시키지는 않았을…."

그렇게 말하면서 시노부를 돌아본다. 시노부는 손톱을 깨물고 있다.

야, 그건 초조해 할 때의 몸짓이잖아.

뭔가 짚이는 거라도 있나?

신사에 쌓여 있던 에너지라면 11년 전에서 현대로 돌아올 때에도 사용했는데…. 만약 그 행위가 좋지 않았다고 한다면, 그건 어떤 의미를 가진 것일까?

"시노부는 아무것도 하지 않았어."

그렇게 가엔 씨는 말했다.

"아무것도 하지 않았어. **뭔가 할 것까지도 없었던 거야.** 이 신사에 왔다는 그것만으로 충분했어."

"……?"

"오해하고 있는지도 모를 한 가지를 바로잡아 두자면. 초대 권속이 시노부를 이 마을로 인도했다는 것은, 어디까지나 400년 전에 맺은 주종의 인연에 의한 것이지 메시지나 전화로 불러내듯 호출한 건 아니야. 요컨대 초대 권속인 그 남자는 그때까지 몰랐어. 전혀 몰랐던 거야. 바로 곁에 자신의 주인이 와 있던 것을. 자신을 괴물로 만든 괴물이 와 있던 것을, 몰랐어."

"……."

"솔직히 메메 오빠가 어디까지 사정을 파악하고 있었는지는 알 수 없어. 그 남자는 많은 것을 이야기하지 않는 녀석이라서 보고도 최소한으로밖에 하지 않으니까. 확실한 것은 그 녀석이 가지고 있던 부적으로 이 신사에 응급처치를 했다는 것 정도야. 그 응급처치는 말하자면 초대 권속의 식량 보급로를 끊어 놓는 결과가 되었는데, 그렇게 굶주린 상태에서, 그 남자는."

다시 극한 상황에 몰린 상태에서.

그런 정신 상태에서, 그 남자는.

"알았어. 키스샷 아세로라오리온 하트언더블레이드를, **봤어**. 400년 만에, **목격**했어."

앗, 하고.

손톱 깨물기를 멈추고, 시노부가 고개를 들었다.

눈을 휘둥그렇게 뜬 그 표정에는 명백한 놀라움이 새겨져 있었다.

"일방적인 목격이었지만. 시노부가 이곳, 키타시라헤비 신사에 찾아온 것은 그때가 처음이었지?"

그랬다.

그랬다. 오시노의 심부름으로 칸바루와 둘이 이 신사를 찾아왔을 때에는, 그리고 그 뒤에 센고쿠의 일로 다시 방문했을 때에도 오시노 시노부는 아직 내 그림자 속에 살지 않았다.

그러니까 시노부가 이 잡다한 것들이 모여드는 공간에 발을 들인 것은 그때가 처음이고….

"요컨대."

칸바루가 생각에 잠기며 말했다.

타입 슬립 이야기가 나왔을 무렵부터… 뭐야, 그건? 어제 꾸었던 꿈 이야기야? 하며 더 이상 따라가기를 포기해도 이상하지 않았을 칸바루였지만, 아직도 발을 멈추지 않고 따라와 주는 부분을 보면 역시 대단한 녀석이다.

"시노부를 400년 만에 본 것으로 힘을 얻고 고무된 초대 권속이, 재가 되었으면서도 분발해서, 기아 상태임에도 불구하고 소생했다는 얘기야?"

"응? 누가 그런 로맨틱한 소릴 했어?"

가엔 씨는, 이때까지 칸바루에 대해서는 높은 점수를 주고 있던 그녀는, 그 의견만큼은 어이가 없었던 듯했다.

"그런 10대의 러브 코미디 같은 이유로 재가 분발할 리 없잖아. 단순히 존재적으로 자신과 가까운 존재가, 물리적으로 가까운 거리에 나타났기 때문에 그 영향을 받고 초대 권속의 괴이성이 급속히 들떠 오른 것뿐이야. 그거지, 쇳조각을 자석에 한동안 붙여 두면 잠시 동안 그 쇳조각은 자석과 같은 성질을 보이며 사철을 끌어당기거나 하잖아? 그것하고 비슷한 거야."

"…그런가."

그렇게 칸바루가 끄덕였다.

그 문제에 대해서는 더 하고 싶은 말이 있었지만 그냥 삼킨 듯 보였다. 숨김없는 성격의 칸바루에게서는 보기 드문 태도였다.

"하지만 시노부가 여기에 왔기 때문에 초대 권속이 들떠 올라서, 기동했다는 것은 분명한 사실이지?"

"맞아. 그래서 요츠기가 임무를 띠고 이곳에 왔을 때에는, 이 키타시라헤비 신사는 텅 비어 있었어. 총채질을 하면 그것으로 끝났을 업무의 난이도가, 조금 올라갔지. 우선 이곳을 떠난 초대 권속의 행방을 찾아야만 했으니까. 너희들이 저쪽에 있는 토리이에서 타임 슬립을 하며 즐겁게 놀고 있을 동안, 이쪽은 여러 가지로 고생이었다고."

"……."

놀고 있던 것이 아니다. 하지만 그렇게 여겨져도 어쩔 수 없다…고 봐야겠지.

"여기까지 말하면, 이번에야말로 내가 코요밍에게 부탁하고 싶은 업무가 뭔지 알겠지? 초대 권속의 수색이야. 물론 단순한 일손을 원했기 때문은 아니야. 그냥 머릿수로 밀어붙였다간 희생자가 나올지도 모르거든. 네가 두 번째니까, 첫 번째 찾기에 적당하기 때문이야. 첫 번째와 두 번째, 노예끼리 서로를 끌어당길 테니까."

걱정하지 않아도 괜찮아.

네가 그 재를 청소해 주기를 바라는 게 아니니까 말이야, 라고 가엔 씨는 말했다.

"뭐, 업무 내용을 이야기하기 전에 코요밍이 초대 권속과 조우한다는 것은 아무리 그래도 너무 절묘한 우연이었지만 말이야. 그리고 성장시켜 버릴 줄이야."

"성장…."

확실히, 그렇게 만들어 버렸다.

나와 칸바루를 에너지 드레인해서, 느릿느릿 둔중하게 나타났던 그 갑옷무사는 마지막에 가서는 경쾌하게 이야기할 수 있을 정도까지 회복했다.

책임이 있다고 하자면 그 부분에 있다…고 할 수 있을까? 하지만 사전에 설명을 들었어도 피할 수 있는 일이라고 생각되지는 않는데….

"아, 미안, 미안. 나무라는 어조가 되어 버렸나? 확실히 너희들의 행동은 대부분 이레귤러였지만, 지금 와서는 나는 오히려 감사하고 있을 정도야. 덕분에 움직이기 쉬워진 구석도 있으니까. 특히 의사소통이 가능해졌다는 부분은 커. 말이 통하면 교섭이 가능하니까. 강경책과 유화책을 섞을 수 있어."

"강경책과 유화책…."

거짓말만 하는, 너무나도 카이키의 선배다운 행동을 보이던 가엔 씨였지만, 그 부분은 오시노의 선배인가. 그 녀석은 기본적으로 퇴치라는 사고방식을 싫어하는 녀석이었으니까 말이야. 다만.

다만, 하고 확실한, 확실히 하지 않을 수 없는 갑옷무사의 프로필을, 나는 머릿속에서 열거해 본다.

이 마을에서 최근 15년 정도 계속 일어나고 있던 괴이 현상, 그 **전부**의 편린을 사역하는 흡혈귀의 권속.

전설의 흡혈귀의 노예 1호.

첫 번째. 나에게는 선배에 해당한다.

그리고 괴이살해자라는 칭호를 축으로 생각한다면, 시노부에게도 선배에 해당하는 요도 '코코로와타리'의 원래 사용자.

무엇보다.

불사신.

"…불러야 했던 사람은 카게누이 씨 아니었나요? 오노노키의 주인인, 불사신의 괴이를 전문으로 하는 그 폭력 음양사…."

오시노가 비전주의非戰主義라면 카게누이 씨는 혈전주의血戰主義다.

직접적인 대결은 끝내 없었지만, 시노부와도 충분히 맞설 수 있을 만한 전투기술의 소유주였다. 그러나 가엔 씨는 고개를 저으며,

"그 녀석은 제어할 수 없어."

라고 말했다.

"평생 비육지탄*하고 있었으면 좋겠어."

…가엔 씨에게 이런 말을 하게 만들다니, 굉장하네.

내가 아는 모든 전문가 중에서도 어쩐지 그 사람만은 성질이 다르다고 생각하고 있었는데, 역시 카게누이 씨는 특수한 사람인 듯하다.

"뭐, 하지만 전투요원은 오노노키만으로 충분한가…."

"아니. 어제 그 요츠기에게서 경과보고를 받은 시점에서, 요

※비육지탄(髀肉之嘆) : 능력을 발휘하여 보람 있는 일을 하지 못하고 헛되이 세월만 보내는 것을 한탄한다는 뜻.

컨대 코요밍이 초대 권속과 접촉했다는 보고를 들은 시점에서 나는 또 한 명의 조력자를 불러 두었어. 슬슬 데리러 가야만 해."

그래서 조금 전에 시간을 신경 쓰고 있었던 건가.

우리의 이해가 늦은 탓에 예상 이상으로 시간을 잡아먹어 버린 것 같다. 그렇구나, 확실히 가엔 씨 정도 되는 사람이라도 모든 것이 생각대로 돌아가지는 않는 모양이다.

하물며 나 같은 녀석은….

"하, 하지만 조력자라니…. 오노노키만으로는 안 되나요?"

"안 돼. 누나는 오늘 중으로 결판을 낼 생각이니까."

가엔 씨는 말했다.

여전히 느긋한 어조였지만, 이 부분만큼은 프로페셔널로서 결연한 의지가 느껴졌다.

"의지를 가지고, 의식을 가지고, 이미 에너지 드레인을 자의적으로 사용할 수 있는 그 남자는 방치하면 할수록 강화되어가. 기하급수적으로 쭉쭉쭉쭉…. 그 속도는 시간이 지날수록 점점 빨라지고. 느긋하게 대비하고 있다간 완전히 부활해 버려. 그렇게 되면 감당할 수 없어. 요즈루를 부를 수밖에 없게 돼."

"……."

카게누이 씨를 비인도적인 무기처럼 말하고 있네….

몇 시간 만에 약간이나마 웃을 뻔했는데, 가엔 씨의 입에서 이어진 말은 그런 웃음이 쏙 들어가기에 충분하고도 남는 것이었다.

아무리 노력해도.

"그 남자가 사람을 잡아먹기 전에, 죽여 주고 싶어."

021

가엔 씨는 "그러면 누나는 잠깐 갔다 올 테니, 배가 고프면 이 걸로 아침이라도 사 먹어, 코요밍."이라며 나에게 5천 엔 지폐를 건네고서 '조력자'라는 사람을 만나러 산 정상에서 내려갔다. 경내에는 나와 시노부와 칸바루가 남겨진 모습이다. 결국 가엔 씨는 약속 장소를 浪白공원에서 키타시라헤비 신사로 변경한 이유를 명확히는 말하지 않았는데, 아마도 원래 나에게 설명할 생각이 없었지만 갑옷무사가 본격 가동되어 버리는 바람에 말할 수밖에 없게 되어서 설명하기 쉽도록 우리를 현장으로, 현지로 부른 것으로 보인다.

시노부와의 페어링은 아직 원래대로 돌아오지 않은 상태다. 당초에 가엔 씨로서는 합류하자마자 바로 고쳐 줄 생각이었던 모양이지만, 내 그림자에 시노부를 **밀어 넣어** 줄 생각이었던 모양이지만, 초대 괴이살해자가 또렷하게 자아를 가진 레벨까지 회복된 상황인 지금, 그것은 조금 더 상황이 진행된 뒤에, 혹은 일이 전부 끝난 뒤에 하는 편이 무난할 것이라고 했다.

우리가 신사에서 타임 슬립을 했을 때에는 아직 구체적인 의식은 없었다고 해도, 불타오르는 학원 옛터 건물 안에서 시노부에게 전할 메시지를 나에게 맡긴 것으로 보면 이미 그 녀석은 시노부가 이 마을에 있음을 알고 있겠지만, 여기서 시노부의 흡혈귀성을 높여서 의도하지 않은 타이밍에 이쪽 위치를 들키는 일이 있어서는 안 된다면서.

그 자석이론으로 말하자면, 페어링이 회복되어 시노부의 흡혈귀성이 증가하는 것으로 갑옷무사의 흡혈귀성도 링크되어 높아질 가능성도 있고…. 그렇다, 내가 그런 식으로 내 육체의 흡혈귀성을 컨트롤해 왔던 것처럼.

"괜찮아, 나는 약속은 반드시 지켜. 질질 끌다가 너희들의 페어링을 회복시켜 주지 않는다는 심술궂은 짓은 안 해. 그렇다기보다, 전문가로서는 너희들의 페어링이 회복되지 않는 편이 곤란해. 너의 그림자에 봉인되어 있다는 점 때문에 키스샷 아세로라오리온 하트언더블레이드는 무해인증을 받고 있으니까."

…라는 것이 가엔 씨의 주장이었다. 뭐, 그 부분을 의심하고 있지는 않지만, 그 문제도 포함해서 이것저것 어중간한 타이밍에 가엔 씨가 산을 내려가 버린 느낌을 부정할 수는 없었다.

그야 '조력자'를 픽업하러 가기 위해서는 어쩔 수 없겠지만…. 그러나 가엔 씨와 합류하면 보호해 줄 거라고 생각하고 있던 입장으로서, 그녀의 하산은 기대가 어긋났다는 느낌도 있었다.

나나 시노부는 어떨지 몰라도, 휘말려 든 칸바루의 보호를 부탁하고 싶었는데…. 다만 그것에 대해서는 걱정할 필요 없다고 가엔 씨는 보증했다.

"왜냐하면 이미 태양이 떴으니까. 이제 밤까지는 안전해. 시노부가 자유분방해서 그쪽 감각이 어긋나 있는지도 모르겠는데, 흡혈귀는 야행성이야. 그래서 낮 동안에는 안전해. 오히려 이 시간 동안 쉬어 둬야지. 밤에는 일하게 될 테니까. 그러니 이 키타시라헤비 신사에 머무르고 있을 필요도 딱히 없어. 뭐하다면 집에 한 번 돌아가서 옷을 갈아입고 와도 괜찮을걸?"

그런 말도 들었지만 역시나 이 상황에서 집에 돌아갈 수는 없었다. 칸바루가 학교를 쉬게 만든 것은 역시 미안했지만, 그래도 오늘 하루는 이 경내에 거점을 두는 것이 올바른 선택일 것이다.

예전에는 잡다한 것들이 바람을 타고 모여들던 이 신사도, 나와 칸바루가 오시노에게 부탁받아 붙였던 영험한 부적으로 정화되었으므로 아마추어의 생각으로는 왠지 모르게 안전한 기분이 들고….

그때 몸 상태가 안 좋아졌던 것과 이번에 칸바루가 비슷한 피로감각을 맛보았던 것은, 그렇다면 생각해 보면 당연한 일일까. 그때 이 경내에는 갑옷무사의 재도 있었을 테니까.

그 재가 한 알도 남아 있지 않다면…. 하지만 선배로서, 사보타주의 선배로서 칸바루의 출석일수는 걱정이었다.

"아라라기 선배, 안심해. 그런 건 신경 쓰지 않아도 돼."

"응…. 뭐, 평소에 제대로 수업을 받았다면 하루 이틀 진도가 늦은 건 금방 만회할 수 있겠지."

"응. 게다가, 아라라기 선배를 위해서라면 유급해도 좋아."

"그런 무거운 부담을 나에게 안기지 말라니까?!"

죄책감이 늘기만 할 뿐이었다.

직정경행*도 정도가 있다.

나의 소개로 인해 이런 곳에 끌려왔다는 것 자체로도 도저히 변상이 불가능한 상황이라고 생각하고 있는데.

"아니, 아니, 괜찮다니까. 정말로 신경 쓰지 않았으면 해. 소개란 뜻의 일본어 단어 '쿠치키키 ㅁ利き'를 잘 살펴보면 'ㅁ リ', 카타카나로 '로리'란 글자를 찾아낼 수 있거든."

"그게 들어가 있으면 뭐가 어쨌는데. 왜 그런 걸 찾아내는 거야."

"응? 그 부분을 로리정연하게 설명할까?"

"그건 이로정연*이겠지. 그만둬, 로리를 정연하게 늘어놓지 마. 네 눈은 '로리'를 절대 놓치지 않는 거냐? 시력이 대체 어떻게 되어 먹은 거야."

"유체시력 幼體視力."

"어린 몸을 보는 힘이라니…."

그리고 로리, 어린 몸이라고 하면 오시노 시노부.

시노부 쪽은 가엔 씨의 말을 다 들은 뒤, 그녀가 하산하는 모습을 보면서 아무런 감상도 말하지 않았다.

쌀쌀맞은 태도였다.

그렇게나 자세한 설명을 듣게 되면 아무리 시노부라도 무조

※직정경행(直情徑行) : 생각한 것을 꾸밈없이 그대로 행동으로 나타냄.
※이로정연(理路整然) : 의논이나 언설이 사리에 맞고 정연한 모양.

건 '그런 일은 있을 수 없다'라고는 주장할 수 없는 모양이었지만….

　그런 눈치를 보고 있으려니 불안해져서, 나는 저도 모르게 "어떡할 거야, 시노부?"라고 좀스럽게 묻고 말았는데,

　"어떻게고 뭐고 없지 않나…."

　라고 시노부는 재미없다는 듯 말하는 것이었다.

　"이레귤러가 있었다고 해도 여기서부터는 저 전문가의 플랜대로 가겠지. 그 녀석은 어찌 되더라도 오늘 밤 안에 끝장나게 될 것이야. 완전체라면 어떨지 몰라도, 어중간한 컨디션으로 전문가 여럿을 상대할 수는 없다는 것은 내가 봄방학에 체현했던 대로다. 저 전문가는 그렇게 말했지만, 나는 인형 계집애 한 명만으로도 충분할 거라고 보고 있다."

　"……."

　"퇴치되는 것으로 끝. 종료. 그것뿐이다. 우리가 더 이상 뭔가 할 것도 없을 테지. 내가 가까이 가는 것으로 파워 업할 가능성이 있으니, 너는 어떨지 몰라도 나는 얼굴을 마주할 일도 없을 게야. 내가 모르는 곳에서 처치되겠지. …말해 두겠는데, 쓸데없는 생각은 하지 마라, 내 주인님아."

　차가운 눈으로.

　시노부는 나에게 못을 박는 듯한 말을 했다.

　"저 여자가 재미삼아 선동하는 소리를 지껄였다만, 나에게 권속은 첫 번째도 두 번째도 없다. 500년을 살고 있는 나에게, 순번 따위 관계있겠느냐. 예전에 옛날이야기를 했을 때에 제대로

서론을 끝내 두었을 텐데?"

"서, 서론이라니."

"시시한 질투를 하지 마라. 귀여운 질투 정도로 해 둬라. 고민하지 마라."

지금의 나에게는 너밖에 없다, 라고.

그녀는 그렇게 말했던 것이다.

500년(사실은 거의 600년)을 살고 있는 시노부에게 그것은 분명 본심이기도 했겠지만, 어딘지 모르게 나를 배려한 듯한 말이었다. 칸바루는 그것을 묵묵히 듣고 있었다.

어쨌든.

어젯밤 9시부터 연면히 이어지고 있던 나의 크라이시스는 약 열두 시간이 지났을 무렵에 간신히 잠깐의 휴식, 소휴지小休止를 맞이한듯 했다.

"소구치*를 맞이한다? 딥 키스 같은 얘기야?"

나에게 양치질의 숨겨진 오의를 가르친 칸바루는, 아침이 되어도 바보 같은 소리를 하고 있었지만(나와 합류하는 것을 대비해서 한숨 자고 왔다고 했으니, 오히려 지금이야말로 한밤중 분위기인지도 모른다), 이렇게 되면 긴장도 풀어진다. 긴장이 풀어지면 배도 고파진다.

그런 이유로 나는 가엔 씨에게 받은 용돈 5천 엔(이것이 업무 보수라고 생각하고 싶지는 않다)으로 권유에 따라 아침 식사를

※소구치(小臼齒) : 앞어금니.

사러 가기로 했다.

아직 집에는 돌아갈 수 없다고 해도, 이대로 밤까지 절식할 수는 없을 것이다. 시노부와의 페어링이 끊어진 지금은 나도 공복에 강하다고는 말할 수 없고, 후배를 굶길 수도 없다.

"도넛을 요망한다."

그런 부분만은 평소대로인 시노부였다.

정말 기특한 후배인 칸바루는 "내가 한 번 달려갔다 올까?"라고 제안했지만, 지금까지 거의 한 게 없는 나로서는 이런 일 정도는 나에게 맡겨 줬으면 했다.

"그래? 회복력이 없는데 무릎차기를 먹인 일의 사죄를 하고 싶었는데."

"아, 그 일 말이지…. 그건 이제 됐어. 신경 쓰지 마. 이제 와서 새삼스러우니."

"흠. 그러면 신경 쓰지 않겠어."

"……."

깔끔하구나.

상관없지만.

"알았어. 그러면 나는 시노부를 보고 있을게."

"응?"

"나는 시노부를 돌보고 있을게."

"……."

괜찮을까…. 거의 첫 대면에 가까운 시노부와 칸바루를 단둘이 있게 놔둬도. 하지만 지금 상황에서 시노부를 데리고 물건을 사러 갈 수도 없다. 한낮이니까 안전하다고는 해도, 시노부는 얌전히 있도록 해야 할 것이다.

스킬을 잃은 나보다는 행동력 있는 칸바루가 곁에 있는 편이 의외로 시노부에게 안전할지도 모르고….

어쨌든 칸바루가 여기에서 선뜻 물러나서 다행이다.

"그러면 아라라기 선배. 물건을 사러 가는데 뻔뻔스럽게 미안하지만, 부탁 좀 해도 될까?"

"응? 뭐야, 뭐든 말해."

"책을 사다 줬으면 해. 오늘 발매하는 신간이야."

"오늘 발매? 흐음, 좋아. 그러면 사다 줄게. 어차피 기다려야 하는 시간이 생겼으니 말이야, 밤까지 읽으면 되겠지."

"라이트노벨인데, 괜찮을까?"

"이봐, 그런 소릴 하면 곤란하다고, 칸바루 학생. 내가 라이트노벨을 퇴폐예술 취급하는 녀석들 편으로 보여? 정통파 소녀만화도 표지를 당당히 보이며 사는 남자 고등학생이라고. 책을 사는 것을 부끄럽다고 생각하지는 않아."

"그 말을 듣고 안심했어."

"그래서, 제목은?"

"『귀축 가르송, 하프보이를 하후하후!』"

"그거 라이트노벨 중에서 라이트하지 않은 녀석이잖아!"

너, 선배에게 무슨 책을 사 오게 할 셈이야!

결국 BL소설이잖아…. 게다가 그 제목은 또 뭐냐고.

"소설은 제목이 전부가 아니잖아. 작금은 문예의 세계에서도 제목이 중시되기 시작했는데, 옛날 명작 소설 중에는 정말 대충 붙였다고 생각되는 제목도 많다고."

"뭐, 확실히 소설은 내용이지. 하지만 그 책의 내용은 기대해도 좋은 거야?"

"좋지, 좋고말고. 특히 이번에 발표된 시리즈 제21탄은 유식자들 사이에서도 기대가 높아."

"시리즈가 너무 길잖아! 누구야, 유식자는!"

"최신간에서는 드디어 1권부터 제시되었던 시리즈 최대의 수수께끼, 귀축 가르송이 가르의 손자인지 어떤지가 밝혀지는 거야."

"그건 척 봐도 가르송은 가르의 손자겠네! 작가는 그딴 수수께끼를 20권 동안이나 질질 끌고 있었던 거야?!"

"실은 어젯밤에 내가 아라라기 선배에게 말했던 '드세요♪'라는 대사는 그 시리즈의 메인 캐릭터에게서 빌려 온 거야."

"설마 보이즈 러브의 대사였을 줄이야!"

귀엽다고 생각해 버렸어!

그런 엉터리 같은 대사가 있을 줄이야!

"에~. 안 사다 줄 거야? 그러면 난 이만 집에 가 볼까~."

"사 오면 될 거 아냐, 사 오면!"

협박하지 마.

뭐냐고, 그 압력.

왜 그 정도로 집요하게 위기적 상황의 설명을 듣고 난 뒤에, 결코 돌아가려고 하지 않던 네가 이 정도의 사소한 일로 돌아가려고 하는 거냐고.

설마 가엔 씨도 자신이 건넨 용돈이 그런 곳에 쓰일 거라고는 생각하지 않겠지….

"아, 맞다. 아라라기 선배. 가능한 경우에만 사 와도 괜찮으니까, 브래지어 좀 사다 주지 않겠어?"

"그건 불가능하니까 못 사다 줘."

"괜찮아, 아라라기 선배라면 할 수 있어."

"칸바루 학생은 걸핏하면 아라라기 선배에게 과도한 기대를 걸고 있다고."

"디자인은 따지지 않겠어. 아라라기 선배의 센스로 골라 줘."

"센스를 따지지 마. 브래지어 고르기라며."

"뭐, 브래지어의 무늬도 천차만별이지만, 결국 중요한 건 내용물이니까."

"멋진 대사처럼 말하지 마."

"노브라의 한계를 맞이했어. 정말로 내용물을 소중히 하고 싶어. 걸핏이고 뭐고, 지금은 나에게 핏fit되는 브래지어를 하고 싶다고."

"목에 핏대 세우게 하지 말고 이만 끝내자…."

그런 벌칙게임 같은 역할까지 떠맡으면서도 내가 혼자서 하산한 것은 시노부나 칸바루의 안전을 생각하는 마음이 최우선이기 때문이었지만, 칸바루가 물건을 사러 간 동안 경내에 시노부와 단둘이 있게 되는 어색한 상황을 피하고 싶은 마음이 없었던 것은 아닐지도 모른다.

자신의 작은 그릇이 정말이지 싫어진다.

전혀 심각하지 않은 일로 고민하고 있다는 기분이 든다. 그런 의미에서 혼자가 되어 머리를 식히기에도 좋을 것이다.

언제였던가, 센조가하라 히타기가 말했던 그녀류의 아포리즘[*]이 떠오른다.

"강한 자가 약한 자를 깔보고 있다는 사고방식은 잘못되어 있어. 그들은 대개의 경우, 약한 자를 보고 있지도 않거든."

…그 날선 말씨로 판단하기에 아마도 갱생하기 전 무렵의 말이었겠지만, 뭐, 그럴 거라고 생각한다.

그야말로 가엔 씨 쪽에서 보면, 내가 지금 무엇을 생각하고 무엇을 고민하는가 따위는 완전히 의미 불명일 것이다. 아니면 '뭐든지 알고 있는 누님'은, 나 따위의 고민조차도 훤히 꿰고 있는 것일까?

질투하지 마라.

시시한 일로 고민하지 마라.

시노부의 말대로이기는 하지만…. 하지만 그렇다면 시노부는 고민하지 않는 것일까.

고민스럽지 않은 것일까.

400년 전에 사별했다고 생각한 첫 권속이 400년 만에 되살아나고, 그리고 다시 그녀 앞에 나타났다. 그 일에 관해 무감정하게 있을 수 있는 법일까?

…그 이야기를 하자면 갑옷무사 쪽도.

※아포리즘(Aphorism) : 경구나 격언, 잠언 등을 일컫는 말.

시노부에 대해 어떤 마음을 가지고 있는지 알 수 없다. 자신을 흡혈귀로 만들어서 원망하고 있었다고는 해도 그때까지는 절친하게, 인간과 괴이의 벽을 두면서도 사이좋게 싸우고 있던 시노부를, 의지를 되찾은 지금, 그 남자는 어떻게 생각하고 있을까.

요도 '코코로와타리'를 돌려받겠다.

그렇게 말하고 있었다.

애초에 그 칼은 시노부를 베어 죽이기 위해 만든 것의 레플리카라고 했고….

"……."

분명 이것도 쓸데없는 고민이겠지.

시노부의 말대로, 가엔 씨는 시노부를 초대 괴이살해자와 만나게 할 생각은 없을 테니까. 갑옷무사가 계획하는 것이 부활극이더라도 복수극이더라도.

재회극이더라도, 그것은 성취되지 않는다.

덧없이 막이 내리는 것이다.

갑옷무사가 전문가의 대처를 받으면, 앞으로 이 마을에서의 괴이담 발생률은 수 퍼센트 낮아질 것이다. 그리하여 모두 행복하게 잘 살았습니다, 만만세, 로 끝날 것이다. 내가 품은 위화감 따윈 사소한 것이다. 고민과 같은 정도로 사소한 것이다.

고민하고 있는 동안, 고민할 대상이 사라진다.

그런 것이다.

내 여름방학 숙제가 끝나지 않았던 부분부터 상당히 이야기가 확장되어 버렸는데, 내 고교생활 마지막 여름의 추억은 아무래도 그런 식으로 끝을 맞이하는 듯했다.

곰곰이 생각을 계속하는 동안, 나는 산을 다 내려와서 마을 안으로 돌아와 있었다. 머릿속의 살 것 리스트에 적혀 있는 것은 '아침 식사', '책', '도넛', '브래지어'.

효율적으로 돈다고 하면 '서점'→'슈퍼마켓'→'미스터 도넛'→'란제리 숍'의 순서대로 도는 것이 좋아 보인다. 이 순서라면 브래지어를 소지하는 시간을 최소한으로 줄일 수 있고, 이부근의 순경 순찰루트, 패트롤 타임테이블을 고려해도, 붙들리지 않고 신사로 돌아갈 수 있을 것이다.

다행스러운 것은 평일 오전 중이라 센조가하라와 하네카와는 학교에 갔을 것이므로, 그녀들에게 야단맞을 일은 없다.

…이미 이쪽의 안부를 알리는 메시지를 보내 두었지만, 걱정하지 않도록 다시 한 번 연락을 해 두는 편이 좋을까? 상황이 어느 정도 파악된 지금, 일에 말려들지 않도록 세심한 주의를 기울이며….

그런 생각을 하면서, 나는 우선 서점에 들어갔다. 뭐였더라, 칸바루에게 부탁받은 책의 제목이? 뇌가 기억하기를 거부하는 느낌이었는데…. 확실히, 가르송이 어쩌고 하는.

그러고 보니 서브컬처 세계에서는 '메이드'의 반대말로 '집사'를 드는 경우가 많은데, 말뜻으로 보면 메이드의 반대말은 보이가 아닐까? 그런 생각을 하면서 서가를 찾아보고 있는데, 있었다. 『귀축 가르송, 하프보이를 하후하후!』. 제목에 밀리지 않을 정도로 표지가 무시무시하다…. 표현의 자유 이전에, 인간의 자유 같은 것을 느낀다.

게다가 상하권 동시 발매고 말이야.

연결되는 표지고 말이야.

상하권 띠지 문구까지도 연결되어 있었다. 요즘 풍조도 있다지만, 연결을 너무 중시하고 있는 거 아닌가?

이걸 선배에게 사 오라고 하다니, 정말 어처구니없는 후배라고 새삼 감탄하게 되는 반면, 그런 부분이 있기에 칸바루 스루가를 미워할 수 없겠다는 생각도 든다.

그 전국 클래스의 피지컬에 그 올곧은 성격, 그 강한 멘탈을 가졌는데 그녀가 변태가 아니었다면, 곁에 있는 것만으로도 죽고 싶어질 정도의 열등감을 맛보게 될 것이다. 그렇게 생각하니 이 소설도 왠지 사랑스러운 물건처럼 생각되었다.

다만 이 두 권만을 산다는 것은 역시 조금 멋쩍은걸…. 점원이 어떻게 생각할지를 서점에서 신경 쓰기 시작하면 끝이 없지만.

나는 책을 살 때에 카무플라주용 책을 산다는 것은 남자답지 않다고 생각해 오고 있었는데, 여기서는 오히려 남자다움을 발휘하지 않는 편이 좋겠다는 생각도 든다. 카무플라주하는 것이 서점의 점원에 대한 예의라는 기분이 든다. 봉투 안에 백지 편지지 한 장을 넣어 두는 것과 같은 행동이다. 그렇지만 의장용 책을 사려고 해도 딱히 지금 사고 싶은 책이 없었다. 이 서점은 예전에 센고쿠가 뱀의 저주에 대해 조사하거나 내가 참고서를 고르거나 하는, 다양한 책들을 구비하고 있다는 점에서는 흠잡을 곳 없는 서점이지만.

우선 문제의 책을 손에 들고서, 그러고 보니, 하고 생각한다.

생각해 보니 시노부와의 페어링도 꽤 오래되었는데, 이번에 그 '어둠' 때문에 그것이 끊겨져서 나는 오래간만에 진정한 의미로 혼자 행동하고 있는 것이다.

자유행동.

프리덤.

뭐, 물건을 사러 가는 도중이긴 하지만…. 다만 이후에 가엔 씨가 페어링을 회복시켜 줄 것을 생각하면, 이것은 어디까지나 잠깐 동안의 자유다. 아무리 카이키의 선배라고 해도, 그렇게까지 말한 가엔 씨가 페어링을 회복시켜 주지 않는 일은 없을 테고….

그렇다면 이 잠깐 동안의 자유를, 다른 사람의 눈도 괴이의 눈도 신경 쓰지 않아도 되는 간극의 로스타임을 만끽해야 하지 않을까? 나는 그렇게 번뜩이는 착상을 얻고, 카무플라주용 책을 찾아서 오래간만에 야한 책 코너로 향했다.

"흠…."

역시나 동네 유일의 대형서점.

기대를 배신하지 않는 라인업이었다.

다만 칸바루가 부탁한 소설의 표지에서부터 엿보이는 파괴력을 중화할 수 있는 녀석을 고르는 것에는 상당한 선구안이 요구된다.

물론 시노부 앞에서라도 살 것은 사겠지만, 그 녀석 앞에서는 아무래도 허세를 부리게 되는 경향이 있으니 말이야. 모처럼의 프리 플레이, 폼 잡지 않고 고르고 싶은 참이다.

너무 오래간만이라 감이 잘 안 잡히는 구석도 있었지만, 그러나 서가를 검토하는 동안 나는 한 가지 기준을 발견했다. 축이 되는 사상이다.

소개란 뜻의 일본어 단어 안에 로리가 들어 있다는 둥, 로리정연이 어떻다는 둥 칸바루가 조금 전에 했던 말들이 떠오른 것이다. 아무래도 최근에 시노부나 오노노키, 하치쿠지와 즐겁게 노는 일이 많았기 때문에 나에 대한 로리콘 의혹이 나날이 강해져 가는 것과 함께.

그때 칸바루가 무리해서 내 말에 맞춰 주었다고까지는 생각하지 않지만, 시세도 시세, 시절도 시절, 의혹을 해소하기 위해서도 여기서는 반대로 가야 한다.

요컨대 성숙한 여자, 숙녀熟女다.

상하권을 건넬 때, 봉투에서 꺼낼 때에 자연스럽게 성숙한 여자의 사진이 실린 책을 보여서 아라라기 선배는 결코 로리콘이 아니라는 사실을 제대로 보여 두자. 허세를 부리지 않고 허심 없는 아라라기 코요미는 성숙한 여인을 원하고 있음을 알려 주자. 어쩐지 일을 꼬이게 만들고 있다는 기분도 들지만 그런 의문은 옆으로 치워 두고, 나는 세운 축을 기초로 상세 조사에 들어갔다.

결국 그 뒤로 한 시간 정도 고민한 끝에, 가엔 씨와 복장 분위기가 비슷하다고 말할 수 없지도 않은 여성이 표지를 장식한 사진집 두 권을 집어 들었다. 숙고에 숙고를 거듭하고 숙녀에 숙녀를 거듭한 것이다. 그것을 칸바루가 부탁한 상하권 사이에 교대로 끼워 넣어서 BL과 숙녀의 밀푀유 상태로 만들고, 그리고 큰일 하나를 마친 기분으로 계산대로 향했다.

3,850엔.

…상당한 액수가 되었네.

도넛을 포함한 3인분의 아침 식사와 칸바루의 브래지어를, 나머지 1,150엔으로 마련해야 하는 상황이 되었다. 게다가 시간적으로 보면, 신사로 돌아갔을 무렵에는 이미 점심시간이 되었을 것이다.

이거야 원.

나는 쇼핑도 제대로 못 하는 건가…. 기운 빠지네.

하다못해 칸바루의 절반 정도 되는 큰 배포, 배짱이 나에게 있으면 좋을 텐데. 그렇다면 지금도 이렇게 고민하지는 않았을 거라 생각하면서, 계산대에서 멀어지는 나. 그런데.

내 바로 뒤에 있던 남자아이와 부딪칠 뻔했다. 어이쿠, 위험했네. 나 다음에 계산하기 위해 서 있던 걸까? 아니, 그런 것치고는 거리가 너무 가까웠는데….

애초에 빈손이었다.

…그렇다기보다, 애초에 이런 평일 한낮에 초등학생 정도의 남자아이가 학교에도 가지 않고 서점 안에 있다는 것에 심한 위화감이 느껴진다.

긴 머리에 세로줄 스웨터, 카프리팬츠라는 패션이라 여자애로 보이지 않는 것도 아니지만… 흐흥, 내 앞에서 성별을 위장하기에는 5년은 늦다.

"······?"

뭘까.

매혹적이라고도 할 수 있는 나의 구매작들을 남자다운 호기심으로 엿보고 있었던 걸까? 그렇다면 그 마음은 모르는 것도 아니지만, 그건 그것대로 5년은 이르다고 생각하면서 나는 소년의 옆을 지나쳐 가려고 했다. 그런데.

그런데, 그때.

"여어, 두 번째."

그렇게.

그 소년은 말했던 것이다.

"키스샷에게 전언은 잘 전해 주었나?"

나와 비슷한 목소리였다.

022

한순간에 극적으로 긴박해졌다.

한낮. 이미 해가 높이 떴고, 게다가 아주 화창한 오전 중에, 아무리 건물 안이라고는 해도 본래 있을 리 없을 조우에 나는 구입한 책을 떨어뜨릴 뻔했다.

간신히 참아 내긴 했지만. ···말도 안 돼.

설마.

밤이 될 때까지는 안전하다고 가엔 씨가 보증해 주었을 텐데.

게다가 이 소년이 만약에 **그것**이라고 해도.

이 아이가 '그 남자'라고 해도.

어째서 이런 소년의 모습으로?

확실한 나이는 듣지 못했지만, 그날 들었던 시노부의 옛날이야기로 추측하기로 초대 괴이살해자는 장년의 남자일 거라고 생각하고 있었는데.

그 텅 비어 있던 갑옷을, 이 혈색 좋은 어린 소년이 입고 있었다는 건가?

다만 그 두 가지 의문에 동시에 답하는 가설을, 나는 곧 떠올렸다. 이것은 내가 예리하기 때문에, 탁월한 추리력을 가지고 있기 때문에 떠올린 것은 아니다.

가엔 씨 정도도 아니고, 하네카와 정도도 아니지만.

그냥 알고 있는 것뿐이다.

실제 사례로서 알고 있었다.

한낮이어도 거의 상관하지 않고 **유녀의 모습**으로 활동하는 전설의 흡혈귀의 쇠락한 몰골을. 물론 그것과 동일하다고 할 수는 없겠지만, 사이즈야 어쨌든 드디어 인간의 형태를 이룰 수 있는 수준까지 그 갑옷무사는 회복했다는 이야기일까.

…그렇다고 하면.

그 학원 옛터에서, 불타오르는 폐빌딩에서 떠난 뒤에 지금까지 얼마나 많은 에너지 드레인을 한 것일까.

그 갑옷무사는.

이 소년은.

"……."

"하하하하하."

괴이살해자 소년은 나에게 등을 돌리고, 성큼성큼 걷기 시작했다.

계산대 앞에서 정체를 일으키는 것은 좋지 않다는 상식을 따른 것인지도 모르지만, 그렇다면 어디에서 그런 상식을 익힌 것일까. 아니면 그것도 에너지 드레인의 성과일까? 체력이나 목소리뿐만 아니라, 지식까지도 드레인drain 가능한 것일까?

"나가자. 첫 번째와 두 번째로서, **같은 흡혈귀에게 피를 빨린 자들로서**, 단둘이서 허심탄회하게 이야기를 해 보지 않겠나. 너또한 소생과 할 이야기가 없는 것은 아닐 테지?"

갑옷무사로서 나타난 어젯밤에는 웃을 때도 목을 조를 때도, 이쪽에 전혀 감정을 느끼게 하지 않았던 그였지만, 그러나 소년의 모습을 하고서 표정을 보이며 이야기하니 양상이 달라졌다.

다만 나를 가볍게 가게 밖으로 유도하는 그 행동에서 천진한 인상, 어린아이 같은 분방함을 느끼는 것은 잘못된 판단이다. 시노부가 몇 살의 모습을 하고 있더라도 본질적으로는 600살의 흡혈귀인 것과 마찬가지로.

이 초대 괴이살해자도 장년의… 아니.

400살이 넘는 흡혈귀다.

…마음만 먹으면 이 서점 안에 있는 손님도 점원도, 한순간에 **빨아들일 수 있는** 실력의 소유주라고 생각해야 한다.

나는 한마디도 하지 않은 채로, 그러나 그 제안에 거스르지도 반골정신을 발휘하지도 않고 괴이살해자 소년의 뒤를 따라 가게를 나왔다.

소년의 발걸음이 성큼성큼이라면 나의 발걸음은 엉금엉금이다.

한심하기도 했지만, 이 경우 그 외에 어찌할 방법이 없었다. 이후에 어떤 전개가 벌어지더라도 휘말리는 사람은 없기를 바랐다.

…진정해라.

동요하지 마라. 그리고 지나치게 비관적이 되지 마라.

나는 호흡을 가다듬었다.

가엔 씨가 안전하다고 말한 낮 동안에 이렇게 초대 권속이 등장했다는 것은 확실히 내가 미처 마음의 준비를 하지 못한 전개이긴 했지만, 그러나 결코 절망적이지는 않을 것이다.

흡혈귀에게 태양이 약점.

그것은 절대적인 룰이다.

깰 수 없는 결정사항이다. 그 아래에서 이렇게 활동하며 큰길을 걷고 있다는 것은, 소년의 모습을 하고 있는 지금의 초대 괴이살해자가 지닌 흡혈귀로서의 스킬 대부분이 봉인되었다고 봐도 좋을 것이다.

시노부가 그랬던 것처럼.

겉으로 보이는 대로의, 어린 소년 정도의 완력밖에 발휘할 수 없다고 봐도 될 테니까…. 정말로 그럴까?

가령 그렇다고 해도 초대 괴이살해자는 인간으로서도 보통 사람이 아니었다. 가마를 타고 나타날 만한 명사였다.

괴이와 싸우는 프로였다.

갑옷을 입고, 커다란 일본도를 휘두르며 싸우는 전사였다. 나 같은, 스포츠도 제대로 한 적 없는 평화로운 시대의 고등학생이 맞설 수 있는 상대가 아니지 않을까? 내가 갑옷 같은 것을 입으면 분명 제대로 움직이지도 못할 것이다.

첫 번째와 두 번째.

그런 비유에 의미는 없다고 시노부는 말했지만.

지금의 나에게는 너뿐이다. 나는 그 말을 어디까지 그대로 받아들여야 좋을까? 어디까지 진심으로 생각하면 좋을까?

"그렇게 불안한 얼굴 할 것 없다, 두 번째."

그렇게.

앞서 걷는 첫 번째가, '단둘이 이야기'하기에 어울리는 장소를 찾으면서, 이쪽의 불안을 간파한 듯한 말을 던졌다.

"잡아먹으려는 것은 아니야."

"······."

"소생은 전문가다. 시대는 다를지언정 전사로서, 동업자의 **낙관인**落款印을 무시하지는 않는다."

그렇게 말하며 두 손을 바지 뒷주머니에 넣고 걷는 소년에게서는, 어젯밤에 浪白공원에서 보았던 그 키메라 괴이, 원숭이게 뱀이 발하던 적의 같은 것은 확실히 느껴지지 않았다.

그렇다면 나와 허심탄회하게 이야기를 하고 싶다는 말은 진심일지도 모른다. 하지만 낙관인? 낙관인이란 건 뭐지? 서예에서 이름 위에 찍는 도장 같은 거였던가…?

나의 의문이 얼굴에 나타났는지, 초대 괴이살해자는 뒤를 돌더니 주머니에서 꺼낸 손으로 '메롱'하며 눈 아래를 살짝 잡아당기는 듯한, 자신의 얼굴을 가리키는 몸짓을 했다.

왼쪽을.

그것으로 감이 잡혔다. 아니, 떠올랐다.

지금 내 얼굴에는 오노노키의 발자국이 남아 있었다. 아니, 하룻밤이 지났으니 역시나 이미 사라졌을 것이라 생각하고 있었는데, 그 발자국, 아직까지 남아 있었던 거야?

스탬프.

마킹.

시노부는 그렇게 말했는데.

"'**이것은 내 사냥감이니까 손대지 마라**'…라는 의미를 지닌, 말하자면 전문가들 사이의 표식이다. 그것이 남아 있는 동안 너는 소생에게 불가침의 존재인 게지."

전문가로서 말이다, 라고 말하고는 괴이살해자 소년은 다시 앞을 향했다. 빼낸 손도 곧 주머니에 도로 집어넣었다.

"그 표식이 없었다면… 하하. 소생이 흡혈귀 따윌 한순간이라도 살려 두겠는가."

"……."

오노노키는 나를 매도하면서 얼굴을 꾹꾹 짓밟았었는데…. 그 이면에는 그런 의도가 있었나. 내 얼굴에 자기 영역을 뜻하는 인장을 남김으로써 전문가의 손으로부터 나를 지키려고 했다⋯. 식신인 오노노키에게는 의도도 의지도 없는지 모르지만, 적어도 지금은 그녀의 발자국이 나를 지켜 준 것만은 확실한 듯했다.

설마 그 '귀신 오빠를 죽이는 건 바로 나야' 발언이 활용될 줄이야⋯. 그렇다면 동녀에게도 밝혀 둘 만하다.

그렇구나, 그 설교는 얼굴에 날인을 하기 위한 구실이기도 했던 것이다. 동녀에게 밝힌 것을⋯ 아니, 밝혀진 것들을 바탕으로 생각해 보면 가엔 씨가 '오늘 중에는 안전하다'라고 말했던 건 이 인장이 있기 때문에 했던 말일까⋯? 낮 동안에 '전문가'로서의 존재성이 높은 초대 괴이살해자는 마킹되어 있는 나에게는 손을 대지 않을 거라고 짐작하고⋯.

'그 얼굴을 보면 안다'라는 말은 그런 의미였던 건가. 그렇다면 말해 줘도 괜찮았을 텐데.

다만 그것보다도 신경 쓰인 것은 서점에서의 계산이었다. 칸바루의 소설과 나의 사진집으로 딱 좋게 중화시켰다고 생각하고 있었는데, 구매자인 내 얼굴에 동녀의 발자국이 찍혀 있었다면, 그 취지가 대폭 흔들리게 된 느낌이다. 돈을 낼 때에 점원이 나를 어떻게 생각했을까. 생각해 보면 입고 있는 운동복도 아방가르드한 느낌으로 너덜너덜했고 말이야. 게다가 그런 녀석이 수수께끼의 남자아이와 함께 가게 밖으로 나갔다. 나, 더 이상 저 서점에 갈 수 없는 거 아냐? 마을 유일의 대형서점인데.

어쨌든 조금 전의 '소생이 흡혈귀 따윌 한순간이라도 살려 두겠는가'라는 말은, 농담이었다고 해도 강한 어조였다.

언젠가의 흡혈귀 헌터들도 그랬지만…. 그렇다면 가엔 씨처럼 '방범'을 생각하는 전문가나 오시노처럼 '조사'를 메인으로 하는 전문가와 달리, 초대 괴이살해자는 그 세 사람처럼 괴이 퇴치를 메인으로 하는 전문가라고 봐야 할까.

하지만 그런 그 자신이.

지금은 퇴치되어야 할 괴이, 흡혈귀인데.

한순간도 살려 두지 않겠다고 하는…. 하지만 이렇게 트집을 잡는 듯한 소리를 하더라도 모순을 지적한 것은 되지 않는다.

실제로 그는.

지금은 소년의 모습을 한 갑옷무사는, **자신을 죽였으니까.**

자살했으니까. 그 후로 400년간.

계속 죽어 왔으니까.

"여기가 좋겠군. 여기라면 느긋하게 이야기할 수 있을 테지."

한동안 걷다가 괴이살해자 소년이 발을 멈춘 곳은, 용도를 알 수 없는 수수께끼의 공터였다. 이미 불타 버렸지만 학원 옛터의 폐허라든가 혹은 키타시라헤비 신사라든가, 진짜 전문가는 이런 쪽으로 사람의 눈이 없는 공간을 발견하는 데에 능숙한 듯하다.

주위를 살피는 방식이 다른 것인지도 모르지만…. 가엔 씨는 지리적 조건이 어떻다든가 하는 말을 했었다.

나중에 생각하면, 그 남자를 따라 공터에 들어간 것은 너무나 무경계한 행동이었는지도 모른다. 확실히 여기라면 관계없는 사람을 말려들게 할 일은 없겠다 싶었지만, 그러나 그것은 뒤집어 말하면 여차할 때에 누구에게도 도움을 받을 수 없다는 뜻인데.

오노노키에게 보호받고 있다는 감각이 나를 대담하게 만들고 있었는지도 모른다. 아무것도 놓여 있지 않은, 그러나 광장이라고 평하기에는 조금 좁은 그 공터의 땅바닥에 털썩 앉은 괴이살해자 소년.

그러고 있으니 단순히 버릇 나쁜 남자아이 같지만, 선입관이 그렇게 느끼게 만드는 것인지, 그 행동거지에는 전혀 빈틈이 없는 것처럼 보였다. 격투가가 자세를 잡고 있는 것과 큰 차이 없는 느낌으로….

"아라라기 코요미…라고 했던가."

이름을 불렸다. 그냥 대놓고 이름을 불렸다.

그야 시노부를 키스샷이라고 부를 정도인 초대 권속이다. 나를 툭툭 이름으로 부른다고 해서 놀랄 것은 없다.

그렇지만 부르고 부르지 않고의 문제가 아니라.

어째서 내 이름을 알고 있지?

학원 옛터에서, 칸바루가 내 이름을 부르는 것을 들은 걸까…. 아니, 그 녀석은 나를 '아라라기 선배'라고 부른다.

성씨는 알아도 이름은 모를 것이다.

나를 조사했다…? 하룻밤 만에? 아니, 그건 좀….

"아라라기 님이라고 불러도 되겠나?"

"아…. 응, 상관없어."

"그렇다면 아라라기 님."

앳된 미소를 지으면서, 괴이살해자 소년은 어디서 꺼낸 것인지 페트병 녹차를 나에게 내밀었다. 자기 몫은 반대편 손에 들고 있다.

"걱정 마라, 도둑질한 물건은 아니야. 제대로 돈을 치르고, 근처 자판기에서 산 물건이다. 소생이 보내는 선물이야. 소생은 싸우는 자라서 다도에 대한 지식은 없지만, 뭐, 일기일회의 정신으로 받아 주었으면 하는군. 소생과 네가 이렇게 평화적으로 이야기를 나누는 것은 이번이 마지막일 터이니까."

"……."

페트병 녹차라니….

아니, 다도 운운하는 것은 제쳐 두더라도(그런 지식은 다도부에 들어간 내 여동생도 없다), 400년 전부터 계속 죽어 오다가 어제 간신히 의식을 회복했을 이 초대 괴이살해자가, 최근에 만들어진 폴리에틸렌 테레프탈레이트 병을 어째서 당연하다는 듯 다루는 거지?

에너지 드레인으로 지식까지 흡수할 수 있다는 가설이 갑자기 진실감을 띠기 시작했다…. 애초에 그 옷은 어떻게 된 거지? 녹차가 훔친 물건이 아니라면 옷도 훔친 물건이 아닐 텐데…. 돈도 어떻게든 되겠지만, 그렇다고 해도 세로줄 스웨터라니.

신고 있는 신발도 요즘 유행인 러버 샌들이고…. 어째서 400년 전의 인간이 이렇게나 모던한 센스를 발휘하고 있지?

자동차를 보고 쇠로 만들어진 멧돼지라며 당황하지는 않는 건가?

마치 뭐든지 알고 있다, 라는 느낌이 아닌가.

불안함을 느끼면서도, 나는 페트병을 받아 들고 그와 마주하듯 그 자리에 앉았다. 평화적으로 이야기를 나누는 것은, 이번이 마지막.

바꿔 말하면 그것은 이 남자 쪽에서의 마지막 교섭인지도 모른다. 그것도 전문가로서의 교섭일까.

나는 그렇게 생각했지만, 그 예상은 틀렸다.

대화이기는 했지만, 교섭이라는 뜨뜻미지근한 것은 아니었다. 그것은 부드럽게 표현하자면 요청.

엄하게 표현하면 명령.

그리고 실제로는 선전포고였다.

"단도직입적으로 이야기하겠다, 아라라기 님."

그는 말했다.

그야말로 칼날처럼.

"키스샷과 헤어져 주었으면 한다."

023

"……."

"상관없지 않나? 그렇다기보다 바라던 바겠지? 너는 올 봄방학에 우연히 키스샷과 조우하는 바람에, 그 무시무시한 흡혈귀와 조우하는 바람에 그것과 단짝 관계를 맺어야만 했어. 그러니 소생이 이렇게 부활한 지금, 네가 그런 무거운 짐을 짊어질 이유는 없다. …아닌가?"

괴이살해자 소년은 나를 응시하며 말한다.

그의 입장에서는 후배에 해당하는 나에게 말한다.

"키스샷에게 권속은 두 명씩이나 필요 없다. 그렇지 않나?"

"…한 명도 필요 없잖아, 원래는."

나는 대답했다. 이것은 이야기를 엇나가게 만드는 말이었지만, 그러나 내가 줄곧 해 오던 생각이기도 했다.

"너나 나나, 사고로 그 녀석의 권속이 된 거잖아. 그 녀석은 애초에 권속을 만들 생각 같은 건 없었어."

"그건 과연 어떠할지."

그렇게 말하며 괴이살해자 소년은 살며시 웃었다.

"뭐, 그 정도로 고고한 녀석이기는 하지만."

시노부에 대해 잘 안다는 듯이 말하는 그에게 불쾌감을 느끼지 않을 수 없었지만, 생각해 보면 그가 더 잘 알고 있는 것이 당연하다.

나와 시노부와의 관계는 봄방학부터 고작 반년 남짓한 것이지만, 키스샷 아세로라오리온 하트언더블레이드와 초대 괴이살해자와의 400년 전의 관계는 수년에 걸쳐 있다. 초대 괴이살해자가 보기에 나 같은 건 새파란 신참이나 마찬가지다.

"물론 사정은 알고 있다. 너와 키스샷이 끊으려야 끊을 수 없는, 서로가 서로를 속박하는 관계라는 것은 알고 있다."

"알고 있다고…."

나와 시노부와의 관계.

일심동체인, 뒤틀려 있는 주종관계.

그렇다. 그런 의미에서 나와 선대 괴이살해자의, 시노부에 대한 각자의 스탠스는 같지 않다. 초대 괴이살해자와 시노부와의 관계도 당연히 뒤틀려 있긴 하지만, 그것도 나와 시노부의 관계 정도는 아닐 것이다.

이레귤러도度는 내 쪽이 높다. 그렇기에 내가 물러서야 한다고, 그는 말하고 있다.

"하지만 어떻게 그걸 알고…."

"이 마을에서 일어난 괴이담 중에 소생이 모르는 것은 없다. 괴이에 관한 일에 한해, 소생은 이 주변에서는 전능에 가까워."

15년 전부터, 라고 말했다.

15년 전. 태양 아래에 몸을 던져서 재가 된 초대 괴이살해자가, 조금씩 조금씩 바람에 쓸리고 바다를 흘러, 400년에 걸쳐 수렴하여 이 마을에 모였다.

그 후, 이 마을에서는 괴이 현상이 **조금 더 일어나기 쉬워졌다**. 모든 괴이담의 간접적 원인으로서 그의 존재가 있었다.

게도. 달팽이도. 원숭이도. 뱀도. 고양이도. 불사조도.

그렇기에 의식을 되찾은 그가 그것들을 **전부** 파악하고 있다고 한다면…. 그렇구나, 지식은 그렇게 입수한 건가.

자신의 재로 현대의 필드워크를 마친 것인가. 그렇다면 키스 샷이라는 단어에 한하지 않고, 영어 단어도 얼마든지 사용할 수 있을 것이다.

점점 강화되어 가고, 지식도 한없이 증가되어 가고…. 이렇게 되면 첫 번째와 두 번째의 알기 쉬운 격차를 과시당하는 기분이다.

첫 번째와 두 번째를 비교하는 것에 의미는 없다고 시노부는 말했지만, 이래서는 비교하는 의미가 없다.

비교가 되지 않는다는 말이 정확할 것이다.

철혈이자 열혈이자 냉혈의 흡혈귀의 권속. 노예로서 어울리는 것이 어느 쪽인지는, 그런 건 이야기가 되지 않는다. 정답률 100퍼센트의 간단한 문제일 것이다.

하지만….

"이해가 안 되네…. 너는 시노부와 파트너십을 맺고 싶어서 부활한 거야? 너는 대체 뭘 하고 싶은 거야? 무슨 목적으로 나에게, 시노부와 헤어지라고 말하는 거지?"

"시노부… 오시노 시노부. 너는 키스샷을 그런 식으로 부르고 있었지."

그는 내 질문에는 직접 대답하지 않고, 그렇게 말을 받았다.

"어째서 이름으로 불러 주지 않지? 그것은 흡혈귀에 대한 모욕이 아니었나?"

"…알고 있을 거 아냐. 괴이에 대해 전능하다고 말한다면. 네가 이 마을 자체 같은 것이라고 말한다면."

"소생이 이 마을 자체라고까지 말하는 건 과언이다. 정말이지 개성이 다르구먼, 소생과 너는. 첫 번째와 두 번째 사이에 상당한 차이가 있어."

나를 배려하면서 말하고 있다고 생각하고 싶었지만, 사실 그는 '차이差異'가 아니라 단순히 '차差'라고 말하고 싶었는지도 모른다. 그의 입장에서 생각해 보면, 설마 자신의 후배가 나 같은 애송이일 것이라고는 생각도 해 보지 않았을 테고.

뭐, 애송이라고 하자면 지금 그의 모습은 애송이인 나보다도 훨씬 연하이지만…. 다만 소녀로 착각할 정도의 그 섬세한 풍모에서 앳된 인상을 받고 있음을 부정하기는 어려웠다.

"소생의 목적은… 키스샷."

그렇게 앳된 겉모습의 그는 말한다.

"네가 말하는 오시노 시노부와의, **화해**다."

"화… 뭐라고?"

"화해. 육체가 수복된 소생은, 그다음에는 관계의 수복을 바란다. 그 눈치로 보니 알고 있는 것 같군. 소생은 키스샷과 싸우고 갈라섰다. **일시적인 혼란**에 빠져, 키스샷에게 무심한 말을 던지고 말았다. 그것을 사과하고, **용서받고 싶다**."

"……."

"그리고 예전처럼, **함께 괴이와 싸우고 싶다**. 여신처럼 아름다운, 등줄기가 얼어붙을 정도로 아름다운 그것의 등을 지키며, 칼이 되어 싸우고 싶다."

너는 알 수 없겠지만. 그렇게 그는 선을 긋는 듯한 말을 했지만, 그러나 실제로 나는 알 수 없었다. 아니, 시노부가, 예전에 시노부가 등줄기도 얼어붙을 정도로 아름다운 귀신이었다는 점에 대해서는 전혀 이의가 없지만.

칼이 되어 싸우고 싶다?

그건… 전문가로서의 대사일까?

아니면 흡혈귀의 권속으로서의 대사일까?

괴이를 죽이는 요도 '코코로와타리'의 반납을 요구했던 것은, 그 자신이 칼이 되어 자기 주인의 오른팔이 되고 싶었으니까?

…나에게 그 메시지를 맡긴 시점에서는, 아직 말을 만족스럽게 할 수 없어서 그 진의까지는 전하지 않았다? 아니, 그런 진의를 믿을 수 있겠는가.

그래서는 칸바루의 견해가 옳았다는 이야기가 되지 않는가.

키타시라헤비 신사에 모인 재에 지나지 않았던 그가.

신사 경내에 발을 들인 시노부의 존재를 감지하고, 그것 때문에 오로지 그녀를 만나기 위한 일념으로 분발했다고 하는, 일념 발기했다고 하는…. 가엔 씨는 부정적이었지만, 그렇게 생각하면 앞뒤가 맞지 않을 것도 없다.

자석이론으로 분발했다고 한다면, 우리가 얼마 전 타임 슬립해서 방문했던 11년 전의 세계관에서도 완전히 같은 일이 일어나야만 한다. 그렇지 않으면 이상하다. 그도 그럴 것이, 시간축을 연료로 써 보면 시노부가 '처음' 그 장소를 방문한 것은 그때가 되니까.

11년 전의 세계관에서 그런 일이 일어나지 않았던 것은, 그 무렵의 '재'는 아직 이곳에 붙어 들어온 지 4년째라서 무의식중에도 시노부를 인식할 수 없었기 때문에… 라고 생각해야 하지 않을까. 그리고 그런 데다 그곳에서 시노부가 괴이의 재료들을 사용해 버려서, 그 시간축에서는 그 뒤에 초대 권속이 되살아나는 일은 없었다는 이론….

하지만 가엔 씨가 나라도 떠올릴 수 있는 그런 이론을 생각하지 못했을 리가 없는데….

"의외인가? 아라라기 님. 소생이 키스샷에게 진사*하고 싶다고 생각하는 것이."

"…의외라기보다, 그냥 거짓말로밖에 들리지 않아. 실제로 너는 시노부에게 자객을 보냈잖아. 원숭이 비슷한 괴이를."

"그건 너에게 보낸 자객이다. 달팽이가 되다 만 괴이와 마찬가지야. 뭐, 후배에 대한 심술이라고 할까…. 하지만 안심해도 좋다. 이렇게 너의 얼굴에 찍힌 낙관인을 보고 말았으니, 더 이상 그런 괴이를 보내지는 않을 것이야. 너에게는 물론, 키스샷에게도."

"…그렇게 말하고서 자연스럽게 시노부에게 접근해서 복수할 꿍꿍이라고밖에 생각되지 않아."

"복수? 복수라니, 무슨 복수를 말하는 거지? 소생에게 그 녀석을 원망할 이유가 있다고 말하는 건가? 그 녀석을 시노부라고 부르는 네가?"

"원망할 이유는… 있지. 일시적 혼란이라는 말로 얼버무리지 마. 너는 시노부에게 잔혹한 말을 했어."

"소생이 보기에는 그 녀석을 시노부라고 부르는 쪽이 잔혹하다고 생각하는데…. 이렇게 평행선을 달리는 대화는 차치하지. 아아, 그래, 그것 자체는 부정하지 않겠다. 그러니까 사과하고

※진사(陳謝) : 까닭을 밝히며 사과의 말을 함.

싶은 거다. 직접 만나서, 사과하고 싶다."

"직접 만나서…. 만나게 하라고 나에게 말하는 거야?"

"말하지 않았다. 네가 소생과 키스샷과의 사이를 중개해 주기를 바라는 건 아니야. 너는 그저, 키스샷과 헤어져 주면 그것으로 족하다."

그 여자의 권속은 한 명이면 돼, 라고.

괴이살해자 소년은 억척스럽게 말했다.

"소생은 키스샷의 오른팔이 될 수 있지만, 너는 키스샷의 족쇄밖에 되지 않을 것이야. 아닌가? 네가 키스샷을 지킨 적이 한 번이라도 있다고 말할 수 있을까?"

"…시노부를 죽이려고 한 너는, 그러면 무슨 말을 할 수 있는데? 돌려달라고 말한 그 요도도 따지고 보면 원래 네가 시노부를 죽이기 위해 만든 칼이잖아?"

"그래, 그렇다. 본떠 만든 그 칼은 오로지 그 녀석을 죽이기 위해 만든 오오다치다. 소생의 혈육이자 골신骨身이지. 그것도 부정하지 않겠다. 하지만 너 또한 그 녀석을 죽이려고 한 적이 있지 않았나? 그 점에 한해서 소생과 너는 서로 통한다고 생각했는데, 그건 소생의 착각이었나? 동일하게 생각하지 않기를 바라는가?"

"…의외로 말이 많구나."

나는 말한다.

"좀 더 과묵한 남자를 상상하고 있었어. 갑옷차림일 때는 그랬지."

"묵묵히 있을 수 없게 되었다. 뭐, 지금에 한해서는 이 초라한 몸뚱이에 묶여 있다고도 할 수 있겠지만…. 아라라기 님. 너도 옛날에 키스샷을 죽이려고 했어. 하지만 지금은 화해하고 사이좋게 지내고 있지 않나? 소생이 그렇게 되고 싶다고 생각하는 것은 뻔뻔스러운 일인가?"

"……."

"다 죽어 가던 소생을 되살려 주었어. 당시에는 바보처럼 뿔났었지만, 지금 와서는 감사하고 있다. 소생이 하는 말이 그리도 우스운가?"

뿔났다는 표현은 우습다고 생각하지만, 그러나 그 발언 자체를 나는 부정할 수 없었다. 완전히 같은 말을 하며, 완전히 같은 일을 하고 있는 것이나 다를 바 없으니까.

하지만 그 발언을 부정할 수 없는 것과 그 발언의 진의를 긍정할 수 있는가는 다른 문제다. 진의가 확실해질 때까지는.

확실히 그가 말하는 대로 그 점에서 그와 나는 서로 통하는지도 모르지만, 그 이외의 점에서 도저히 양립할 수 없었다.

이런 부분에서 사람의 그릇이 작다는 말을 듣는지도 모르지만, 그러나 자각하고 있는 단점이더라도 타인에게 지적받으면 불쾌하게 느끼는 것은, 괴이살해자 소년 식으로 말하면 제대로 뿔나게 되는 것은 나에게 한정된 이야기는 아닐 것이다.

나는 시노부와 헤어지란 말을 정면에서 듣고서, 응, 그렇게 할게, 하고 고분고분히 수긍할 만한 인격자는 아니다.

설령 이론적으로는.

그것이 옳다고 생각하더라도.

"헤어지고 싶지 않은 건가? 허나 너를 대신하는 것은 누구라도 가능하지만, 소생을 대신하는 것은 그 누구도 할 수 없다. 왜냐하면 소생은 특별하니까. 선택받은 인간이니까."

"…멋지네, 그런 대사. 한 번이라도 좋으니 말해 보고 싶어. 중뿔난 소리라고 할까 봐 도저히 못 하겠지만."

"하하하. 그렇게 부루퉁해질 것은 없어, 두 번째."

그는 상쾌하게 말했다.

한순간 대답의 의미를 이해하지 못했지만, 아마도 이 녀석, '중뿔나다'를 '뿔나다'와 비슷한 말이라고 생각하고 있는 것 같다.

…전능하다고 해도 한도는 있는 건가.

그렇다면 조금이나마 대등하게 상대할 수 있다는 기분이 들었다. 초대 괴이살해자라고 해도, 결코 하네카와처럼 완전무결은 아닌 것이다.

오히려 어설프게 요즘 말을 사용하려고 하다가 실수하는 부분에서, 400년 이후의 미래인인 나에 대한 그의 대항의식도 느꼈다.

그렇다.

이 녀석도 진지한 것이다.

날카로운 오오다치처럼, 진지.

"너는 키스샷을 구했다. 그 녀석이 위기 상황에 처했을 때에 우연히 지나가다가, 구했다. 하지만 너 이외의 누구라도, 죽을 지경에 처한 미녀가 쓰러져 있다면 구하지 않았을까?"

"……."

"누구라도 가능했을 일이고 누구에게나 일어날 수 있는 일이다. 이 일본 안의 어디서든 일어날 수 있는 흔한 사건이다. 그렇다면 소생과 바꿔 줘도 괜찮지 않은가. 아니….."

여기서 그는 고개를 저었다.

"이런 식으로 서로의 결점을, 약점을 서로 찔러 대 봤자 의미가 없겠지. 우리가 불꽃을 튀기며 다툰들 누구의 득도 되지 않아. 눈뜨고 볼 수 없는 내전이야. 결국 이것은 두 남자가 한 여자를 두고 싸우고 있는 것이나 마찬가지니까. 소생은 너의 모든 것이 결점으로 보이고, 너는 소생의 모든 것이 결점으로 보일 뿐이다. 부부싸움은 개도 안 먹는다는 말이 있는데, 노예 간의 싸움 따위, 괴이도 먹지 않겠지."

서로 노예근성을 발휘해 본들 서로에게 좋은 일은 없을 게야. 그렇게 말하며 괴이살해자 소년은 짝 하고 손뼉을 치고, 그리고 페트병의 뚜껑을 땄다.

조금 전에 소년의 몸이 되었기 때문에 수다스러워졌다는 듯한 말을 했는데, 적당한 타이밍에 숨을 돌리는 요령은, 그가 원래부터 이야기에 서투르지는 않았음을 엿보이게 했다.

"…그러면 어떡할 거야. 이제부터는 서로를 칭찬하자는 거야?"

페트병에서 입을 떼기를 기다렸다가 질문한 나에게,

"그것이야말로 눈뜨고 못 볼 꼴이겠군."

이라고 당연한 대답을 하는 초대 괴이살해자.

"그러니까 소생은 메리트를 제시하겠다. 아라라기 님, 네가 키스샷과 헤어진다면 너에게 어떤 좋은 일이 있을지를 알려 주겠다. 그 사이에 너는 네가 키스샷과 헤어지지 않으면, 소생에게 어떤 좋은 일이 있을지를 생각해 봐라."

"메… 메리트? 좋은 일?"

어쩐지 전혀 상황에 어울리지 않는, 아주 엉뚱한, 한없이 나사 빠진 단어를 들은 듯한 기분이 들었다.

"거래는 아니다. 소생은 네가 아무래도 모르는 듯한 사실을 성심성의껏 설명할 뿐이다. 만약 키스샷과 헤어져 준다면 **너는 키스샷으로부터 해방된다.** 키스샷이라는 속박에서 풀려날 수 있다. 서로가 서로를 속박하는, 뒤얽힌 관계로부터 자유로워질 수 있다."

괴이살해자 소년은 말했다.

"요컨대 네가 현재, 키스샷에 대해 지고 있는 책임을, 소생이 대신 짊어져 주겠다는 말이나 다름없다. 확실히 네가 키스샷에 대해 해 왔던 타협은 훌륭했다. 전문가로서 감탄할 만했지. 누가 생각했는지는 모르지만 참으로 대단해. 허나 네가 그 일에 대해 대가를 치르지 않은 것은 아닐 테지? 너의 인생이 일그러지지 않은 것은 아닐 터. 그 일그러짐을 소생이 담당해 주겠다고 이야기하고 있는 것이다."

"…모든 것에서."

나는 신중하게 대답한다. 상대가 무슨 말을 하려 한다 해도,

섣불리 대답할 수는 없다고 생각했다. 첫 번째와 두 번째의 대화는 분명히 그런 페이즈에 들어가 있다고.

"나를 대신하겠다는 거야? 너는."

"소생이 보면, 소생을 대신한 것이 너다. 너는 소생을, 가로챘어. 그러니까 소생으로서는 돌려받고 싶은 것뿐이다. 칼을, 그리고 입장을. **소생이라면 네가 될 수 있지만, 너는 소생이 될 수 없어.**"

"……."

"아니면 소생보다도 네 쪽이 키스샷에게 잘 봉사할 수 있다고 생각하는 게냐? 신출내기인 네가, 전문가인 소생보다. …이래 봬도 소생은 소생이 없는 사이에 키스샷의 곁에 있어 주었던 네 체면을 세워 주고 있는 거다. 좀 더 정직하게 말하면, 키스샷에게 **그 나름대로** 소중할 너를 상처 입히고 싶지 않다."

"…네가 보낸 메시지는 제대로 전했어."

목소리를 낮추며 나는 말했다.

그 메시지에 대한 대답이야말로 유일하게, 내가 지금 괴이살 해자 소년과 대치할 수 있는 근거처럼 생각되기도 했다.

"너와 만날 생각은 없는 모양이었어."

"그런가. 뭐, 그렇겠지."

하지만 그는 그 말에 충격받은 눈치도 없었다. 예상대로의 답이라고 말하는 듯했다. 시노부가 하는 말 따위야 전부 예상대로라고 말하는 것처럼.

"하지만 키스샷이 설령 무슨 생각이라 하더라도, 어쨌든 빌려 준 것은 되돌려 받아야지."

칼을, 그리고 입장을.

그렇게 마치 징수인 같은 말을 했다.

"복귀하고 싶다, 소생은. 400년 만에, 다시 한 번 빛나고 싶다. 그것이 추하다고는 생각하지 않아. 오히려 너는, 두 번째라는 입장에 달라붙는 너 자신을 추하다고는 생각하지 않나?"

"…복귀하고 싶다는 건 '시노부의 권속으로'가 아니라, '인간으로' 아니야? 시노부와 만나고 싶다는 건, 복수가 목적이 아니어도 인간으로 돌아가고 싶기 때문일 수도…."

"소생은 이제 인간으로는 돌아갈 수 없다."

간단히 말했다.

"어쨌든 400년이다. 시간이 너무 많이 지났어. 그런 시점에서 봐도 소생은 너하고는 다르다. 뭐…, 그걸 애달프다고는 더 이상 생각하지 않아. 때가 늦어 버렸기에 소생은 이제부터 계속 반영구적으로 키스샷과 함께 있을 수 있으니까."

"…그걸 순애라고 생각하는지 모르겠지만, 너 같은 녀석을… 현대사회에서는 스토커라고 부른다고."

응?

스스로 말한 이 대사에 나는 위화감을 느꼈다. 뭐지? 나는 지금 뭘 부자연스럽다고 느낀 거지? 아니, 부자연스럽다기보다, 그 부분에서 기묘한 부합을 본 것 같은….

"그러니까 험담을 주고받는 것은 그만두지 않겠나. 그것보다, 뭔가 떠올랐나? 네가 키스샷과 헤어지지 않는 것에 의해, 소생에게는 대체 어떠한 좋은 점이 있지?"

내가 키스샷과 함께 있는 것으로.

내가 키스샷과 같이 있는 것으로.

"……."

물론 하나도 떠오를 리가 없다. 단 한 가지라도 떠오를 리가 없다. 나는 그저 공백을 메우기 위해, 받아 들었던 페트병 녹차의 뚜껑을 비틀었다. 모두가 불행해지기 위한, 한 명도 남김없이 절망하기 위한 나와 시노부와의 관계니까. 페트병에 든 녹차. 그것을 마신다고 뭔가 착상을 얻을 수 있을 리는 없겠지만, 그러나 괴이살해자 소년에 의해 구석에 몰려 있는 기분에서 한순간이라도 벗어나고 싶었다. 그저 답할 순서를 회피하는 것처럼, 나는 페트병에, 입을.

입을.

입을, 대….

"──?!"

…댈 수 없었다.

파괴되었다.

몸을 젖힌다.

내 눈앞을 **은색의 뭔가**가 고속으로 통과했고, 손에 들고 있던 페트병이 한순간에 내용물째로 부서졌다.

산산조각으로 부서졌다. 가루가 되었다.

하지만 페트병 조각도, 내용물 한 방울조차도 내가 뒤집어쓰는 일은 없었다. 그것보다도 빠르게, 나는 엉덩방아를 찧으며 꼴사납게 바닥을 구르고 있었기 때문이다.

피하기 위해 반사적으로 뒤로 몸을 젖히는 것보다, 단순히 고속물체가 눈앞을 통과하는 그 폭력적인 풍압에 밀려 뒤쪽으로 날려 갔다고 말하는 편이 맞을지도 모른다.

다만 괴이살해자 소년 쪽은 의식적으로, 곧바로 일어서듯이 뒤로 뛰어서 그것을 피한 듯했다. 그것을.

그것을. ⋯**은색의 거대한 십자가**를.

피한 듯했다.

마치 묘표처럼 공터에 깊숙이 박힌 그 십자가는, 말도 안 될 정도로 커다란 은제 아이템은, 하지만 나에게는 처음 보는 물건이 아니라 낯익은 물건이었다.

강한 인상을 주는, 흡혈귀의 약점이자⋯.

흡혈귀 퇴치의 무기였다.

"적이 내준 음료를 의심 없이 날름 받아 마시지 말라고. 그 멍청함 때문에 나도 모르게 구해 버렸잖아. 얼마나 평화로운 인생을 살아온 거냐고, 너는. **성수** 같은 걸 마셨다간, 설령 페어링이 끊어져 있는 지금의 너라도 한 방에 끝날 거라고."

그렇게.

그곳에 있는 것은, 금발금안.

하얀 교복 차림의 젊은이였다.

"⋯진짜 웃기네."

024

에피소드.

봄방학에 전설의 흡혈귀, 키스샷 아세로라오리온 하트언더블레이드를 죽이기 위해, 그녀를 일본까지 쫓아왔던 세 명의 뱀파이어 헌터 중 한 명이다.

뱀파이어 하프인 소년.

흡혈귀와 인간, 양쪽의 특징을 가지고.

흡혈귀와 인간, 양쪽을 적대한다.

흡혈귀를 미워하고, 인간을 원망한다.

흡혈귀도 아니고, 인간도 아니고.

사명도 아니고, 일도 아니고.

개인의 감정으로 움직이는, 프로페셔널.

호전적이며 공격적인 배틀 스타일을 가진 이 흡혈귀 퇴치 전문가는, 전설의 흡혈귀의 권속이 되었던 나하고도 그때 싸웠었다. 내가 일방적으로 농락당했다고 해야 할지도 모르지만, 그러나 결과, 오시노 메메의 전략과 하네카와 츠바사의 재치의 결과, 그는 목적을 달성하지 못하고 고국으로 돌아갔을 텐데… 그런 에피소드가 어째서 여기에?

나를 구하기 위해서.

십자가를 던진 거지?

페트병의… 성수?

"…방해꾼이 끼어든 것 같군, 아라라기 님."

그렇게.

괴이살해자 소년은 뒤로 물러나면서 말했다. 뒤로 물러나도 그쪽에는 벽밖에 없고, 공터의 입구에 에피소드가 서 있는 이상, 막다른 골목 같은 상황이지만.

"여기서 네가 독배 아닌 성배를 마셔 주었더라면 이야기가 빨랐을 터인데…. 네가 자신의 의지로 멋대로 정화되었다면 낙관인을 무시한 것도 되지 않을 테고."

무슨 소릴 하는 건지 곧바로는 이해할 수 없었지만…. 아무래도 처음에 건넨 그 녹차에는 어떠한 장치가 되어 있었던 것 같다. 그렇다면 자판기에서 산 것이라는 이야기는 거짓말이었나.

만약 내가 그와 나누던 회담의 중압을 견디지 못하고 그 내용물에 입을 댔었더라면…. 구체적인 것은 알 수 없지만 내 몸에 문제가 생길 것 같은.

혹은 괴이살해자 소년에게 뭔가 좋은 일이 일어날 것 같은. 그것은 어쩌면 시노부와의 이별, 일까?

이 소년, 적대심 한 번 발하지 않고 속에 꽁꽁 감추고서 아주 당연하다는 듯이 내 암살을 꾀했던 건가.

그 악의에 등줄기가 오싹해진다.

그런 식으로 나와 이야기를 나누면서, 괴이살해자 소년은 호시탐탐 내가 덫에 걸려들기를 기다리고 있었던 건가. 내가 스스로 성수를 마시는 것을 고대하고 있었다고?

아니, 악의가 아니라 열의일까.

그 정도로 이 녀석은, 시노부를 열망하고 있었다.

내가 끙끙거리고 있는 사이에, 그는 망설임 없이 목적을 위해 움직이고 있었다.

"큭큭큭…. 진짜 웃기네. 화내지 말라고, 하트언더블레이드의 권속. 괴이를 퇴치하는 방법 따위야 뭐든지 가능하니까. 속임수도 기습도, 훌륭한 작법 중 하나라고."

그렇게 말한 것은 아무래도 나를 그 궁지에서 구해 준 것 같은 에피소드였다. 아니 '것 같은'이라는 애매모호한 표현을 써서는 안 된다. 누구의 눈으로 봐도 명백히, 나는 그의 도움을 받았다.

그가, 그 자체가 정화되어 있는 이 거대한, 소유주의 몇 배 이상 오버사이즈인 십자가를 투척하지 않았더라면.

나는 괴이살해자 소년의 계획대로 그 수분을 섭취했을 것이다. 하지만 에피소드가 구해 주었다는 현실을 나는 곧바로 받아들일 수 없었다. 그도 그럴 것이, 시노부도 나도 봄방학 때에는 이 전문가 때문에 몹시 고생했으니까. 이 십자가는 나를 구하는 것이 아니라 나를 죽이기 위한 무기였다.

그 내용물의 위험성에 대해 듣더라도, 그래도 흔적도 없이 박살 난 페트병보다는 지면에 박힌 이 십자가 쪽이 나에게는 훨씬 커다란 공포를 환기시키는 법이다.

십자가의 소유주도 포함해서….

누구의 눈으로 봐도 명확할 정도로 도움을 받은 나였지만, 그런 이유 때문에 기분상으로는 이 자리에 새로운 적이 나타난 듯한 느낌이었다.

어째서 여기에?

그런 생각을 떨칠 수 없다.

같은 의문을 품었는지,

"너는 현대의 전문가인가? 그러면 소생을 퇴치하러 온 것인가?"

라고, 표표하게 묻는 괴이살해자 소년에게,

"글쎄다. 지금의 너는 흡혈귀라기보다는 전문가 같지만, 하지만 밤이 되면 그것도 변하는 걸까?"

라고 에피소드가 대답했다.

"뭐하면 후유증이 남지 않는 정도로 죽여 줘도 괜찮겠지만 말이야."

나 따위는 제쳐 두고 괴이살해자 소년과 팽팽한 신경전을 벌이는 느낌의 에피소드였지만, 그러나 그의 시선은 나에게도 미치고 있는 듯 느껴졌다.

물론.

에피소드가 보기에는 나나 괴이살해자 소년이나 같은 패거리일지도 모른다.

"일단 속임수나 기습을 할 생각은 없었다고 해명은 해 두겠다. 이것도 역시 인사를 대신한 심술 같은 것이지. 전문지식이 조금이라도 있다면 그것이 성수임을 누구라도 깨달았을 것이야. 그 정도의 지식도 갖추지 않은 신출내기가 키스샷의 곁에 있었다니, 정말 놀랄 일이군."

"400년 전의 곰팡내 나는 수법으로 괴이 퇴치를 하려는 녀석도, 내가 보기에는 신출내기나 다를 바 없지만 말이야. 진짜 웃기네."

"……."

대체 무슨 일이 일어나고 있는지 상황을 파악하지 못하고, 내가 다음 말은 고사하고 먼저 말도 잇지 못하고 있는데, 계속해서 덧붙이듯이,

"아무래도 늦지는 않은 모양이네. 다행이네, 다행이야. 처음 뵙겠습니다. 초대 군."

그렇게 자리에 어울리지 않는 밝은 목소리가 나와 에피소드와 괴이살해자 소년의 삼각 구도에 끼어들었다. 가엔 씨의 목소리였다.

가벼운 발걸음으로, 에피소드의 뒤쪽에서 휴대전화를 만지작거리면서 그녀는 등장했다. 설마 가엔 씨의 모습을 보고 안심하는 상황이 있을 줄은 생각하지 못했지만, 그러나 그것으로 간신히 수긍이 갔다.

그렇구나. 가엔 씨가 말했던 '조력자'란, 맞이하러 산을 내려갔던 상대란 뱀파이어 헌터, 에피소드를 말하는 것이었나.

생각해 보면 흡혈귀를 상대로 하는 것이다.

흡혈귀 퇴치 전문가를 부르는 것은 말하자면 너무나도 정석 중의 정석이었다. 그러나 그렇다고 해도 하필이면 에피소드라니.

다른 인재는 없었던 건가? 라고 생각하지 않을 수 없었지만…. 반대로 말하면 카게누이 씨는 에피소드보다 경원시되고

있는 건가….

"왜 이렇게 늦었어, 가엔 씨."

그렇게 말하는 에피소드에게,

"미안, 미안해."

하고 싹싹하게 사과하는 가엔 씨.

"하지만 소드, 너도 잘못했어. 나한테만 뭐라고 하지 말았으면 좋겠는데 말이야. 네가 여자한테 집적거리며 시간을 보내는 바람에 하마터면 지각할 뻔했어."

"집적대지 않았다고…. 내가 몇 살인 줄 알고 그러는 거야."

그 대화로 봐서, 아무래도 이 두 사람은 이전부터 안면이 있는 듯하다. 뭐, 가엔 씨는 전문가들의 관리자이니까 해외 쪽으로 줄이 있어도 이상하지 않을까….

괴이살해자 소년의 그 풍모에 놀라지도 않는 가엔 씨는,

"나는 가엔 이즈코. 뭐든지 알고 있는 누나야."

라고 초대 괴이살해자 쪽을 향해, 여기서는 제대로 본명을 말했다. 아니, 어쩌면 가엔 이즈코가 본명이라고 할 수만은 없을지도 모르지만.

"너하고 교섭하러 왔어."

"…이건 역시나 불리하군."

낮 동안에는.

그렇게 괴이살해자 소년은 웃었다.

여유 있는 웃음은 아니었지만, 그러나 그 표정은 이 시추에이션에 의욕을 느끼고 있는 듯했다. 조금 전까지 멍청한 일개 고

교생을 상대로 하던 상황보다는 훨씬 보람이 있는 상황인지도 모른다.

"아라라기 님. 아무래도 교섭은 여기까지인 것 같군. 이것으로 끝이다. 소생과 너는 타협점을 찾을 수 없었다. 이렇게 되면 우리의 관계는 다음 단계로 이행할 수밖에 없다."

"교섭이라니….

속임수를 쓰려고 했던 녀석이 잘도 그런 소릴 한다.

하지만 다음 단계? 다음 단계라니….

"빤하지 않나. 결투다."

그는 말한다. 수순이라는 듯이.

"한 여자를 놓고 두 남자가 싸운다. 400년 전부터 변하지 않는 전통이다."

"……."

"오늘 밤, 결투를 하자."

괴이살해자 소년은 나에게 선언했다.

"세세한 준비는 그쪽 전문가들에게 맡기겠다. 이즈코 님…이라고 했던가? 그대가 편한 대로 준비해 줘. 소생은 준비를 마치고 그곳으로 가겠다. 그때까지 소생은 소생의 상태를 최대한 회복해 두겠다. 완전히 회복해 두겠다. 아라라기 님은 그 얼굴의 낙관인을 지워 두는 것이 좋겠지. 소생은 도망치지도 숨지도 않겠다. 뭐, 도저히 안 되겠다면 너는 도망쳐도, 숨어도 좋다."

하지만 만약 결투에 응하겠다면.

키스샷에게 이승의 작별을 고하는 것을 부디 잊지 말기를…

이라고 말하고 그는 발걸음을 돌렸다.

입구는 에피소드, 그리고 가엔 씨에게 막혀 있으므로 그는 이 공터에 갇힌 것이나 마찬가지였다. 하지만 그것은 2차원적인 사고였다.

튀어 올랐다. 점프했다.

마치 오노노키의 '언리미티드 룰 북' 같았다. 예전에 전설의 흡혈귀는 그 '외다리 점프'만으로 일본에서 남극 대륙까지 날았다고 하지만.

역시나 그것에는 미치지 못한다 해도 한낮에, 그것도 완전히 회복되지 않은 상태로 행한 것이라고는 생각되지 않는 괴이살해자 소년의 점프는, 사람을 상대로 세워진 벽 따위는 가볍게 넘어갔다.

"도…."

도망치는 거냐, 비겁자! 라고 말하려다가 도로 삼킨다. 도망치지도 숨지도 않는다, 라고 이미 그는 말했다. 오히려 그가 지금 여기서 내 앞을 떠나 주는 것에 안도하는 나야말로 비겁자이며 겁쟁이였다.

이 이상, 저 녀석과 이야기하지 않아도 되는 것에.

마주하지 않아도 되는 것에 안심하고 있다.

그런 그릇이 작은 자신과 마주하는 쪽이 그나마 낫다고 생각할 정도로, 나는 진심으로 가슴을 쓸어내리고 있었다.

하지만 잠깐. 나는 그렇다고 쳐도 이 자리에 나타난 두 전문가, 에피소드와 가엔 씨는 어째서 초대 괴이살해자를 쫓지 않는 거지?

나와 달리 두 사람은 그의 상황 이탈을 그냥 지켜보기만 할 이유는 없을 텐데. 가엔 씨에게는 낮 동안에 초대 괴이살해자를 잡을 수 있는 이 기회는 분명 기대 이상의 전개였을 텐데.

어째서 쫓지 않는 거지? 애초에 그들이라면 괴이살해자 소년이 점프를 하지도 못하게 만들 수 있지 않았을까? 상공으로 향하려는 동작도, 막으려고 마음먹었다면 막을 수 있었을 것이다. 이래서는 마치 일부러 놓아준 것 같은데?

"…아."

그러나 날아가는 그의 모습이 보이지 않게 된 뒤에 나는 가엔 씨와 에피소드 쪽을 돌아보았고… 그리고 그 의문이 해소되었다. 두 사람은 뒤쫓지 않았던 것이 아니다. 뒤쫓을 수 없었던 것이다. 발을 멈추지 않을 수 없었던 것이다.

에피소드가 투척한 거대한 십자가가 페트병을 파괴했을 때, 그 풍압에 나도 모르게 몸을 젖혔을 때, 그 파괴력 자체는 어떻게든 아슬아슬하게 피할 수 있었지만, 나는 페트병과 반대편 손에 들고 있던 비닐봉지를 내던져 버리고 말았다.

테이프의 접착력이 약해졌는지, 땅바닥에 떨어진 봉지에서는 내용물이 그대로 쏟아져 나왔다. 정성스럽게 동봉되어 있던 영수증까지 함께. 도약한 초대 괴이살해자를 쫓으려고 프로페셔널답게 한순간의 판단으로 움직이려고 하던 가엔 씨와 에피소드는, 발을 내딛은 지점에 흩어져 있던 그것들에 못 박혀 버렸다.

못 박혔다.

비닐봉지에서 비어져 나온, 네 권의 책에 못 박혔다. 각각 두 권씩, 그들은 손에 집어 들고서 자신의 눈을 의심하듯이 굳어 있다.

뱀파이어 하프인 전문가, 에피소드는 『귀축 가르송, 하프보이를 하후하후!』 상하권을, 가엔 이즈코 씨는 패션 센스가 명확히 자신과 비슷한 숙녀 사진집 두 권을 좌우에 한 권씩 들고서 각각 굳어 있었다.

"아… 아니야!"

특별히 아닌 건 아니었다.

이렇게 우리는 또다시 괴이살해자를, 키스샷 아세로라오리온 하트언더블레이드의 첫 번째 권속을 포획하는 데 실패했던 것이다.

025

어떤 의미에서 괴이살해자 소년과의 교섭보다도 훨씬 고도로 난해한 대화를 두 전문가와 나눈 뒤('아라라기 군(호칭이 서먹서먹해졌다), 누나는 네가 생각하는 것보다 이런 걸 훨씬 싫어하니까 정말 하지 마', '이건 정말 못 웃겠어'), 나는 단신으로 키타시라헤비 신사로 돌아갔다. 가엔 씨와 에피소드는 '수속에 들어간다'면서 개별행동이다(나를 피한 것은 아니라고 생각하고 싶다).

생각지도 못한 수라장의 연속을 다각적으로 체험하고, 정신적으로도 육체적으로도 힘이 쏙 빠져 피폐해진 채로 비닐봉지를 소중히 안고 신사에 도착한 나를 기다리고 있던 것은, 이어지는 새로운 수라장이었다.

"어…?"

유녀가 쓰러진 운동선수 위에 말을 타듯 올라타 있었다.

신사의 경내에서 저런 불경한 짓을!

뒤로 쓰러져 있는 칸바루 스루가의 몸통에, 오시노 시노부가 말을 타듯 올라타 있었다. 에에에에에에?!

무슨 일이 있었지?! 무슨 일이 일어나고 있는 거지?!

토리이 너머로 보이는 저 장면은 뭐지?!

칸바루가 시노부 위에 올라탔으면 또 모를까, 시노부가 칸바루 위에 올라타 있다니…. 그건 올라탄 게 아니라, 'Alert'한 게 아닐까?!

어젯밤의 『미소녀 선봉장』 이야기는 설마 이것의 복선이었나?!

나도 끼워 달라고 하려고… 아니, 무슨 일인지 추궁하려고 달려가려던 나는, 그러나 갑자기 팔을 꽉 붙들려 풀숲으로 끌려 들어갔다. 그것은 전혀 저항할 수 없을 정도로 강력한 힘이었다.

"귀신 오빠, 쉿."

그렇게.

내 팔을 잡아당긴 것은, 오노노키였다. 그녀는 풀숲 속에 쪼

그려 앉아 있었다. 우선 이렇게 가까이에서 기척을 죽이고 있었던 것에 놀랐지만, 뭐, 안 그래도 체구가 작은 그녀가 무릎을 굽히고 쪼그려 있었으니 보일 리가 없을까….

생명의 약동감 같은 것과는 전혀 인연이 없는 애니까 말이야.

"오, 오노노키…."

"노비도메라고 불러도 돼."

"그건 누구야. 정말 누구야. 오노노키잖아."

한나절 동안 안 만난 사이에 캐릭터가 변하지 말라니까?

그러나 생각지도 못한 장소에서 생각지도 못한 그녀와 재회했다. 게다가 화재 속에서 구해 주었고, 헤어져 있는 동안에도 얼굴의 스탬프로 내 몸을 간접적으로 지켜 주고 있던 오노노키와의 재회.

이것이 기쁘지 않을 리 없다.

나는 뛰어들었다.

"허그!"

"휘리릭."

회피했다. 딱히 이쪽이 하는 행동에 다 당해 주는 것은 아닌 모양이다.

앉은 채로 날렵하게 나의 '사슴벌레 핸드'를 피한 그녀는, 거기서 멈추지 않고 등 뒤에서 내 다리를 거는 듯한 움직임으로 나를 보기 좋게 넘어뜨렸다. 그리고 그대로 종이를 접듯이 나를 앉게 만들었다.

이번 달 중순, 카게누이 씨에게 마치 수납술처럼 온몸이 접혔던 적이 있었는데, 과연 그녀의 식신인 오노노키도 비슷한 일을 할 수 있는 듯하다. 아니, 이것은 상당히 놀라운 일인데.

그런 하이 파워의, 문자 그대로 일격필살의 기술을 사용할 수 있는 오노노키가, 이런 합기도나 유도 같은 유서 깊은 기술까지 사용하기 시작하면 당해 낼 수 없지 않은가.

끌어안을 수 없잖아!

"나를 끌어안는 것을 전제로 하지 마. 그렇지 않으면 전정*해 버리겠어."

"전정?! 무서워!"

"쉿, 이라고 말했잖아. 입 닫아, 멍청아."

명령형이었다. 정말로 캐릭터를 예측할 수 없는 애다.

이 아이는 이 아이대로, 그 뒤로 이쪽저쪽으로 뛰어다니고 있었을 것이라 여겨진다. 괴이살해자 소년의 말투로 판단하는 한, 아쉽게도 오노노키의 탐색활동은 직접적으로는 결실을 맺지 못한 듯한데…. 그것으로 가엔 씨와 합류하기 위해서 이 키타시라헤비 신사로 돌아왔다는 이야기일까?

오노노키의 움직임을 추측해서 타임테이블로 정리해 써 보면, '나와 칸바루를 구한다(학원 옛터)'→'아라라기 코요미에게 마킹(발자국)'→'가엔 씨에게 보고(전화)'→'시노부와 함께 원숭이와 싸운다(浪白공원을 가르쳐 준다)'→'자신도 그 뒤에 浪白공원으로(약속 장소 변경을 알게 된다)'→'키타시라헤비 신사(현재)'라

※전정(剪定) : 가지치기.

는 느낌일까.

정말 부지런한 식신이네….

이렇게 바삐 돌아다니는 애를 아이스크림 하나 사 주고 상당히 오랫동안 붙잡아 버렸던 것을 떠올리고, 조금 미안한 기분이 들었다.

"귀신 오빠도 상당한 격전을 클리어해 온 것 같네. 옷이 너덜너덜하잖아."

"아, 아니, 이건 칸바루의…."

뭐, 운동복은 그렇다 쳐도, 격전을 클리어해 오지 않은 것은 아니고, 그리고 지금 막 고금동서 보기 드문 싸움을 경험하고 오기는 했지만….

"오노노키야말로 옷이 너덜너덜하잖아."

"너덜너덜하지 않아. 뭘 원하는 거야, 나의 노출에…. 귀신 오빠에게도 이런저런 일들이 있었던 모양인데, 뭐, 그건 나중에 듣겠어. 그것보다 지금은 저쪽을."

오노노키는 손가락으로 가리켰다.

경내에서 뒤얽혀 있는 시노부와 칸바루를. 조금 전에는 말을 타듯 올라탔다고 말했는데, 그 자세는 엄밀히 말하면 격투기의 마운트 포지션이라는 느낌이었다.

시노부가 단단히, 칸바루를 눌러 놓고 있는 건가…. 사슴벌레 핸드가 아니란 사슴벌레 레그? 그리고 어떻게 시노부가 칸바루를? 이것이 반대였다면 퍼즐의 조각이 딱 들어맞을 듯한 기분 좋은 도식이지만.

"저쪽을 훔쳐보자."

"훔쳐보다니…."

그러고 보니 이 애는 바로 얼마 전, 나와 시노부와의 대화도… 키스샷 아세로라오리온 하트언더블레이드의 옛날이야기도 이런 식으로 귀를 쫑긋 세우고 엿듣지 않았던가.

만났을 때의 상황이 상황이었으므로 나도 모르게 전투 타입일 것이라고 생각하고 있었지만, 의외로 이 애는 이런 식의 조사행 동이라고 할까, 서서 몰래 엿듣기가 특기인지도 모른다. 지금은 앉아 있지만.

"그렇지. 나는 전문가 가업의 섭외 담당이거든."

"조사는 가능해도 너에게 섭외 담당은 무리겠지."

"어째서? 이런 식으로 귀신 오빠와 좋은 관계를 쌓고 있는 데."

"아니, 어디까지나 이 좋은 관계는 내가 동녀에 관한 프로이 니까 그런 거고, 너의 커뮤니케이션 스킬은 상당히 위험하다 고."

"동녀의 프로라는 건 뭐야. 자."

괴이의 프로는 다시, 시노부와 칸바루를 가리켰다.

이 아이에게 '가리킨다'라는 행위는 거의 미사일을 조준하는 것과 다를 바 없는 일이라, 그 끝에 내 지기가 두 명 있는 것은 내심 가슴이 조마조마해지는데….

"내가 왔을 때에는 이미 저렇게 되어 있었어."

"저렇게 되어 있었다니…."

그러고 보니 오노노키가 이 키타시라헤비 신사에 온 것은 방금 전인 듯하다. 오노노키로서도 어째서 저 두 사람이 저러고 있는지는 알 수 없다는 건가…. 그래서 여기에서 눈치를 살피고 있는 건가?

"아니, 아니, 하지만 오노노키. 이건 좋다고 할 수 없다고. 남의 행동을 엿보는 것만으로는 언제까지라도 너는 앞으로 나아갈 수 없어. 적극적으로 스스로 스테이지를 높여 가야지."

"귀신 오빠와 똑같이 취급하지 마. 저열한 기분으로 엿보고 있는 게 아니야. 뭔가 사정이 있어 보여."

"사정…?"

정사가 아니라?

그 말을 듣고 다시 한 번 그런 시점에서 두 사람이 뒤엉킨 모습을 보니, 확실히 어쩐지 그 두 사람에게서 심상찮은 분위기가 느껴진다.

뭔가 서로 입씨름을 하는 것 같은?

입씨름?

시노부가?

이상한 이야기다. 시노부는 애초에 대부분의 인간을 상대조차 하지 않기 때문에, 말을 하는 적도 없고, 하물며 맞붙어 다투는 일 따윈 없다.

내가 아는 한, 봄방학 때에 전문가인 오시노 메메와 이야기했던 것(그때조차 하네카와 츠바사와는 제대로 된 대화를 하고 있었다고 말하기 어렵다), 요전에 나를 사이에 두고 카게누이 씨와 이야기했던 것, 그리고 이번에 도발당해서 가엔 씨와 이야기했던 것밖에 모른다.

그런 시노부가, 초라한 몰골이라고는 해도 옛 귀족인 흡혈귀가, 고귀한 정신을 지닌 괴이가 어째서 저런 식으로 칸바루와 이야기하고 있지?

그것도… 입씨름을?

입씨름이라기보다 말다툼, 거의 말싸움을 하고 있는 듯한 느낌인데. 그러나 마운트 포지션으로 말싸움이라니, 그런 건 언쟁의 최종단계 아닌가.

거기서 다음은 주먹싸움밖에 없다.

하지만 잠깐, 판단을 서두르지 마라. 저 칸바루가 하고 있는 행동이다. 그러한 플레이라고 생각해야 하지 않을까…. 아니, 하지만.

"…안 되겠어. 무슨 이야기를 하고 있는지 전혀 들리지 않아. 너무 멀어. 좀 더 큰 목소리로 주거니 받거니 해 주면 좋을 텐데."

"그러니까 더 큰 목소리를 주고받기 시작했다간 곧 주먹을 주고받게 될 거라고."

"너한테는 들려?"

"당연하지. 섭외 담당이니까."

"……."

마음에 든 걸까, 그 직함.

대충 들으면 서버의 담당으로 들리지만….

식신 괴이인 오노노키는, 시력이나 청력도 인간의 평균치에서 한참 멀어져 있는지도 모른다…. 다만 현재 시노부와의 페어링이 끊겨져 있는 나로서는 입술모양을 읽어 낼 수도 없다.

젠장.

시노부의 입술을 읽을 수 없다니, 아라라기 코요미의 체면 문제라고!

"오노노키, 조금만 더 가까이 이동할 수 없어? 두 사람의 이야기가 나에게도 어느 정도 들리는 곳까지…."

"뭐야. 귀신 오빠도 아주 의욕이 가득하네. 에이, 깍쟁이. 남의 싸움은 진짜 좋아한다니깐."

"아니…, 깍쟁이가 아니라…."

나에게 의욕이 가득하다면, 오노노키의 경우에는 오해가 가득했다.

이런 이야길 무표정으로 하고 있으니 정말 당해 낼 수가 없다.

"아니, 전개가 위험해 보여서 말리고 싶은데… 다만."

다만.

끼어든다고 해도 너무나 불가사의, 기묘하기 짝이 없는 조합의 싸움이라 몹시 망설여진다는 것이 솔직한 심정이다. 싸움을 하고 있다면, 중재에 들어가기 전에 사정을 알고 싶었다. …물론 치고받는 전개가 될 것 같다면 그런 말을 하고 있을 수 없겠지만.

만약 칸바루가 시노부 위에 올라타고 있었다면 무슨 수를 써서라도 바로 말려야 했겠지만, 그러나 포지셔닝이 반대라면….

나와의 페어링이 약해지고, 거기에 흡혈귀성이 떨어진 시노부라면 저런 식으로 뒤엉키더라도 기본적으로는 유녀와 장난치고 있는 것과 다를 바 없을 것이다. 그렇다고 해도 칸바루 자신은 그녀가 흡혈귀의 영락한 몰골임을 알고 있다.

그럼에도 불구하고 저런 식으로 입씨름을 할 수 있다는 것에서 그녀의 담대함을 통감하게 되는데…. 하지만 대체 무엇을 놓고 입씨름을 벌이고 있는 거지?

무엇이 칸바루를 저렇게 정색하게 만든 거지?

상상도 되지 않는데, 무엇일까, 커플링 조합 같은 것으로 다투고 있는 걸까…. 바보 같은 이유라면 그것보다 더한 것은 없겠지만…. 어쨌든 그걸 알기 위해 두 사람의 목소리가 들리는 위치까지 이동하고 싶다.

"이동하고 싶다. 흐음."

그렇게 고개를 끄덕이는 오노노키.

"'언리미티드 룰 북'으로?"

"그런 과격한 이동방법으로 갈 리가 없잖아. 눈치채이지 않도록."

"'부탁드립니다'는 어쨌어."

"…부탁드립니다."

"흠. 어떡할까…."

팔짱을 끼고 생각하는 몸짓을 보이는 오노노키. 너하고 대화를 나누는 동안에 칸바루와 시노부의 대화가 끝나 버릴 것 같은데.

"부탁하는 자세가 안 되어 있네. 말만 그렇게 하는 기분이 들어."

"자세가 안 되어 있다니…."

"뭔가 재미있는 일을 해 준다면 이동시켜 줄 수도 있어."

"너무 무리한 요구잖아."

"그리고 슬슬, 내가 귀신 오빠에게 마킹해서 몸을 지켜 준 것에 대한 답례에 대해 이야기해도 좋을 무렵 아닐까?"

"……."

답례를 요구받았다.

확실히 감사는 하고 있었지만, 그건 말이 필요 없는 교감이라고 생각하고 있었는데…. 딱히 계속 묵묵히 있을 생각은 아니었던 건가. 괜히 고맙다는 말을 했다간 '뭐에 대한 얘기야? 난 모르겠는데'라고 말할 것 같은 분위기가 있는 애지만, 의외로 자기주장이 강한 것 같다.

"뭐, 지금이 아니어도 돼. 그러니까 귀신 오빠가 나중에 재미있는 일을 해 준다면, 그걸 약속해 준다면 베스트 포지션으로 안내해 줄게."

"베스트 포지션이라니."

"무대 바로 옆자리로."

"바로 옆자리면 들키잖아."

제아무리 심각한 문제로 다투고 있다고 해도, 그렇게 가까운 거리에서 누군가가 지켜본다면 그 두 사람도 일단 멈출 것이다.

"알았어, 알았어. 약속하지. 다음번에 엄청 재미있는 일을 해 줄게."

나에게 다음번이 있을 경우의 이야기지만…. 그렇게 약속하자 오노노키는 "글쎄…. 귀신 오빠의 재미있음은 야한 얘기 수위가 너무 강해서 말이야. 일단 벗으면 재미있다고 생각하는 것 같으니 말이지…."라며 수수께끼의 캐릭터를 보이면서도(이 열두 시간 사이에 정말로 무슨 일이 있었던 거지) 얼굴만은 계속 무표정으로,

"이쪽이야."

라고 하면서 내 소매를 잡아당겼다.

이제까지 계속 무감정에 무표정이라고 말해 왔는데, 실은 이 아이는 무표정일 뿐이지, 상당히 감정이 풍부한 것이 아닐까 하는 의혹이 생기기 시작했다. 어쨌든 나는 잡아끄는 대로, 그러나 살금살금 발소리를 죽이며 오노노키의 뒤를 따라갔다.

섭외 담당이 아니더라도 이미 이 키타시라헤비 신사에 대한 조사를 마쳤을 오노노키는, 마치 자기 집 앞마당이라도 걷는 것처럼 망설임 없이, 베스트 포지션을 향해 나를 인도했다.

두 사람의 목소리가 아슬아슬하게 들리고 두 사람의 표정이 아슬아슬하게 보이며, 그러면서도 수풀에 가려져서 저쪽에 들키지 않는 위치다. 예민한 감각을 가진 듯한 오노노키에게는 조금 전의 포인트에서도 조건은 완전히 동일했겠지만, 인간 모드인 나에게 이것은 너무나도 큰 차이였다.

"……."

들리기 시작한 목소리의 분위기, 그리고 보이게 된 그 표정으

로 봐서, 두 사람이 어떻게 되든 상관없는 바보 같은 일로 다투고 있을 가능성은 없다고 판단할 수 있었다.

두 사람은 정말로, 진심으로.

입씨름을 벌이고 있다.

"…귀신 오빠. 그러고 보니 조금 전부터 신경 쓰였는데, 아주 소중하다는 듯 그렇게 계속 안고 있는 비닐봉지 속의 야한 책은 뭐가 들어 있어?"

"야한 책이라고 내용물을 말하고 있잖아. 왠지 모르게 알고 있잖아."

"뭐, 봉투가 미묘하게 비쳐서 말이야. 내 시력이면 나름대로는…. 하지만 귀신 오빠가 보이즈 러브에도 조예가 깊을 줄은 몰랐어. 커버하는 범위가 너무 넓은 거 아니야?"

"아니, 그게 아니야. 결코 이런 형태로 커버 범위가 넓다는 걸 드러내고 싶지는 않아. 이건 칸바루에게 부탁받은 물건들이고…."

그것 때문에 벌어진 조금 전의 트러블을 떠올리면서 그렇게 말하다가… 나는 깨달았다.

먹을 것을 사러 가려던 나에게, 칸바루가 겸사겸사 물건을 사 오라고 부탁했던 것. 그러고 보니 원래 처음에는 자기가 사러 가겠다고 말했던 칸바루가, 어째서 겸사겸사 사는 물건을 선배에게 부탁했을까? 칸바루다운 뻔뻔스러움이라고도 할 수 있으니, 지금까지 그것을 부자연스럽게 생각하지는 않았는데….

어떤 거지?

그것은, 나에게 플러스알파의 물건을 사 오도록 만들어서 내가 돌아오는 것을 늦추고, 시노부와 단둘이 이야기를 하기 위해서였다는 식으로 봐야 할까?

물론 서점에서 내가 괴이살해자 소년과 조우하는 것을 칸바루는 예상할 수 없었겠지만, 내가 괴이살해자 소년과 허심탄회하게 이야기를 나눴던 것처럼, 칸바루 스루가는 오시노 시노부와 허심탄회하게 이야기를 나누기 위해서?

하지만 그녀들은 이야기를 나누는 게 아니라 입씨름을 벌이고 있었고, 게다가 결말나지 않을 분위기의 그 입씨름은 어조도 격해서 목소리가 들리게 된 이 거리에서도 각각의 대사를 정확히 알아듣는 것은 어려웠다. 쌍방이 상당히 감정적인 상태가 되어 있는 것 같다.

오노노키는 가만히 그녀들을 보고 있는데, 지금 들리는 목소리도 다 알아들을 수 있는 걸까?

"저기, 오노노키. 부탁이 있는데."

"입 다물고 있으라고 했잖아, 잡음. 말귀를 너무 못 알아먹으면 키스로 입 다물게 한다?"

뭣이.

아무리 캐릭터가 계속 오락가락하는 캐릭터인 오노노키라고 해도, 그런 작법을 대체 누구에게 익힌 것일까.

가능하다면 오노노키에게 두 명의 대화 번역을 부탁하려고 했는데, 이런 눈치여서는 어려울 것 같다. 필드워크가 주 업무라지만, 그냥 구경꾼 근성이 강할 뿐이라는 생각도 든다.

그리고.

거기서 간신히, 두 사람의 격렬한 설전이 일단락되었는지, 한 순간 칸바루와 시노부, 두 사람의 대화가 정체되었다.

그것은 시끄러운 교실 속에서 갑자기 생겨난 찰나의 침묵 같은 것으로, 여기가 교실이었다면 그 뒤에 다들 한바탕 웃음을 터뜨릴 상황이었겠지만, 이곳에서는 당연히 그런 일은 없었다.

칸바루는 입을 한일자로 다물고 아래쪽에서 시노부를 올려다보고 있고, 시노부는 이를 갈 듯이 송곳니를 드러내고 위에서 칸바루를 내려다보고 있다.

말싸움이 끝나서 눈싸움이 된 것일까.

그렇다면 이 뒤에는 주먹싸움일까, 하고 나는 언제라도 뛰어나갈 수 있도록 대비했지만, 거기서.

시노부가.

"어이."

라고 지금까지보다 낮은, 차분한 목소리로 말했다.

"너의 담력은 인정해 주마. 나를 상대로 한 발짝도 물러서지 않는 그 만용은 과연 내 주인님의 후배란 느낌이 드는구면. 그러니 여기서는 감정적으로 대하지 않고, 500년을 살아온 어른으로서 어린이에게 관용을 베풀어 주마. 조금 전의 발언을 취소한다면 여기서의 언쟁은 없었던 것으로 해 주겠다."

사과하면.

용서해 주겠다, 라고 시노부는 말했다.

최근에 듣지 못했던 가시 돋친 시노부의 목소리에, 뛰어나가려고 준비하고 있던 내 몸이 움츠러들어 버렸다.

그러한, 움찔 떨었던 것뿐인 나의 움직임을 개입하려 한다고 과대평가했는지,

"진정해, 귀신 오빠."

라고 오노노키가 내 손을 잡았다.

하여간 구실만 있으면 나하고 스킨십을 취하려 드는 아이다. 어쩌면 나를 사랑하고 있는지도 모른다… 라고 생각했지만.

"여자끼리의 싸움에 남자가 나설 자리는 없어."

그렇게 말하는 것이었다.

여자끼리의 싸움…?

아니, 그런 레벨이 아니잖아. 시노부의 저 박력을 앞에서 받으면, 기가 약한 녀석은 그것만으로 픽 죽어 버릴지도 모른다니까? 눈빛이 사람을 꿰뚫는다는 말은 저런 걸 두고 하는 말이다. 하지만 지금 그 눈빛을 받고 있는 인물은.

칸바루 스루가는.

그것으로 꿰뚫릴 멘탈의 소유자가 아니었다. 정신력이라는 점에서는 내가 아는 한, 괴이 못지않게 강하다.

"취소하지 않을 거야. 사과하지 않을 거야. 몇 번이라도 말할 거야."

칸바루는 말했다.

그것도 차분한 목소리였다. 히스테릭하게 서로 소리 지르고 호통치고, 그것으로 간신히 차분해진 건가? 그것이 여자 간의 싸움의 작법이라 한다면, 확실히 남자인 내가 그곳에 개입할 여

지는 없다.

"시노부. 너는… 만나야만 해."

아마도 지금까지 몇 번이고 반복했을 그 대사를, 다시 한 번 시노부를 향해 반복했다.

"초대 괴이살해자와 만나야 해."

026

콱, 하고.

시노부의 손이 움직여서 칸바루의 얼굴을 움켜쥐었다.

아이언 클로 같은 형태다. 드러누운 자세의 칸바루 위에 올라 탄 시노부가, 마운트 포지션에서 이어지는 공격으로 나선 듯 보이기도 한다.

그러나 어디까지나 위협으로서의 아이언 클로인지, 그 손에 힘은 들어가지 않은 듯하다. 얼굴을 움켜쥐었다기보다 얼굴을 건드렸다고 할 정도의 힘이었다.

하지만 괴이의 뱀을 쥐어 찌부러뜨릴 정도의 악력이 있는, 흡혈귀 비슷한 존재의 손이 얼굴을 건드리면 역시나 냉정하게 있을 수는 없을 것이다. 물론 괴이의 뱀 대가리와 인간의 머리를 똑같이 이야기할 수는 없겠지만, 느낌으로 말하면 그것은 거대한 곰이 머리를 쓰다듬고 있는 것이나 다를 바 없다.

칸바루가 숨을 삼키는 소리가 들린 듯한 기분도 든다.

그래도 칸바루는 물러서지 않는다.

물러서지 않는다.

"400년이 걸려 되살아난 옛 파트너와 만나지 않고 넘어가려 하다니, 그건 좋지 않은 일이야. 아주 좋지 않은 일이야."

그건.

옳지 않아, 라고 칸바루는 말했다.

"……."

숨을 삼키는 것은 나도 마찬가지였다. 칸바루 녀석, 내가 없을 때에 시노부를 상대로 그런 이야기를 하고 있었던 건가. 어떤 식으로 이야기를 꺼냈는지는 알 방법도 없지만, 하지만 저렇게 밑에 깔려 있다는 결과를 보기로는 결코 부드럽게 이야기를 꺼내지 못했던 거겠지.

아니.

일부러 부드럽게 꺼내지 않았던 것이 틀림없다.

설령 다른 방식으로 이야기를 시작할 수 있었다고 해도 말을 고르지 않고 똑바로 직정경행으로, 딱 부러지게 말한 것이겠지.

너는 잘못되어 있다.

너는 올바르지 않다.

그렇게 말했던 것이겠지. 그런 올곧음이 상대를 어떤 식으로 격앙하게 만드는지 알고 있다고 해도, 다른 방법을 취하지 않았던 것이겠지.

칸바루 스루가.

그녀는 말을 고르지 않고, 계속한다.

"뭐가 500년 동안 살아온 어른이야. 너는 그저 과거와 마주하지 않고 도망치기만 하는 겁쟁이잖아."

얼굴이 눌린 채로.

분명하게 말한다.

"나에게 사과하라고 했는데, 너야말로 사과해야 하는 상대가 있는 거 아니야?"

"…무슨 말을 하는 건지 전혀 모르겠구먼. 영문을 모르겠다. 의미불명이다. 평소부터 늘 머리가 이상한 계집애라고 내 주인님의 그림자 속에서 엿보고 있었다만, 아무래도 한도를 넘은 것 같군."

시노부도 칸바루는 머리가 이상한 여자애라고 생각하고 있었던 건가…. 그건 그것대로 참 어지간하지만, 그러나 지금 칸바루의 말이 이해되지 않는 것은 나도 마찬가지였다.

괴이살해자와 만나야 한다.

그리고… 사과해야 한다?

그렇게 말하는 건가. 그 공터에서 괴이살해자 소년과 나눴던 대화를 떠올린다. 그는 말하고 있었다. 시노부에게 사과하고 싶다고.

사과하기 위해 만나고 싶다고.

그것이 어디까지가 진심인지 나는 가늠하지 못했고, 솔직히 설령 진짜라고 해도 이제 와서 뻔뻔스럽다고 생각하지 않은 것도 아니지만, 칸바루는 그것과 정반대되는 이야기를 시노부에게 하고 있었던 것이다.

만나서 사과해라. 무슨 마음으로 칸바루는 그런 말을 하고 있는 걸까?

"내 머리가 이상하다는 건 내가 가장 잘 알고 있어."

칸바루는 말했다.

…자각은 하고 있던 거냐.

"하지만 그건 상관없어. 머리가 이상해도 네가 잘못하고 있다는 건 알 수 있어."

"그러니까 내가 무엇을 잘못하고 있냐고 조금 전부터 묻고 있지 않나. 전혀 모르겠다. 인간 주제에 나에게 설교를 하고 싶다면, 조금 정도는 논리적으로 말해 봐라."

"논리 따위 알 게 뭐야!"

칸바루는 또 노성을 질렀다.

얼굴을 눌린 상태로 외치니, 마치 시노부의 손바닥을 먹고 있는 듯 보인다. 시노부도 그렇다고 손을 떼지는 않았다.

보기에 따라서는 참으로 기괴한 구도였다.

만약 표정을 지을 수 있었다면 오노노키는 웃고 있었을지도 모른다. 그렇지만 옥신각신하는 두 사람은 진지 그 자체였다.

"이러쿵저러쿵하지 말고 만나면 되잖아! 오로지 너와 만나겠다는 일념으로 400년 만에 부활한 남자잖아. 왜 만나 주지 않는 거야!"

"그러니까 그건 너의 오해라고 말하고 있지 않나. 그 녀석은 그런 시시한 감정적 이유로 부활한 것이 아니다. 단순한 생명력이다. 단순한 자연현상이다. 여름이 오면 겨울이 오고, 비가 내리고 파도가 치고, 아침이 오고 밤이 오는 것과 하등 다를 것이 없어. 흩어진 재가 바람을 타고 모여서, 자석처럼 들뜬 것뿐인, 자연현상이다."

"누가 누군가를 좋아한다는 마음도 자연스러운 거잖아!"

칸바루는 외친다.

"누군가가 너를 좋아하는 마음을 부정하지 마!"

"그러니까… 정말 말귀를 못 알아듣는 녀석이로구먼!"

시노부도 억누른 목소리를 다시 거칠게 했다.

"대체 성격이 어떻게 되어 먹은 놈이냐, 너는. 이거고 저거고, 너의 잣대로 측정하려 하지 마라! 그런 것이 아니라고, 흡혈귀의 권속은. 흡혈귀의 주종관계는! 좋아하고 싫어하고로 이야기할 수 있는 것이 아니다, 이… 머릿속에 연애밖에 없는 놈 같으니!"

머릿속에 연애밖에 없는 놈.

논의를 그것으로 끝내 버릴지도 모를 강한 말이었지만, 그래도 칸바루는 뒤로 물러서지 않았다. 같은 어조로 받아친다.

"주종관계는 좋아하고 싫어하고가 아니다…. 그걸 너는, 아라라기 선배 앞에서도 말할 수 있어?"

"……."

시노부는 입을 다물었다.

격앙하려 하던 그녀는, 입을 다물었다.

뭐, 나는 앞이 아니라 거의 90도 측면에 있었지만, 그걸 알고 있었기 때문에 시노부가 입을 다문 것은 아닐 것이다.

이것이 페어링되어 있었을 때라면 이런 거리에서는 아무리 교묘하게 숨어 있어도 시노부에게 들키지 않을 수 없었겠지만….

얄궂은 일이다.

페어링이 끊어져 있는 지금이기에, 이런 식으로 시노부의 마음과 접할 수 있다니….

"…흥. 그래서 이렇게 나와 둘이 있을 수 있는 기회를 만들었다는 거냐? 그래, 그러고 보니 내가 내 주인님에게 '만날 생각은 없다'라고 말했을 때, 너는 눈치가 이상했었지…. 그런 이유로 책인지 브래지어인지 뭔지 하는 물건들을 사 오라고 부탁했던 게냐."

"아니, 그건 별 상관없어."

…상관없었던 모양이다.

"정말로 사 오기를 원해서 부탁한 것뿐이야. 솔직히 지금은 브라에 대해서 좀 더 강하게 부탁할 걸 그랬다고 후회하고 있어. 농담으로 생각하고 안 사 오면 어쩌나 하고 불안해서 견딜 수가 없어. 조금 전에 격렬하게 움직인 것 때문에 가슴팍이 아파서 죽을 거 같아. 내 속도에 가슴이 따라오지 못했어. 뿌리째 뜯어 버릴 수 없을까 하고 생각했어."

"확실히 다이내믹하기는 했다만…."

"참고로 농구에서는 노바운드 패스를 노패라고 줄여 말하곤 하는데, 이거, 발음이 노팬티의 노팬과 비슷해서 나도 모르게 응용하고 싶어져."

"그런 식으로 이야기하자면 너의 노브라는 노플랜이 아니냐."

"그렇지. 브라만 했더라면 이런 식으로 깔아 누르고 있는 건 나였을 거야…. 하지만 지금 이렇게 누워 있으니, 너무너무 편하네. 중력에서 해방된 기분이야."

"흥. 지금의 나에게는 없는 고민이군."

그렇게 말하며 시노부는 언짢은 듯한 얼굴을 했다.

그 대화에서 추측하기로는 아무래도 대화에서 주먹싸움의 무대는 이미 끝난 듯했다. '대화'→'말싸움'→'주먹싸움'으로 사태가 발전할 것이라고만 생각하고 있었는데, 여자 간의 싸움에서는 완전히 반대로 진행된 것 같다. 즉 '주먹싸움'→'말싸움', 그리고 간신히 '대화'.

아니, 오시노 시노부와 칸바루 스루가를 대표적인 사례처럼 이야기하면 전국의 여자들에게 실례겠지만.

갑옷무사나 원숭이 게 뱀과 맞섰을 때도 생각했지만, 역시 칸바루는 상당히 재빠른 녀석이다. 그래서 내가 물건을 사러 하산한 직후에 칸바루가 특유의 분위기로 직설적으로 이야기를 꺼내고, 그것을 계기로 간단히 배틀이 벌어지고, 그 결과 시노부가 칸바루에게 마운트 포지션을 취했다.

그리고 입씨름이 벌어진 자리에 나와 오노노키가 왔다는 이야기일까.

최초의 배틀이 없었다면 나도 오노노키도 이렇게 마냥 엿보게 되지는 않았겠지만…. 뭐, 칸바루에게 시노부와 단둘이 있으려는 의지가 정말로 있었든 없었든, 결과적으로 이렇게 파탄 나버린 부분이 그녀답다.

그 얼빠진 부분도 칸바루답고 말이야.

흡혈귀를 상대로 물러서지 않는 모습도 칸바루다웠다. 상대가 금발의 귀여운 유녀 모습이더라도, 존경하는 선배더라도 하고 싶은 말은 확실하게 한다.

양보하지 않는 부분은 양보하지 않는다.

그 완고함은… 어쩌면 어머니에게 물려받은 것일까.

왼손에 대한 것도….

…그런데 경위가 판명된 부산물로서, 칸바루가 나의 겉옷을 맨살에 직접, 노브라 상태로 입고서 타고난 최고속도로 격렬하게 운동했다는 사실 또한 판명되어 버린 것은 내 마음을 적지 않게 술렁이게 했다. 시노부가 만들어 주어서 상당히 마음에 들었는데, 나는 이제부터 저 겉옷을 어떤 기분으로 입어야 좋을까….

아니, 그건 됐고, 왜 가슴 이야기를 하고 있는 거야.

"아니, 그건 됐고, 왜 가슴 이야기를 하고 있는 게냐."

"그걸 먼저 시작한 건 시노부야."

"그게 저기…."

언짢은 듯한 얼굴을 한 채로 시노부는 태도를 고친다. 칸바루 때문에 페이스가 흐트러졌다고는 해도, 그것이 정신을 진정시키는 효과가 있었다고 보이지만, 그곳에는 칸바루의 지적대로 본인은 500살(사실은 598살)의 어른임을 주장하더라도 지금은 유녀의 모습에 발목을 잡히고 있다.

요컨대 어른의 느낌과는 인연이 없다.

설령 말싸움이 성립된 것처럼 보여도, 또 뭔가 한소리 들으면 곧바로 격앙할 것이다. 지금도 칸바루의 얼굴에 손톱을 찍고 있는 상태다.

"네가 무슨 소릴 하고 싶은지는… 뭐, 대충 알았다. 허나 오해도 이만저만이 아니고, 또 쓸데없는 참견이다. 그때 내 주인에게 말했던 대로다. 지금의 나에게 권속이라고 할 수 있는 상대는 네 선배밖에 없다. 지금의 나에게는…."

"…시노부는 내가 하는 말을 이해할 수 없다고 하는데, 내가 이해할 수 없는 것은 그 부분이야. 내가 마음에 들지 않는 건, 딱 그 부분이라고."

"으응?"

"마치 권속이 단 한 명만 있어야 한다는 듯한 말투잖아. 만약 시노부하고 아라라기 선배하고 그 초대 괴이살해자가, 셋이 사이좋게 살아간다는 가정은 없는 거야?"

"셋이…."

이 칸바루의 의견에 시노부는 당황한 듯했다. 그리고 나도 당황했다.

확실히.

그런 발상은 전혀 없었기 때문이다.

아마도, 초대 괴이살해자에게도 그 생각은 없었다.

권속은 두 명씩이나 필요 없다, 라고 말하고 있었다. 하지만 가만히 생각해 보면 두 명이 필요 없을 이유 따윈 없지 않을까.

그런데도 어째서 그런 발상이 우리에게 전혀 떠오르지 않았을까? 마치 만나기 전부터 나와 초대 괴이살해자가 시노부를 놓고 다툴 것이, 대립할 것이 눈에 보이기라도 한 것 같지 않은가.

시노부를 놓고 다툰다?

삼각관계 같은 건가?

확실히 그래서는 마치… 머릿속에 연애밖에 없는 놈 같지 않은가.

"…그 남자는 나를 원망하며 죽어 갔다. 나에게 원한의 말을 내던졌다. 그걸 용서하라고? 아니, 사과하라고 말했지. 사과해? 나의 쓸쓸함 때문에 그 녀석을 같은 흡혈귀로 만들어 버린 것을 말이냐? 그리고, 뭐냐, 화해하면 된다고, 너는 그런 소릴 내뱉고 있는 게냐?"

"화해를 할지 말지는 아무 상관없어."

칸바루의 어조는 전혀 거리낌이 없다.

조금 전의 지적으로 조금 약해진 듯 보인 시노부를 가차 없이 나무라고 있다. 그것은 듣고 있는 나까지 나무라는 것 같았다.

"하지 않아도 돼. 상대가 필요한 일이니까 할 수 없을지도 몰라. 만약 시노부가 초대 괴이살해자보다도 아라라기 선배를 고르겠다고 말한다면 그것으로 족해. 하지만 그걸 상대에게 전하는 것은 시노부여야만 해."

이즈코 씨나 아라라기 선배에게 맡겨서는 안 돼, 라고 말했다.

그 말을 듣고서 시노부는 밉살스럽다는 듯이 "네가 뭘 안다고 그런 소릴 하는 게냐."라고 받아쳤다.

"어차피 남의 일이니 뭐든 마음대로 말할 수 있겠지. 너는 모른다. 너는 아무것도 몰라. 나와 그 녀석과의 관계성을. 경위를. 멋대로 환상을 품고 지껄이는 것이 정말 성가시기 짝이 없구먼. 아니, 400년 전의 일뿐만이 아니다. 지금 현재의, 나와 내 주인님의 관계성조차, 너는 모르고 있지 않느냐?"

"확실히, 나는 몰라, 하지만 나는 알 수 있어."

칸바루는 시노부의 말을, 지당한 사실을 부정하지 않고, 말했다.

진지한, 그리고 절실한 어조로, 말했다.

"첫 번째의 기분도, 두 번째의 기분도."

"……."

시노부는 입을 다물었다. 나도 입을 다물었다.

오노노키는 원래부터 입을 다물고 있다. 오노노키가 입을 다물고 있는 것은 그저 칸바루의 그 발언의, 진의를 알 수 없기 때문인지도 모르지만.

하지만 나는 알았다.

성격적으로는 어떨지 몰라도 시노부와 그리 깊은 관계가 있지도 않은 칸바루가 어째서 시노부와 저렇게까지 다투게 되었는지 이상하게 생각했는데, 그렇구나, 하고 나는 납득했다.

왠지 모르게, 선배를 아끼는 저 후배가 내 마음을 헤아려서 내가 하기 힘든 이야기를 시노부에게 대신 말한 것이 아닐까 하는 생각도 하고 있었다. 하지만 그런 게 아니었다.

칸바루에게는, 나보다도.

물론 시노부보다도.

초대 괴이살해자의 마음 쪽이 이해된 것이다.

순애와도 비슷한, 편집적인 마음.

"…시시한 감정이입 하지 마라."

결코 인간의 기미 따윈 이해하지 않는 시노부에게도 그것이 전해졌는지, 복잡해 보이는 표정을 지으며 칸바루에게 말했다.

"너에게는 400년 만에 되살아난 그 남자가 불쌍하게 보일지도 모른다. 동정하게 될지도 모른다. 허나."

"동정 같은 건 안 해. 불쌍하다고도 생각하지 않아. 그게 어쩔 수 없는 일이라는 것도 알고 있어. 하지만 이대로라면 정말 아무런 보답도 받지 못하잖아. 그 사람이 400년 만에 되살아난 것은 아무도 예상하지 못했던 기적이잖아? 너도, 아라라기 선배도, 이즈코 씨도, 분명 오시노 씨도…. 그런 기적에는 그것에 걸맞은 보답이 있어야 해. 기적을 무시하고, 확률적인 현상 취급을 하고, 없었던 일로 하고…. 그래서는 너무나, 그 사람이 고생의 보답을 받지 못한다고 생각한 것뿐이야."

"그러니까 그것이 연민일 터인데…. 그러면 너는 어찌해야 만족할 것이냐? 어째서 그렇게 풍파를 일으키려고 안달이지? 내가 그 녀석과 만나지 않는 것은 그 녀석을 위해서일지도 모른다는 생각은 하지 않는 게냐?"

시노부의 반론이 약해진다.

왠지 모르게, 나는 그렇게 느꼈다.

이미 자신의 주장을 이야기하기보다는 칸바루를 설득하기 위해 이야기하는 것처럼도 들렸다. 흔들리고 있는 것일까?

500년을 살아온 괴이가.

열일곱 살의 소녀에게 논파당하고 있는 것일까?

"이제 와서 그 녀석과 만난다 한들, 해 줄 말 따윈 없다. 나에게는 원래부터 그 녀석에게 좋은 것 따윈 없다. 현실을 봐라, 원숭이 계집애. 그 녀석은 이제 퇴치될 수밖에 없다. 이 마을에 불온한 일을 초래한 존재로, 지금 이 마을에 만연한 괴이담 자체라고까지 할 수 있는 그 녀석은, 전문가의 먹잇감이 될 수밖에 없어. 나나 내 주인님처럼 무해인증 같은 것을 받을 수 있을 리 없다. 얄궂게도 과거에 다수의 괴이를 쓰러뜨려 온 저 남자는, 미래의 동업자에게 쓰러지는 게야. 그것을 구할 방도는 없다."

"알아. 그러니까."

"그러니까? 그러니까 더욱 만나 줘야 한다는 게냐? 몇 번이나 말하지 않았나, 저 남자는 나를 원망하고 있다고. 만나면 나는 죽게 될지도 모른다. 내 주인님도 죽게 될지도 모르고. 요도를 돌려내라고 하고 있는 모양인데, 그 칼에 베이는 건 우리만이 아닐지도 모른다. 그것도 전부 포함해서."

"그것도 전부 포함해서, 만나야 한다고 말하고 있는 거야. 그러니까 이론 같은 건 집어치우라고! 왜 다들, 그렇게 사람하고 만나기를 거부하는 거야. 얘기가 안 되잖아! 누구하고 누가 만나지 않으면 얘기가 안 되잖아!"

이야기가 되지 않잖아!

그렇게 칸바루는 거친 목소리로 외쳤다. 그리고 얼굴을 붙잡힌 채로 상반신을 일으키려 든다. 시노부가 밸런스를 잃는다. 설마 마운트 포지션을 취한 상태에서 복근만으로 몸을 일으킬 것이라고는 생각하지 못했던 거겠지. 정신적으로는 어떨지 몰라도 육체적으로는 제압했다고 생각하고 있었을 테니까. 칸바루는 일어나려고 한다.

게다가 괴이가 깃든 왼팔의 힘을 빌리지 않고.

"확실히 말하면 되잖아, 시노부."

강한 어조로, 칸바루는 말한다.

"무섭다고. 만나는 게 무섭다고."

"……."

"만나고 이야기해서, 감정이 흐트러지는 것이 싫다고. 뭐가 괴이의 왕이야, 전설의 흡혈귀야. 너는 겉으로 보이는 대로, 괴담을 두려워하는 그냥 어린 여자애라고."

"……."

"너는 그 남자와 만나는 것을 아라라기 선배에 대한 배신으로 생각하기 때문에 절조를 지키는 것처럼, 품행이 바르다고 주장하는 것처럼 그 남자와 만나지 않으려 하고 있는지 모르겠는데, 그건 아니야. 그 남자를 배신하고 있는 것도 아니야. 네가 배신하고 있는 것은, 거짓말을 하고 있는 것은, 속이고 있는 것은 너 자신이야. 약한 자신을 속이고 있어."

"……."

"말하면 되잖아. 말하라고. 말해. 400년이 걸려 되살아날 만한 애정은 무겁다고. 솔직히 부담스럽다고. 아라라기 선배하고 사이좋게 지내고 있는데 이제 와서 되살아나서 찾아오면 곤란하다고. 이제 추억이 된 일을, 끝났던 일을 다시 거론하는 것은 귀찮다고. 계속 밀어붙이는 감정이 기분 나빠 소름 끼친다고. 너의 마음은 민폐라고. 그대로 계속 죽어 있으면 좋았을 텐데, 라고 말하라고. 그런 말을 하지 못하겠다면."

주인이라느니 하는 소린 입에 담지 마.

고고하지도 않고, 고결하지도 않아.

너는 그냥 낯가림쟁이일 뿐이야, 라고.

끝내 상반신을 완전히 일으키고 칸바루는 말했다.

"뭐가 주종관계야. 너에게는 노예를 가질 권리도, 주인을 가질 권리도 없어."

"…카."

"너에게는 관계를 구축할 권리가, 없어."

"…카캇."

시노부는… 웃었다.

처참하게 웃었다. 그녀의 손에 힘이 들어간 것을 알았다.

말리기 위해 들어간다면 이 타이밍밖에 없었다. 이렇게 되면 이미 이론 문제가 아니었고, 의논도 아니었다.

이렇게 되면 올바름도 잘못도 없다.

그렇게까지 적대적인 대사를 듣고 묵묵히 있을 시노부가 아니다. 오노노키도 일어섰다. 무슨 이야기인지 이해하지 못하는 나름대로, 전사로서 불온한 공기를 알아차린 것이겠지.

하지만.

조금 전에 오노노키가 나를 말린 것처럼, 여기서는 내가 오노노키를 말렸다. 두 사람 사이에 끼어들려고 하는 오노노키의 손을 잡고 제지했다.

"…왜 연인처럼 손가락을 얽고 그래."

"어이쿠, 착각했네. 센조가하라하고."

"최악이야…."

고쳐 잡는다.

"조금만 더 기다려 줘, 오노노키."

"왜. 위험하다고, 이미."

"그래도."

알고 있다. 돌이킬 수 없는 상황이 될지도 모른다. 기본적으로 시노부는 인간을 얕잡아 보고 있고, 칸바루가 내 후배라고 해서 그것이 특별히 달라지지는 않는다.

거기까지 모욕당하고.

가만히 있을 수 있는 녀석이 아니다.

그래도….

"카카카… 카카카. 유언은 그걸로 괜찮겠느냐? 너야말로, 하고 싶은 말을 할 수 있어서 만족했느냐?"

"아주 불만이야. 하고 싶은 말은 아직 한참 있어."

"그걸 들어 줄 정도의 마음의 여백이 나에게는 없구나. 모든 것을 망쳐 놓더라도 네 머리를 이대로 으스러뜨려 버리고 싶은 기분이다."

"…그러면 그렇게 하든가."

나는 사과하지 않아, 라고.

칸바루는 말한다. 얼굴을 붙잡힌 손가락 사이로 시노부를 노려보며.

"그렇게 하고, 이번에는 아라라기 선배하고 어색한 사이가 되는 거야. 분명히 지금 초대 괴이살해자를 피하고 있는 것처럼, 이번에는 아라라기 선배를 피하게 되겠지. 지금 그 남자를 과거로 이야기했던 것처럼, 나중에 아라라기 선배도 옛날이야기로 삼으라고."

"잘됐구나. 너를 어떻게 죽일지 고민하다가 반사적으로 죽이는 것을 지금 막 망설여 버렸다."

그런 말을 하면서 시노부는 손에 더욱 힘을 넣었다. 피가.

이미 피부가 찢어져서 피가 흐를 정도의 힘이, 칸바루의 머리에 가해지고 있다. 그래도 나는 움직이지 않는다.

개입할 수 없다. 해서는 안 된다고 생각한다.

내가 끼어들어서, 그것으로 이 자리를 정리해 버리는 광대놀음 같은 마무리로 그녀들의 대화를 끝내서는 안 된다고 생각했다.

설령, 돌이킬 수 없는 상황이 벌어지더라도.

모든 것을 망쳐 놓더라도.

"그러니까 마지막으로 한 번 더 찬스를 주겠다."

"필요 없어. 너는 첫 번째를 버린 것처럼 언젠가 두 번째도 버릴 거야. 첫 번째와 마주할 수 없는 네가 두 번째와 마주할 리가 없어. 세 번째도, 네 번째도, 다섯 번째도… 영원히 사람과 계속 헤어지라고."

"영원히···."

"불로불사잖아? 언젠가 말했어, 아라라기 선배가. 시노부가 내일 죽는다면 내 생명은 내일까지로 족하다고. 하지만 분명 너는 그런 말은 하지 않겠지. 말했다고 해도, 같은 말을 세 번째에게도 할 거야. 네 번째에게도 할 거고. 다섯 번째에게도 하겠지. 언제까지나 계속 말하고, 언제까지나 계속 살라고."

"······."

그것은···.

불로불사에 질려서 스스로 목숨을 끊으려 한 적도 있는 시노부에게는, 너무나도 강한 말이었다.

"···모두가 자기처럼 사교적이라고 생각하지 말라니까? 조금 전에 나를 낯가림쟁이라고 평했다만, 누군가와 만나고 싶지 않은 마음이란 건 자연스러울 터인데."

"그건 부자연스러워. 사람과 사람은 맞지 않는 일은 있어도 만나지 않는 일은 없어."

"나는 사람이 아니다."

"그럴지도 모르겠네. 그 눈치라면."

평행선이었다.

나와 괴이살해자 소년과의 대화도 완전히 평행선이었지만, 시노부와 칸바루와의 대화도 상당한 평행선이었다.

아니, 이야기하면 할수록 괴리되어 가는 느낌이었다. 그렇지만.

그렇다면 근원에서는 교차하고 있다.

뿌리는 같다.

"…만난다 한들 나는 그 녀석에게 뭐라 말해 줄 수 있는 것도 아니라니까? 서로 미워해서 갈라서고, 서로 미워해서 사별한 관계다. 관계를 회복할 생각도 없거니와 셋이 사이좋게 지낼 생각도 없어. 첫 번째와 두 번째를 비교하며 이야기할 생각도 없다. 비교하는 것 자체가 내 주인에 대한 실례라고 생각하고 있다."

의외의 말이었다.

아니, 시노부 안에 나에 대해서 실례라는 개념이 있다는 말을 가리키는 게 아니다. '서로 미워해서 헤어졌다'는 말이다.

초대 괴이살해자가 시노부를 미워해서 자살했다는 이야기는 들었지만, 시노부가 초대 괴이살해자를 미워하고 있었다는 이야기는 처음 듣는 말이었다.

당연히.

시노부도 나에게 모든 것을 이야기한 것은 아니고, 이야기할 때의 분위기도 있었으니 그럴 수도 있을까…. 그렇지만.

확실한 것이 하나 있었다. 칸바루 스루가는.

나는 끌어낼 수 없었던 시노부의 감정을, 끌어내 보였던 것이다.

…이건가?

가엔 씨가 칸바루를 이번 일에 끌어들인 진짜 이유는. '스루가의 '왼팔'이 필요'하다는 말도 있었고, 이야기한 내용으로 봐서 칸바루의, 가엔 가문의 혈통을 중시하고 있다고 생각했다. 그걸로 납득하고 있었다. 하지만 이번 일에 관해서 칸바루가 외부인, 요컨대 거리를 둔 존재라는 것은, 어디까지나 말려든 상대라는 점은 변함없다고 생각하고 있었다. 그런데 사실 가엔 씨가 칸바루를 '말려들게 한' 것은 이런 식으로 시노부와 충돌시키기 위함이었던가?

나에게 플러스알파의 물건을 사 오라고 부탁한 칸바루의 진의가 의도적이었든 단순히 그 녀석다운 미라클이었든, 근본을 따져 보면 나에게 아침 식사를 사러 가도록, 자리를 벗어나도록 넌지시 재촉한 것은 가엔 씨였다.

그 타이밍에서 나에게 5천 엔을 건네면, 내가 물건을 사러 가게 될 것이 빤히 보인다. 가엔 씨의 경우에는, 내가 혼자서 산을 내려가면 초대 괴이살해자와 조우할 가능성이 있다는 것도 파악하고 있었을지도 모른다.

…너무 깊이 생각하는 건가?

가엔 씨가 칸바루를 이번 일에 말려들게 하려고 한 시점에서는, 아직 초대 괴이살해자가 의지를 가지고 복귀하는 것까지 예상할 수 있을 리가….

"……."

…할 수 있을 리가, 있는 건가.

나는 뭐든지 알고 있어.

뭐든지 알고 있는 누님.

의외로 내가 숙녀 사진집을 사는 부분까지, 그녀는 예상을 끝냈던 것인지도 모른다.

"역시나 그건 아니겠지."

그 부분의 사정을 모르는 나름대로, 오노노키가 딴죽을 걸었다.

사정을 모르는 나름대로 딴죽을 걸어 올 줄이야….

"귀신 오빠, 이 상황에 신소리는 끼워 넣지 마. 슬슬 클라이맥스인 것 같아."

"클라이맥스라니…. 정말 남의 일이구나."

"하지만 펑펑 울겠지. 내가."

"안 그럴 거잖아. 그리고 클라이맥스의 스펠은 'climax'야. cry가 max인 게 아니라고."

어쨌든 생이별한 조카와 만나고 싶다는 기분 따위, 언니의 딸과 만나고 싶다는 마음 따위, 가엔 씨에게는 티끌만큼도 없었다는 것은 확실하다.

그러니까 확실히 가엔 씨에게는, 알고는 있지만 이해하지 못하는 것이 있다.

만나고 싶다.

사람과 만나고 싶다는 마음을, 이해하지 못한다.

그렇구나, 하고.

그것에 대해서 나는 이때, 18년간 살며 다양한 경험을 해 오면서도, 처음으로 이해했던 것이다.

'사랑한다'와 '만나고 싶다'는, 다른 감정이다.

"나는 무엇을 해 줄 수도 없다. 초대 권속과 만난들 아무것도…. 요도 '코코로와타리'도, 이제 와서는 돌려줄 수 없다. 나와 일체화되어 버렸어."

시노부는 말한다. 조용하게.

"알겠나. 이 부분이다, 중요한 건. 나에게 메리트가 없으니까 만나지 않는 것이 아니다. 그 녀석으로서도 나와 만나 봤자 좋은 것이 없는 게야. 나와 내 주인님이 사이좋게 지내는 모습을 과시하는 것에 무슨 의미가 있지? 지금은 내가 그 남자에게 아무런 감정도 없다는 것을 보이는 것에 어떤 의미가 있지? 그런 잔혹한 짓을 하라는 게냐?"

"그래. 잔혹한 짓을 하라고 말하고 있어. 옛 남자를 상처 입히는 것이 네 할 일이야."

칸바루는 말한다. 격한 어조로.

"너는 남의 호감을 얻고, 그 위에 좋은 녀석으로 있고 싶기까지 한 거야? 사랑받은 채로 끝내고 싶은 거야?"

"네가 하고 있는 말은, 풍화되거나 마모되게 놔두느니 파괴해 버리는 편이 낫다고 말하는 거나 다름없다."

"그러니까 그런 소릴 하고 있는 거라고."

"…그 녀석이 나를 미워하고, 죽이려 하고 있다면, 나는 그 녀석을 죽이게 되겠지. 죽어 줄 수도 없어. 분명 사과해야 할 일은 확실히 있지만, 용서받으려고 생각하지도 않으니 말이다. 그래도 괜찮은 게냐?"

"그래도 괜찮아. 그때는 미움이라는 마음에 응해 주면 돼. 그 마음을 단절시켜 주면 돼. 하지만 사과해서 용서해 주었다면, 그때는."

"그때도 마찬가지다. 나를 용서한 직후에, 그 녀석은 전문가에게 퇴치된다. 그래도 괜찮은 게냐?"

"그래도 괜찮아."

그래도 괜찮다, 라고 칸바루는 반복한다.

시노부는 짜증 난다는 듯이―바보 취급을 당했다고 생각했는지, 짜증 난다는 듯이 손에 넣는 힘을 거의 한계까지 높였다.

칸바루의 두개골이 삐걱대는 소리가 들리는 듯했다.

"너의 어리석은 예상대로 그 남자가 나를 그리는 마음으로 인해 부활했다 해도, 내가 그 마음에 응할 수는 없다. 내가 그 녀석과 만나서 할 수 있는 것은 아주 지독하게, 매몰차게 행동하는 것뿐이다. 그래도 괜찮은 게냐."

"그래도 괜찮아."

"내가 그 녀석과 만나서."

시노부가 다시, 처참한 미소를 짓는다.

나조차도 본 적 없을 정도로.

그 처참함은 극에 달해 있었다.

"만약 그 마음에 응해 주고 싶어지면, 어떡하겠느냐? 내가 네 선배가 아니라… 초대 괴이살해자를 선택하면 어떡하겠느냐. 그래도 괜찮은 게냐?"

"그래도 괜찮아."

그때는, 이라며.

칸바루 스루가는 피를 흘리면서 갈파喝破했다.

"그때는 아라라기 선배와 단호히 갈라서고, 그 남자와 영원히

함께하면 돼."

툭, 하고.

시노부의 손이, 칸바루의 머리를 쥐고 있던 손이 툭 하고 떨어졌다. 힘없이, 그대로 덜렁덜렁 흔들린다. 팔만이 아니다. 고개를 숙이듯이, 시노부의 얼굴도, 어깨도, 축 아래로 늘어졌다.

입 밖으로 소리 내어 그렇게 말한 것은 아니다.

자세로서는 밸런스를 잃었지만, 여전히 그녀는 칸바루 위에 올라탄 상태이므로 시노부 쪽이 훨씬 우세하다. 피를 흘리고 있는 것은 칸바루 쪽이다.

하지만 확실히 알았다.

아아.

오시노 시노부는 지금 패배를 인정했노라고.

천 년을 절반 이상 살고 있는 전설의 흡혈귀가, 키스샷 아세로라오리온 하트언더블레이드가 스스로 패배를 인정했노라고. 그것도, 고작 열일곱 살의 여고생에게.

나는.

오시노 시노부가 일대일에서 패배한 것을 처음 보았다.

"…오노노키."

나는 말한다. 쥐고 있던 오노노키의 손은 어느샌가 떨어져 있었다.

"부탁이 있어."

"또야? 나를 편리한 아이템처럼 사용하지 말라고. 작작 좀 하란 말이야, 너."

"너라니…. 안심해, 이번에는 이게 마지막 부탁이니까."

그렇게 말하며 나는 자신의 얼굴을 가리켰다.

"이 스탬프, 지워 줄 수 있어?"

"……?"

오노노키가 이해 못 하겠다는 듯이 고개를 갸웃거린다.

"그걸 지우면 그 뒤론 당신의 안전은 보장 못 하는데? 발자국이 부끄러운 것은 알겠지만 오늘 밤, 하룻밤만 참으면 돼."

부끄러울 것을 알면서도 얼굴에 발자국을 남긴 거냐…. 그 역할로 추측하기론, 아마도 상대에게 보이기만 하면 딱히 얼굴에 찍을 필요도, 발자국일 필요도 없었던 것으로 생각되는데….

다시 한 번, 나는 말했다.

시선은 앞을 향하고 있다. 유혈의 칸바루 스루가와 패배의 오시노 시노부를 응시하는 채로, 나는 말했다.

"결투란 거, 해 보고 싶어."

027

만일 후세 사람이 판단한다면, 칸바루가 하는 말이 옳다고 생각할 것이다. 하지만 같은 시대를 같은 장소에서 살고 있는 자로서는, 그녀의 의견은 너무 과격했다.

어떻게 생각해 봐도 도가 지나치다.

그중에서도 나처럼 그다지 외향적이지 않은 인격의 인간이 보기에, 사교면허를 가지고 있다고 말해도 될 만한 그녀의 생활태도는 완전히 이해의 영역 밖이다.

나름대로 조용히 정리되어 가고 있는 상황에 파문은 고사하고 파란을 일으키고 있는 것이나 마찬가지다. 이쪽은 다 알고 있는 문제인데 어째서 원만하게 정리하게 놔두지 않는가, 라며 머리를 끌어안고 싶어진다.

눈앞으로 날아드는 정론에 모든 것을 내팽개치고 싶어진다.

어쨌든 나오에츠 고등학교에 입학한 당초, 1학기의 4월 중에 자기 반 모든 여학생의 집에 놀러 갔었다는 전력戰歷을 지닌 칸바루 스루가다.

동아리 활동에 소속되어 있지도 않은 나 따위와는 인간관계에 대한 사고방식이 근본적으로 다르다. 생각해 보면 시노부는 400년 전까지 권속을 한 명도 만들지 않고 혼자 살고 있었고, 또한 500년(사실은 600년)을 사는 동안 권속을 단 두 명밖에 만들지 않았다는 것은 품행이 바르다기보다 커뮤니케이션 능력이 현저히 결여되어 있다고 할 수도 있다.

뭐, 시노부의 고고孤高와 나의 고립孤立을 동일선상에서 말해서는 안 되겠지만, 그것을 전제로 생각하면 칸바루가 하는 말을 나나 시노부가 진정한 의미에서 이해하기는 어려울 것이고, 또한 칸바루 쪽도 나나 시노부의 마음을 이해할 수는 없을 것이다.

서로를 이해할 수 없다.

근본적으로 서로를 이해할 수 없다.

하지만 그것으로 말한다면, 그렇기에 우리 중에서 가장, 혹은 유일하게 칸바루만이 초대 괴이살해자의 기분을 알 수 있는지도 모른다.

중학교 시절.

칸바루 스루가는 센조가하라 히타기와 의사적疑似的 자매관계를 맺고 있었다. 발할라 콤비라고 불리던 그것은, 하네카와에게 전해 듣기로는 학교 내에서도 유명한 관계였다고 한다.

칸바루에게 그것은 영원히 이어지리라 생각하던 관계일 것이다. 하지만 한 학년 위인 센조가하라는 한발 먼저 고등학교에 진학했고.

그리고 고등학교에서 변해 버렸다.

학력이 조금 부족했지만, 타고난 노력으로 나오에츠 고등학교에 들어온 칸바루는 돌변한 센조가하라에게 쌀쌀맞게 거절당하게 된다.

물어볼 때마다 매몰찬 소리를 들었다.

'너를 친구라고 생각하지도 않고 후배로도 생각하지 않아. 예전에도 지금도'—'너처럼 우수한 하급생과 사이좋게 지내면 내 평가가 올라가니까 그것 때문에 사이좋게 지내 준 것뿐이야'—'사람을 잘 챙겨 주는 좋은 선배를 연기하고 있었던 것뿐이야'…. 그 이래 1년 이상, 센조가하라와 칸바루 사이의 교류는 사라진다.

교류의 재개도 칸바루에게는 결코 좋은 형태로 시작되지는 않았다. 그 자리에 잘 알 수 없는, 생활태도에 무게감이 없는, 사려가 부족한 바보 같은 남자가 등장했기 때문이다.

바로 나다.

아라라기 코요미다.

변모한 센조가하라 히타기의 새로운 파트너로서 나라고 하는, 어쩐지 잘 알 수 없는, 누구라도 대신할 수 있을 것 같은 남자가 등장했던 것이다.

그때의 칸바루의 기분은 상상을 불허한다.

'아무런 장점도 없는 평범한 고등학생'이라는 프로필은 이미 그것 자체가 강한 개성으로서 존재하고 있지만, 나는 그것조차 아니었다.

그런 녀석이, 동경하는 '센조가하라 선배'를 가로채 간 상황이 었던 것이다. 그 사실에 칸바루 스루가는 견뎌 낼 수 없었다.

견뎌 낼 수 없었기에.

그녀는 원숭이에게 소원을 빌었다.

그것은 올곧은 그녀답지 않은 행위였는지 모르지만, 그러나 그 생활태도로부터 도망치지 않기 위해서는 필요한, 실로 그녀다운 행동이었는지도 모른다.

그런 그녀이기에.

초대 괴이살해자의 기분을 이해할 수 있다.

첫 번째의 기분도, 두 번째의 기분도 알 수 있다.

물론 규모가 다르다. 똑같이 취급하면 초대 괴이살해자 쪽이 기분이 상할지도 모른다. 시노부의 고고와 나의 고립을 한 묶음으로 취급하는 것이나 마찬가지다. 칸바루와 센조가하라의 단절은 칸바루가 진학할 때까지의 1년 정도였고, 그 뒤를 포함해도 약 2년이다. 400년이란 규모는 아니다.

시노부와 초대 괴이살해자의 관계와 센조가하라와 칸바루의 관계도 전혀 다를 것이다. 그 이야기를 하기 시작하면 초대 괴이살해자와 2대째 괴이살해자의 정확한 관계 따윈 아무도 알 수 없다.

당시를 아는 자는 한 명도 없으니까.

한 명도 남김없이 '어둠'에 삼켜졌으니까.

하지만 그래도 칸바루 스루가는 공감했다.

동정하지도 불쌍히 여기지도 않고.

공감하고… 동조했다.

그래서 시노부에게 따지고 들었다. 만나지 않고, 마주하지 않고 넘어가려고 하는 시노부에게 한마디 불평을 하지 않을 수 없었고, 그리고 한마디로는 끝나지 않았다.

…그것은, 나는 할 수 없는 일이다.

나는 이미 시노부와 거리가 너무 가까워서, 그 녀석의 사고방식이나 생활태도를 부정할 수 없게 되었다. 그런 식으로 그 녀석과 싸울 수는 없고, 입씨름을 벌이지도 못한다.

의견이 충돌하지도, 설전을 벌이지도 않는다. 그것이 일심동체라는 의미이니까 어쩔 수 없는 일이기는 했지만, 그러나 본래 칸바루가 시노부에게 했던 말들은 내가 해야 했던 말인지도 모른다.

원래부터 사교성이 전무한 나로서는 생각도 하지 못한 일이었지만…. 정말 나는 저 후배의 등에 얼마나 많은 것을 짐 지우고 있는 걸까.

예전에 이 키타시라헤비 신사에서도, 센고쿠 나데코에 대한 일로 자기리나와와 마주했을 때도, 나는 저 녀석에게 지저분한 역할을 떠넘겼다.

안 그래도 이번에는 코믹릴리프를 대부분 그녀 한 사람에게 맡기는 실정이다. 하다못해, 단신으로 시노부와 맞선 그녀에게 보답하기 위해서도 나는 초대 괴이살해자와 마주해야만 한다.

그렇게 생각했다.

그렇게 결의했다.

"…별 상관은 없는데 말이야, 네가 싸우지 않아도."

진짜 웃기네, 라고 말하면서.

저녁 무렵, 키타시라헤비 신사를 방문한 뱀파이어 하프인 전문가, 에피소드는 경내에 박아 놓은 거대한 십자가에 등을 기대면서 미소를 지었다.

…이 십자가는 요도나 뭔가처럼 평소에 이공간 같은 장소에 수납하지는 않는 것 같다. 뭐, 형태가 십자가이니 흡혈귀로서의 스킬을 발휘할 수 있는 대상이 아닌지도 모른다.

"결투라는 상황까지 넘어온 시점에서 가엔 씨의 목적은 달성되었으니 말이야. 무대를 설정한 장소에 초대 괴이살해자를 불러낸 시점에서 하트언더블레이드의 권속, 너의 역할은 끝난 것이나 마찬가지야. 가엔 씨의 상정으로는, 그 녀석과 싸우는 건 나였을걸? 그것을 위해 나를 불러낸 거라고 생각하는데?"

"…그럴지도 몰라. 하지만."

"아니. 뭐, 괜찮아. 그 부분을 놓고 옥신각신할 생각은 없어. 나는 용병이니까. 나야말로 누가 그 녀석을 쓰러뜨리건 아무 상관없어. 기꺼이 양보하지. 흡혈귀 한 마리가 이 세상에서 소멸한다면야. 뭐하다면 너와 하트언더블레이드와 초대 괴이살해자, 셋이 한꺼번에 죽어 준다면 기쁘겠는데 말이야."

그런 말은 농담만도 아닐 것이다.

무해인증이 나와 있고, 그는 봄방학에 오시노가 설정한 게임에서 패배했으므로 나나 시노부에게 손을 댈 수 없을 뿐. 본심으로서는, 개인적인 마음으로는 모든 흡혈귀가 그의 적이니까.

뱀파이어 하프.

인간도 흡혈귀도, 동등하게 미워한다.

"…수속이라는 건, 다 끝났어?"

주뼛주뼛하는 나의 질문에,

"아아…. 물론이지."

라면서 에피소드가 끄덕였다.

"그런 쪽은 빈틈없다고, 그 사람은. 그 뒤에 제대로 초대 괴이살해자를 추적해서, 제대로 교섭했어. 오시노 메메가 우리를 상대로 네고시에이트했던 것처럼. …뭐, 가엔 씨는 오시노 메메 정도로 성실하지는 않겠지만 말이야."

"……."

그 오시노가 성실하다고 형용되는 일이 있다니 생각도 하지 못했지만, 가엔 씨에 비하면 그렇게 될지도 모른다. 결국은 뭐든지 비교일까.

비교가 되지 않더라도, 비교해야 하는 법일까.

"그런가…. 그 공터에서 초대 괴이살해자를 놓쳤을 때는 어떻게 되는가 싶었는데, 제대로 따라잡았구나. 과연 프로페셔널이야."

"과연 프로페셔널이라기보다, 너의 미라클이 아마추어 레벨이 아니라고."

적어도 나는 가엔 씨가 적을 놓치는 것을 처음 봤어, 라고 에피소드는 말했다. 그렇게 듣고 보니 나쁜 기분은 들지 않았다. 딱히 칭찬받은 것은 아니겠지만.

"이제 남은 것은 밤이 되기를 기다린 뒤에 일대일로 너와 초대 괴이살해자가 결투하는 것인데…. 마음을 편히 먹도록 미리 말해 두겠는데, 이 승부는 딱히 져도 상관없어."

"……?"

"네가 지게 되면 그때는 내가 나설 뿐이니까. 여차할 때는 가엔 씨가 움직일 거고. 그런 이야기일 뿐이야. 결투의 무대라고 이름 붙이긴 했지만, 그런 점에서는 제령의식의 자리 같은 거지. 이번에야말로 달아날 방법이 없는 막다른 골목이야. 비겁하다고 생각하냐?"

선수를 치듯이 말하는 에피소드.

"말했잖아. 괴이를 퇴치하는 것에는 비겁이고 뭐고 없어. 게다가 이번 경우에는 상대도 전문가야. 알면서 응하고 있어. 그 결계에서 벗어날 수를 쓰고 올 것이 분명해. 말하자면 지혜 대결이겠지. 결투라는 말에서 예상되는 정도로 전력을 다하는 느낌은 없어. 그러니까 이기지 않아도 괜찮아. 너는 죽지 않으면 그걸로 족해."

"죽지 않으면…?"

"네가 죽으면 하트언더블레이드가 완전히 해방되어 버리잖아. 잊지 말라고."

"……."

잊고 있던 것은 아니다.

다만 만약 결투 끝에 내 몸에 무슨 일이 일어났다고 해도, 그럴 걱정은 없다고도 할 수 있다. 내가 맡고 있는 역할을 초대 괴이살해자가 짊어진다고 한다면.

"아니, 아니지. 그러니까 가엔 씨가 두려워하는 가능성이 있다고 한다면 바로 그거라고. 하트언더블레이드가 최초의 권속과 다시 페어링되어 버리는 것이야말로 가장 우려되는 사태야. 어떻게 생각해 봐도 위험하잖아. 하트언더블레이드 같은 것이 둘씩이나 있으면."

자각을 가지라고. 너는 세계를 열 번은 멸망시킬 수 있는 괴물을 억제하고 있다는 자각을. 에피소드는 그렇게 말했지만, 어쩐지 그것은 나는 무력하고 아무것도 할 수 없는 녀석이니까 시노부의 안전밸브로 작동하고 있으라는 말을 들은 것 같아서 조금 전처럼 좋은 기분은 될 수 없었다.

이래서는 마치 야한 책을 흩뿌리는 것이 특기인 녀석 같지 않은가. 야한 책을 흩뿌린다니. 대체 무슨 의식이냐, 그건.

"…그렇게까지 기대받지 못하면 물어보는 의미가 없을지도 모르겠는데 말이야. 만약 그 결투에서 내가 이기면 그 녀석은 어떻게 되는 거야?"

"퇴치되지. 나에게, 혹은 가엔 씨에게 후유증이 남지 않을 정도로 죽게 돼. 존재하지 않는 것으로 되어 있는 괴이라서 상금이 걸려 있지 않은 것이 아쉽지만… 뭐, 보상금은 가엔 씨에게 받을 수 있어. 그러니까 신경 쓰지 마. 이기든 지든, 결과는 변하지 않아. 그거지, 너하고 초대 괴이살해자의 결투는 개막 출연이라고 할까, 퍼포먼스라고 할까…. 말하자면 시구식 같은 거야."

시구식.

나름대로 내 마음을 편하게 해 주려는 생각으로 한 말인 것은 알겠지만, 그러나 그런 말을 들으니 의욕이 사라져 버릴 것 같기도 했다. 뭐, 어쨌든.

시구식이라도 어느 쪽이 투수고 어느 쪽이 타자인지는 정해지지 않았고, 또한 이 경우에 던지는 공을 타자가 때려 버리는 깽판치기도 허용되어 있다는 점에서 보면, 나와 괴이살해자가 볼만한 장면을 만들 수 있을지도 모르지만….

"…그게 말이지."

그렇게.

에피소드는 설명을 마치고, 그때까지 등을 기대고 있던 십자가를 뽑아 들고서 어깨 위에 얹었다. 여차하면 1톤 정도는 되지 않을까 생각되는 은제 십자가를, 가볍게.

뱀파이어 하프.

흡혈귀로서의 스킬이 반으로 줄어든 대신에 흡혈귀로서의 약점도 반으로 줄어든, 낮이라도 그 파워를 발휘할 수 있는 하얀 교복 차림의 전문가.

"우리 아빠하고 엄마는 말이지. 뭐, 알다시피 각각 인간과 흡혈귀였는데."

"……?"

"그런 사례가 있다고 해서 인간하고 괴이가 인연을 쌓을 수 있다든가, 사이좋게 지낼 수 있다든가 하고 생각해 주길 바라지는 않아. 오히려 내 존재는 실패 사례라고 생각하고 참고해 줬으면 좋겠어."

실패 사례?

자신을 표현하기에는 겸손이라고도 생각되지 않는, 에피소드답지 않은 말이다.

"그도 그럴 것이, 우리 아빠하고 엄마는 그 뒤에 살해당했으니까. 결국 맺어진 지 얼마 되지 않아서 인간들에게 퇴치되고, 흡혈귀에게 잡아먹혔으니까 말이야."

나도 보호되지 않았더라면 위험했지, 라고 에피소드는 그것을 지금까지와 다름없는 어조로 말했다. 그것은 한순간, 아주 한순간 눈앞의 남자가 예전에 목숨을 걸고 싸웠던 상대라는 것조차 잊게 만들 정도로 충격적인 사실이었다.

"엄청 웃기지? 그런 법이라고. 그러니까 괜한 희망은 갖지 마. 하트언더블레이드와의 관계에."

"…하지만, 그런 일이."

나는 움츠러들면서도 그를 향했다.

그런 일이 있다니 좀처럼 믿을 수 없었다. 그것이야말로 특수 사례가 아닐까 하고 생각했다. 하지만 에피소드가 개인적인 감정으로 움직이는 전문가인 이유도, 그렇다면 납득할 수밖에 없었다.

아버지가 흡혈귀에게 잡아먹히고, 어머니가 인간에게 살해당했다는 과거가 있다면 그야 당연히….

"응? 아니, 아니야. 그게 아니야. 반대야, 반대. 인간 아빠가 인간에게 '퇴치'되고, 흡혈귀 엄마가 흡혈귀에게 '잡아먹혔다'는 얘기라고. 각자가 각자의 동료에게 배신자 취급을 받아서 말이지. 뭐, 나무랄 생각은 안 들지. 나라도 배신자라고 생각할 테니까."

"……."

충격적인 사실…보다 한 단계 위의 이야기를 해 주었다.

그것에 해 줄 수 있는 코멘트 따위가 평화롭게 자란 나에게 있을 리가 없다. 다만 예전에는 단순히 미운 적으로밖에 보이지 않았던 이 하얀 교복의 소년이, 문득 친근하게 느껴지는 한편으로 아득히 먼 장소에 있는 존재처럼 생각되었다.

"…너를 보호한 것은 누구야? 인간도 흡혈귀도 양쪽 다 적인 그 상황에서, 너를 지켜 준 것은."

"지켜 준 것은 아니겠지만 말이야. 여러 가지로 계획이 있었을 테니까."

그렇게 운을 뗀 뒤에, 나머지를 말할지 어떨지를 조금 주저하다가, "기요틴커터가 소속된 교회야."라고 말했다.

기요틴커터….

봄방학, 시노부를 퇴치하려고 이 마을에 찾아왔던 세 전문가 중 한 명…. 그리고.

"그러면… 너는."

"아니, 그런 건 아니야. 그 신밖에 모르는 변태가 내 부모 같은 존재였다든가 한 건 아니야. 다만 개인적인 감정으로 움직이는 것을 지상명제로 삼는 나로서는, 이번 일에 하트언더블레이드의 편은 들 수 없겠지. 그 녀석이 애매한 상태에 놓여서, 진퇴양난에 몰려서 나는 정말 꼴좋게 됐다고 생각하고 있어. 진짜 웃기네, 하고 말이야."

그렇게 말하면서 키타시라헤비 신사를 뒤로하려는 에피소드. 그에게도 오늘 밤을 위해 나름대로 준비할 것이 있는 듯하다.

하마터면 그 등을 멍하니 배웅해 버릴 뻔했지만, 나는 "잠깐 기다려, 중요한 걸 듣지 못했어."라며 곧바로 십자가를 등에 멘 그 뒷모습을 향해 말을 걸었다.

에피소드에게는 내가 결투에 참가할지 어떨지는 아무 상관없는 일이었으므로 깜빡 잊은 것이겠지만…, 나로서는 그것을 들어야만 했다.

"세팅한 결투 장소란 데는 어디야? 나는 오늘 밤, 어디로 가면 돼?"

"아~, 그거 말이지."

그는 돌아보며 말했다.

부모가 살해당한 이야기도 경쾌하게 이야기하던 그가, 여기서는 싫은 일이라도 기억났다는 듯한, 뭔가 사정이 있는 듯한 얼굴로.

"그 부분은 전례를 따랐지. 너에게는 익숙한 장소일 거야. 나에게는 사연 있는 장소란 느낌이지만."

"사연…?"

"사립 나오에츠 고등학교의 운동장이다."

028

시간적으로는 앞뒤 순서가 뒤바뀌게 되는데, 칸바루 스루가와 오시노 시노부와의, 여자 간의 싸움이 종언을 맞은 것은 한낮의 일이었다. 그렇다면 그다음에 대체 어떤 전개가 되었는가 하면, 그것은 오노노키가 말하는 클라이맥스하고는 약간 취향이 다른 전개였다.

우선 칸바루에게 그 정도의 질타격려를 받은 시노부가 취한 다음 행동은 '토라져서 잔다'였다. 그녀는 칸바루의 몸 위에서 일어나서, 비틀거리는 발걸음으로 신사 안에 틀어박혀 버렸다. 칸바루도 더 이상 그 뒤를 쫓지는 않았다. 물론 야행성의 시노부에게는 졸음이 한계에 다다랐다는 점도 있겠지만, 여고생에게 논파당했다는 사실이 생각 외로 큰 충격이었을 것이다.

'싫은 일이 있으면 잔다'라는 것은 생각해 보면 400년 전부터 이어진 그녀의 처세술이기도 했다. 그 행동을 보고 내 옆에서, 칸바루와 시노부가 옥신각신하는 것을 거의 처음부터 보고 있던 오노노키는,

"핫. 구제불능이로군."

이라고 말하며(그러니까 어떻게 된 캐릭터냐) 어깨를 한 번 으쓱했다.

"재미없는 싸움이었어. 귀신 오빠, 나는 이만 갈게. 이 일을 가엔 씨에게 보고해야 하거든. 보고가 끝나면 이 재미없는 싸움의 재미없는 기억은 딜리트해야지."

"이 열두 시간 동안 어떤 경험을 해야 그런 성격이 되어서 돌아오는 거냐고. 저기, 오노노키, 내 얘기 들었어? 나의 낙관인…."

"낙관인이라는 고풍스러운 이름으로 부르지 말았으면 좋겠는데, 내 발자국을. 멋지게 소울sole이라고 불러 줬으면 해."

"신발 바닥을 영혼처럼 발음하지 마. 그리고 맨발이었잖아."

"알았어, 알았어. 밤이 되면 지워 줄게. 그것도 포함해서 보고를 해 둘게."

"응, 부탁해. 맞다, 가엔 씨하고 만나면…."

"페어링 말이지? 하긴 그것도 회복시키지 않으면 귀신 오빠는 싸울 방법이 없겠지."

그렇게 말하고 오노노키는 걸어서 키타시라헤비 신사에서 떠나갔다. 계단을 사용하지 않고, 산을 그대로 내려간다.

혼자가 된 나는, 솔직히 이제 어떡해야 하나 하는 기분이 들었

다. 칸바루와 시노부와의 다툼을 가까이에서 봐 놓고, 어떤 얼굴을 하고 경내로 돌아가야 좋을까. 다시 산을 내려가고 싶어지는 마음도 있었지만, 그럴 수도 없다.

조금이라고는 해도, 피를 흘렸던 칸바루의 머리도 살펴봐 두고 싶다. 지금의 나로서는 치료해 줄 수도 없지만, 그래도 그렇다.

나는 왔던 길을 돌아가서, 토리이를 다시 지나서 새침한 얼굴로, 부자연스럽지 않은 발걸음으로, 그러나 아마도 평소보다는 빠른 걸음으로 상당히 멀리 돌아서 칸바루 곁까지 도착했다.

"어라? 칸바루, 왜 그래? 그런 곳에 누워 있고. 응? 머리에서 피가 나고 있잖아. 괜찮아?"

"응? 아라라기 선배, 조금 전까지 저기서 보고 있었으니까 알 거 아냐?"

"들켰었냐!"

넌 그러면 내가 옆에 있다는 걸 알면서 시노부와 그런 대화를 하고 있었던 거냐! 정신의 강함이 이미 병적인 레벨이잖아!

기척을 지우는 방법이 완벽한(그렇다기보다 기척이 없는) 오노노키의 존재는 깨닫지 못한 듯했지만, 내 존재는 수풀 속이라 모습은 보이지 않아도 왠지 모르게 눈치채고 있었던 모양이다.

운동선수의 식스 센스, 장난 아니네….

"괜찮아, 시노부는 눈치채지 못했어. 그건 그렇고 아라라기 선배, 부탁한 책은 사 왔어?"

"아니, 잠깐 기다려. 그렇게 가볍게 넘겨도 될 일이 아니잖아! 좀 더 아까 일을 화제로 삼으라고!"

"응? 하지만 들었으면 됐잖아. 그것보다 부탁한 책을⋯."

"부탁한 책에 너무 얽매이잖아. 부탁한 책이란 게 얼마나 중요한 거야. 하다못해 머리의 상처 좀 이리 보여 봐."

걱정되는 것은 안에 든 것 쪽이지만⋯.

"응."

그렇게 칸바루가 나에게 머리를 들이밀어 왔다.

뜻밖에도 귀여운 몸짓이었다⋯. 그녀가 내가 사다 준 상하권을 두 팔로 꼭 끌어안았기에 나온 동작이었음을 고려하지 않았을 경우의 얘기지만.

동아리 활동을 그만둔 이래로 제법 많이 길어진 칸바루의 머리카락을 헤치고, 시노부의 아이언 클로에 의한 피부 열상을 체크한다.

음⋯.

뭐, 괜찮을까⋯.

머리 부위는 피가 나기 쉬워서 겉으로는 상당히 크게 다친 듯 보였지만, 피를 닦고 보니 안심할 수 있는 얕은 상처였다. 이 정도라면 흡혈귀 스킬로 치료하지 않고 내버려 둬도 괜찮겠지⋯.

"아라라기 선배가 머리카락을 만지작거리는 상황에서 읽는 소설은 재미있네⋯."

"남이 네 몸 상태를 걱정하고 있을 때에 소설을 즐기지 말아 줄 수 있겠나, 칸바루 씨."

"이 정도의 상처야 스포츠에서는 일상다반사니까 신경 쓰지 않아도 돼. 그것보다 조금 더 그대로 머리카락을 만지고 있어

줘."

"무슨 의미가 있는 거냐고. 어디 보자…."

뭐였더라.

이 녀석하고 뭔가 해야만 하는 이야기가 있었다는 기분이 드는데….

"…뭐, 상관없나."

"응? 뭐가 말이야?"

"아니."

감사 인사를 하기도 좀 그렇고, 칸바루에게 큰 상처가 없다면 일단은 됐다. 그 이상 바랄 것은 없다. 나는 칸바루의 머리를 이리저리 헝클어뜨렸다.

"아무것도 아니야. 자, 점심밥 먹자, 칸바루."

"응. 아주 배가 고파. 그러면 나는 이대로 책을 읽을 테니 아라라기 선배가 먹여 줘. 아앙~."

"아앙은 무슨 아앙이야. 그렇게까지 어리광을 받아 주는 선배가 어디 있겠어."

"어라? 어쩐지 양이 적지 않아?"

"예산 문제가 있어서…. 일단은 도넛도 사 왔는데, 시노부는…."

어떡할까, 하며 신사 건물 쪽으로 눈길을 준다.

완전히 아마노이와토* 상태로 보이는데….

※아마노이와토(天岩戸) : 일본 신화에 등장하는 동굴. 태양신 아마테라스는 폭풍의 신 스사노오가 심한 행패를 부리자 항의의 뜻에서 '아마노이와토'라는 동굴에 들어가 버린다. 이 때문에 세상이 어둠에 감싸이게 되자, 곤란해진 다른 신들이 그 동굴 앞에 모여 춤을 추어서 아마테라스를 밖으로 끌어내 다시 세상이 밝아지게 한다.

"…어떡할 생각일까, 저 녀석은."

"뭐, 자고 있다면 내버려 두면 되겠지. 시노부는 야행성이니까, 어차피 밤이 되면 일어나지 않겠어?"

"그렇긴 한데…. 어? 칸바루, 신경 쓰이지 않아? 그만한 소릴 해 놓고서, 마구 몰아붙여 놓고서 시노부가 이제부터 어떻게 움직일지, 동향이 신경 쓰이지 않는 거야?"

"내가 신경을 쓰건 말건, 그건 시노부가 결정할 일이니까. 나는 하고 싶은 말을 했으니 만족해."

지금은 귀축 가르송이 하프보이를 어떻게 하후하후하는가 쪽이 신경 쓰여, 라며 칸바루는 독서에 몰두하고 있었다.

야, 그 귀축 가르송 때문에 내가 엄청 고생했다고, 라고 말해 주고 싶었지만 이 부분도 칸바루의 칸바루다운 모습이겠지. 이런 사교적인 인간에게는, 반대로 어딘가에 있는 듯하다. 자기와 타자 사이에 그어져 있는 선이.

반대로 나처럼 교우범위가 좁은 인간은 필요 이상으로 자신과 상대를 동일화해서 생각해 버리니까, 그것이 트러블의 원인이 되곤 한다.

시노부도 그런 점에서는 나와 마찬가지인지도 모른다.

"그건 그렇고, 아라라기 선배. 브래지어는?"

"본론이란 듯이 말하지 마. 사 왔어. 봐라."

"브라?"

"보아라!"

예산 문제로 란제리 숍이 아니라 100엔 숍에서 산 싸구려지만…. 중요한 건 내용물이다.

머리도 가슴도.

"그러면 나는 이대로 책을 읽을 테니, 아라라기 선배가 입혀 줘. 아앙~."

"아앙~의 의미가 변해 버렸잖아, 칸바루…. 그런데 나한테는 안 해 주는 거야?"

"응?"

"아까처럼 몸을 바쳐 어드바이스 같은 거."

"뭐야. 몸을 바쳐 주길 바라는 거야?"

"몸은 바치지 않아도 돼. 말로만 해도 괜찮아."

"그것도 좀 뭐하다고 생각하는데…. 특별한 건 없어."

"없는 거냐."

"어린 계집의 몸으로 연상의 선배에게 어드바이스라니, 주제 넘는 일이라 도저히…."

500년 이상 산 흡혈귀를 상대로 한 걸음도 물러서지 않고 말 싸움을 벌였던 계집애는, 소설에서 전혀 눈을 떼지 않는 채로 말했다. 그렇게까지 열중해서 읽어 준다면 작가로서 기쁘기 한 량없겠지…. 겸사겸사 정도도 상관없으니, 가능하면 선배로서 기쁘기 한량없게 해 줬으면 좋겠는데.

"아라라기 선배는 평소대로의 아라라기 선배로 있으면 돼. 괜히 분발하지 말고, 평소대로. 연습은 시합처럼, 시합은 연습처럼. 운동선수의 기본준칙이야."

칸바루는 마치 대회 전날, 주장이 팀메이트에게 하는 것처럼 그런 말을 했다.

"굳이 말하자면 DIY지."

"DIY?"

"Do Your Best. 최선을 다하자고."

"……."

그걸 줄이면 DYB가 될 테고, DIY는 직접 뭔가 뚝딱거리며 만드는 걸 가리키는 말일 텐데. 하지만 그 부분에 딴죽을 걸지는 않기로 했다.

왜냐하면 Do It Yourself, '스스로 해라'는 이번의 나에게 딱 어울리는 어드바이스였기 때문이다.

그 뒤에 나는 밤을 대비해서 한숨 잤다. 신사 건물 안은 시노부가 독점하고 있었으므로 사실상의 노숙 같은 것이다. 육체적으로 강화되어 있지 않은 지금 상황에서 수면은 필수일 테지만, 그래도 좀처럼 잠이 오지 않았던 것은 노숙이기 때문만은 아니었을 것이다. 칸바루는 그 사이에 계속 소설을 읽고 있었다고 한다. 스포츠맨의 체력은 무진장이냐.

그리고 저녁때가 되자, 신사에 찾아온 에피소드로부터 가엔 씨가 세팅한 결투의 상세 내용에 대해 들었던 것이다.

사립 나오에츠 고등학교의 운동장.

나와 칸바루가 적을 두고 있는 학교.

확실히 그곳은 에피소드에게는 사연 있는 장소였다. 왜냐하면 그가 쫓던 전설의 흡혈귀, 그 권속과 예전에 싸웠던 장소이니까.

그리고 그곳은 동시에.

나와 시노부가, 아라라기 코요미와 키스샷 아세로라오리온 하트언더블레이드가 사투를 벌인 장소이기도 했다.

과연 전례를 따랐고, 어울렸다.

첫 번째와 두 번째의 결투에.

노예끼리의 결렬에.

결판에… 진저리 날 정도로 어울렸다.

029

"여보세요, 센조가하라."

[어라, 코 군.]

"그런 닉네임으로 불린 적 없다고."

[무슨 일이야? 이렇게 전화를 걸어왔다는 건, 이번 트러블은 이미 해결한 거야?]

"아니…."

[나하고 하네카와에게 따끔하게 혼날 마음의 준비는 되었다는 건가?]

"…무섭네."

[자업자득이겠지. 얼마나 분방하게 학교를 쉬고 있는 거야…. 아, 이건 지금의 내가 할 말은 아니지만.]

"응? 뭐…, 아직 끝나지 않았어. 끝날 때까지 연락할 생각은 없었지만, 미안해. 참을 수가 없었어. 왠지 불안해서."

[그래…. 기분 좋은 얘기를 해 주네. 칸바루하고 느실난실하다가 나를 잊어버린 게 아닐까 하고 생각하고 있었어.]

"그럴 리가 없잖아. 화낸다? 뭐…, 오늘 밤 전부 결판이 날 거야. 응, 그 부분에 관한 일도, 돌아가면 제대로 설명할게."

[그래. 뭐, 하네카와는 이쪽에 맡겨 둬.]

"응? 하네카와에게 무슨 일이 있었어?"

[…칸바루에게 못 들었어?]

"응? 뭘?"

[아니…. 우리 둘 다, 무서운 후배를 둔 것 같네. 뭐, 못 들었다면… 돌아온 뒤에 본인에게 직접 듣도록 해. 그렇게 생각하면, 무사히 돌아가자는 모티베이션도 되겠지? 어차피 또 무리한 짓만 하고 있을 테니, 코 군은.]

"코 군이라고 부르지 말아 줄래?"

[코쿤이라고 부르면 괜찮아?]

"왜 번데기냐고."

[사실대로 말하면 지금 하는 일을 전부 내던지고, 내팽개치고 당장 돌아와 줬으면 하지만…. 그럴 수는 없겠지.]

"응. 그럴 수는 없어. …돌아가면 여러 가지로 할 이야기가 있어. 사과하고 싶은 거라든가, 말하고 싶은 거라든가. 제대로 만나서 이야기하자."

[헤어질 것 같은 플래그는 세우지 말아 줄래? 무섭거든?]

"아, 미안. 말을 이상하게 했네. 저기, 센조가하라."

[왜, 코쿤.]

"코쿤으로 통일하지 마. …저기, 센조가하라. 한 가지 알려 줬으면 하는 게 있는데."

[샤넬의 넘버 5*야.]

"그런 얘기 아니고, 거짓말하지 마. …1년 전에 칸바루가 나오에츠 고등학교에 입학해서 너를 만나러 왔을 때. 솔직히 어떻게 생각했어? 1년간 교류를 단절했던 후배가, 너에게는 끊어 버린 과거의 친구가 다시 너를 만나러 왔을 때, 어떻게 생각했어?"

[……]

"아아, 미안. 이상한 질문이었지. 미안해, 잊어 주…."

[아니. 지금 질문으로 콩쿠르가 빠져 있는 문제는 대강 이해했어.]

"굉장하네! …콩쿠르라니, 나를 말하는 거야?"

[콘솔이라고 할 수도 있어.]

"그게 코요미에서 파생된 말이라니, 도무지 믿기지가 않네."

[그렇지, 솔직히 무겁다고 생각했어. 그 애의 마음은.]

"……."

[나에게 너무 큰 환상을 품고 있었고 말이야, 그 애는. 다만 한 가지만 수정해 두자면, 그때 나에게 달라붙는 칸바루를 내가 일방적으로 거절했는가 하면 결코 그런 것도 아니란 점이야. 나

※샤넬 넘버 5 : 마릴린 먼로가 "잘 때 무엇을 이고 자는가."라는 질문을 받았을 때, '샤넬의 넘버 5'라고 대답한 일화가 있다.

의 생활태도에 대해, 당시의 상황에 대해 나도 상당히 심한 소리 들었으니까.]

　"…응. 지금 들으면 그렇겠구나 하는 생각이 들어."

　[당시의 나에게는 전혀 효과가 없었지만 말이야. 그 애는 특별하고 선택받은 인간이니까 그런 말을 할 수 있구나, 하고 생각했어. 나처럼 겉만 그럴싸한 짜가하고는 다른 천재라고.]

　"……."

　['노력한 사람이 반드시 성공한다고 단정할 수는 없지만, 성공한 사람은 반드시 노력했다'라는 말은 성공한 사람이 반드시 하는 말이잖아? 우연히 성공한 게 아니라 자신의 공적이라고 어필하잖아? 그런 식의, 성공한 사람의 노력 어필이 싫어서 견딜 수 없는 나이였으니까.]

　"그건 결코 나이 문제만은 아니라고 생각하는데…. 지금도 그렇게 말할 것 같고 말이야."

　[하지만 네 덕분에 칸바루와 화해할 수 있었을 때, 생각했어. 그런 것이 아니었다고. 천재는 고민하지 않는 것이 아니야.]

　"……."

　[누구나 고민하고 있어. 당연하지. 나는 줄곧 특별한 인간의 '나는 특별하다'라는 감각을 자기 것으로 삼고 싶었는데, 그런 것에 의미가 없다는 걸 알았어.]

　"……."

　[이야기가 살짝 엇나갔나? 조금 전에 무겁다는 얘길 했는데, 그건 그 아이의 무게에 견뎌 낼 수 없는 나의 가벼움의 표출이

기도 했겠지. 하지만 내가 칸바루와 함께 있고 싶다면 그 무게에 견뎌 낼 수 있는 나여야만 했던 거야. 지금도 그렇게 생각하면서 갈고닦는 중이야. 이건 아라라기 군에 대한 나이기도 하지만. 이래 봬도 노력하고 있어. 아라라기 군의 아내가 되기 위해서.]

"……."

[무거워?]

"아니, 결코 그렇지는….."

[특별도 보통도, 사실은 없는 거야. 그런 건 그저 남과 비교하고 있을 뿐…. 그렇잖아? 대부호의 아이로 태어났다면 특별한 것처럼 생각할 수 있겠지만, 그 이야기를 하기 시작하면 이 시대에 이런 평화로운 나라에서 태어난 것만으로 내가 아는 사람은 전부 특별하다는 이야기가 되니까.]

"…이게 마지막일지도 모르니까 네가 화낼 수도 있는 거, 물어봐도 돼?"

[그 불온한 전제를 취소한다면 대답해 줄 수도 있어.]

"나보다 조건이 좋은 녀석이 너에게 고백한다면, 그때는 어떡할 거야?"

[우와, 약해 빠졌어! 뭐야, 그 질문은, 무서워!]

"아니, 응. 뭐, 그렇다고 생각하긴 하는데."

[나에게 싫은 소리를 하게 만들려 하고 있어! 어디까지 말하게 하면 화를 낼지 시험하고 있어! 재수 없어! 결정했어, 내일 헤어져야지!]

"저기, 대답하고 싶지 않다면야…. 그 반응이 이미 대답이라는 기분도 들고…. '내일 헤어져야지'라고는 하지 마."

[부끄러움을 감수한 질문이라고 생각하니까 진지하게 대답해 주겠는데, 그때는 100퍼센트 갈아타게 될 거야.]

"굉장하구나, 너…. 그런 말을 할 수 있다는 게 굉장해."

[인연에 절대 따윈 없다는 것을 나는 알고 있어. 부모님을 보고, 배웠어.]

"센조가하라…. 저기, 그건."

[절대적인 인연이라니, 생각해 보면 꽤 무섭고 말이야. 그러니까 갈아타게 만들지 않도록 노력하라는 얘기야. 특별한 인간은 될 수 없더라도, 누군가의 특별은 될 수 있잖아?]

"…누군가의, 특별."

[나는 칸바루나 아라라기 군에게 특별한 인간이고자 끊임없이 노력하고 있어. 안심해, 아라라기 군. 너는 충분히 특별한 인간이야. 나에게도, 칸바루에게도. 시노부에게도. 우리는 너를 선택하고 있어.]

"정말로 이해하고 있었구나…. 굉장하네."

[여자친구니까. 전화해 줘서 아주 기뻤어. 사랑해.]

"사랑해. 돌아가면 조금 더, 더 많이, 이런 이야기를 하자."

[응. 알몸으로 기다릴게.]

"…칸바루가 변태인 거 말인데, 네 영향을 강하게 받은 거 맞지?"

030

그리고 8월 24일 밤, 사립 나오에츠 고등학교의 운동장에 배우들이 모였다… 라고 말하고 싶은 참이지만 현재 몇 사람인가가 빠져 있었다.

그것에 대해서는 나중에 언급하기로 하고. 어쨌든 여름방학이 끝나고 나흘째 되는 오늘, 나는 간신히 내가 다니는 고등학교에 등교했다는 이야기다. 생각하면 등교일이란 시스템은 우리 학교에는 없으므로(있을지도 모르지만 적어도 나는 모른다), 1학기 종업식 이후로 약 37일 만의 등교라는 이야기가 된다. 그것이 학생도 교사도, 학교 관계자가 모두 하교를 마친 야간이라는 점이 참으로 나다웠다.

그러고 보니 결국 여름방학 숙제는 여전히 끝내지 못한 상태네. 그렇게 새삼스럽게 생각한다. 애초에 그것이 여름방학의 최종일부터 이어지는 일련의 사건의 발단이었는데, 이래서는 이제 내가 학교에 갈 무렵에는 여름방학 숙제 따윈 유야무야되어 있지 않을까 하는 생각이 든다.

나도 상당히 배짱 두둑한 녀석이다.

어쨌든 봄방학 때와 마찬가지로 학교 부지 안에는 결계 설치를 마쳤으므로, 외부인의 침입도 제삼자의 개입도 걱정할 것 없다.

"그러면 얼른 시작해서 얼른 끝낼까."

그렇게 가엔 씨가 말했다.

어쩐지 나에게서 거리를 두고 있는 듯한 기분도 들지만, 물론 가엔 씨는 이해력 있는 어른이므로 분명히 기분 탓일 것이다.

가엔 씨 옆에 있는 것은 에피소드.

키타시라헤비 신사에서 하고 있던 것처럼 거대한 십자가를 운동장에 박지는 않고(그런 짓을 했다간 나중에 흔적 때문에 고생한다), 어깨로 안고 있다. 그것은 아마도 임전태세를 의미하는 것이라고 생각한다.

가엔 씨도 에피소드도 근본적으로 그런 성격이겠지만, 이 상황하에서도 편하게 있는 것처럼 보이지만, 어쩌면 별로 내키지 않는 상태로 이 상황에 입회하고 있는 것처럼도 보이지만, 업무에 대한 엄격함은 이 두 사람에게 공통되는 점이다.

카이키나 카게누이 씨처럼, 일을 도중에 얼마든지 내던지는 어중간함과는 아마도 무연할 것이다. 사기꾼인 카이키는 그렇다 쳐도, 그렇게 생각하면 카게누이 씨의 이레귤러스러움이 여기에서도 눈에 띄는 느낌이었다.

불사신의 흡혈귀가 엮인 사건인데도 불구하고 가엔 씨가 카게누이 씨를 관여시키지 않았던 것은 그 부분이 이유일까…. 그녀와 직접 싸웠던 입장으로서는, 그녀가 슬쩍 못 본 체 넘어가 준 입장으로서는, 그것도 당연하다고 말할 수밖에 없지만.

이제부터 할 결투도, 그때 무모하게도 카게누이 씨에게 맞섰던 것을 생각하면 어쩌면 전혀 대단할 것 없을지도 모른다. 다만 그때와 지금은 크게 다른 조건이 하나 있지만.

그래서 그 카게누이 씨의 식신인 인형 동녀―츠쿠모가미인 오노노키 요츠기에 대해서인데, 그녀는 지금 여기에 없다.

말도 안 돼! 오노노키가 없다!

동녀 부재라니!

그러면 나는 대체 무엇을 위해서 여기 온 거야!

…라고 외치고 싶어지지만(농담), 아무래도 그녀는 나하고 있었던 일을 가엔 씨에게 보고한 뒤에 새로운 심부름을 하러 어딘가로 여행을 떠났다고 한다.

새로운 심부름…?

그녀의 오버워크에 대해서는 더 이상 언급하지 않도록 하고. 하지만 오늘 밤, 어떻게 되더라도 이번 일에는 결판이 난다는데, 이제 와서 어디에 무엇을 하러 간 것일까? 그렇게 생각하며 가엔 씨에게 확인해 봤더니,

"일을 마무리한 뒤처리에 대해서야. 일이란 것은 마무리하고서 그걸로 끝이 아니야. 특히 내 방식으로는. 같은 일이 두 번 다시 일어나지 않도록 재현 가능성을 소거하는 것이 내 방식이야. 방범 예방을 철저히 한다, 일어나 버렸다면 다음 번 이후의 참고로 한다. 그런 얘기지."

라고 말했다.

잘은 모르겠지만, 어쨌든 가엔 씨는 이미 오늘 밤의 일이 끝난 뒤의 전개에 초점을 맞추고 있는 듯했다. 뭐, 그녀의 입장에서 보면 그것이 당연한지도 모르지만, 팔짱을 끼는 척하면서 가슴을 가리며 이야기하지는 말아 줬으면 한다.

그리고 내가 하려고 하는 일을 우승이 결정된 야구시즌 막판의 잔여 경기처럼 취급하지 말았으면 좋겠다. 잔여 경기가 아니라 시구식이었던가?

"그렇지. 괜찮아, 괜찮아. 요츠기의 스탬프는 내가 풀어 줄 테니까. 다만, 페어링의 회복에 대해서는 본인이 없으면 무리일까…."

그렇게 가엔 씨는 조금 시니컬하게 말했다

그렇다.

그런 것이다.

이 자리에 없다는 의미에서는 오노노키와 마찬가지로 시노부도 없었다. 오시노 시노부는 결국 신사 건물 안에서 나오지 않았다.

신사에서 나올 시간이 되어도, 불러도, 노크해도 나오지 않았다. 정말 말 그대로 아마노이와토에서처럼 신사 앞에서 춤을 춰 보기도 했지만 별다른 효과는 없었다.

시노부는 결국, 초대 괴이살해자와 만나지 않는 것을 선택한 것일까. 그렇다면 그것은 존중해야 할 선택이었다. 그렇다. 내 결의와 시노부의 결심은 달라도 괜찮은 것이다.

그렇다면 시노부가 초대 괴이살해자와 만나지 않고 넘어갈 수 있도록, 나는 어떻게 해서라도 결투에 승리해야만 한다. 뭐, 이런 식으로 일부러 마음을 새롭게 한들, 설령 예정조화처럼 내가 패배하더라도 가엔 씨와 에피소드가 초대 괴이살해자를 시노부와 만나게 하지 않겠지만.

그러나 그래도, 내가 하는 것에 의미가 있었다.

칸바루도, 선언했던 대로 신사 안에 틀어박힌 시노부를 밖으로 끌어내려고 하지는 않았다. 왠지 재미있었는지 한동안 나와 함께 춤을 추어 주었지만,

"그러면 슬슬 갈까?"

라며 재촉한 것은 칸바루 쪽이었다.

깔끔한 녀석이다. 이런 말도 했었다.

"괜찮아. 무슨 일이 있으면 내가 아라라기 선배를 지킬 테니까."

…의지할 수 있는 후배였다.

하지만 이미 충분히 일해 준 그녀에게 이 이상 일을 시키는 것은 마음이 괴롭다. 그런 의미에서도 나는 분발해야만 했다.

이 후배 앞에서 꼴사나운 모습은 보일 수 없다.

그렇게 생각했다.

그런 이유로 나를 포함해서 여기까지의 네 사람에 대해, 가장 나중에 등장한 것이 일련의 사태의 중심에 있던 남자.

초대 괴이살해자.

키스샷 아세로라오리온 하트언더블레이드의 최초의 권속. 400년이 걸려 부활한 흡혈귀.

옛 시대의 전문가.

그는 갑자기, 갑옷차림으로 나타났다.

"……."

갑옷무사. 오전 중에 만났던 소년의 모습과는 완전히 다른,

현대에서는 완전히 이질적인 방어구를 두르고 그는 등장했다.

한 번 남자아이 모습을 보았기 때문일까, 어쩐지 갑옷이 한층 커진 듯도 보인다. 아니, 실제로 커져 있겠지.

최대한 회복하고 오겠다고 말했다. 완쾌하고.

그 뒤로 새로운 에너지 드레인과 파워 업을 거쳐서, 그는 이 운동장에 등장했을 것이다. 소년시절 같은 수다스러움은 자취를 감추고 있었다.

그는 지시대로 등장하고서 아무 말도 하지 않고.

중후한 갑옷으로서 그곳에 섰다.

…그리고 조용해진 것은 초대 괴이살해자뿐만이 아니다. 그의 등장과 때를 같이해서, 칸바루도 조금 조용해졌다. 이런 분위기에도 불구하고 그때까지 평소처럼 밝게 수다를 떨고 있었지만.

그것은 초대 괴이살해자가 짊어지고 온 '좋지 않은 것'의 양에, 독기에 영향을 받았기 때문일 것이다. 예전 키타시라헤비 신사에서, 그리고 이번에 학원 옛터에서 몸 상태가 나빠졌던 것처럼.

아니, 그때보다도 더욱, 이다.

흡혈귀로서의 바탕이 같은 나, 프로인 가엔 씨나 에피소드는 그것에 별다른 영향을 받지는 않았지만, 괴이살해자가 밤을 맞이하며 얼마나 신경 써 준비해 왔는가를 음으로 양으로 나타내는 모습이었다.

칸바루의 몸은, 마음은 선배로서 걱정되긴 했지만 여기서 돌아가라고 말해 봤자 돌아갈 녀석이 아니고 말이지…. 어떡할까

하고 생각하는 동안, 어쨌든 가엔 씨가,

"그러면 얼른 시작해서 얼른 끝낼까."

그렇게 입을 연 것이었다.

그 어조에는 특별히 조카의 컨디션을 신경 쓰는 눈치는 없었다. '얼른 끝내자'라는 것이 칸바루를 배려하는 말이 아님은 딱히 내가 아니어도 알 수 있을 것이다.

"아라라기 군, 그리고 초대 군. 너희들의 결투를 주관하는 건, 이 뭐든지 알고 있는 누나야. 정정당당하게 이 자리에 입회하도록 하겠어. 너희들도 판정은 나에게 맡기도록 해."

"…약속은."

초대 괴이살해자는 말했다.

그 목소리는 이미 나에게서 빼앗아 간 그것이 아니다.

그 자신의 것으로 변해 있다.

중후한, 그러면서도 멍하니 귀 기울이게 될 것 같은 차분한 목소리다.

"약속은 지켜 줘야겠다. 이즈코 님. 그대가 전문가로서 약속을 깨거나 하지 않을 자라고 소생은 전문가로서 신용하고 있다."

약속을 깰 생각에 가득 차 있는 가엔 씨를 상대로, 그것은 서글퍼지는 대사이기는 했지만, 그러나 그도 서글픈 대사를 진심으로 하는 것은 아닐 것이다.

그도 해천산천海千山千인 전문가.

태연히 상대에게 독 아닌 성수가 든 차를 내미는 거짓말쟁이….

"응, 물론이지. 누나는 약속을 깬 적이 없고, 거짓말을 한 적도 없어. 성실이 간판인 이즈코 씨라고."

…일관되게 성씨를 이야기하지 않는 부분을 보면 칸바루에 대한 신분 위장을 철저히 하고 있다. 하지만 그 정도로까지 알려지기 원치 않을 일일까? 생이별한 조카라는 것은 그야 간단히 밝혀도 될 일은 아닐지도 모르지만, 그러나 이 마당에 이르면 계속 감추는 의미를 캐묻고 싶어지기도 하는데….

칸바루와의 관계성이라기보다, 가엔 씨는 칸바루의 어머니인 친언니와의 관계성에 뭔가 일그러짐이 있는 듯도 느껴진다.

…지금 생각할 만한 일은 아니지만.

초대 괴이살해자는,

"아라라기 님."

이라고 나에게도 말했다.

"키스샷이 없는 것 같은데…. 너와의 결투에 승리하면 소생은 그 녀석과 만날 수 있다고 생각해도 되겠는가?"

"…마음대로 해."

나는 대답했다.

이미 가까이에서 냉정하게 바라보는 압도적인 박력에 마음은 삼켜져 있었지만, 최대한의 허세를 잊지 않았다.

"너하고의 결투에 진 뒤에 살아 있을 생각은 없어. 마음대로 만나면 돼."

만날 수 있다면, 이라는 말은 삼킨다. 가엔 씨는 그런 말을 하기를 바라지 않을 테고, 또한 괴이살해자로서도 들을 것도 없는 일일 테니까.

만날 수 있다면.

…이렇게 똑바로 앞에 두어도, 나는 이 녀석이 만나서 순순히 시노부에게 용서를 빌 것이라고는 생각할 수 없었다. 칸바루의 말은 그 점에서 잘못되어 있다고 생각한다.

애정이 아니다.

감사도 아니다.

충성도 아니다.

그렇다고 해서 불순물 없는 순수한 증오나 원한이나 반기와도 다른 것이다. 인정하고 싶지는 않지만, 아마도 그것은 내가 시노부에 대해서 갖고 있는 마음과 아주 가까운 것이었다.

어쩌면 같을지도 모를 정도로.

그 마음의 이름은… 애증.

사랑스럽고, 밉다.

…그러니까 실제로, 초대 괴이살해자 자신도 직전까지 모르고 있는 것이 아닐까. 시노부와 만나는 그때까지, 모르고 있는 것이 아닐까.

그때, 자신이 어떻게 행동할지.

사랑할지, 죽일지.

정직했는가, 속이고 있었는가.

그때 결정 나는 것이 아닐까.

…그때 같은 건 찾아오지 않겠지만.

하지만 그것으로 동정하거나 동조하거나 하는 것은 역시 잘못된 일이다. 내가 그 속임수의 한 축을 짊어지고 있기 때문이기도 하지만, 그것도 내가 결투에 승리하면 정직하고 성실한 것이 되니까.

불쌍하다고 생각하는 것은.

잘못이다.

400년 걸려서 되살아날 만한 존재에는 어쨌든 경의를 표해야 한다. 오시노 메메라면 분명 그렇게 말할 것이다.

"살아 있을 생각은 없다니, 진짜 웃기네. 너무 살벌한 소리 하지 마, 하트언더블레이드의 권속…. 아차, 양쪽 다 마찬가지인가?"

거기서 표현에 고심하는 눈치를 보이는 에피소드. 아마도 내 본명을 기억하지 못하는 것이겠지. 가엔 씨가 나를 지금은('코요밍'이 아니라) '아라라기 군'이라고 부르고 있는데, 그런 이름이란 흥미가 없으면 귀에 들어오지 않는 법이고 말이야…. 이쪽도 에피소드에 대해서는 '에피소드'라는 것밖에 모르니 피장파장이다.

초대 괴이살해자의 이름도.

모르는 채로 끝나게 될 것이다.

"그래, 맞아. 아라라기 군."

그렇게 에피소드의 대사를 받아 잇는 가엔 씨.

"살벌한 얘기는 좋지 않아. 못 들었어? 이제부터 하는 일은 의식 같은 거야. 말하자면 신에게 바치는 결투야. 어느 한쪽이 죽을 일은 없어."

이리 와, 라고 손짓을 한다.

그 공터에서 있었던 액시던트로부터 시간이 지나, 나는 간신히 가엔 씨에게 다가가는 것을 허락받은 듯하다. 가엔 씨는 내 얼굴을 건드렸다.

"자. 이걸로 됐어."

그리고 그렇게 말했다.

감각적으로 안 것은 아니지만, 아마도 지금 오노노키의 발자국을 내 왼쪽 얼굴에서 **떼어 낸** 것이겠지.

프로텍트 해제.

나를 지키고 있던 발자국은, 이것으로 사라졌다.

"준비 완료. 이것으로 아라라기 군도 임전태세구나."

"준비 완료? 그것으로 준비 완료라고? 이봐, 잠시 기다려 봐라. 페어링은 어찌 된 거지? 아라라기 님."

의문을 표한 것은 초대 괴이살해자였다.

"설마 그렇게 약한 상태로, 소생하고 결투를 할 생각은 아니겠지?"

"……."

"허허, 아무래도 소생이 염려했던 정도로 너와 키스샷과의 인연은 강하지 않은 것 같군. 종복을 그렇게 약하게 한 채로 전장에 내보내다니, 믿을 수가 없어."

갑옷의 얼굴 보호대 때문에 보이지는 않았지만, 아무래도 비웃고 있는 듯했다. 뭐, 그런 식으로 생각하더라도 어쩔 수 없다.

정말 만전을 기한다면 결투에 앞서 시노부와의 페어링을 회복시키고, 거기에다 시노부에게 피를 마시게 해서 아슬아슬한 수준까지 육체를 강화한 뒤에 이 결투장에 섰어야 했다.

카게누이 씨와 싸웠을 때와의 차이가 여기에 있다. 이 부분이 다르면 전혀 다른 것이지만, 어쨌든 나는 거의 인간인 상태로 괴이에게 도전하게 된 것이다.

…이 정도의 전력 차이로 어떠한 승부에 임하는 것은 처음인지도 모른다.

하지만 무엇이든 최초는 처음이다.

시노부가 신사에 틀어박히고 거기서 나오지 않았던 것은 분명하지만, 그것만이 페어링을 회복하지 않은 이유는 아니다. 이것은 이것대로 바라던 바였다.

그도 그럴 것이, 나는 시노부의 힘으로 이기고 싶은 것이 아니다.

이겨서, 시노부의 힘이 되고 싶은 것이다.

물론 승산도 플랜도 없이 결투에 임하고 있지는 않다. 뭐, 상대도 설령 완전한 상태라고 주장하더라도, 그것은 완쾌에는 한참 멀 것이다.

게다가… 그렇지 않더라도.

어떻게 되더라도, 이기든 지든, 사랑도 미움도, 그 마음이 이루어지는 일이 절대 없다는 것이 결정되어 있는 상대와 결투를 한다면, 하다못해 그 정도의 리스크는 짊어져 마땅했다.

사람은 질 생각도 없는데 싸워서는 안 된다.

흡혈귀는 어떤지 모르지만….

"뭐, 괜찮겠지. 허나 이즈코 님, 이렇게 되면 제대로 핸디캡을 설정한 결투방식을 정했으면 하는군. 나중에 꼴사나운 핑계는 듣고 싶지 않아."

"물론이야. 뭐, 옛날부터 전해지는 보편적인 결투법을 채용할 생각이야. 나름대로 너희들이 공평하게 경쟁할 수 있도록 말이야."

말하면서 가엔 씨는 조례 단상 쪽으로 걸어간다. 그리고 그 위에 미리 준비해 둔 듯한 봉 형태의 물건을 들고 돌아왔다.

그것은 죽도였다.

검도부가 사용하는 그거다.

"가상의 요도 '코코로와타리'라고 말해야 할까. 물론 영기를 통하게 해 두었어. 응, 뭐, 서로에게 유효한 스턴 건 같은 물건이라고 생각해 줘."

그렇게 말하면서 가엔 씨는 그것을 지면에 박아 넣었다.

죽도는 구조상 끄트머리가 둥글게 되어 있어서 박아 넣어도 지면을 찌를 물건은 아닐 터인데, 가엔 씨는 한 손으로 그것을 텐트용 말뚝처럼 땅바닥에 꽂았다.

그 가느다란 팔로 뜻밖에 힘이 센가 하고 생각했지만, 아마도 그런 것은 아니고 통하게 해 둔 영기의 효과로 여겨진다.

"우선 너희들은, 이 죽도를 사이에 두고서 서로 등지고 서. 그리고 내가 숫자를 세는 것에 맞춰서 거기서 열 발짝, 앞을 향해서 걷는 거야. 열 발짝을 마지막으로, 배틀 개시야. 이 죽도를 향해 달려가서 상대에게 한 방 먹인 쪽의 승리야."

말하자면 일본식 서부극이라고 해야 할까, 라고 말하며 가엔 씨는 그 죽도에서 손을 떼었다.

"…변칙 비치 플래그 게임이라고 해도 되겠지만. 물론 먼저 죽도 자루를 빼앗겼다고 해서 포기할 건 없어. 상대에게 죽도를 빼앗아서 일격을 날려도 돼. 어디까지나 승부의 기준은 '한판 승부'야. 이렇다면 어느 정도는 공평하지? 신장이 작고 다리가 짧은 아라라기 군보다 보폭이 큰 초대 군 쪽이 열 걸음의 거리는 멀 것이고, 어쨌든 그런 갑옷을 입고 있으니까."

"확실히 이 갑옷은 가볍지 않지."

그렇게 대답하는 갑옷무사.

그러나 그렇게는 말해도 흡혈귀다. 갑옷의 무게를 포함해도 민첩할 것이 틀림없겠지만…. 그리고 은근슬쩍 가엔 씨에게 내 키가 작다든가 다리가 짧다든가, 가벼운 매도를 들은 것 같은 기분이 드는데.

뭔가 미움받을 만한 짓이라도 했었을까나?

"확인하겠는데, 죽도가 스친 정도로도 '한판'은 아니겠지? 어디까지나 유효타만이 승부를 결정한다고 생각해도 되겠지?"

"물론이야. 그 부분은 현대 검도의 사고방식이야. 뭐, 룰은 뭐든지 가능하지만 다리를 때려도 '한판'이야."

"…요컨대."

갑옷무사는 어깨를 으쓱하며 말했다.

"그렇다면 그런 얘기로군. 상황을 공평하게 했다기보다 아라라기 님이 결투에서 죽지 않도록 하기 위한 배려라는 겐가. 잘 궁리했구먼."

"…어쨌든 메메 오빠에게 야단맞고 싶지는 않으니까 말이야. 그 녀석, 화나면 무섭다고."

가엔 씨는 명확히는 부정하지 않고,

"다른 질문은?"

이라고 얼른 다음 화제로 넘어갔다.

"없다. 그런 간단한 규칙이라면 불평할 것도 없군. 뭐, 꼼짝 못 하게 얽어매는 번문욕례*보다는 그쪽이 낫겠지. 허나 설령 죽도라도 소생이 휘두르면 아라라기 님은 스치는 것만으로도 죽을지 모른다. 그것은 유효타로서 인정되는가?"

"인정하겠어."

가엔 씨는 곧바로 끄덕였다.

"너에게는 그러는 편이 편할 테고 말이야. 아라라기 군은 그걸로 괜찮겠어?"

"괜찮다, 라고는 말하기 어렵지만."

가엔 씨의 말에, 나는 대답했다.

"괜찮다, 라고 말하지 못할 것도 없어요."

"아주 좋아. 아라라기 군 쪽에서는 질문 없어?"

"룰 자체에 질문은 없는데, 저는 검이나 싸움에 문외한이니까 하다못해 그 열 걸음의 달리기에 대해 전문가로부터 조언을 받

※번문욕례(繁文縟禮) : 쓸데없이 번거롭고 까다로운 규칙이나 예절을 이르는 말.

아도 괜찮을까요?"

"전문가?"

나? 소드?

그렇게 가엔 씨는 고개를 갸웃했지만, 이 경우의 전문가란 당연하지만 요괴의 전문가를 가리키는 것이 아니다.

전력질주의 전문가.

직선 달리기의 운동선수.

짧은 단거리 달리기라면 일본 제일, 칸바루 스루가다.

…요컨대 저기서 기분 나쁜 듯 자리하고 있는 후배다.

"…오케이. 그 정도의 핸디캡은 추가해도 괜찮겠지. 그러면 지금이 7시 반이니까… 8시 정각에 결투 개시야. 양측 모두, 워밍업에 전념하도록."

031

"…신장으로 추측하기에 아라라기 선배의 보폭은 약 72센티미터. 요컨대 열 걸음이라면 7미터 20센티미터야. 마라톤에는 마라톤 전략이, 100미터 달리기에는 100미터 달리기의 전략이 있는 것처럼, 7미터를 달리는 데는 7미터를 달리는 전략이 있어. 다만 이 경우에는 여력을 남기는 방법이 과제일지도 몰라."

칸바루가 내 다리를 꾹꾹 만지면서 설명해 주었다. 그 손길은 웜업이라기보다는 마사지 같았지만, 뭐, 그 부분은 '전문가'에게 맡겨 둬야겠지.

"과제라니?"

"달리고 나서 그걸로 끝이 아니라는 얘기야. 죽도를 쥐고 한 방 때려야만 하잖아?"

"아, 그런가."

달리기에서 이겨서 죽도 자루를 먼저 쥐더라도, 거기서 체력이 소진되어 쓰러진다면 아무런 의미가 없다. 또한 마찬가지로 빨리 달리는 데 정신이 팔려서 속도를 주체하지 못하면, 바닥에 박힌 죽도를 지나쳐 버릴 가능성도 있다. 그래서는 뭐가 뭔지 알 수 없다. 본말전도라고 할까, 그냥 멍청한 거다.

"가속과 감속을 단 7미터 사이에 나눠서 해야 한다는 건가…. 연습해 두는 편이 좋으려나?"

"아니, 그건 안 하는 편이 좋아."

"응? 적에게 계획을 들키기 때문에?"

괴이살해자 쪽을 흘끗 본다. 그는 특별히 뭔가를 하지도 않고 이제부터의 전쟁에 임하는 무사처럼 조금 전까지 죽도를 놓아두고 있던 단상에 앉아 팔짱을 끼고 있었다. 그 뒤에 깃발을 세우고 장막을 쳐 놓으면 완벽히 전국시대戰國時代다.

"…별로 이쪽을 보고 있는 눈치는 아닌데."

"계획 운운하는 게 아니야. 연습으로 전력질주를 했다간 본 게임에서 전력질주할 수 없게 되잖아."

"아, 그런가."

"조금 전에 보폭이 72센티미터라고 말했는데, 이건 걸을 때의 보폭이고 달릴 때는 80센티미터는 될 거라고 봐. 그러니까 7미터 20센티미터라면 딱 아홉 걸음으로 도달할 수 있어. 그걸 기준으로 카운트하면서 달리면 되겠지. 어디까지나 기준이지만."

"응. 카운트 말이지."

"1, 1, 2, 3, 5, 8, 13."

"그러니까 왜 피보나치수열이냐고."

"6, 0, 8, 6, 5, 5, 5, 6, 7, 0, 2, 3, 8, 3, 7, 8, 9, 8, 9, 6, 7, 0, 3, 7, 1, 7, 3, 4, 2, 4, 3, 1, 6, 9, 6, 2, 2, 6, 5, 7, 8, 3, 0, 7, 7, 3, 3, 5, 1, 8, 8, 9, 7, 0, 5, 2, 8, 3, 2, 4, 8, 6, 0, 5, 1, 2, 7, 9, 1, 6, 9, 1, 2, 6, 4."

"왜 서브라임 수*냐고."

"어떻게 그걸 아는 거야?"

"오히려 어떻게 그걸 다 말할 수 있는 거야?"

"절반쯤은 적당히 말한 건데, 맞았어?"

"맞았다고. 굉장해."

운도 좋지.

쓸데없이 운도 좋지.

그런 네가 서브라임sublime이라고.

어쨌든 아홉 걸음인가. 어딘가에서 들었던 흐릿한 기억이지만, 기묘하게도 아홉 걸음이란 검술가에게 상대로부터 두는 거

※서브라임 수(sublime number) : 자연수이면서 약수의 개수가 완전수이고, 그러면서 모든 약수의 합이 다른 완전수가 되는 수. 현재 최소 서브라임 수는 120이며 그 밖에 6086555670238378989670371734243169622657830773351889705283248605127916912164가 알려져 있다.

리이기도 했을 것이다.

"그러니까 앞의 세 걸음을 가속, 가운데 세 걸음을 전속, 마무리 세 걸음을 감속이라고 대강 나눠서 생각하면 하나의 기준은 될 거야."

"알았어…. 참고로 상대의 거리는 7미터 20이 아니겠지? 갑옷을 입고 있으니까 알기 어렵지만, 저 사이즈라면 어느 정도 거리가 될까?"

아마도 칸바루는 신장으로 나의 보폭을 측정한 것이라 생각하는데, 오전 중에 소년시절의 초대 괴이살해자를 보기로는 나보다 그 키는 작았지만 물론 소년시절은 참고가 되지 않을 것이다.

400년 전의 평균 신장은 지금보다 상당히 작을 것이라 생각되지만, 갑옷의 크기로 미루어 보기에 상당한 대장부다. 설마 저 갑옷 속에 어린애가 그대로 들어 있는 것도 아닐 것이다. 하지만 겉으로 보기에 저 갑옷은 넉넉히 2미터는 넘는데….

드라마투르기 정도 아닐까?

그리고 보니 그 뱀파이어 헌터와 싸운 것도 이 운동장이었던 가….

"어디 보자…."

칸바루가 단상 쪽을 본다.

그리고 목측.

"앉아 있으니까 조금 알기는 어렵지만…. 뭐, 대충 보폭은 1미터, 달릴 때는 1미터 10센티미터쯤일까."

"보폭 1미터. 즉 열 걸음에 10미터인가."

어드밴티지는 3미터. 있는 듯 없는 듯한 거리로도 생각되지만, 그러나 짧은 단거리에서는 상당한 우위다. 게다가 상대는 갑옷을 입고 있으니까.

"물론 작은 보폭으로 강장강장 걷는다면 그렇다고 할 수만도 없지만."

"작은 보폭이라고 할까, 그 행위는 인간이 작잖아."

뭐, 일부러 큰 보폭으로 걸을 필요는 없겠지만….

그 부분은 긍지일까 담보일까.

"나머지는 그거지, 열 걸음을 걸어서 턴할 때에 다리가 굽어지지 않도록 주의해. 요령은 몸의 축을 중심으로 회전하는 게 아니라, 주로 쓰는 다리의 반대편 다리를 축으로 회전하는 거야. 이런 식으로."

그렇게 말하며 칸바루는 실제로 시범을 보여 주었다.

빙글, 하고.

그것은 달리기 주법이 아니라 농구의 움직임이었지만, 가까이에서 보게 되니 확실히 참고가 되었다. 당연히 단상의 갑옷무사에게도 그 움직임은 보이게 되지만, 갑옷을 입고 이 날렵한 움직임을 하지는 못할 것이다.

"…웃차. 뭐, 즉흥적으로 얻을 수 있는 지혜는 이 정도가 한계겠지. 하지만 아라라기 선배, 중요한 것은 결국 죽도를 쥔 뒤의 칼싸움 쪽이라고 생각해. 아라라기 선배가 죽도를 들어도 일격이 빗나가고 죽도를 빼앗긴 뒤에 반격을 맞고 쓰러진다면 모처럼의 노력도 허사가 되잖아."

"그렇긴 한데. 뭐, 그건 되는 대로 될 거라고 말할 수밖에 없겠지. 거기까지 너를 귀찮게 할 수는 없어."

"그런가? 그다음도 대신해 줄 수 있다면 대신해 주고 싶은데 말이야."

"…충성심이 정말로 높구나, 너는."

확실히 내가 지금의 나라면, 이 결투는 칸바루에게 대신해 달라고 하는 편이 훨씬 승률이 높아 보이지만, 물론 그래서는 안된다. 그렇게 말해 주는 것은 기쁘지만. 나도.

변할 수 있다면 변하고 싶다.

"그러면 하다못해, 내 신발을 빌려 줄까. 사이즈는 같을 테니."

"응, 고마워…."

"익숙하지 않은 신발은 원래대로라면 위험하지만, 아라라기 선배가 지금 신고 있는 수수께끼의 신발보다는 나을 거야."

"수수께끼의 신발이라고 하지 마."

"그 신발끈의 매듭이 특수한 신발보다는."

"신발끈의 매듭은 내 책임일 뿐이야."

"자."

말하기가 무섭게 신발을 벗어서 나에게 내미는 칸바루 스루가. 뭐, 수수께끼인지 어떤지는 둘째 치고, 지금의 내가 신고 있는 신발보다는 훨씬 달리기 쉬워 보이므로, 호의를 받아들이기로 했다.

칸바루의 운동복을 입고, 칸바루의 신발을 신고, 어쩐지 엄청난 칸바루 열성팬처럼 되었네, 나는.

이제 슬슬 카렌의 팬클럽에 들어가는 법을 알려 달라고 할까.

"우와, 신발 안이 따뜻해…."

"데워 두었어."

"도요토미 히데요시냐*."

"흐흥, 아라라기 선배의 수수께끼의 신발…."

"수수께끼를 특징으로 삼지 마."

나를 특징으로 삼아도 곤란하지만.

"이걸 신고 있으니 피로가 풀려. 레벨 업할 것 같아."

"내 신발에 그런 '행복의 구두*' 같은 효과가 있다고는 생각되지 않아…. 그렇다기보다 네 쪽이 혹시 발 사이즈가 큰 거 아니야?"

그렇게 주법의 교습이나 신발의 음미를 마쳤을 무렵, 하는 김에 한동안 놀고 났을 무렵, 시간은 슬슬 오후 7시 55분, 결투까지 5분.

그 타이밍에 내 휴대전화가 울렸다. 통화 착신이 아니라, 메시지였다.

"이봐, 매너가 나쁘네. 결투할 때에는 휴대전화 전원을 꺼 두라고."

※도요토미 히데요시냐 : 히데요시의 신분이 낮았던 시절, 추운 겨울에 상관인 오다 노부나가의 신발을 가슴에 품고 있다가 외출할 때에 내놓아 노부나가를 감동시켰다는 일화가 있다.
※행복의 구두 : RPG게임 〈드래곤 퀘스트〉 시리즈에서 등장하는 장비. 장착하면 경험치 획득에 도움을 준다.

그렇게 멀찍이서 에피소드가 불쾌한 듯 말했다. 결투를 할 때의 매너 따윈 들어 본 적도 없지만, 듣고 보니 할 말이 없다.

지금이니까 다행이었지, 열 걸음을 걷고 있던 중에 울렸더라면 그것으로 패배가 확정되었을 뻔했다. 카렌일까, 츠키히일까. 집에 돌아가면 벌을 줘야겠다고 생각하면서 전원을 끄기 전에 도착한 메시지의 내용을 확인했더니.

발신인은, 다름 아닌 하네카와 츠바사였다.

032

"어…? 뭐지, 이건?"

하네카와 츠바사로부터의 메시지.

그러나 본문이나 제목은 공백이고, 첨부사진 한 장뿐이라는, 그것만으로도 위화감이 넘치는 메시지였는데, 휴대전화로 셀카를 찍었다고 생각되는 사진의 기묘함은 그야말로 필설로 다 형용하기 어려웠다.

그 하네카와 츠바사가.

내 방에서 내 옷을 입고 자신을 찍은 것이었다.

그런 한 장의 사진이었다. 아니, 휴대전화로 찍은 사진을 종이처럼 '장'이라고 세어야 하는지는 잘 모르겠지만.

"내, 내가 한동안 학교에 가지 않은 사이에 무슨 일이 있었던 거지…?"

반장 중의 반장, 하네카와의 사복을 보고 싶다는 내 염원이, 설마 이런 영문 모를 형태로 이루어지게 될 줄은 몰랐지만, 그러나 이것은 기뻐할 수만은 없다.

애초에 입고 있는 것은 낯익은 내 사복이고…. 이것은 이것대로 좋다는 생각도 들지만, 아니, 이건 역시나 이상하다는 느낌이 풍겨난다.

어째서 나는 칸바루의 운동복을 입고 칸바루의 신발을 신은 상태로, 내 겉옷을 입고 내 수수께끼의 신발을 신은 칸바루의 바로 옆에서, 내 방에서 상하의 전부 내 옷을 입은 하네카와의 사진을 보고 있는 거지? 시추에이션이 너무 카오스다.

"하네카와에게 대체 무슨 일이 일어난 거지…. 칸바루, 너, 뭔가 알고 있어?"

"아니, 나도 전혀 모르겠는데…. 화재로 집을 잃어버린 하네카와 선배가 센조가하라 선배의 소개를 받아 카렌과 츠키히에게 의지하는 형태로 아라라기 선배의 집에 머무르고 있다는 정도밖에 떠오르지 않아."

"아마도 그게 정답이겠지! …그런데 화재?! 집을 잃어?! 무슨 얘기야, 그거!"

"아, 그런가. 아라라기 선배는 몰랐구나. 그럼 간단하게 설명하자면, 2학기 시업식 날에 하네카와 선배의 집이 불탔어."

엄청 간단한 설명을 들었다.

농담이겠지…. 여름방학 최종일부터 나는 고생스런 어드벤처를 하고 있다고 생각했는데, 하네카와 쪽이 훨씬 고생하고 있었잖아….

하지만 나의 하네카와 신앙을 알면서도, 그것을 거의 하루 내내 말하지 않고 있다니, 칸바루 학생, 너, 진짜 굉장하구나…. 센조가하라가 무섭다고 말했던 것은 이거였나. 아, 그렇구나. 칸바루와 하네카와 사이에는 유대관계가 꽤나 약했지…. 하지만 그러고 보니 학원 옛터 안에서 불길에 휩싸였을 때, 칸바루가 그런 얘기를 했던 것 같기도 하고….

응?

그러면 그 화재는, 설마….

"어라라. 저쪽은 저쪽대로 가경에 접어든 것 같네. 어떡할래, 코요밍?"

그렇게.

내 휴대전화를 엿보듯이 오래간만에 나를 '코요밍'이라고 부르면서, 가엔 씨가 끼어들었다.

"어… 가경이라니, 가에…."

가엔이 아니라.

"이즈코 씨, 뭔가 알고 계신가요? 하네카와가… 아니, 애초에 하네카와를 알고 계신가요? 게다가, 어떡하다니…. 무엇을….."

"나는 뭐든지 알고 있어. 그러니까 호랑이야, 코요밍. 너를 학원 옛터에서, 얄궂게도 구한 호랑이인데, 연옥의 화염을 다루는 그 큰 호랑이와, 츠바사는 서로 맞서 싸울 결심을 한 모양이야. 하하…. 메메가 두려워할 만하네. 이런 식으로 움직일 줄이야, 누나의 예상 밖이야. 하지만… 좋은 상황이기도 해."

"조, 좋은 상황이라니…."

호랑이?

아니, 그러고 보니 시노부가 몇 번이나 고양이란 말을 했었는데, 하네카와 사이드에서는 대체 무슨 일이 일어나고 있는 거지? 알고 있다면서 설명을 하고 있지만, 전혀 감이 잡히지 않는다.

하지만 확실한 것은.

하네카와가 이런 사진을 나에게 보냈다는 것은, 상당히 비정상적인 사태가 저쪽에 발발했다는 이야기다.

SOS 신호. 아니, 비명에 가깝다.

"그래, 너의 소중한 츠바사가 위기상황이야. 어떡할래? 코요밍."

"어떡하느냐니…. 그러니까, 뭘 말인가요."

"뭐든지 알고 있는 누나가 대강 설명을 해 주겠는데, 위기에 빠진 것은 실은 츠바사만이 아니야. 너의 여자친구인 센조가하라도 마찬가지로 위기야."

"뭐라고?"

그렇게 소리 내어 반응한 것은 칸바루였다. 이 충성심 높은 후배가 가장 높이 떠받들고 있는 사람이 센조가하라 히타기이므로 그것은 무리도 아닌 반응이었다. 하지만 나도 물론 놀라지 않았던 것은 아니다. 그도 그럴 것이 그 녀석, 조금 전의 전화에서는 그런 눈치가 전혀… 보이지… 않았던 것도… 아니었나….

…깨닫지 못했다.

이건 너무 커다란 실책이다.

그런 내 생각에 덧씌우듯이.

"혹시 이러고 있는 동안에도 그 두 사람은 불타고 있을지도 몰라. 구하러 간다면 한시라도 빨리, 지금 당장이라도 가는 편이 좋아. 이런, 별 의미도 없는 결투를 팽개치고 말이야."

가엔 씨는 그렇게 말했다.

"……."

"좋은 상황이라는 건 그런 의미야. 네가 결투해 주지 않는 쪽이 나로서는 편해. 네가 죽으면 곤란하니까. 초대인 저 남자도 말했던 것처럼 네가 죽지 않도록 세팅해 두었지만, 그래도 네죽음을 확실히 피할 수 있는 것은 아니야. 내 쪽에서 룰을 깨뜨릴 수는 없으니, 네가 스스로 룰을 깨뜨려 주면 아주 편해져."

코요밍도 좋잖아, 결투를 그만둘 절호의 이유가 생겨서, 라는 가엔 씨에게 나는 찍소리도 하지 못하고 입을 다문다.

알고는 있었지만, 생각했던 것 이상으로 자신이 다른 이들이 원치 않는 싸움을 하려 하고 있다는 것을 통감한다. 자기수양도 되지 않는 자기만족을 하려 하고 있었음을 깨닫게 된다.

"선택해야지, 코요밍."

가엔 씨가 말한다. 심술궂은 어조로.

"무위한 결투를 하기 위해서 이대로 이곳에 머물러 있을 것인가, 츠바사와 센조가하라를 구하기 위해 뛰어갈 것인가. 시노부를 선택할 것인가, 츠바사를 선택할 것인가, 센조가하라를 선택할 것인가."

선택한다.

비교하고, 선택한다.

인간관계의 선택문제.

소중한 것과 소중한 것을 비교해서, 어느 쪽이 소중한지를 정의한다.

점수를 매기고, 구별한다.

"세 사람 중에 누가 제일 좋아?"

가엔 씨는 농담처럼 말한다.

"제한시간은 5분…이 조금 못될까. 뭐, 답이야 5초 안에 낼 수 있을 거라고 생각하지만. 시노부 따윈 여기에 오지도 않았고, 너에게 츠바사는 은인이고 센조가하라는 연인이고…. 그런데, 어라?"

나는 말없이, 가지고 있던 휴대전화를 칸바루에게 건넸다. 확실히 순식간이라고는 못 해도 이것은 5초 안에 낼 수 있는 해답이었다.

하지만 간단히 낼 수 있는 답이, 편하다고만은 할 수 없다.

그렇구나.

이것이 '선택한다'라는 것인가.

그렇다면 '선택할 권리' 따위, 결정권 따위 갖고 싶지 않네.

하지만 선택해야만 하고.

결정해야만 하는 것이다.

"칸바루, 부탁할게."

"그 부탁, 들었어."

칸바루는 곧바로 대답했다.

이 해답은 센조하가라를 친언니처럼 신봉하는 칸바루로서는 결코 바라던 바가 아닐 테지만, 그래도 곧바로 떠맡아 주었다.

구할 상대를 착각하지 마, 라고.

칸바루에게 예전에 들었는데, 하지만 이런 물음에 정답 따윈 없다는 것도 그녀가 가장 잘 알고 있을 것이다.

잘못되지 않은 것이 올바름은 아니다.

"아라라기 선배의 집으로 가면 되는 거지?"

"응. 그 전화를 마음대로 써도 되니까, 카렌에게 말해서 집에 들여보내 달라고 해. 이미 하네카와는 집에 없겠지만, 뭔가 방에 남아 있을지도 몰라. 바로 따라갈 테니까 먼저 조사해 놓고 있어."

전부 잘 알았어.

그렇게 대답하는 것과 동시에 이미 칸바루는 달리기 시작하고 있었다. 신고 있는 것이 나의 수수께끼의 신발이라고는 도저히 생각되지 않는, 눈에도 보이지 않는 스피드로 지면을 도려낼 것처럼, 그녀는 나오에츠 고등학교의 운동장을 질주했다.

"…제정신이야?"

가엔 씨가 어이없다는 듯 말했다.

어이없다기보다, 내 판단이 도저히 이해되지 않는다는 분위기로.

"이해가 안 되네. 너는 정말로 눈앞의 일밖에 안 보이는 거야? 너의 이 결단을 알면, 츠바사나 센조가하라가 어떻게 생각할 것 같아? 너는 지금부터라도 저 애를 쫓아가야 하지 않겠어?"

"......."

"확실히 너보다는 훨씬 기동력이 있는 칸바루 스루가 씨가 달려가면 양쪽 다 대응할 수 있을지도 몰라. 츠바사라면 자력으로 곤란과 맞설지도 몰라. 여기서 싸울 수 있는 것은 너뿐이니까, 네가 여기에 남는 것은 옳을지도 몰라. 하지만 그런 건 이론일 뿐이야. 그럴지도 모른다는 것뿐이야. 사람에게는 감정이 있어. 그 애는 너를 믿고 메시지를 보내온 게 아닐까…. 그 신뢰를 배신할 생각이야?"

가엔 씨는 담담하게 늘어놓았지만, 그것은 단순히 내가 결투에 임하지 않는 쪽이 그녀에게 편하기 때문이라는 이유만은 아닌 듯도 했다.

그렇게 생각하니 조금이나마 마음속이 편해졌다.

이 사람에게도 제대로 된 부분은 있구나, 하고. 나에게는 그런 부분은 없는지도 모르지만.

"이 배신으로 너는 두 번 다시 그 애들로부터 신용을 얻지 못하게 되는 거 아니야?"

거듭 확인하듯이 말하는 가엔 씨.

그것에 대해 나는,

"그럴지도 몰라요."

라고 대답했다.

태연히, 부끄러워하지 않고, 대답했다.

"하지만 제가 그 녀석들을 믿고 있어요. 하네카와를, 센조가하라를, 진심으로 믿고 있어요."

알아줄 거라고 믿고 있다.

특별하지 않은 나를, 그렇게나 특별히 취급해 주는 그 두 사람이라면…. 무슨 일이 있더라도 반드시 나의 신뢰를 배신하지 않는다.

나에게 특별한 그 두 사람이라면.

하네카와 츠바사와 센조가하라 히타기라면.

"아라라기 코요미라는 남자가, 은인이나 연인보다도, 때로는 유녀를 우선하는 남자임을, 알아줄 거라고 믿고 있어요."

033

유녀라는 표현이 조금 익숙하지 않은 분에게는 자극이 강했던 걸까. 가엔 씨는 그 이상 아무 말도 하지 않고, 말없이 나에게서 멀어져 갔다. 아니, 엄밀히는 한마디, 나에게 들릴 듯 말 듯한 목소리로, 이렇게 한마디 중얼거렸다. "휴대전화를 통째로 맡기는 듯한 느낌으로, 언젠가 나도 사람을 믿어 보고 싶네." 그리고 나오에츠 고등학교의 운동장에 서 있는 배우의 수가 또 한 명 줄고, 드디어 찾아온 오후 8시.

결투 개시 시각, 한 가지 변화가 생겼다.

구름 낀 하늘에서 내려온, 그것은 '떨어져 온'이라고 표현하는 편이 오히려 정확할지도 모른다.

그도 그럴 것이, 칼이었다. 커다란 한 자루의 일본도였다.

일본도는 내리는 것이 아니라 휘두르는 물건이다. 하지만 그것은 명백히, 높은 하늘에서 한 줄기 번개처럼 운동장에 낙하해 왔다.

그리고 그 끝은, 가엔 씨가 조금 전에 세워 둔 죽도를 직격했다. 영기인지 뭔지를 통하게 해서 지면에 박힐 정도로 강화되어 있었을 죽도가, 비닐테이프처럼 찢어지며 두 쪽으로 갈라져 좌우로 쓰러졌다.

당연하다.

그 오오다치 앞에서는 영기 따위 문제가 되지 않는다. 가엔 씨가 말하는 가상의 요도 '코코로와타리' 따위, 문제가 되지 않는다.

가상이 진짜를 당해 낼 수 있을 리도 없다.

하늘에서 날아온 것은, 애초에 최초에는 그것이야말로 괴이살해자라고 불리고 있던, 괴이 퇴치의 일본도, 진짜 요도 '코코로와타리'다.

죽도 따위 처음부터 없고.

원래부터 계속 그곳에 그 칼날이 박혀 있던 것 같은 존재감을 띠고, 결투의 스타트라인이 되는 한 자루의 칼은, 죽도에서 진검으로 바뀌었다.

나는, 그리고 갑옷무사는 앗 하고 동시에 하늘을 올려다보지만, 그곳에 뭔가가 보이는 일은 없었다. 달도 보이지 않고, 박쥐 한 마리 날고 있지 않았다.

하지만 그래도.

이 칼을 현재 누가 소유하고 있었는가. 그렇다면 누가 이 칼을, 나와 그의 사이를 향해 던졌는가를 모를 리가 없었다.

그녀 자신도 역시 괴이살해자라고 불리는 흡혈귀.

내가 오시노 시노부라고 부르고, 그 남자가 키스샷이라고 부르는 여자.

예전에 철혈이자 열혈이자 냉혈의 흡혈귀이자, 현재는 흡혈귀의 남은 찌꺼기.

"…하하. 진짜 웃기네."

그렇게 에피소드가 경박하게 웃었다.

그에게는 어쩌면 어딘가에 있을 그녀의 모습이 보이는지도 모른다.

"노예 간의 싸움에, 주인으로서 도구 정도는 준비해 주겠다는 건가? 아니, 이 경우에는 경품인가? 이긴 쪽이 요도를 받을 수 있다든가."

"그럴지도. 어느 쪽이 되더라도 내가 모처럼 준비했던 죽도는 두 쪽이 났으니, 진짜를 사용할 수밖에 없겠네. 코요밍, 초대군. 시간이 조금 지나 버렸지만, 시작하도록 할까. 예정대로 그 칼을 사이에 두고 등을 마주하고 서 줘."

그렇게 가엔 씨는, 여기서는 그리 의외의 전개도 아니었다는 것처럼 우리에게 그렇게 재촉했다. 시노부의 이 행동도 그녀에게는 예상되던 일이었다는 것일까?

그렇다면 그 계획에는 따르지 않을 수 없다.

아아, 그렇다.

단순한 죽도로는 분위기가 오르지 않는다고 생각하고 있었다. 게다가 결국, 하는 일은 변하지 않는다.

달리고, 자루를 쥐고, 칼로 일격을 날린다.

서로, 그것뿐이다.

그것뿐일 텐데, 조금 전까지와는 전혀 다른 레귤레이션으로 결투가 이루어지고 있는 듯 생각되었다. 그것은 초대 괴이살해자 쪽도 마찬가지겠지만, 그러나 그 남자 쪽은 나와는 인상이 다른 듯했다.

원래 그의 입장에서 보면 요도 '코코로와타리'는 자신의 혈육으로 만든 자신의 소유물이라는 인식이 강하기에, 그것이 도구라든가 포상처럼 설정되어도 특별히 감동하지는 않을지도 모른다.

아니.

갑옷의 가면으로 표정은 알 수 없지만, 이 전개에 명백히 그는 불쾌감을 느낀 듯했다.

사실, 칼을 사이에 두고 마주했을 때, 초대 괴이살해자는 나에게 말했다.

"…바로 곁까지 왔으면서도 어째서 소생의 주인, 우리의 주인인 키스샷은 모습을 보이지 않지? 고집스럽게?"

"……."

"그렇게나 키스샷은 소생과 만나고 싶지 않은 것일까, 아라라기 님. 어떻게 생각하지? 소생이 하려고 하는 일은 무의미한가? 소생과 너와의 분쟁은 키스샷에게는 그저 폐가 될 뿐인가?"

너에게, 라며 그는 말을 이었다.

"너에게는 아라라기 님, 이 결투는 어떤 의미를 갖지?"

"…나에게 어떤 의미인가는 너는 알 수 없어. 그 누구도 모를지도 몰라."

나는 대답한다.

이제부터 칼을 사이에 두고 싸우려고 할 때에 이런 대화는 사실 해서는 안 될지도 모르지만, 이제부터 뭐가 어떻게 되더라도, 이것이 그와의 마지막 대화가 되리라 생각하면 아무 말도 하지 않을 수는 없었다.

"너는 특별하고 선택받은 인간인지도 몰라. 너를 대신하는 것은 누구에게도 불가능하고, 나를 대신하는 것은 누구라도 가능할지도 몰라. 하지만 말이야."

등을 돌린다.

요도를 사이에 두고, 나는 초대 괴이살해자에게 등을 돌린다.

"너는 내가 될 수 없어. 나를 대신할 사람은 얼마든지 있지만, 나는 나뿐이니까."

"……."

"너는 내가 아니고, 나는 네가 아니야. 그렇잖아?"

일단 의문문의 형태를 취하긴 했지만, 상대로부터의 대답은 없었다. 갑옷이 잘그락잘그락 울리는 소리만이 들렸다.

나에게 등을 돌린 것이겠지.

그것은 결투에 맞춘 포지셔닝이기도 했지만, 나와 초대 괴이살해자의 양립할 수 없는 관계의 상징처럼 생각되기도 했다.

첫 번째이고 두 번째이더라도.

동일한 권속이고 노예이더라도.

똑같지는 않고, 서로를 이해할 수 없다.

"하나~."

쌍방이 등을 향한 것을 보고, 가엔 씨가 카운트를 개시했다. 나는 앞쪽으로 한 걸음을 내딛는다. 그와 동시에 등 뒤에서 초대 괴이살해자가 움직이는 기척이 났다.

"둘~, 셋~."

어딘지 모르게 기합이 빠진 목소리로 세는 것은 일부러 그러는 것이겠지. 가엔 씨는 이 결투에서 심각한 분위기를 최대한 없애려 하고 있다. 오시노가 봄방학에 모든 싸움을 게임으로 한 것처럼.

"넷~."

다만 모든 것을 알고 있는 가엔 씨도, 모든 것이 계획대로 되는 것은 아니다. 사람은 그렇게까지 입맛대로 사람을 컨트롤할 수 없고, 하물며 괴이는 그렇게는 되지 않을 것이다. 아무리 우스꽝스럽게 결투를 연출하더라도, 결말이 우스꽝스러워질 것이라 단정할 수만은 없다.

"다섯~, 여섯."

하지만 그렇다고 해도, 초대 괴이살해자는 정말로 이해할 수 없었던 것일까? 시노부가, 칼을 투척해 올 정도의 거리까지 왔으면서 이 자리에 모습을 드러내지 않은 이유를. 아니, 그것은 나도 지금까지 모르고 있기는 했지만.

신사에 틀어박혀서 나오지 않았던 것은 단순히 초대 괴이살해자와 만나고 싶지 않다든가, 이제 와서 트러블을 겪고 싶지 않다든가 하는 식으로 나도 생각하고 있다. 하지만 시노부는 초대 괴이살해자와 만나고 싶지 않은 것이 아니라, 만날 수 없는 것인지도 모른다.

그렇게 생각했다.

"일곱."

그렇다, 그 부분이 나와는 다른 것이다.

봄방학, 나와 처음 만났을 때에 시노부는 이미 빈사상태였고, 그 뒤에도 완전한 키스샷 아세로라오리온 하트언더블레이드의 모습 같은 것은 스쳐 가듯이 봤을 뿐이다.

하지만 초대 괴이살해자와 접했던 400년 전.

그녀는 전성기였다.

가장 아름답고, 가장 화려하고, 가장 눈부시고, 가장 장엄하고, 가장 강했다. 그런 그녀였다.

그렇기에, 참을 수 없는 것이다.

힘을 잃고서 약해진 어린 모습의 자신을, 옛 파트너이자 또한 인연이 있는 라이벌이기도 했던 초대 괴이살해자에게 보이는 것이, 말하자면 부끄러운 것이다.

변한 자신을 보이는 것이 부끄럽다.

찌꺼기밖에 남지 않은 자신을 보이고 싶지 않다.

이 마을에서 일어난 괴이 현상의 일환인, 괴이 현상의 원인 중 일부인 초대 괴이살해자는 물론 시노부의 유아화 자체는 지식으로서 알고 있겠지만. 직접 보는 것은 느낌이 다르다.

…그런 당연한 기분도 알아 주지 못하고 이렇게 뻔뻔스럽게 결투에 임하고 있는 자신이 한심해지기도 한다. 하지만 그것을 일부러 초대 괴이살해자에게 알려 주려고 할 정도로 나도 도량이 넓지는 않았다.

알려 준들, 아마도 저 녀석은 그런 기분은 알지 못할 것이다. 저 녀석에게 시노부는, 키스샷 아세로라오리온 하트언더블레이드는 '특별'하다.

완전하다.

내가 알고 있는 시노부와, 그것은 다른 사람이다.

저 녀석과 대화가 철저할 정도로 맞물리지 않았던 이유를 알게 된 것 같은 기분도 든다. 말하자면 우리는 추리소설에서 전혀 다른 두 사람을 같은 사람이라고 인식하고 이야기를 진행하는 서술 트릭 속에서 대화를 나누고 있었던 것이니까.

400년.

너무나도 당연해서 오히려 전혀 이해할 수 없었지만, 새삼 그 시간의 길이를 뼈저리게 느낀다.

"여덟~."

하지만 그런 그를 시대에 뒤떨어졌다고, 그런 그를 빗나갔다고 누가 비웃을 수 있을까? 애초에 시노부를 지금 같은 상태로 속박하고 있는 것 자체가 이레귤러다. 시노부의 500년을 넘는 반생 속에서, 저런 모습으로, 저렇게 연약하게 있는 상황이 예외적인 것이다.

초대 괴이살해자라면 생각할 것이다.

그녀를 되돌리고 싶다고.

권속으로서가 아니라, 전문가로서.

함께 시노부와, 괴이 퇴치에 임하고 있었을 때처럼.

…시노부에게는 대체 무엇이 행복일까?

봄방학, 나는 그녀를 불행하게 속박하고 있었는데, 그 녀석은 그 불행녀를 상대해 주고 있었는데, 400년이라는 과거를 떠올렸을 때, 그 녀석은 같은 기분으로 있을 수 있을까?

"아홉~."

그 녀석은 칸바루에게 듣고 있었다.

만약 초대 괴이살해자를 만나서 나보다도 그 남자 쪽으로 의식이 기울었다면, 그때는 나와 헤어져서 그 남자와 백년해로해야 한다고.

그런 말을 할 수 있는 칸바루는 정말로 대단하다.

말할 수 있는 것뿐만 아니라, 그것이 가능하겠지.

그렇다면 그런 일을 당하지 않기 위해서, 나는 시노부에게 계속 특별한 존재로 있어야만 한다. 이 결투에 어떤 의미가 있느냐고 물어보았던, 그 질문에 대한 대답은 대충 그런 정도일까.

오시노 시노부의 '특별'로 계속 있고 싶다.

나와 함께 사는 것을 선택해 준 그녀와.

"열!"

그 목소리와 함께 나는 돌아선다. 칸바루에게 배운 대로, 7미터의 거리를 달리기 위해 오른발을 축으로 반전한다.

그리고 한 걸음을 내딛는다.

운동장에 박혀 우뚝 서 있는 커다란 일본도를 목표로 가속한다. 그런데 그때, 나는 충격적인, 전혀 예상치 못했던 광경을 보게 된다.

이 결투를 성립시키는 커다란 전제로서 있는 핸디캡은 크게 두 가지. 나와 초대 괴이살해자는 한 걸음의 길이가 각자 달라서, 요도 '코코로와타리'까지 나는 7미터, 그는 10미터. 나에게는 3미터 가깝고 그에게는 3미터 멀다. 이 차이는 숫자의 차이이며, 좁힐 수 있는 것이 아니다.

하지만 또 한 가지.

갑옷차림의 갑옷무사는 달리기 경주에서 불리할 것이라는 점에 대해, 사실 아주 간단히 만회할 수 있는 방법이 있다는 것을 나는 깨닫지 못했다. 상대가 '괴이 퇴치'에 대해서 수단과 방법을 가리지 않는 전문가라는 점도 잊고 있었다.

그는.

초대 괴이살해자는, 나에게 등을 돌리고 가엔 씨의 카운트에 따라 열 걸음을 걷는 동안, 온몸을 감싼 **그 중후한 갑옷을 벗고 있었다.**

학원 옛터에서는 텅 비어 있었을 그 속에는 총발의 청년, 호리호리한 장신의 미장부가 들어 있었던 것이다. 그는 요도 '코코로와타리'를 향해, 나를 베어 버리겠다며 달리고 있었다.

그 괴이살해자 소년이.

성년이 되면 **이렇게** 되는 건가.

달리는 자세도 멋지잖아, 젠장!

이런 녀석이 전설의 흡혈귀 곁에 있으면 필시 한 폭의 그림 같을 것이다. 갑옷의 내용물에 어울리지 않는 서양식 복장이었다. 디자인적으로는 연미복에 가까워서 그다지 달리기에 적합한 패션은 아니었지만, 그러나 갑옷을 입고 있을 때보다야 스포츠웨어 같을 것이다.

열 걸음 분량, 운동장에 흩어진 갑옷을 전혀 밟지도 않고, 그는 이미 오오다치에 손을 뻗으려 하고 있었다.

나도 명 지도자의 지도에 따라 전력질주 단계에 들어갔지만, 우와, 전혀 상대가 안 돼! 그렇다기보다 눈을 돌리고 있던 사실이지만, 보폭이 넓으면 스트라이드도 있으니까 다리가 긴 녀석이 빠르다고!

그 족쇄가 되었을 갑옷을 벗어 버리고 달리게 되면, 지금 상태의 내가 그 경주에 이길 수 있을 리 없다.

당연히 그의 오른손이 요도를 먼저 쥐었다.

나는 아직 7미터의 절반도 달리지 않은 시점이었다. 오히려 나의 다리가 그냥 느린 거 아닌가 하는 생각이 들기까지 했다.

괴이살해자 소년, 지금은 괴이살해자 청년은 요도의 자루를 쥐었고 그것으로 발을 멈추지는 않았다. 그대로 속도를 떨어뜨리지 않고 계속 달린다. 물론 그것은 오버런 같은 것이 아니라 그 여세를 몰아 나를 벨 생각인 것이다.

실력 차이를 이용해서 희롱할 생각도, 괴롭힐 생각도 없는 부분을 보면 확실히 그는 전사였다. 반대로 말하면 그것은 나로서는 비집고 들어갈 틈이 없다는 이야기이기도 하지만.

요도 '코코로와타리'.

괴이살해의 일본도. 괴이만을 죽이는 칼.

시노부와의 페어링이 끊어져 있어서 흡혈귀로서의 스킬을 대부분 잃고 있는, 인간 급의 각력밖에 갖지 않은 지금의 나였지만, 그래도 완전히 흡혈귀성을 잃은 것은 아니다.

요도의 칼날은 충분히 나를 벨 수 있을 것이다. 가엔 씨가 준비한 죽도라면 몰라도, 괴이 퇴치를 위한 그 일본도는 그야말로 스치는 것만으로도 충분히 효과가 있다.

이렇게 되면 이제 패배하러 온 것이나 마찬가지다.

어떤 의미에서 평소와 같은 전개라고도 말할 수 있다. 그러나 이번만큼은 질 수도, 칼에 베일 수도, 앞으로 나가는 발을 멈출 수도 없었다.

칸바루의 신발로 다시 발을 내딛는다.

내딛는 박자에, 역시 조금 사이즈가 맞지 않았는지 한쪽이 벗겨져 버렸지만, 상관하지 않고 반대 발도 내딛는다.

앞쪽으로, 커다란 일본도를 든 갑옷무사를 향해서.

아니, 갑옷을 벗어 던진 그 남자는 지금은 갑옷무사가 아니다. 달리면서도 오오다치를 들고 돌진해 오는 그는 무모한 무사다. 도수공권인 나는, 그렇다면 패배한 무사인가?

거리는 단숨에 좁혀진다.

내가 한 걸음 달릴 때마다 초대 괴이살해자는 세 걸음 달렸고, 서로 가까이 접근했을 때였다. 그는 칼을 대상단 자세로 높이 들어 올리고….

"하!"

하고 웃었다.

"하 "하하! "하하하! "하하하하! "하하하하하! "하하하하하하
하하하하하하하……!"

뭐가 우스운 것일까.

혹은 뭐가 슬픈 것일까. 크게 웃는다.

들어 올린 그 칼을, 내 어깻죽지를 향해서 내리 휘두른다. 흡
혈귀의 권속이 지닌 그 기운을 사정없이 전부 발휘하며 내리 휘
두르려고 한다.

나는 고사하고.

운동장까지 두 쪽으로 갈라 버리려는 듯한 칼솜씨였다. 실제
로 그렇게 되어도 아무것도 이상할 것이 없었다. 그렇게 되지
않았던 것이 이상할 정도다.

가령 그렇게 되지 않았던 이유가 있다면.

그가 흡혈귀고.

내가 흡혈귀가 되다 만 존재라는 점이다.

400년 전에 피를 빨린 이후로 지금도 여전히 흡혈귀인 초대
괴이살해자와, 봄방학 동안에 단 2주간만 흡혈귀였던 나와의
차이.

흡혈귀로서의 커리어 차이가, 결과의 차이를 불렀다. 잘게 토
막 나더라도 되살아나는, 재가 되더라도 되살아나는, 계속해서
계속해서 계속 사는, 불사신 중에서도 가장 불사신인, 앞뒤 가

리지 않는 불로불사.

우리 두 사람의 근간인 시노부 자신이, 예전에 했던 이야기다.

흡혈귀의 방어력은 결코 높지 않다. 왜냐하면 그 불사신성이 그대로 방어가 되니까.

요컨대 순수한 인간, 순수한 전사, 순수한 전문가였을 무렵에는 어땠는지 모르겠지만 지금의 그는.

흡혈귀로서의 밤을 살아가는 그는.

밤을 싸우는 그는, **방어**에 전혀 신경을 쓰지 않는다.

자신의 몸을 돌보지 않는다.

실제로 학원 옛터에서도 그는 칸바루의 주먹도 태클도 전혀 피하지 않았다. 그것은 갑옷을 벗어도 마찬가지였다.

장대한 오오다치를 있는 힘껏, 운동장을 둘로 갈라 버릴 기세로 들어 올렸던 것이다. 그런 짓을 하지 않더라도 그 요도라면 가볍게 살짝, 나를 상처 입히는 정도만으로도 승부가 결정 나는데도.

나는.

오오다치를 들어 올려서 텅 비어 있는 그의 몸통에, **찰싹** 달라붙었다.

전력으로 달려온 기세를 전혀 죽이지 않아서, 지나칠 때에 카운터로 손바닥치기를 맞은 듯한 형태가 되기는 했지만, 어쨌든 키타시라헤비 신사에서 떼 왔던 부적을.

붙였다.

"하…아, 하, 하, 하하하아아아아아아아아아아아아아아아아아

아아아아아아아아아아아아아아아아아아아아아아아아아
아아아아아아아?!"

미친 듯한 웃음이 도중에 비명으로 바뀐다.

들어 올린 일본도를.

그는 덧없이 떨어뜨린다.

그야 그렇다, 당연하다. 내가 지고 있던 500만 엔의 빚을 탕
감할 수 있을 정도의 영험한 부적이다. 그리고 근본을 따지면
초대 괴이살해자의 부활을 봉인하는 역할을 하고 있던 부적이
다.

그것을 **직접** 몸에 붙였으니.

효과가 없을 리 없다. 하물며 지금 초대 괴이살해자를 지키는
갑옷은 벗어 버린 상태다.

"메메의…. 아아, 그런 건가."

가엔 씨의 목소리.

과연 전문가는 금방 무슨 일이 일어났는가를 이해한 듯했다.

"놀랐어. 이건 정말 상정 밖의 일이야. 설마 칼로 먼저 한 방
먹이면 승리라고 설정한 룰을, 먼저 한 번 터치하면 승리라고
곡해할 줄이야…!"

아니.

그런 거 아닙니다, 그러지 마세요.

목숨을 걸고 노력하고 있으니까, 우스꽝스럽게 만들지 마세
요.

다만 키타시라헤비 신사에서 밤에 있을 결투를 기다리고 있는

동안, 시노부를 신사에서 끌어내리고 칸바루와 춤추며 놀고 있던 동안, 그곳에 붙어 있던 부적을 깨달은 것은 물론 필연이기는 했다. 그 부적을 신사까지 붙이러 왔던 것이 나와 칸바루 둘이었으니까.

다만, 한 가지.

다른 시간축에서는, 시노부와 함께 여행했던 다른 역사 속에서는 그 신사에 붙어 있던 부적은 다른 것이었다.

결과는 같았지만, 효과는 다른 것이었다.

그 부적은 어느 정도 과격한 효능을 지니고 있어서, 괴이성을 띤 나나 시노부는 건드릴 수도 없는 부적이었다. 그렇다면 그것을 신사에 붙인 것은 칸바루의 '오른손'이었을 것이다.

그런 의미를, 나는 그쪽의 시간축에서는 아라라기 코요미가 오시노 시노부와 이쪽 시간축 같은 관계를 쌓지 못했기 때문이라고 이해했지만.

그것이 **저쪽**의 역사의 의미라고 치고.

가령 이쪽의 역사의 의미가 있다고 한다면, 부적의 **재이용**이 가능하다는 뜻이다. 떼어 내서, 다른 장소에 붙이는 것이.

물론 제아무리 훤히 꿰뚫어 보는 듯한 남자인 오시노 메메라도 이런 결투 상황까지 상정할 수는 없을 테고, 또한 '이것을 떼어 내서 가져가면 뭔가에 쓸 수 있지 않을까?'라는 아이디어 자체는 칸바루에게서 나온 것이었지만.

가엔 씨가 생각한 결투방법 여하에 따라서는 전혀 용도가 없었을 테고, 당연히 손바닥치기 원터치로 승부가 났다고 할 수도 없다.

나는.

그가 떨어뜨린 오오다치를 집어 든다.

무시무시한 괴이살해의 요도, '코코로와타리'. 이것으로 한 방 먹이지 않으면 승부는 끝나지 않는다.

"크, 아, 아, 아… 키….."

주저앉으면서.

무너져 내리면서, 그는 외친다.

"……스샷, 키스샷, 키스샷, 키스샷, 키스샷, 키스샷… 키키키 키……."

외친다. 이름을 외친다.

400년 전 그와 만나고.

그와 싸우고. 함께 싸우고.

그를 괴물로 만든, 괴물의 이름을.

…목소리가 거칠어지는 초대 괴이살해자에 비해 나는 아무런 말도 하지 못했고, 그러기는커녕 직시하지도 못했다.

하지만 의문은 풀렸다. 완전히 풀렸다. 화해라는 것은 말뿐이고 시노부를 해칠 생각이 아닐까 하던 의심은. 이 녀석은 정말로 시노부와 만나고 싶을 뿐이었다고, 그 목소리를 듣고 간신히 믿을 수 있었다.

물론 그런 것은 아무런 위로도 되지 않았고, 그는 무너져 내렸다.

이 말은 단지 그 자리에 쓰러졌다는 뜻만이 아니다. 그의 조형 자체가 무너져 간다. 붕괴해 간다.

인간의 형태를 유지하지 못하고. 인간의 모습을 유지하지 못하고.

넘쳐 나온다.

호리호리한 장신의 청년 모습이었던 초대 괴이살해자를 형성하고 있던 괴이의 **부품**이, **끌어모았던 이런저런 것들**이, 조각조각, 흐물흐물, 주룩주룩, 둑이 터진 것처럼 분출한다.

칼날의 이가 빠지는 것처럼.

괴이살해자 청년의 안에서, 내부에서 괴이가 빠져나간다.

게가, 달팽이가, 원숭이가, 뱀이, 고양이가, 벌이, 불사조가, 호랑이가…. 개가, 곰이, 표범이, 얼룩말이, 무당벌레가, 여우가, 산호가, 낙타가, 해삼이, 소가, 사자가, 기린이, 가재가, 상어가, 타조가, 늑대가, 거북이가, 사슴이, 산양이, 닭이, 토끼가, 노래기가, 점균이, 너구리가, 도마뱀이, 거미가, 두더지가, 누에가, 다람쥐가, 고래가, 문어가, 듀공이, 투구벌레가, 수달이, 학이, 소라가, 자벌레가, 올챙이가, 개미핥기가, 하늘다람쥐가, 일각고래가, 전갈이, 지렁이가, 대벌레가, 백조가, 굴이, 코끼리가, 잉어가, 라마가, 해달이, 표고버섯이, 양이, 악어가, 매미가, 코뿔소가, 성게가, 쥐가, 해마가, 앵무새가, 가시복이, 순록이, 넙치가, 천산갑이, 해파리가, 공작이, 사마귀가 이건 어떠냐는 듯이 빠져나온다.

질퍽하게 뒤섞여서.

혼합混合하고 혼효混淆되어 혼탁混濁해져서.

무엇이 무엇인지 알 수 없는 것.

'좋지 않은 것' 그 자체가 **되어** 간다.

돌아간다. 회귀한다.

신사에 붙이는 것만으로 신사 전체를 청정하게 만드는 효과가 있던 부적이다. 그것을 직접 본체에 붙이면 이렇게 되는 것은 필연이라 할 수 있었다.

그것은 광기의 지옥도였지만.

그러나 한편으로 나를 안도하게 만들기도 했다.

이것은 기만이며 위선임을 알면서 하는 말인데, 인간의 형태를 하고 인간의 말을 하는 상대에게 칼을 휘두른다는 것은 설령 상대가 괴이임을 알더라도, 초라한 정신의 소유주인 나에게는 역시 엄청난 스트레스일 뿐이다. 하물며 그것이 예전에 인간이었다면 더욱 그렇다. 그런 식으로 붕괴해 주면 나도 한칼에 베기 쉽다.

결투에.

결판을 내기 쉽다.

"키스샷…키스 샷…키스…….""

목소리도 무너져 간다. 자아도 무너져 간다.

의식도, 기억도 무너져 간다.

이대로라면 모든 것이 흩어지고, 모든 것이 티끌이 되어 아무것도 남지 않을 것이다. 물론 붕괴하는 그를 한칼에 벤들, 그것은 변하지 않는다.

결투에는 이길지도 모른다.

나에게 의미는 있다.

하지만 그에게는 전혀 무의미하다. 여기서 티끌로 돌아간들, 결국 초대 괴이살해자는 영겁의 회귀에 삼켜질 뿐이니까.

절대로 죽지 않는다.

영원히 죽지 않는다.

불사신 중의 불사신. 그것은 가엔 씨에게도 에피소드에게도 어찌할 수 없는 일이다. 무엇을 해도 죽지 않는 상대 따위, 손쓸 방법이 없다.

그런 의미에서는 가엔 씨 쪽이 하든 내가 하든, 결과는 같다. 다음에 그가 부활하는 것은 언제일까.

또 400년 뒤일까.

500년 뒤일까. 1,000년 뒤일까.

설령 전문가가 봉인한다 해도 그는 그 전문가보다도 오래 살 테니 어쩔 방도가 없다. 죽는 것이 불가능하니까 자살도 불가능하다.

본인조차 소화할 수 없는 불사신성.

"스, 샤…아, 아아아… ■ ■ ■ ■ ■ ■ ■ ■ ■ ■ ■ ■ ■ … ■ ■ ■
■ … ■ ■ ■ … ."

이미 말조차 의미를 이루지 않는다.

온몸 구석구석까지 무너지고, 흘러넘치고, 풀려 버린 그의, 마지막 남은 목이, 그래도 소리를 계속 발한다. 그런 그에게 나는 말한다.

"뭐…, 내가 대체 몇 살까지 살 수 있을지는 모르겠지만… 살아 있는 동안에 또 만날 수 있다면."

또 만날 수 있다면.

또 만나자.

그리고 나는 주체가 안 되는 길이의 큰 칼을 쥐고, 그리고 무엇이 뭔지도 알 수 없는 복합체에, 그래도 아직 그 남자가 그 남자인 동안에 괴이살해자의 혈육으로 만들어진, 괴이살해자의 일격을….

"■ ■ ■ ■ ■ … ■ ■ ■ … ■ ■ ■ ■ ■ … ■ ■ ■ ■ ■ ■ ■ ■ … ■ ■ ■ ■ ■ ■ ■ ■ ■ … ■ ■ ■ ■ ■ ■ ■ ■ ■ … ■ ■ ■ ■ ■ ■ ■ ■ ■ … ■ … ■ ■ ■ ■ ."

"사과하지 않아도 괜찮다. 용서했다."

그렇게.

내가 단칼에 베기 전에, 목소리조차 아닌 그의 소리에 응하는 목소리가 있었다. 빠져나오고, 흘러나오고, 지금은 운동장 거의 대부분을 점할 정도로 퍼져 있던 괴이의 무리를 헤치고, 아무런 망설임 없이 유일하게 남아 있던 그의 목에, 그 목소리는.

달라붙었다.

"나야말로 미안했다. 세이시로生死郎."

유녀.

이 무가치한 결투를 지금까지 어디에서 보고 있었는지, 옥상인지, 아니면 체육창고 뒤편 부근인지, 어쨌든 어디에선가 보고 있었을 금발금안의 유녀. 전 흡혈귀.

오시노 시노부는 그 등 뒤에서, 이미 등 뒤도 아닌 등 뒤에서, 괴이의 무리를 헤엄쳐 건너, 그 남자의 목에 달라붙어, 송곳니를 박아 넣고, 불렀다.

세이시로, 라고.

인간을 분간하지 못할 그녀는 전혀 기억하지 못한다고 말했던, 한 번도 부른 적도 없다고 말했던, 옛 권속의 이름을 부르고, 옛 전우의 이름을 부르고.

먹는다.

울면서… 먹는다.

꿀꺽꿀꺽 마시고, 우적우적 먹는다.

첫 권속의 남은 찌꺼기를, 그가 아직 그인 동안에, 먹고, 자신의 혈육으로 삼는다. 혈육으로 삼고, 먹이로 삼고, 골신으로 삼음으로써, 그를, 영원한 회귀로부터 해방한다.

"만나서 기뻤다. 더 이상 만날 수 없을 거라 생각했으니까. 하지만 더 이상 만나지 않을 거다. 지금의 나에게는 너보다 소중한 자가 있다. 한동안은 그 녀석을 위한 나로 있고 싶다."

넓게 퍼져 있던 괴이가 되다 만 것들이, 한데 모여 간다.

종식되어 간다.

괴이살해자를 구성하고 있던 부품이, 한때는 이 마을 전체를 덮고 있던 재가, 한 알도 남김없이 유녀의 배 속으로 들어간다. 아무리 막대한 양이더라도, 그것을 그녀는 혼자서 먹어치운다.

얼굴도 표정도 없는 지금의 그가 시노부의 말을 어떻게 들었는지는 알 수 없다. 들렸을지 어떨지도 알 수 없다. 하지만 적어도 나는 내 전임자가 만족스럽게는 보이지 않았고, 후회가 없는 것처럼 보이지도 않았다.

개운치 않고, 기분 좋지도 않고, 확실히 말해 주는 편이 차라리 마음 편하지도 않고, 이렇다 할 위안도 없이. 그렇지만 그래도 실행으로부터 400년의 시간이 지나고.

그의 자살은, 간신히 성공했던 것이다.

034

"자, 자. 그래서 그 뒤로 어떻게 되었나요, 아라라기 선배? 아라라기 선배, 아라라기 선배. 저기요, 저기, 저기, 아라라기 선배? 후일담이라고나 할까, 이번의 결말은⋯."

신경 쓰이네요, 신경 쓰이네요, 그 뒤에 어떻게 되었는지 신경 쓰이네요⋯ 라고 오기가 재촉하며 묻는다.

하지만 재촉을 받더라도 여기서부터 다음은 없는데. 그런 식으로 다그치면 기대에 응하고 싶어지기도 하지만.

"그 뒤에는 이미 전에 이야기했던 대로야. 아시는 대로라고 할까, 이것으로 네가 바라는 대로 이야기는 이어진 거 아니야?"

나는 말한다.

"먼저 우리 집으로 갔던 칸바루와 합류한 뒤에 하네카와의 호랑이에 관한 일에 합류했어. 나는 하네카와 쪽으로 향했고, 칸바루는 센조가하라 쪽으로 향했어."

"그렇군요, 그렇군요. 확실히 그건 들었지요. 그러면 그쪽도 제때 도착했던 거군요. 정말 다행이네요, 저도 그 일은 제 일처럼 기뻐요. 하네카와 선배를 몹시 좋아하니까요, 저는."

여전히 성의 없는 소리를 하는 오기.

하네카와하고는 엄청 사이가 나쁘면서.

아주 껄끄러운 관계이면서.

"그러고 보니 구 하트언더블레이드와 초대 괴이살해자가 연인 사이가 아니었을까 하는 하네카와 선배의 생각은 결국 정곡을 찌르고 있었다는 얘긴가. 역시 그 선배는 뭐든지 알고 있네요."

"음…. 어라, 그 얘기를 내가 했던가?"

"했고말고요. 아라라기 선배가 저에게 감추는 것이 있을 리 없잖아요."

"흐음…. 그런 말을 들으면 그럴지도 모르겠네."

"뭐, 하네카와 선배라면 나중으로 미룬 것에 대해서 화를 내거나 하지는 않았겠죠. 그 부분의 친밀한 정도가, 그 사람의, 제가 싫어하는 부분이에요. 그건요? 아라라기 선배가 초대 괴이살해자 씨하고 싸우고 있는 동안, 다른 일을 맡고 있던 오노노키 씨의 이야기는 어떻게 되었나요? 대체 그 사람은 가엔 씨에게서 무슨 일을 받고 있던 걸까요?"

"으응…. 그러니까 그건 센고쿠 쪽 일하고도 연결된다고 할지…. 그 부적을 얻기 위해서 멀리까지 나가 있었다던데. 정말 의외성의 동녀라고 할지, 팔면육비八面六臂의 대활약이었지, 그 애는….."

"그러네요, 정말 의외예요. 설마 동녀가 아라라기 선배와 동거하다니…. 동녀와 동거를 엇걸어 말장난을 하다니…."

카게누이 씨의 존재를 성가셔 하고 있던 가엔 씨의 마음도, 이해가 안 가는 것도 아니네요… 라고 마치 가엔 씨하고 이미 아는 것처럼 오기는 이야기했는데, 아니, 만난 적은 없겠지?

어쨌든 가엔 씨도 카게누이 씨도, 딱히 동녀와 동거를 엇걸어 말장난을 하기 위해서 오노노키를 현재 우리 집에 홈스테이시키고 있는 것은 아니라고 생각한다.

"그래서, 가엔 씨는 그 부적으로 새로운 예방을 꾀했는데, 그것은 유감스럽게도 나의 실수 때문에 순조롭게 진행되지 못했지….."

"그랬죠. 센고쿠가 악용했었죠."

"악용이라고 하니 어째 인상이 나쁜데 말이야…."

"불사신의 괴이를 부적으로 퇴치한다는 방식은 마치 강시 같지만요…. 사용한 쪽의 부적은, 신사에 다시 붙인 것으로 생각하면 되는 거죠?"

"응…. 다만 그런 식으로 재이용을 반복한 것이 효과의 저하로 이어져서, 센고쿠 쪽 일로 연결되었다고 볼 수도 있을까…."

"그쪽 부적은 신사 재건 때에 분실되었다고 보면 되는 거죠?"

"응, 뭐, 아마도…."

"에피소드 군은 그 뒤에 어떻게 되었나요?"

"응…?"

에피소드 군? 왜 친근한 말투지?

뭐, 상관없지만.

"그 녀석은 그 뒤에, 몇 가지 뒤처리를 마치고 귀국했어. 뭐, 결과적으로 끔찍이 싫어하는 흡혈귀가 또 하나, 이 세상에서 '소멸'한 거니까 그 녀석으로서는 아주 만족스러운 일이었을 거야."

"흐음…. 그런가요, 그런가요. 이야, 정말 감사했어요, 아라라기 선배."

오기는 나에게 꾸벅 고개를 숙였다.

그 고개를 들었을 때의 웃는 얼굴이란 정말….

"이것으로 퍼즐의 조각이 전부 맞춰졌어요. 뭘까요, 지금까지 듣고 있던 이야기하고 약간 세부적인 것에 모순되는 곳도 있지만… 뭐, 넘어가기로 하죠. 그런 모순의 앞뒤 맞추기도 모든 이야기를 듣는 사람인 저, 오시노 오기의 즐거움이에요."

"그거 참 고맙네…. 여러 가지로 일들이 너무 많아서 나도 뭐가 뭔지 잘 모르게 되었어. 네가 설명해 준다면 한시름 덜 수 있지."

"아뇨, 아뇨. 코요미스트로서 당연한 일이에요."

"코요미스트는 뭐야. 셜로키언처럼 말하지 마."

"핫하~. 괜히 숨기려고 하니까 전체가 풀어져 버리는 거예요. 신뢰할 수 없는 이야기꾼 따위, 카이키 데이슈만으로도 너무 많아요. 뭐, 셜로키언처럼은 할 수 없지만요. 최대한 할 수 있는 일은 하려고 해요."

"…네가 어째서 그렇게까지 내 이야기에 흥미를 보여 주는가를 나는 잘 이해 못 하겠는데 말이야."

할 수 있는 일이라면, 이라며 나는 오기에게 말했다.

"너의 이야기를 나에게 들려줬으면 좋겠는데. 그야말로 거드름 피우지 말고 말이지."

"딱히 거드름 피우고 있는 건 아니에요. 모든 일에는 타이밍이라는 게 있는 것처럼, 이야기에도 타이밍이라는 것이 있다는 이야기일 뿐이에요. 조각이 모일 때까지는, 말이죠. 저는 신중해요."

"신중…."

"약간의 실패를 해 버린 느낌이 있으니까요, 제 경우에는. 아, 그렇지, 대신이란 말이 나와서 얘긴데, 아라라기 선배의 이야기에 한두 가지 보충을 해 드릴게요. 계속 방치되던 상태라서 의문이 있겠죠?"

"응…? 뭐였더라?"

"어째서 아라라기 선배가 애초에 처음 칸바루 선배와 만난 곳이 학원 옛터였는가 하는 문제예요. 어째서 집에서가 아니라 인적이 드문 폐허에서 만나기로 약속을 했는가. 아직 그 문제에 대한 답이 나오지 않았잖아요?"

"아아…. 그러고 보니 그러네."

"그건 아마도, 가엔 씨의 노림수가 아니었을까요?"

그렇게 오기는 자연스럽게 말했다.

딱히 수수께끼 풀이를 하는 눈치도 없이.

"넌지시 재촉받지 않았나요? 하치쿠지 씨의 일로 마음이 약해져 있던 아라라기 선배를 유도하는 것은 어려운 일은 아니었으리라고 생각해요."

"응…? 어째서? 가령 그렇다고 해도, 어째서 가엔 씨가 나에게 그런 걸 재촉하는 거지? 그곳을 합류 장소로 했기 때문에, 그 뒤에 큰일이 되어 버린 게 아니었을까."

"그러니까 뭔가 큰일이 난 것으로 하고 싶었던 거죠. 가엔 씨는 결코 삼촌 같은 평화주의자가 아니니까. 요컨대 마지막의 마지막까지, 시노부가 초대 괴이살해자 씨를 먹어 버리는 부분까지 포함해서 계산대로였던 것이 아닐까, 이건 추측이에요."

"……."

"뭐, 근거는 없지만요. 다만 어쩐지 모든 것이 제자리에 들어간 듯한 라스트 신에 약간의 위화감이 느껴지면, 그런 식으로 생각하고 싶어지기도 한다는 거예요."

어쨌든, 이라며 말을 잇는 오기.

그 일에 대해서 그 이상 언급할 생각은 없는지, 다음 화제로 재빨리 넘어간다. 나로서도 그 화제 전환에 이의는 없었다.

가엔 씨의 예방책에 대해 깊은 이야기는 피하고 싶은 참이다. 그때는 결코, 센고쿠의 일에 관해서도 결코 나는 그녀가 계획한 대로 춤췄다고는 생각하지 않지만, 실제로는 그러는 것이 가장 나았을 것이다.

…정말로, 생각한다.

어째서 나는, 그대로 할 수 없었는가.

"2학기 이후, 센고쿠의 일을 제외하고는 아라라기 선배가 괴이담과 별로 조우하지 않는 것은 그런 사정이었나요. 마을을 뒤덮고 있던 재가 사라져서 퍼센티지가 저하되었다는 거군요."

"으~음…. 뭐, 그것에 대해서는 단순하게 그렇다고 말하기는 어려울까…."

가엔 씨가 말하고 있었다.

초대 괴이살해자의 소멸은 결코 이후의 평화를 의미하지 않는다고. 그렇기에 그녀는 키타시라헤비 신사에 새로운 신을 두려 하고 있었으니까.

상황의 컨트롤이라기보다, 그것은 가엔 씨로서는 마땅히 해야 할 리스크 매니지먼트였겠지만….

"뭐, 한 가지 문제를 매듭지었다고 할 수 있겠지. 나에게도 시노부에게도."

"칸바루 선배에게는 어땠을까요?"

"응?"

"아뇨, 아뇨. 그러니까 칸바루 선배요. 팬클럽에는 들어가 있지 않지만, 저는 그분의 서포터니까요. 그 일에 관한 칸바루 선배의 입장이란 것이 너무너무 신경 쓰이는 거 있죠? 결국 거기까지 이야기에 깊이 관여하면서도 칸바루 선배는 '조력자' 이상의 역할을 맡지 않았으니…. 핫하~, 이러니저러니 해서 의문은 끊이질 않네요. 결국 칸바루 선배는 가엔 씨가 자기 이모라는 것을 모르는 채로 넘어간 건가요?"

"으응…. 오시노의 여동생이라고 믿는 상태로 헤어지게 되었어…."

헤어지게 되었어, 라기보다 나오에츠 고등학교의 운동장에서 떠나간 뒤에 칸바루와 가엔 씨는 다시 합류하지 않았다.

그만큼 신세를 진 후배에 대한 거짓말의 공범자가 되어 버렸다는 죄책감은 지금도 있다. 하지만 뭐라고 할까, 그런 사람이 자신과 가까운 친척 중에 있다는 것을 알려 주는 것이 칸바루에게 좋은 일이라고는 좀처럼 생각되지 않고….

"결국 가엔 씨가 칸바루의 무엇을 보고 그 일에 끌어들였는가는 알지 못하고 끝났다는 느낌도 있네. 칸바루는 상당히 공헌해 주었지만, 그것이 가엔 씨의 계획대로였는가 하면…."

"계획대로였다고 생각해요, 저는. 다만."

그렇게.

거기서 의미심장하게 오기는… 미소 지었다.

"계획에서 벗어난 것도 있었죠. 사실 그 산물이 저이기도 했지만요."

"응? 뭐…?"

"아뇨, 이건 다음 권에… 아니 다음 번으로 돌리죠. 역시 이번엔 이야기가 너무 많았어요. 잠시 휴양하고 싶은 참이에요."

다만 그것은 휴양이 아니라 구형일지도 모르지만요, 라고 말하면서 오기는 천천히 일어섰다.

이야기하는 것이 깜빡 늦었는데, 이곳은 내 방이다.

아라라기 가의 2층, 코요미 룸이다.

오늘은… 3월 13일.

내 입시 시험 당일의, 이른 아침이었다.

…어떻게 된 경위로 후배가 내 수험일 이른 아침에 내 방에 놀러 와 있는 전개가 되었는가는 기억이 확실치 않지만, 요즘 들어 오기에 관해서는 그런 부분은 이제 어떻게 되든 상관없다는 기분이 들고 있다.

어쨌든 신출귀몰이라고 이해해 두자.

아침 일찍 일어났더니 내 침대에서 자고 있었다고 해도, 이 애가 그렇다면 더 이상 놀라지 않는다.

"구형이라…. 몇 년 정도일까, 나는."

"글쎄요. 사형일지도 몰라요, 어쩌면."

농담처럼 말하는 오기. 아니, 농담이 안 되는데.

"그러면 오늘은 이만 돌아갈게요. 살아 있으면 또 만나요."

"응…. 돌아가는 길, 조심해서 가, 오기."

"걱정하실 것 없어요."

그렇게 말하며 방에서 나가려고 하던 그녀는, 문고리에 손을 대었을 때 문득 돌아보며,

"또 한 가지."

라고 말했다.

"아라라기 선배. 시노부 씨는 첫 번째 권속을, 결국 다 먹어 버렸나요?"

"응? 아니…, 그건 그렇다고 말했잖아?"

"남김없이?"

"응, 남김없이…."

"갑옷도?"

"——!"

"흘러넘친 괴이의 불씨 같은 '좋지 않은 것'뿐만 아니라, 결투 중에 벗은 갑옷의 각 부위들도, 제대로 잊지 않고 먹었나요?"

"…먹었…."

…을 거라고… 생각…하는데…. 그렇게 나의 말은 어미에 접어들면서 자신을 잃어 갔다.

기억나지 않는다.

흐름으로 봐서, 먹지 않았을 리가 없다고 생각하지만…. 다만 갑옷만으로 학원 옛터에 나타났을 때라면 어떨지 몰라도, 그 시점에서 이미 갑옷은 단순한 껍데기일 뿐이었고….

나는 흘낏 자신의 그림자를 보고, 그리고 되물었다.

"…그게 뭔가 중요한 일이야?"

"중요할지도 모르고, 중요하지 않을지도 몰라요. 다만 수요는 있었겠죠."

오기는 생글거리며 말한다.

시리어스한 이야기를 논하고 있는 것이 아니라, 어디까지나 친근한 선배와 잡담을 하고 있는 것뿐이란 분위기다.

이 스탠스를, 결코 그녀는 무너뜨리지 않는다.

"그도 그럴 것이, 그 갑옷도 역시 초대 괴이살해자의 '혈육'이며 '골신'이잖아요? 그렇다면 그 갑옷을 흐물흐물 녹여서 단조하면, 또 한 자루를 만들 수 있을지도 모르잖아요. 요도 '코코로 와타리'를."

그러기는커녕, 운이 좋다면.

코다치* '유메와타리'도…. 그렇게 말하는 오기.

…'유메와타리'?

뭐였더라, 그건…. 들은 적은 있는 것 같은데.

'코코로와타리'와 한 쌍을 이루는 칼이었던가? 하지만 그것도 400년 전, 이미 상실해서…. 그것에 관해서는 시노부도 몸속에 넣고 있지 않다고…. 으응?

레플리카?

"제가 만약 가엔 씨였다면 시노부 씨에게 먹히기 전에 갑옷을 회수하겠죠. 의외로 에피소드 군은 그것 때문에 불려 온 것인지도 몰라요. '북풍과 태양'은 아니지만, 결투의 룰도 초대 괴이살해자에게 갑옷을 벗도록 촉구하고 있다고 말하지 못할 것도 없고…. 뭐, 그런 상상의 여지는 있다는 거예요. 어떻게 생각하시나요? 아라라기 선배. 의견을 들려주셨으면 좋겠는데요."

"…가엔 씨가 그런 짓을 할 이유가 없잖아. 나는 그냥 갑옷도 시노부가 먹었다고 생각해. 응, 확실히 그랬던 기분이 들어."

"그렇군요, 그렇군요. 아라라기 선배가 그런 기분이 든다고 하신다면 분명 그렇겠죠. 아라라기 선배의 기분 탓 정도로 믿음직스러운 것은 없으니까요. 아니, 정말. 질문만 해서 죄송했어요. 분명 기분이 상하셨겠죠."

"설마. 너하고 이야기를 할 수 있어서 즐거웠어. 좋은 기분으

※코다치 : 일본도에서 날 길이가 2척(60센티) 전후의 칼을 말한다.

로 시험에 임할 수 있겠어."

"그런가요. 그렇게 말씀해 주시니 이쪽도 기분이 좋아지네요. 그러면 최소한의 답례로서, 제 쪽에서도 한 가지 아라라기 선배의 의문에 답해 드릴게요."

"응? 내 의문? 내 의문이라니, 뭔데?"

"시시루이 세이시로死屍累 生死郎."

그렇게.

오기는 말했다.

"그것이 초대 괴이살해자의 풀 네임이에요. 아라라기 선배도 연적의 이름은 제대로 알아 두고 싶으셨죠?"

그리고 그녀는 내 방을 뒤로했다. 신사로서는 무례하지 않게 현관까지 배웅해야 했을지도 모르지만, 갑자기 내던져진 '그 남자'의 풀 네임에, 그 타이밍을 놓치고 말았다.

"······."

시시루이 세이시로···. 이름까지 멋지냐.

못 당하겠다기보다, 못 해 먹겠다는 기분이 드네···.

좋은 기분으로 시험에 임할 수 있을 것 같다는 말은 딱히 사교 예절로서 한 말도 아니었지만, 마지막에 엄청난 폭탄을 던져 놓고 갔다.

이거 한 방 먹었네···.

이렇게 되면 한 방 먹은 김에 참배라도 한 번 해 두고 싶어진다. 오늘 정도는 피할까 생각했던 일과이지만, 오기의 이른 아침···이기는커녕 미명의 내방을 받은 것으로 시간도 생겼으니,

시험장으로 가기 전에 키타시라헤비 신사에라도 들렀다 갈까….
신이 없는 신사라도 시험 전에 좋은 기운을 받을 수는 있을 것
이다.

나는 그렇게 생각하고 외출 준비를 한다.

시노부는 최근에 완전히 회복했다고 할까, 야행성으로 시프트
해서 이 시간에는 이미 내 그림자 안에서 자고 있다. 그 시간을
봐서 오기는 아라라기 가를 찾아온 듯하지만.

옷을 갈아입고 복도로 나가자(지금까지 잠옷 차림이었다. 8월
에 하네카와가 입었던 그거다), 오노노키가 태연히 서 있었다.

그녀는 아직 잠옷 차림이다.

츠키히의 유카타를 헐렁하게 걸치고 있다.

아니, 젖은 머리카락에 목욕수건을 걸치고 있는 것을 보면 아
침 샤워를 마친 상황인 것 같다. 유카타인 만큼 목욕을 마치고
나온 동녀란 이야기다. 시체이면서 아주 매끈매끈한 계란 같은
피부다.

…아니, 그렇다기보다 여동생의 인형으로서 아라라기 가에 머
무르고 있으니, 조금 더 인형답게 행동하라고.

왜 당당하게 생활하고 있는 거야.

"이야기는 우연히 들었어."

"또냐."

"괜찮아. 저 애하고 맞닥뜨리지는 않았어. 저 애가 다닐 때는
천장에 달라붙어서 피했어. 스파이더 맨처럼. 스파이지만."

"민가에서 하면 상당히 눈에 띌 것 같은데…. 어? 너, 우리 집

에 잠입한 스파이야?"

"귀신 오빠, 저 애한테는 어쩐지 많이 무르네. 입이 너무 가볍지 않아?"

"그런가? 딱히 그렇지는 않다고 생각하는데? 오히려 감춰야 할 곳을 감추면서 이야기하고 있으니 제대로 이야기하고 싶은 것이 전해졌는지 불안해질 정도야."

"귀신 오빠가 괜찮다면 그래도 상관없지만."

"지금부터 키타시라헤비 신사에 갈 생각인데, 같이 어때?"

"응? 어디야, 거긴?"

"잊지 말라고. 여러 가지로 너무 잊고 있잖아, 너는. 너의 주인이 행방불명된 장소야."

"아아…. 시마네 현의…."

"아니야. 이즈모 대사하고 착각하지 마. 기억력이 대체 어떻게 된 거야."

"이즈모가 됐든 언제가 됐든 귀신 오빠하고 아침 데이트 같은 건 안 할 거야. 다만 그 이야기를 하자면 나에게도 알려 줬으면 하는 게 있어."

"뭔데?"

기억력이 나쁘다기보다 망각력이 굉장한 것은 제쳐 두고, 아라라기 가에서 생활하는 것으로 최근에 캐릭터성이 조금 진정세를 보이고 있는(유감스럽게도 카렌과 츠키히의 영향이라고 생각된다) 오노노키로부터의 질문이다. 대답하는 것이 싫지만은 않지만 어떤 것을 물을지 짐작도 되지 않아서 금세 긴장한다.

다만 던져 온 질문에는 그다지 의외성은 없었다. 그렇다기보다 이전에 들었던 기억이 있는 종류의 질문이었다.

다만 그때 질문의 대상이었던 것은 미아 소녀, 하치쿠지 마요이였지만.

"귀신 오빠, 흡혈귀가 되어서 행복해?"

"……."

"아니, 말하자면 초대 괴이살해자가 그런 말을 했었잖아. 귀신 오빠가 시노부 선생님과 함께 있는 것으로 나에게 어떤 좋은 일이 있는가 하고…. 결국 그 자리에서 귀신 오빠는 그 남자의 메리트를 제시할 수 없었지만, 그 마음은 지금도 변함없어? 귀신 오빠가 시노부 선생님과 함께 있는 것으로 아무도 행복해지지 않는다고, 지금도 생각해?"

"……."

시노부를 시노부 선생님이라고 부르는 그녀의 멘탈에 대체 무슨 일이 있었는가는 불명이지만, 그 질문의 의도는 이해할 수 있다.

불사신의 괴이로서 만들어진, 인조 괴이인 오노노키에게 불사신인 것, 괴이인 것에 대한 자각성은 모든 것을 제쳐 두더라도 물어보고 싶은 질문일 것이다. 얼마 없는 흔들리지 않는 그녀의 아이덴티티다.

그러니까 진지하게 대답해야만 한다.

"지금도 그렇게 생각해."

"……."

"아무도 행복해지지 않고, 아무도 행복해질 수 없어. 내가 흡혈귀인 것으로, 내가 시노부와 함께 있는 것으로 모두에게 폐만 끼칠 뿐이야. 누구보다도 시노부를 불행하게 만들고 있어."

하지만 나는.

설령 그 녀석을 누구보다도 불행하게 하더라도.

자신이 누구보다도 불행해지더라도, 그래도 시노부와 함께 있고 싶다.

"핑계처럼 들리겠지만."

그렇게 무표정하게 말하는 오노노키.

"행복해질 수 없으니까 참아 주세요, 행복해지려고 하지 않으니까 부디 용서해 주세요, 부디 그냥 넘어가 주세요, 라고 말하는 것처럼도 들리네. 우리는 이렇게 불행하니까 나무라지 말라고, 불쌍하잖아, 라고 주장하는 것처럼도. 저기, 귀신 오빠. 혹시 당신, 불행이나 불우함에 어리광 부리고 있는 것을 '노력하고 있다'라고 생각하고 있는 거 아니야?"

"응…?"

"그런 것을 세상에서는 '아무것도 하지 않는다'라고 말해. 부단한 태만이지. 불행한 것 정도로 용납될 거라고 생각하지 마. 끝난 것 정도로 리타이어하지 말고 해피 엔드를 목표로 해야 해. 또 얼굴을 밟아 줄까?"

"…엄격하구나, 너는."

이제부터 인생을 건 시험에 임하려는 나를, 응원해 주지는 않는 거야? 그것이 용서받으려 하고 있다는 이야기일지도 모르겠지만.

"불행하게 계속 있으려는 것은 태만이고, 행복해지려고 하지 않는 것은 비겁이야."

그래서는 자살한 선구자도 보답받지 못해, 라고 말하며 오노 노키는 발걸음을 돌려 자기 방, 즉 여동생의 방으로 향했다.

나는 그 등에 "기억해 둘게."라고 말했다.

아무도 행복해지지 않았다.

나도, 시노부도, 누구 한 사람도.

지금은 그렇게 생각하고 있다. 지금도 그렇게 생각하고 있다.

하지만 어쩌면 지금보다도 훨씬 나중, 까마득하고 까마득한 미래, 예를 들어 400년 후에는 그 사고방식도 조금은 변해 있을 지도 모른다고, 그런 생각을 하면서.

뭐, 행복하지는 않더라도 행복한 일에, 시간은 아직 썩어 날 정도로 있다. 시간만은 생각할 시간도 살아갈 시간도 지긋지긋 할 정도로, 시체가 썩어서 재가 될 정도로 우리에게는 있는 것 이다.

하지만 그런 시간이 없어지는 것도, 어쩌면 시간문제인지도 모른다.

　생각해 보면 이 이야기 시리즈뿐만 아니라 이제까지 저도 상당한 숫자의 책을 써 왔습니다만, 요번에 그 작품들을 다시 읽어 보았을 때 '혹시'라고 생각한 것이 있습니다. 그것이 어떠한 기분인가 하면, 아무래도 이 작가는 '연애 관계가 발전하지 않는 남녀 버디물'에 상당히 구애되고 있는 듯하다는 생각입니다. 그런 건 한 권만 읽어 보면 알 수 있을지도 모릅니다만, 한 번 들어 주세요. 남녀 콤비물이란 것은 이야기의 구성에 따라서는 보이 밋 걸과 비슷할 정도로 보편적인 것입니다만, 어찌하더라도 이성끼리 한 조를 이루게 하면 연애 관계로의 발전을 전제로 하게 되고 만다고 할까, 결과적으로 그렇게 된다기보다는 스토리가 전개되기 전부터 이미 그렇게 되는 것이 운명지어져 있다는 분위기가 강합니다. 물론 그런 것도 좋아하므로 그런 이야기도 써… 왔다고… 해야 할까? 어땠더라? 하는 생각도 듭니다만. 뭐, 작가의 취향이 어떻더라도 궁극적으로는 캐릭터의 인생이나 인간관계는 캐릭터 나름이겠습니다만, 그래서 결국 무엇을 듣고 싶었는가 하면, 이번에는 아라라기 코요미 군과 칸바루 스루가 씨라는, 연애 관계에 전혀 발전이 없을 버디를 다방면에서 쓸 수 있어서 아주 즐거웠다는 이야기입니다.

　그리하여 설마 하던 중권입니다. 설마라고 해도 전혀 의외성이 없었다고 생각합니다만, 조금이라도 서프라이즈가 되었다면 작가로서는 기쁠 뿐입니다. 그렇다기보다 이제 와서 새삼스럽게, 이 책을 포함해서 이야기 시리즈를 지금까지 열여섯 권, 읽어 주신 여러분에게는 무엇을 하더라도 놀라시지 않을지도 모릅니다만, 그래도 이 이야기는 원래대로였다면 『귀신 이야기』와 함께 『괴짜 이야기』 내에 끝났어야 했다고 말한다면 조금은 놀라시지 않을까요? 요컨대 『끝 이야기』의 중권이라기보다 구성적으로는 「마요이 강시」, 「시노부 타임」, 「시노부 메일」로 3부작이었습니다. 3년 이상 늦어져서 완전히 포기하고 있던 '한 권'을 다 쓸 수 있어서 작가는 혼자 멋대로 감개무량합니다. 그런 느낌으로 『끝 이야기·중中』, 「제4화 시노부 메일」이었습니다.

이번에 표지가 되는 가엔 씨의 일러스트를 그려 주신 VOFAN 씨, 감사합니다. 아라라기 코요미 군과 오시노 오기도 연애 관계로 발전하지 않는 버디라고 말할 수 있을 것 같습니다만, 그런 이유로 이번에야말로 다음에 쓰는 것은 「오기 다크」, 『끝 이야기·하下』입니다. 이 두 사람의 콤비를 쓰는 것도 즐거울 것 같습니다! 그런데, 다음 권으로 이야기 시리즈는 완결입니다만, 그 후에 『속·끝 이야기』가 나오는 것은 전부터 예고된 그대로이므로 놀라지 말아 주세요. 오기는 나쁘지 않습니다.

니시오 이신

기억하실지 모르겠습니다만 『괴물 이야기』 하권의 역자 후기에, 마감 직전인데 컴퓨터의 메인보드가 고장 나서 식은땀을 흘렸던 이야기를 쓴 적이 있습니다. 그런데 이번에 『끝 이야기』 중권의 마감을 맞이할 즈음에 갑자기 컴퓨터의 SSD가 고장 나 버리더군요. HDD가 아니라 SSD가 말이죠. 그렇게 심하게 굴리지도 않았는데! 속였구나, 플●●터! 다행히 백업해둔 원고가 있어서 치명적인 피해를 막을 수 있었습니다만 약간의 원고와 즐겨찾기 등등의 자료가 증발하는 뼈아픈 타격이…. 이번 일을 기회로, 저도 시류에 따라 클라우드 백업을 사용해 보기로 했습니다. 어쨌든 독자여러분들께서도 정기적으로 백업하는 습관을 들이시길.

시리즈가 길어지기도 했고 에피소드들도 시간 순대로 이어지지 않다 보니 이야기들이 점점 뒤죽박죽이 되어간다는 기분이 듭니다. 나중에 후기의 지면을 빌어서 『괴물 이야기』부터 『끝 이야기』까지의 사건들을 시간순대로 한 번 정리해 보고 싶다는 생각을 하곤 합니다. 독자여러분의 이해를 돕기 위한 것도 있지만, 무엇보다 저부터 헷갈리기 시작해서 말이죠.

이러니저러니 해도 서서히 이 이야기의 끝이 다가오고 있기는 하구나, 하는 느낌이 들기는 하네요. 여기까지 왔으니 어떻게든 기운을 짜내서 끝을 봐야겠다는 마음이 간절합니다. 앞으로 더욱 더 힘내 보겠습니다.

현정수

끝 이야기 (중)

2016년 12월 15일 초판 발행
2020년 11월 30일 2쇄 발행

저자	니시오 이신
일러스트	VOFAN
역자	현정수

발행인	정동훈
편집 팀장	황정아
편집	노혜림

발행처	(주)학산문화사
등록	1995년 7월 1일
등록번호	제3-632호
주소	서울특별시 동작구 상도로 282 학산빌딩
편집부	02-828-8838
마케팅	02-828-8986

ISBN 979-11-256-4283-1 04830
ISBN 979-11-256-4282-4 (세트)

값 12,000원

FAUST BOX